蔡青 —————— 著

她们的身份

Their

Identities

海天出版社
HAITIAN PUBLISHING HOUSE

·深 圳·

图书在版编目（CIP）数据

她们的身份 / 蔡青著 . -- 深圳：海天出版社，
2022.9

ISBN 978-7-5507-3454-8

Ⅰ. ①她… Ⅱ. ①蔡… Ⅲ. ①长篇小说—中国—当代
Ⅳ. ① I247.5

中国版本图书馆 CIP 数据核字 (2022) 第 068006 号

她们的身份
TAMEN DE SHENFEN

出 品 人　聂雄前
策划编辑　雷　阳
责任编辑　雷　阳
责任校对　万妮霞
责任技编　郑　欢
装帧设计　知行格致

出版发行　海天出版社
地　　址　深圳市彩田南路海天综合大厦（518033）
网　　址　www.htph.com.cn
订购电话　0755-83460239（邮购、团购）
设计制作　深圳市知行格致文化传播有限公司
印　　刷　深圳市华信图文印务有限公司
开　　本　889mm×1194mm 1/32
印　　张　14.25
字　　数　331 千
版　　次　2022 年 9 月第 1 版
印　　次　2022 年 9 月第 1 次
定　　价　49.80 元

01

林月华

清晨 5 点，江城市江夏区鹏华公寓。

林月华被生物钟叫醒，她推了推旁边打着呼噜的老伴儿。老伴儿蓝子风翻了一个身，嘟囔了一句"昨晚没有睡好"作为他继续睡的理由。林月华叹一口气，又是昨晚没有睡好，他没有睡好已经很久了。

林月华从床头柜上拉一件外套披上，虽然现在是九月，外面的人都在穿短袖，但她还是很怕冷，尤其是各个关节部位。自从几年前得了痛风以来，她就感觉身上没有一处地方是不痛的。

林月华觉得自己昨晚也没有睡好，老伴儿的呼噜声是越来越大了，她有时候觉得自己已经习惯这种伴奏，并且可以安然入睡，有时候却又被吵得翻来覆去怎么也睡不着。但是不管她睡得多么不安生，第二天她也不能理所当然地卧在床上不起来。

隔壁房间没有响动，孙子蓝是之应该还没有醒。蓝是之是林月华的心肝宝贝，在省一附中上高一。省一附中是省重点中学，江城市最好的高中，是全省的伢们削尖了脑袋想挤进来的学校。蓝是之没费什么劲儿就考上了，林月华老两口又惊又喜，当即在家里表态："之之去省一附中读，我们去陪读，不就三年嘛！"

儿子蓝亮和儿媳如曾米瑞本来还在犹豫，他们都在安南市工作，离江城市有点距离，两口子又都在医院工作，平时工作起来忙得焦头烂额，也没有多少时间辅导孩子的功课，没想到孩子这么争气，轻轻松松就被录取了，而且成绩名列前茅。

现在爷爷奶奶发了话，蓝亮和曾米瑞松了一口气。本来他们在想爷爷奶奶年纪也大了，如果他们不肯去，蓝亮是不敢提要求的。只是能被这么好的学校录取却不去读，有点可惜，留在安南市，只怕是考不上什么好大学。曾米瑞打听到安南市高中最近几年的高考成绩都不太乐观，以后儿子要是责怪起他们来，也只好让他怪了，毕竟他们也没有底气辞了医院的工作去陪读。算算孩子一年的学费、补课费、生活费，唉，不努力挣钱可不行啊！

林月华轻手轻脚地起床，开冰箱取出昨天包的饺子。前段时间儿媳妇在网上买的速冻饺子，之之不爱吃，每次吃几个就说饱了。林月华一想，高一正是孩子长身体的时候，再说了，孩子功课又紧，不吃好可怎么行！

林月华一边烧水，一边往孙子的碗里倒奶粉。奶粉也是儿媳妇买的，她这方面倒是不错，不抠门，比起小区另外几个婆婆家的儿媳妇来说要强多了，林月华也是在楼下和她们聊天的时候听说的。3号楼有一个婆婆说儿媳妇除了过来看看孩子以外，吃的用的都不怎么买，什么都指望公公婆婆。那婆婆把嘴一撇："算了，不和他们计较了，反正我有退休工资，不花在孙子身上，也没有别的地方可花。"婆婆说到这里将"她"改成了"他们"，显然是将儿子也包含在内了。

饺子煮好了端上餐桌，牛奶也冲好了，试一下温度，有点烫，林月华想了一下，从橱柜里拿出一瓶矿泉水，要是之之嫌烫，喝的时候可以兑点凉水。

忙完这些，她就感觉有点累了，到底是年纪大了，以前这点小事对她来说可不算什么。

看看时间，5点半了，该喊孙子起床了，晚了他就不吃早饭直接往学校跑。每每这时，林月华就不高兴了，自己白白起这么早，又忙活半天，结果他一口不吃。当然，她也有担心在里面，不吃早饭去上课，孩子怎么受得了？

为这事她还专门给儿媳妇打过一次电话，说之之不吃早饭就去学校了。儿媳妇曾米瑞正忙着给病人打针，听到婆婆打电话来说这芝麻绿豆大的事情，就随口回答："不吃就不吃。"等忙完手头的事，曾米瑞心里却有点犯嘀咕：这孩子怎么又不吃早饭去学校了？这一周都有两次了吧，都跟奶奶说孩子说不吃速冻饺子了，怎么就不知道换个花样！

林月华小心翼翼地敲了敲孙子的房门："之之，起床了，早饭做好了。"

里面是不耐烦地翻身的声音，还有和他爷爷如出一辙的嘟囔："昨晚没有睡好。"

又一个说自己没有睡好的。林月华瘫坐在沙发上揉自己那条痛腿，早上在厨房里转了几圈，后腿窝似乎又开始有小针在刺了。

两个没睡好的都在床上赖着，林月华不敢发之之的脾气，现在的孙子都是祖宗，她还没有说他一句什么，他就打电话给他妈妈告状了，这还算好的，起码他愿意说。林月华最怕的是他啥也不说，她从手机新闻上看到说现在的孩子压力太大，动不动就冒出什么心理问题来。

林月华心里有气，只敢冲着蓝子风撒："老头子，怎么还不起床？"

蓝子风不解：叫什么叫？一大清早的，难得睡一会儿懒觉，哪天不是我先起床烧水，等水烧好了才叫她起来做早饭。做个早饭就像女王一样了，不就是做了个早饭吗？我又不求着她做早饭，外面的馒头买两个啃一啃就行了，唉，说来说去，还是这个蓝是之被他们养得太刁了，这不吃，那不吃，我们那个时候，哪兴这样的，有一口吃的就不错了，还不是自己努力考上了大学！

又过去一刻钟，林月华看两边都没有反应，心中有气，又提高了嗓门："老头子，怎么回事？"

老头子这边还没有动静，倒是孙子蓝是之呼地一下开了门："吵吵吵，每天就是吵吵吵！"

蓝子风一个激灵倒是醒了。蓝子风做了大半辈子高中教师，又是安南市一中的教导主任，外面的人都对他客客气气的，只有这个孙子不把蓝主任放在眼里，想怎么发牢骚就怎么发牢骚。

林月华忍不住，小声申辩："饭早就做好了，喊你们起床，一个个都不起来，还说别人吵吵吵。"

蓝是之起床后直奔厕所，并没有听清楚奶奶在唠叨什么，反正她就是爱唠叨，不听也罢。一回头看见墙上的钟都快6点了，立马不高兴："不是说5点半叫我吗？怎么又6点了？昨天我就迟到了你们知不知道，迟到了进教室，所有人都看着你，那种感觉你们知不知道？！"

蓝是之随便拢了一下头发，冲进房间拿书包，又将散落一地的作业捡起来，一边匆忙地往书包里塞，一边换鞋往外走。

林月华冲到门口拉住他："之之，吃了早饭再走啊，不能总不吃早饭啊，肚子不吃饱怎么能学习好呢，你昨天说速冻饺子不好吃，我昨天坐在那里一下午，给你包的饺子，你不是说最喜欢吃奶奶包的饺子吗？"

这时蓝子风也起床了，站在房门口补充几句："你奶奶昨天包了一下午，你不能一口都不吃啊，之之。"

之之挣脱奶奶："来不及了，我晚上回来吃。"

林月华没有办法，只能眼睁睁地看着他出门去按电梯。唉，这一天天，不吃早饭可怎么行？

看见老伴儿失落的样子，蓝子风心里那点气也消了："唉，不吃就不吃，现在的孩子养得太娇了，就是没有挨过饿。"

林月华的心思还在之之身上，正是孩子长身体的时候，不吃早饭，到时候长得没有别的同学高，说起来又要怪奶奶的后勤没搞好。恐怕儿媳妇现在心里就在这样想了，上次来江城时就说："之之上高中后长得没有涵涵快呀，我看涵涵都快高之之一个头了。"涵涵是之之的好朋友，一起从安南市考过来的，之之不爱交际，平时也就和涵涵来往多一点。听涵涵奶奶私底下说，两个人在一起聊的都是游戏，这让林月华又有点惶恐，说起来两个都是好孩子，怎么就变得不求上进了呢？

蓝子风去吃之之没吃的饺子，有点凉了，不过他懒得再热，又不是冬天，吃几个冷饺子也没啥。

林月华看蓝子风不做声不做气地吃上了，心里有点酸溜溜，这可是她费了半天工夫给孙子包的爱心饺子，结果却让老头子吃上了。林月华心里有气，说出来的话也就不那么好听了："有人就是有口福。"

蓝子风听了不乐意了，又不是他非要贪吃，孙子不吃的东西而已。平时孙子吃剩的，老伴儿也是喊他吃掉，说别浪费了。今天这个孙子没动筷的饺子他吃了，老婆子心里就不舒服了。蓝子风便将筷子一推，说："你要吃你就吃，我出去买馒头。"

林月华知道老头子这是拿捏着自己呢："知道我不能吃，说什么风凉话？"

林月华自从得了痛风，带肉的饭菜就不敢吃了，更别说给孙子包的饺子，那里面包的都是纯瘦肉，她可是碰都不敢碰。她已经在做事上吃了亏，语言上就不能再吃亏了，于是狡辩道："之之不是说晚上回来吃？！"

蓝子风倒是懒得和她计较了，一边大快朵颐，一边说："回来吃，你还不得重新给他煮，这种煮过一次的饺子，一热就破了，他才不吃呢。"蓝子风说的倒是大实话。

02

蓝洁英

蓝洁丽给姐姐蓝洁英打电话。

"姐，你啥时候回来？"

"我也想回去，但是看样子一时半会儿是回不去了，我觉得不把睿睿带到三岁上幼儿园，他们是不会放我走的。"

"啊？"蓝洁丽一口气往回吞，"这样啊！"

"就是啊，当初说好了的，我帮瑶瑶把月子坐了，她妈妈过来带孩子，我就可以回去了，结果我一来，她妈妈就说家里有事来不了了。"蓝洁英压低了嗓门，她这么说，感觉自己是受了儿子媳妇的骗。

蓝洁英来北京之前在安南市的超市当收银员，工作有点忙，收入也很一般，不过蓝洁英还是挺满足的，老公能干，工作不错，对她也很好，公婆这么大年纪了还在挣钱，儿子也很争气，高考一次过，上的是一本。最主要的是，前几年他们在安南市翻修了房子，楼上楼下做了两层。那时候自己盖房子真的不贵，现在回过头看，是做成了一笔大买卖。蓝洁英有经济头脑，她虽然读书不聪明，但在计算收入支出这方面从来都是一把好手。

儿子读书和工作都在北京，家里就她和老公两个人，老公许时运是吃行政饭的，应酬多，家里的事帮不上忙。蓝洁英便操持着将自家房子的一层改成门面房，租给了做生意的人，吵是吵了

给你。"

"晚上？晚上他们就回来了。"虽然晚上儿子媳妇也不管孩子，说是在加班，一人捧一个手机。蓝洁英不满，儿子就解释："现在的工作跟以前不一样了，老板都是在微信上分配工作，我们要用百度查资料，我们用手机真是在工作，妈，您就别疑神疑鬼的了，我们不回家，都留在单位加班，您是不是心里舒坦一点？"他说得振振有词，但是蓝洁英还是不相信他们拿着手机都是在工作。不相信又能怎样，又不能拿着他们的手机和他们对质。

不管怎样，蓝洁英就是觉得他们在家的时候，和老许打电话商量回去的事有点不方便。

到底是多年夫妻，老许中午抽空给蓝洁英打电话："老婆……"

蓝洁英没好气，她手头正忙着呢，孩子在哭闹，她正在给孩子冲奶粉，陈瑶奶水不足，还非要早点回去上班，搞什么混合喂养。反正蓝洁英觉得她是存心不想给孩子喂奶。

"现在没空，你等会儿再打。"

"好的，老婆，你慢慢来，我一会儿再打给你。"

挂了电话，蓝洁英给睿睿擦嘴巴，继续喂奶，老公好不容易打来电话，她却不能接，心里有点冒火。给小家伙喂完奶粉，就没有好好地拍嗝，心里想的是瑶瑶的规矩真多，三个月产假一过，就心急火燎地回去上班，说是再不回去就没有岗位了。蓝洁英却觉得她是不想待在家里带娃，带娃辛苦，不如自己回去上班，反正奶奶会管。不管怎么行呢，睿睿是许家的独苗苗，陈瑶是将许家的人拿捏住了。

孩子吃饱了，蓝洁英将她放进婴儿床，着急忙慌地给许时运打电话。当初说好的一个月，现在都三个月了，她可不能一直困在这里。

"骏骏他爸。"蓝洁英拨通了许科长的电话。

许时运心里有数，老婆在北京待不下去了。"老婆，辛苦你了。"老许先发制人。

蓝洁英一阵委屈：这个许时运还知道我在这里辛苦了。她的眼泪都要出来了，扯一张睿睿擦嘴巴的纸巾擦了擦眼睛。

"我要回家。"蓝洁英直愣愣地说。

"老婆，我也想你回来呀。你不在家，我一个人过多没意思呀！"老许知道蓝洁英心里在想啥。

"还说没意思，是巴不得我不在跟前吧，你就可以明目张胆地招惹别的女人了！"蓝洁英虽然在许时运面前有一份自信，但是现在人不在他跟前了，她就难以保证他的清白。毕竟他才51岁，前几年提了科长，局里和下属单位那些女人，哪一个不是趋炎附势的？

"又说这些！又说这些！"许时运将办公室的门关上，压低了嗓音："说这些就没意思了啊，洁英，你又不是不知道，我能当上科长，还不是你叔叔的学生帮了忙的，就是借我几个胆子，也不敢对不起你啊！"

蓝洁英的叔叔蓝子风是安南市一中的骨干老师、教导主任，教书几十年，在学生中是有口碑的好老师。蓝子风的学生中在安南市当权的也有几个，许时运缠着蓝洁英去托她叔叔找一下门路，让自己在政界进步一下。蓝子风说了："在政界要想进步，靠的是自己的政绩，不能光指望别人的提携。"许时运点头称是，心里却不以为然，老教师待在自己的象牙塔里，哪里知道外面的世界。

"不说这些，我也不想待在北京了。说是在北京，其实每天带着孩子，哪儿都去不了。"

"是的，知道你辛苦，回头我和骏骏说说，让他们周末自己带带孩子，你可以出去逛一逛。"

蓝洁英气不打一处来："自己带带孩子？就好像不是他们的孩子，抱都不抱一下，他们晚上下班回来，我还要给他们做饭，瑶瑶手都不搭一下！"

"你也别只怪瑶瑶，她都是跟骏骏学的。"

"跟骏骏学什么？我是骏骏他妈，又不是瑶瑶她妈！"

"唉，就一个儿子，你说这些有没有意义？"许时运知道蓝洁英心里的那个疙瘩，自己的儿子可以懒，媳妇却不可以。不一视同仁可不好办啊。许时运挠了挠头，心想老婆说的其实也没有错，但是谁叫他们就这么一个儿子呢。

03

唐雨晴

唐雨晴端详着镜子中的自己：白皙的皮肤一直是她的骄傲，如今白还是白的，但是在耳朵的边缘已经可以看见浅浅的褐斑了；眼周也有了一些细密的皱纹，一笑就更加明显；一头青丝是她和同龄人最大的区别，好多同龄人的头发都是灰白的了。

唐雨晴今年 62 岁，能保持现在这个状态简直就是奇迹了，也难怪她老公林家保一直将她当宝贝一样宠着。不过也有人认为是因为她老公一直宠着她，她才不见老的。

那个被外界传为宠妻狂魔的林家保林师傅半年前因病去世了。

唐雨晴打电话给林瑜和林峰姐弟俩："今天晚上你们吃完饭过来一下，我有话和你们说。"

自从林家保去世后，这是唐雨晴第一次邀请儿女回来，还明确说明吃完饭再过来，摆明了这个家里不再有他们的晚饭。

林师傅在世的时候，他大概是世界上最娇惯孙子和外孙女的人。孙子和外孙女的接送都由他包办了不说，放学路上必定是孩子们指什么他就买什么。唐雨晴不满："等你以后不在了，看他们怎么办。"没想到一语成谶。

林师傅去世以后，唐雨晴借口过度悲伤导致身体不适，没有能力再为他们两家六口人准备中餐和晚餐，终结了林师傅开创的食堂一样的生活。林瑜和林峰的生活陡然进入失去照顾的鸡飞狗跳状态。

林瑜两夫妻过去都在重机厂上班，林瑜是林师傅托关系进去的。林师傅以前是厂里的车间主任，有一定积蓄，也有一些人脉，林瑜的工作安排没有费太多周折。林瑜的老公程功在十年前重机厂的人员重组时下岗了，很是沉沦了一段时间，后来改行做了家装，事业总算有了一点起色。林瑜的女儿程思思刚上高一，是托了姑父蓝子风的关系进的市一中，程思思比她父母喜欢读书，这一点倒是让唐雨晴有点欣慰。

林峰两口子的境况还要差一点。林峰小时候喜欢唱歌，能模仿张学友、谭咏麟，粤语歌唱得有模有样。可惜这孩子不爱学习，上课就犯困，林师傅也拿他没办法。进重机厂的名额给女儿林瑜用掉了，到了林峰这里，林师傅求爷爷告奶奶，加上到处请客送礼，好不容易给他找了一个石油公司的工作，说好的坐办公室，但是没坐几天，就被派到加油站加油去了。林师傅心疼，但也没有办法，毕竟不是自家开的公司，自己说了不算。林峰的老婆季红是他加油站的同事。林峰两口子开始几年也还算风光，收入在安南市算可以的，那个时候林瑜还颇有微词，觉得父亲偏心，这么好的工作硬是没有轮到自己。

姐弟俩前后脚进门，唐雨晴知道他们是约好了一起来的，在心里摇了摇头。没办法，他们的母子（女）情分浅，她觉得这一切的根源都是因为林家保的大包大揽。

林瑜到底是女儿，上前一步挽住唐雨晴的胳膊："妈，好点没？我爸那情况是突发，医生都说是急症，谁也救不了，都过去这么久了，您就别往心里去了。"

唐雨晴在心里冷笑一声，这个林瑜说出来的话完全跟外人似的，又或者说，完全像表演给外人看似的。

林峰瞟了一眼饭桌，桌上是唐雨晴吃剩的晚饭，一个白色餐盘里剩下几片菜叶，还有一个带素雅花纹的白色小碗，应该是唐雨晴用来盛饭的，现在已经空了。林峰没忍住问道："我爸的那些碗呢？"

"扔了。"唐雨晴说得简单明了。

姐弟俩面面相觑，他们听说过有的人迷信，害怕死去的老伴儿会回来找她（他），便将死人的衣服等私人物品都扔掉或者烧掉，但是这种连碗都要扔掉的还是第一次听说。

唐雨晴知道他们心里怎么想的，她其实是不屑于解释的，但想了想还是说明一下比较好："一个人吃饭用不了那么多碗。"

那倒也是，以前林师傅买了各种各样大大小小的碗，每天开饭就像过节一样，大小十来号人吃饭，桌上摆不下那么多盘子，林师傅干脆用碗来盛菜。林峰还记得爸爸那时憨厚的笑容："就这样吧，装满了，还实惠。"说得好像是占了便宜似的。一想到父亲，想到他曾经带给自己的欢乐，林峰的眼睛不禁红了。

"再说了，你们爸爸喜欢的那些花花绿绿的大瓷碗我都不喜欢。"

林瑜顿了顿，她就知道是这样：现在爸爸去世了，她连掩饰都不想掩饰了，这个自私的女人！但林瑜一句话也没有说。可唐雨晴看向她的目光却仿佛在告诉她："我知道你想说什么，但我劝你还是别说了。"

林瑜站起来，问道："你不会把我的杯子也去了吧？"

"我分不清你们的杯子，家里杯子太多，我就都处理了。"唐雨晴淡淡地说，仿佛她丢掉的都是一些垃圾。

林瑜再也忍不住了："你今天叫我们来，就为了告诉我们这些？好吧，林峰，我们可以走了，爸爸一走，这个家就不再是我们的家了！"她气呼呼地拉着林峰往外走。

林峰看一眼妈妈，又看一眼生气的姐姐，不知道自己该走还是该留。理智告诉他，她们这次和以往的争吵一样，来去如风。林峰搞不清楚她们为什么水火不容，但是他也不想去搞清楚，生活对他来说已经够麻烦了，他和老婆曾经引以为傲的石油公司的工作已经在几年前被买断了。父亲去世以前，常常背着妈妈和姐姐偷偷地接济他，当然，能带着一家人回来蹭饭吃也省了不少钱。父亲突然过世，损失的不仅是他每个月几千块钱的退休工资，连回家蹭饭这条路也被母亲堵死了。他们一家人挤在以前石油公司分的小房子里，多年以前，他还曾为自己能够率先分得公家的房子而沾沾自喜。现在，季红扬言在孩子上初中以前，如果还不能换大一点的房子，就要和他离婚。

唐雨晴努努嘴："橱柜里有矿泉水，你们自己拿着喝。"

林峰抓住了一根救命稻草，赶紧帮母亲解围："我就说吧，家里有水喝，哪能回家来连口水都没得喝。妈妈说得也对，家里杯子是太多了，以前爷爷帮两个小的买杯子，看见一个买一个，都摆在窗台上吃灰，洗起来也费事，还不如以后一人就一个，写上名字，来了各喝各的，免得得传染病。"

林瑜被弟弟拉着坐下来，可听到最后一句又炸了毛："免得得传染病？谁有病你说！我爸是因为高血压脑溢血死的，你想传染都传染不上！"

林峰耷拉着脸，一不留神自己又说错话了。可姐姐也太敏感了，再说了，她爸爸，她爸爸，是她一个人的爸爸吗？

唐雨晴在沙发上坐下，皱着眉头，向儿子女儿摆摆手，表示你们能不能别吵了。

林瑜闭了嘴，起身准备走，算了，和他们也没啥好聊的。自从爸爸去世以后，她老公程功就开始说风凉话："就说你妈重男轻女吧，不信，看到了没，你爸一走，她就不让你回去吃饭了吧！"

这话说的，她妈还不是一样没让林峰回去吃。这也能扯到重男轻女上去。不过唐雨晴没有那么喜欢她倒是真的，和重男轻女没有啥关系，只因为林瑜长得不像她。林瑜打小就记得唐雨晴看自己时怜悯的眼神："一个女孩子，没有一个地方不像她爸爸，长大了可怎么办？"

是的，林瑜，只有林瑜，才知道唐雨晴内心最隐秘的想法：她讨厌林家保，她痛恨自己嫁给了他！而林瑜，不管她有多么喜欢自己的爸爸，却还是希望能从唐雨晴那里多继承一些美貌。

唐雨晴拉住林瑜："先坐下吧，姐弟俩不要一见面就吵，你们想想，在这个世界上还有比你们更亲密的人吗？"

唐雨晴这个论调已经反复强调几十年了，一开始姐弟俩是相信的，以为她说的都是真理，但是等到他们各自结婚后仔细一想，他们姐弟俩怎么会是最亲密的人呢，把他们各自的配偶和孩子放哪里去了？

唐雨晴一手拉着林瑜，一手拉着林峰，将姐弟俩都按在沙发上，这一刻似乎真的是岁月静好了。唐雨晴看看儿子，又看看女儿，吐出一句话来："和你们姑妈比，我是不是更漂亮？"

这是唐雨晴不止一次提起林月华了。

018

　　林瑜在心里撇撇嘴，姑妈都 70 岁了，有什么好比的？再说了，唐雨晴就算再漂亮，不也 60 多岁了吗？

　　唉，唐雨晴叹一口气，人与人，命不同。凭什么林月华就能嫁给蓝子风那样风流倜傥的男人，而她嫁的人只能是林家保？如果不是因为家庭成分，她又怎么会接受林家保的追求？是个工人大老粗不说，还长得那么丑。唐雨晴年轻时可是重机厂有名的一枝花，追求她的男人可以说从厂医务室一直排到厂门口，但是那些男人一听说她的家庭成分是地主，就一个个闻风而逃了，最后每天出现在厂医务室门口的，就只有林家保一个人了。

04

蓝洁英

　　蓝洁英在电话里揪着许时运要一个说法，但是她自己心里也清楚老许给不了她说法。当初来北京的时候，是蓝洁英的婆婆、许时运的老妈握着蓝洁英的手："蓝姐，你就吃一点亏，怎么着也是你自己的儿子和孙女，你不帮谁帮？"婆婆都叫她蓝姐了，她还是绷着脸："谁愿意去谁去，您正好去带重孙女！"

　　婆婆是个好脾气的人，一辈子被公公压制着，等媳妇蓝洁英进门，本想摆一下婆婆架子，结果一过招发现媳妇是个厉害角色，立马萎了下去。她只有许时运这么一个儿子，闺女倒是有两个，不过在农村，闺女算不得什么，她和老伴儿的心思都在许时运这一家子身上，现在有了重孙女，而且还是北京城里的重孙女，虽然老太太心里觉得要是一个重孙子就更好了，但是现在也计较不得，她知道大城市的孙媳妇也是惹不起的，最重要的是，她也不清楚现在北京的政策准不准生二胎，那些年农村里为了生儿子犯错误的事情留给她的记忆太深刻了，现在可不能因为这个事耽误了她大孙子在皇城根下做官的前程，所以生二胎这些话就只能先放心里了。

　　"我要是年轻 10 岁，我还不就去了？自己的孙子，总归是要管的。"婆婆望着蓝洁英的脸，巴巴地说。

　　老太太说得没错，许骏小时候她可是出了大力气的。不光是小时候，就算是现在许骏在北京买房，首付的大头说是许时运出的，蓝洁英心里清楚得很，许时运只是一个小小的科长，哪里拿得出那么一大笔钱，还不是许骏的爷爷奶奶从牙缝里省出来的。

许时运在电话里听着蓝洁英的车轱辘话，他知道她就是想吐吐苦水，不想在北京待了，每天带孩子，搞得自己像一个乡下保姆似的。

蓝洁英可不是一个乡下姑娘，蓝洁英的娘家是镇上的。这也是蓝洁英在婆家有底气的原因。不过她的这点小骄傲在儿媳陈瑶面前又萎靡了，陈瑶家可是北京的，虽说是在郊区，坐公交车到市区要 4 个小时，可毕竟是北京啊。

没等蓝洁英说完，就听见她"哎呀"一声，手忙脚乱地挂了电话。许时运"喂喂"了几声，知道她那边又有事了。他们的电话经常像这样突然被蓝洁英挂断，不过刚才蓝洁英惊呼的语气还是让许时运有点担心，不知道她那边发生了什么。

是睿睿吐奶了。

还是要怪刚才蓝洁英心急火燎地打电话，没有把奶嗝拍出来。蓝洁英觉得现在的孩子喝奶粉就是麻烦，想她以前都是母乳喂养，就没有这些糟心事，她累了就躺在床上喂，将衣服一掀，孩子自然能找到地方。等孩子吃完了，婆婆就会将孩子接过去，让蓝洁英好好休息，好多多地产奶给她孙子吃。

不像现在的孩子被人为地增加一些抚养的困难，那个奶瓶的嘴那么小，孩子吸了半天，累得满头是汗，没有喝到多少不说，大人一直抱着孩子喂，还累得腰酸背痛。这事她跟陈瑶说过，隔几天陈瑶买回来一个大孔的奶嘴，孩子倒是喝得快了，就是不能放下来，每次刚把孩子放下来，喝进去的奶就像开了闸，往外涌。第一次可把蓝洁英吓坏了，还以为这孩子有什么毛病，她以前可从没见过孩子这样大口大口吐奶的。陈瑶查了书，告诉蓝洁英，孩子每次喝完奶，要抱着她拍嗝，一直拍一直拍，直到她打完嗝才能放到小床上去。

她说得倒是轻巧，本来冲奶喂奶就够累了，喂完了，还要一直拍一直拍，关键是睿睿这个孩子，还经常拍不出嗝来，真是把蓝洁英搞得筋疲力尽。就算是一直抱着拍，有时候也难免会拍着拍着又回奶了，哇一下全吐她背上了。奶白喝了不说，大人孩子满身酸臭，还得一个一个地洗，蓝洁英每天光折腾这个就累得够呛了。

蓝洁英手脚麻利地将孩子抱起来，马上给她擦嘴、洗脸，这可耽误不得。陈瑶给她看过一篇报道，说有个小孩因为吐奶没有被及时发现，被自己吐出来的奶呛死了。这个报道可把蓝洁英吓得不轻，刚才她正和许时运打着电话，一看见孩子吐奶了，吓得她把手机都扔地上了。

蓝洁英一手抱着孩子，一手在抽屉里找干净衣服。她习惯把孩子的衣服放在顺手的地方，一天下来，不知道要换多少套，但陈瑶喜欢把衣服放在抽屉里，说是放在外面有虫子爬。蓝洁英觉得她是故意和自己作对，看看他们自己的房间，衣服扔得到处都是，如果蓝洁英不帮他们清洗整理，他们可以放一个星期，直到没有衣服穿了，才想起来扔到洗衣机里洗一洗，而关于谁去洗衣服，往往还要引发一场争执。

给孩子换好衣服，孩子的脸色还是有点不好，毕竟刚吐过，精神恹恹的。蓝洁英和她说着话："睿睿小宝贝，都是奶奶不好，奶奶不该没有拍嗝就把你放到摇篮里，都怪奶奶，你快点好起来，对奶奶笑一个！"睿睿的头歪了一下，在蓝洁英的臂弯里睡着了。

蓝洁英将孩子放在她自己的床上，在四周摆上枕头，免得孩子从床上掉下去。看着孩子睡着的样子，长长的睫毛随着呼吸一动一动的，蓝洁英忍不住亲了一下睿睿的额头，这个小小的肉肉的小魔王。

孩子睡了，她也不能休息，这个时间刚好用来料理家务。蓝洁英先将孩子的小床推到阳台边上，晒晒太阳，再将孩子吐脏了的床单、被套、垫子全部扯下来，该洗的洗，该晒的晒。好在天老爷没有和她过不去，要是遇上下雨天，垫子干不了，到了晚上孩子没有用的，又该被他们说了。

现在陈瑶也学乖了一点，她对蓝洁英做的事即使有不满的地方也不直接说出来，通常是一转身进了自己的房间，过一会儿许骏就出来了，把她想说的话对蓝洁英说一遍。他们这一套，对不精明的婆婆来说可能有点用，但是他们面对的可是蓝洁英，那点小把戏，在蓝洁英眼里只是欲盖弥彰。

趁他们不在家，蓝洁英将床单、被套一股脑儿地扔进洗衣机，手洗、手洗，就没见你们自己给女儿手洗过一次衣服！

忙完这些，蓝洁英才发现手机还在地上，而且被自己踢到了墙角，刚才一阵手忙脚乱，好在没有将手机踩坏。

蓝洁英将手机捡起来，想到刚才打了一半的电话，唉，她还有话没和许时运讲完，前几天洁丽给她打电话了，问她啥时候回去呢。

蓝洁丽给她打电话，多半是为蓝家的事。既然她没有明说，蓝洁英就干脆不问。问就是自找麻烦。但是不问，蓝洁英心里又过不去，万一家里有大事呢，还是和许时运说一声比较好，毕竟万一有事，他这个女婿也还能管点用。

许时运愿意出头，蓝洁英心里却还是不舒服，不舒服的点在于她的哥哥蓝天宇。作为蓝家唯一的儿子，遇到事情，蓝天宇从来都是往后躲，仿佛家里就没有这个儿子。亏得父母尤其是父亲在世的时候，一直将蓝天宇看成是蓝家唯一的继承人。

可蓝家又有什么好继承的？蓝家两兄弟，弟弟蓝子风，也就是蓝洁英的叔叔，是当年镇上唯一的大学生，为家里添了一些风光。哥哥蓝启顺没有赶上上大学的好时候，他读的是私塾，他们的父亲过世得早，家里又穷，弟弟要读书，他就早早地开始找事做，当学徒，跟着别人经商，走南闯北，一度也算是个乡绅。兄弟俩从祖上继承的也就是一个祖基，以前是破破烂烂的几间瓦房，后来蓝启顺赚了些钱，便将瓦房重新修缮了一下。修缮之前，蓝启顺一再和蓝子风商量："你如果还要这个祖基，咱们一人一半，你出钱盖一半的房子。"

林月华说："眼下两个孩子正在读书，哪里有钱去镇上盖房子？就算盖了，也不可能回去住，而且学校分了房子，还是别花这个钱了。"

蓝子风觉得林月华一个女人家就是头发长见识短，自己家的祖基，哪能说不要就不要了，别人家的哥哥都是唯恐你回去要一间房，只有蓝启顺，是念在母亲的分上，才会处处想着自己的弟弟。

就这样，蓝家的祖基被蓝子风分走了一半。而蓝启顺家的房子还没有盖起来就起了争执。

蓝洁英对于父亲执意要将她们两姐妹安排在一间房里极为不

满，质问蓝启顺："为什么蓝天宇一个人住那么大一间？我和洁丽两人住一间，房间还那么小？"

蓝启顺暗忖，这个洁英，又在找麻烦，她一个女孩子家，不知道从哪里看到的图纸，而且那么复杂的图纸，她一个只上了小学的女娃又是怎么看懂的？倒是蓝天宇的无动于衷让蓝启顺有点失望，被自己寄予厚望的儿子如果能有这个女儿一丁点的精明就好了。

05

林瑜

唐雨晴和儿女的谈话终止在"要去接思思了吧"。话说到这里，意思就是林瑜可以走了。

林瑜看弟弟一眼，林峰心里嘀咕好在他家儿子还没有上中学，暂时还不用上晚自习，不存在要去学校接的问题。转念再一想，即使上了中学，男孩子也不需要接，看来生儿子还是有一点好处的。不过姐姐这样看着自己，两个人又是一起来的，现在不一起走倒有点说不过去，显得老妈有什么话要单独和他说似的。唐雨晴也没有那么傻，她是向着儿子，但也没做得太显山露水。

从重机厂宿舍出来，姐弟俩一个往北，一个往南。林峰走了几步，又回头喊住林瑜："老程真搬出去了？"

不得不说安南市这种小地方就是藏不住事，屁大点事就被传得满城风雨。林瑜面不改色道："有几个月了，不过因为思思，他还是每天回来做做样子。"林瑜心想连林峰都知道了，唐雨晴不可能一点风声没有听到。不过唐雨晴就是有这个本事，她不想知道的事情就当它不存在。

林瑜在这方面一直想向她学习，但无论如何也学不会。学不会的主要原因就在于她不是唐雨晴，她没有唐雨晴那么美，唐雨晴那些得体的优雅一点也没有遗传给她。

林瑜看着路灯下林峰震惊的表情，忽然觉得有点好笑，她还以为林峰早就知道了，只不过出于现在单独和她在一起的机会，必然要表示一下关心，不表示就显得姐弟关系过于疏离了。

自从林家保去世以后，林瑜觉得林家人和自己便没有扯不断的关系了。所谓的家人，其实也无所谓吧。但是刚才唐雨晴说的那些话又分明让她感到惊讶万分，像一把刀子突然刺向了她。

"瑜儿，峰儿。"

林瑜和林峰屏住呼吸，那一刻仿佛回到了童年时代。唐雨晴这样亲切地呼唤他们的名字，往往要说的事情就不那么亲切了。

"你们不要怪我，我准备拿一步了。"

林峰疑惑地看向林瑜，他不懂唐雨晴在说什么。林瑜白他一眼，小几岁就是小几岁，三十几岁的男人竟然连安南本地方言都听不懂。

林瑜心想有什么好怪的，她唐雨晴做任何事情什么时候征求过我们的意见，只是父亲去世才半年，她就熬不住了？非要到改嫁的地步？她假装镇定地拿起茶几上的矿泉水喝了一口，今天真是鸿门宴啊！不，连鸿门宴都算不上，唐雨晴的待客之物只有矿泉水。林瑜心里正想着事，水就喝得有点急了，一口水全呛了出来，喷得茶几上到处都是。

唐雨晴目光犀利地看向她：喝口水也能喝成这样，哪有一点淑女的样子！

林瑜倒是无所谓，扯过纸巾擦了擦嘴角，又用用过的纸巾顺手擦了擦茶几上的水迹。唐雨晴一直注视着林瑜，心中闪过一丝鄙夷：一看就是林家保的基因。

林瑜缓过神来，问道："这么快？谁介绍的？"

"没有谁介绍，我们在滨江公园相亲角认识的。"唐雨晴淡淡地说，眼中竟流露出一丝少女的羞涩。

"滨江公园还有相亲角？"林峰诧异地问道，他不知道滨江公园还有这么个地方。当初林瑜的老公是林瑜自己挑的，他和他老婆是在一个加油站里上班认识的，他不知道还有相亲角这种地方可以找男女朋友。

"老年人找对象的地方，不是你们年轻人去的地，年轻人还是介绍的靠谱，自己认识的也好，可以多了解了解，再说了，你们年轻人不是还有网恋吗？我们老了，就只能靠这种传统方式了。"唐雨晴不打算藏着掖着，本来就正大光明，再说都准备结婚了，没什么不好意思的。

林瑜这才想到一个关键问题："对方是谁？怕不是我们认识的人吧？"

如果是重机厂的老职工，林瑜觉得面子上过不去，她和林峰打小在重机厂的宿舍里长大，好些老职工都是看着他们长大的，她可不想她叫过伯伯或叔叔的人现在突然成了她的后爸！

唐雨晴呵呵一笑，又找一个工人，还是一个退休的工人，怎么可能？林瑜也太小看你妈妈了，不是小看，而是太不懂你妈妈了。你妈妈一辈子的挣扎，不就是因为政策的原因，嫁给了一个工人大老粗，她怎么会让历史重演一次？

"老段，你段伯。"唐雨晴自作主张地替子女给了老段一个称谓。

"哪个段伯？"林瑜和林峰拼命搜索记忆中是否有一个姓段的伯伯。

"你们不认识，老市委的，退下来了，他来相亲角一眼相中了我，别的女人他就都不看了。"唐雨晴的眼中带着骄傲。

"多大年纪了？"林瑜关心这个。

"过了年 79。"

"啊？"林瑜没想到一向高傲的唐雨晴竟然愿意再嫁给一个这么老的老头，哪怕他是从老市委退下来的也让人难以相信。

唐雨晴当然知道林瑜的"啊"是什么意思，可老年人的相亲市场就是这么个行情，男的都想找年轻一点的，女的都想找级别高一点的，甘蔗没有两头甜！

"老干部保养得好。"唐雨晴这么说，言下之意是老段的 79 未必比不上林家保的 66，但她自己其实也没有底气真的这么说出来。

"您搬过去，还是他搬过来？"林峰关心这个。

"我搬过去，房子空出来，我这两个星期都在做清洁，丢了一些几十年也没有动过的东西，都是你爸存在家里的。峰峰可以暂时搬过来，不用挤在那个旮旯里了，孩子快上初中了，总归是要有自己的房间，房子太小了也影响孩子学习。"

不知道为什么，林瑜突然觉得她的"拿一步"一切都是为了林峰！她就是没有变，一点也没有变，为了她儿子，她做什么都愿意！

其实她又何必呢？就算是为了将房子给林峰，她也可以和他换一换，林峰那个小宿舍不到二十平方米，住三个人是挤了点，换成唐雨晴一个人住也够了。

这么一想，林瑜刚才的那点妒忌和怜悯又消失了，为了林峰也是一个借口，她就是想攀高枝，年轻的时候没有攀到，到老了也还要攀一攀！

唐雨晴仿佛听到了林瑜内心的呐喊，轻轻地拍了拍她的肩膀，说："你爸爸在世的时候，家里每天开流水席，钱都花在吃上了，你们两个找工作、结婚、生孩子，送人情，也花去不少钱，你们也知道，他对孙子孙女手松得很，有一个钱可以花两个。现在这个家空有一个架子，早就没有什么家底了。我一个月的退休金有三千多元，就不带过去了，你们姐弟俩一人一半，算是贴补一下你们。我们母子、母女一场，我能给你们的，也就这么多了。"

唐雨晴的一席话，说得两姐弟泪水涟涟。

林峰垂着头："妈，您别这样，我不搬，别听季红的，她懂什么，她要离就离，让她找有大房子的去！"

林瑜心里又是一咯噔，她不知道原来是弟媳妇在作妖。她连忙表示："我不要你的工资，你自己把存折拿在手里，有点体己钱，不用啥事都看别人的眼色。"

"你段伯是个好人，他说了，等我过去工资就给我管着。"

"就算段伯是个好人，他就没有孩子？"

"有啊，他那个年纪的哪能没有孩子，有两个儿子、一个女儿呢。"

"和你们住在一起？"

"不不不，住在一起可怎么行，他们都有自己的房子。"

到底是老干部，哪怕退下来了，他的孩子们还是都安顿好了。林瑜心里琢磨，可是总觉得唐雨晴这一步哪里走得不对。

林瑜回到家，程功已经回来了，他现在每天都是卡着点回家，反正就是做做样子。

"思思没接回来？"

"今天周二，不是你接吗？"

"今天周三。"

看来林瑜是在唐雨晴那里被那么突然的事情搞糊涂了。

"哎呀，我还以为是周二。"

"你说你能干好什么事？这点事也能忘。"

林瑜默不作声，这么多年，她早已经被程功批评得麻木了。不过她心里想，说好的一三五她去接，二四六轮到程功履行义务，可是程功经常一个电话打来："我这边有点忙，你去接一下。"导致原本的接送规律经常被打乱，这才造成林瑜记错日期。

"有点晚了，要不你开车去接一下？"林瑜小心翼翼地请求。

"我刚换了衣服，又要换回来，还不如你下楼骑个共享单车，别耽误时间了。"程功的语气像是在指点他手下的员工。

林瑜不再多言，眼泪在眼眶里打转，她使劲地忍着，不能让眼泪流出来，不然等会儿思思看见了，又要问她怎么哭了。她在心里默默计算，还有三年，这样的日子还要继续忍耐三年，等思思考上大学，一切就结束了。

06

蓝洁丽

蓝洁丽挂了电话，她就知道蓝洁英一定回不来了。

走的时候说得信誓旦旦的："就一个月，一个月后我肯定回来。我说过我这一辈子可不想当一个老妈子，给许时运都没当过保姆，哪能去给儿子媳妇当保姆！我也就是看他们可怜，去帮陈瑶把月子坐了。许骏说了，以后带孩子的事，让陈瑶妈妈来。我这边一大摊子事情，哪里放得下。超市的工作不能丢，离家近，手也做熟了，老板人又好，再找一个这样的工作可不容易。还有就是一楼的门面租出去了，你以为那些租户是安生的，今天说电出了问题，明天又说水出了问题，芝麻大的事都要找老板，唉，我又不是什么大老板。"

蓝洁丽恭维她："都租出去七个门面了，还说自己不是大老板，那还有谁能做大老板？"

蓝洁英很享受妹妹的吹捧。那当然，两个人是一张床一个被窝里睡出来的姐妹花，从小到大，从来都是洁英替洁丽出头，不管家里家外，谁也别想欺负洁丽！

当然也有让蓝洁英感到憋屈的地方，父亲除了偏心儿子蓝天宇以外，其实也偏心蓝洁丽，谁叫她最小，又是蓝家最好看的姑娘呢？蓝洁丽是三个孩子中长相最继承蓝启顺的，浓眉大眼，有一种说不出的英气。蓝启顺出远门做生意，带回来一些花儿朵儿、漂亮衣裳、口红胭脂，那都是给洁丽的，没有洁英的份，说起来就是洁丽最小，当姐姐的要让着妹妹。要不是洁丽懂事，私底下懂得分一些给姐姐，恐怕洁英也会对洁丽一并生出厌恶来。

"老板不老板的倒在其次，你姐夫这个人搞不了这些，别人一来找他，三句两句的就发火，总觉得是别人在没事找事，租金又不贵，麻烦事不少！我怕他这样搞，时间长了，就不好出租了，对我们这种小本生意来说，租户就是上帝。"

"一个门面租金收多少？"

"一个门面暂时收 1500，我寻思过一年要涨一点，现在什么不在涨价。"在洁丽面前，蓝洁英不打诳语。

蓝洁丽迅速地在心里算了算，这么多啊，够他们夫妻俩打好几个月工的，还说是小本生意。

"当初让你合伙，你又不肯干，要不还不是有钱一起赚了。"蓝洁英对妹妹还是好。

"不是我不想，是没钱啊！"蓝洁丽翻了个白眼，谁有你蓝洁英命好，还不是婆家给力，在安南修房子的钱应该也是许时运他爸妈出的吧，就算没有出那么多，平时他们贴补的肯定也不少，不然蓝洁英哪有钱存下来。

"现在知道婆家给力重要了吧？当初要死要活的非要嫁给朱文武。"

"还说这个干啥。"

"不听老人言，吃亏在眼前。"

"啥老人言，爸给我说的那个娃娃亲，还不如朱文武。"

"爸当初还让我嫁给一个杀猪匠呢，说是有手艺，不怕没肉吃。他老人家可真拿闺女不当闺女。"

说蓝启顺的坏话，蓝洁丽从不参与，她知道姐姐最痛恨爸爸一碗水端不平。但说心里话，蓝洁丽觉得爸爸对自己其实很不错了，尤其是她婚后在婆家过不下去了，也是爸爸发了话，让她妈万菊花将她接回家的。

蓝洁英说的"老人"是指林月华。

林月华的孩子蓝亮、蓝怡兄妹上大学以后，家里的房间空出来了，她看见楼下的美发店在招学徒，就和万菊花说："洁丽在家闲着也是闲着，不如来安南学个手艺。蓝亮、蓝怡都上大学了，洁丽过来，家里也有地方住。"

万菊花和蓝启顺一商量，这次是林月华自己提出来的，不管她出于什么心理，总要领这个人情才好。

不得不说蓝家的女孩子都长得体面，心思也活泛，洁丽和洁英一样，除了读书笨了点，做事却也是没话说。洁丽没学几个月，洗头、剪发、烫发这些手艺就都上手了，年轻的老板黄亚中看在眼里，不是他关系户的顾客就都交给洁丽去打理。回头还和林月华说："你这个侄女是块好料，眼光好，手艺也好，心里是通的，一点就会。"

说者无心，听者有意。林月华回家就给万菊花打电话，说："黄亚中这孩子我可是看着他做起来的，原先是在小店做学徒，当帮工，渐渐地上了道，人家一农村来的孩子，现在自己把店盘下来了，这孩子，我看有前途！"

万菊花懵里懵懂的，不知道弟媳妇葫芦里卖的什么药。

林月华点破："我是在说洁丽，想给她做个媒。"

万菊花的第一反应："啊？她还小。"蓝洁丽高中毕业没考上大学，在家闲了一年，还不到 19 岁。

"小是小了点，又不是马上结婚，先谈着，过几年再说。"

万菊花又推托："她爸给她说了个娃娃亲，不好推掉，节礼钱都收了人家不少。"

"都什么年代了，还说什么娃娃亲，逢年过节一壶酒，折算成钱也没多少吧，让大哥还给人家不就行了。"林月华是真心为洁丽着想。

万菊花做不了主："这是大事，还是要问问她爸。"

结果最大的阻力不是来自蓝启顺，而是蓝洁丽。她嫌弃黄亚中有两个理由：一个是农村来的，另一个是个子矮。

林月华说："他是农村的，现在不也出来了，你家就是镇上的，也好不到哪里去。"

"他是出来了，谁知道农村老家是不是还有一堆人？"

蓝洁丽小小年纪，担心得倒也不是不对。不过她姐姐蓝洁英嫁的一样是农村的，不仅没拖后腿，比起镇上的好些婆家来，除了远了点，经济条件并不差。

再说黄亚中个子矮，她不能接受，蓝洁丽光脚一米六九，黄亚中也就一米六八吧。蓝洁丽说："我要是嫁给他，就一辈子不能穿高跟鞋。"

话说出来了反而不好在黄亚中的美发店里待了，蓝洁丽与黄亚中就此别过。她回到镇上开了一家自己的美发店，可是她三天打鱼两天晒网，老主顾没有留住，美发店开了几个月就关门大吉了。

反观黄亚中，倒是在安南市美发界打出了一片天下，几十年过去，不仅在安南市买了房子，亚中美发也成了时髦的青年男女做头发的首选，当初被蓝洁丽嫌弃个子矮的黄亚中成了安南市最受欢迎的 Tony 老师和连锁店老板。

作为一个小镇姑娘来说，蓝洁丽漂亮、时尚、聪明，25 岁以前闪闪发光。然而，也正因为她是一个没有野心的小镇姑娘，她的人生注定在 25 岁以后成为她母亲万菊花的翻版。

和蓝洁丽不一样，蓝洁英从小就知道自己要什么，因为如果她不去要，是不会有人想到她的。

上小学的时候，哥哥蓝天宇每天早上穿上干净的衣服背着书包去学校，蓝洁英则要带着妹妹去捡隔壁工厂烧剩的煤渣，只有捡满了一筐才能去上学。蓝洁英问："为什么哥哥不用捡煤渣？"

奶奶代她爸爸回答："因为哥哥是男孩。"

她悄悄将捡煤渣换到的钱记了下来，一个学不好数学的女孩子在算账方面却有格外的天赋。婚礼上，蓝洁英拿出一沓厚厚的账本，记着她从小到大为家里挣得的钱数。

"嫁妆除了你们说好的，还要加上这个，这是我应得的。"她理直气壮地和蓝启顺讨价还价。

蓝启顺长吁一口气，心里暗自庆幸将她嫁到了远在乡下的许家，自己终于不用再和这个充满"斗志"的女儿纠缠了。

蓝洁丽给蓝洁英打电话是因为母亲万菊花病了。

邻居给蓝洁丽打电话说："你姆妈看上去身体不大好，说是吃不进去东西。"蓝洁丽的老公朱文武这两年跟着别人跑运输，他们的生活稍微比以前好过了一点，但他不想住在蓝家，怕被别人说成是上门女婿，又写保证书说以后再也不会打人了，再打就随便她姐夫找人把他关进去。许时运现在当了科长，在家族里也是有威慑力的。蓝洁丽寻思孩子也大了，再闹也没啥意思，就跟着回去了。

蓝洁丽打电话给哥哥蓝天宇，是嫂子冷艳接的。

"你妈病了，你自己带去医院就是了，干吗给我们打电话！"冷艳就是这样，一向和她们姐妹俩不对付，她从过门那天起，就不被两个小姑子待见，被横挑鼻子竖挑眼，有事没事去公公婆婆那里告她的刁状。刚开始冷艳还试图缓和和她们的关系，后来干脆破罐子破摔，懒得去讨她们的欢心了。

蓝洁丽在婆家软弱，在娘家嫂子面前还是要争一争的。"什么我妈，难道不是你妈，就算不是你妈，好歹也是蓝天宇的妈，他总不能见死不救吧？"

冷艳呲嘴道："啧啧啧，'见死不救'都用上了，蓝家数你有文化！你要救你就去救啊，蓝天宇不在家。"说完啪地挂了电话。

蓝洁丽生气，什么破男人，连自己的女人都管不了！

07

唐雨晴

唐雨晴真的要拿一步，除了和林瑜、林峰姐弟俩交底以外，免不了也要给唐林两家一个交代。

唐家倒还好，反正也没什么人了。

唐雨晴觉得这些年最冤枉的就是背着那个"地主成分"。结婚没几年，填表的时候就不大填"出身成分"这一项了，而孩子们填的"工人成分"也不再像过去那么令人骄傲。

她的父亲在被评定为"地主成分"后只一年就因病去世了，留下母亲独自抚养唐雨晴和哥哥。母亲病恹恹的身体倒是拖到了唐雨晴嫁人，亲手将她托付给林家保以后，母亲觉得自己已经完成了人生的任务便撒手人寰了。

唐家哥哥唐自立不是一个争气的人，一辈子过得窝窝囊囊，工作换了无数个，每一个都做不长，找的老婆是农村的，在安南市找不到工作，当了一辈子家庭妇女，生下一个孩子，9岁下河游泳时淹死了。唐自立不要说帮衬不了妹妹，时不时地还要唐雨晴接济他几个零花钱。

唐雨晴拿一步的事暂时没打算告诉唐自立，反正他以后自会知道。再说他知道了就没什么好事，就像当初他在路上拦住林家保找他要生活费。林家保给了他20块钱，他反倒破口大骂："我把妹子便宜嫁给你了，没要你一分钱的聘礼，你给这么点钱打发叫花子呀！"唐雨晴知道了找回去和他对骂："你算哪根葱，还把我便宜嫁出去了，你不就盼着我嫁出去你好霸占姆妈的房子吗？"

对唐自立那边，唐雨晴决定能拖一阵子是一阵子。

唐雨晴本来就是因为唐家没有什么人脉才下嫁的，她骨子里觉得自己是下嫁，如果不是因为时代，她一个护士——虽然只是一名厂医务室的护士，好歹也是中专毕业，算是有文凭的人，如果不是唐家没有人脉，谁又敢说她不能进市医院工作？但凡有其他机会，她是不会嫁给林家保的。

林家保是从部队转业的。林家有兄妹三个，除了林月华读了一个本地师范学校以外，林家国和林家保兄弟俩都是从部队出来的。那时候当兵是香饽饽，他们运气好，没有赶上战争年代，只收获了军人的红利，转业到地方后都进了不错的单位。林家国在部队里立了功，有职务，转业后进的是市轻工局，事业单位，又有行政职务和上升空间。林家保比起他哥哥来稍微差一点，不过倚仗着哥哥在市里的地位，转业后并没有像其他战友一样被下派到乡镇去，而是挤进了当时风头正劲的重机厂。

唐雨晴要拿一步，当务之急是向林家大哥林家国报备。

本来她是不想去的，但老段说林家国是场面上的人，不好得罪，以后在老干部活动中心说不定会撞上，到那个时候让他撕破脸可不好看。虽然老段退休前的职位更高一点，但说实在的，就算是老市委的，对部队转业的干部也有几分发怵，他们这些人抱团，动不动就讲战友关系，比那些同学同窗要讲义气得多，得罪了一个，往往就得罪了一排，以后说不定会掉到哪个坑里。

林家保在世时，特别是林家国还在位置上的时候，林家兄弟是常来常往的，那时候林老太太还没仙逝，作为抚养了林家孙辈的大功臣，林老太太曾经有过一段难得的幸福时光，兄弟俩抢着孝敬母亲的事迹一度在二人的工作单位传为美谈。

林家国是大哥，又是单位的领导，风范是有的，鸡毛蒜皮的事情也不屑去管。但是两家的关系还是时亲时疏，亲与疏的开关就掌握在唐雨晴和大嫂陆美媛两妯娌的手上。

林老太太早年守寡，独自抚养了三个儿女和他们的大部分子女，一个裹着一双小脚，精瘦精瘦的老太太一直活到96岁，基本上算是寿终正寝，让人不得不佩服她旺盛的生命力。

对于儿媳们在家中拥有话语权这一局面，林老太太对她的孙子孙女们用一个比喻轻描淡写地做了战略层面的总结：那是因为姓林的脖子上长的都不是姓林的脑袋。这可真是一竿子打翻了一船人，连林月华也未能幸免。林老太太觉得自己说的也没错，林月华还不是事事都听蓝子风的！

大嫂陆美媛是个古典美人，身材小巧，五官精致，深得部队出身的林局长之心，缺点是好打扮，不善操持家务，更大的缺点是她生的两个儿子长得过于像她，一点没有继承到林局长的威武之气，显得清秀有余、阳刚不足。

林家国退下来以后，身体就不大好，兄弟俩其实是一个毛病——高血压，心脏也不太好。大哥林家国到现在还没事得益于陆美媛怕死，三天两头跑医院。林家国退下来以后，没有了工作的借口，不得不常常陪着她去医院，等夫人做检查的工夫，便在椅子上打着呼噜昏睡过去，被细心的医生发现，给他做了检查，责令他回家每天吃降压药，一天也不能间断，算是幸运地保住了性命。

林家保出事以后，林家国一直很自责："我早该提醒他的，要他去医院做检查。"

陆美媛不这样看："你怎么知道他没有做检查？关键是这个药一天都不能断，你觉得唐雨晴会这么好心，每天提醒他吃药？"

林家国无语，他不理解女人脑子里想的都是什么。

唐雨晴本想提出和老段一起上大哥家的门，又一想自己在林家做小伏低了这么多年，不就是因为林家保生前最高的职位也就是一个车间主任，这还是厂长看在林局长的面子上给提的，现在她好不容易找了一个职位比他们都高的后备老公，总不能带着上门一起去受轻视。当然，她也就是这么一想，如果她提出来了，老段又不肯去，岂不是更不好看。

唐雨晴去水果店称了几斤水果，她知道陆美媛喜欢这个。陆美媛整天念叨吃香蕉补钾，对她的心脏好，以前唐雨晴就当没听见，补不补的，让你老公、儿子给你买了补去！

去轻工局宿舍的路上，唐雨晴心想说不定他们已经知道了，滨江公园的老人那么多，总会有人多嘴的。

果然一进门她的水果还没放下，林家国的大嗓门就出来了："老段呢，老段没来？"

唐雨晴看了看陆美媛，陆美媛的眼睛不敢回看她，就知道是她在背后嚼舌头！

"跳舞的老姐妹说的。"这下陆美媛倒是坦诚了。

唐雨晴就又将林峰的难处说了一遍，一边说，一边用准备好的手帕擦拭眼角。

"我但凡有一点别的办法，也不会走到这一步。"她倒是一下子将自己给撇干净了。

唐雨晴一流眼泪，当哥嫂的就没什么话可说了。他们又没有多余的房子，再说自己的两个儿子还虎视眈眈地盯着呢，生怕父母一碗水端不平。林家国就算再体谅过世的弟弟，也不能将天平往侄儿那儿倾斜哪怕一厘米。

陆美媛扯一把纸巾，陪着唐雨晴一起落泪："最苦的就是我们女人！生儿育女，全心全意地为了孩子，可天底下又有几个孩子能想到他们的妈妈呢。"

陆美媛这么一说，林家国心里倒不好受了：你们现在知道做母亲的苦了，当年将我的母亲推来推去两边都不肯养的时候，怎么不见你们想起来她也是生我养我的妈妈！

林家国红着眼睛走到一边，他也不知道自己今天是怎么了，有一种说不出来的难过，不知道是因为死去的母亲，还是弟弟，又或者是因为即将再嫁的弟媳。似乎有一张无形的网，网住了每一个人，大家都曾试图挣扎、抵抗，甚至逃跑，最后却不得不被它网住，成了生活的俘虏。

陆美媛帮唐雨晴扯了扯衣服的下摆，这个亲昵的动作拉近了曾经互为仇人的妯娌间的距离。"雨晴，什么时候办事？你看哪些地方要帮忙的尽管说。你哥虽然不在位置上了，从局里用个车什么的，也还是可以去说说的。"

"就这两周吧，我先和哥哥嫂子知会一声，以后峰儿、瑜儿还有请你们关照的时候。车子就不用了，林瑜老公才买了车，说是为了方便做生意，临时用一下应该还是可以的。老段住在老市委宿舍，距离也不是很远。"

陆美媛想了一下，决定不提程功从家里搬出来住的事。那是她小儿子林小明回来说的，也不知道靠不靠得住。这个时候说这事就有点像看笑话的样子了，她陆美媛可不是这样的人！

08

林月华

蓝子风吃完之之没有动的饺子，将碗筷收到厨房，出来向林月华伸出一只手。

"干吗？"林月华还坐在沙发上揉她的右腿膝关节。

"给我钱，我去买菜。"蓝子风说。

"钱不就在那里，我又没有藏起来，每次都找我要，儿子姑娘看见了，还以为钱的方面我怎么管着你呢！"林月华气呼呼地说。

蓝子风说："床头柜里的零钱没有了，昨天下午你不是让我给你买药，都花掉了。"

"100块都用掉了？不就买了一盒膏药和一盒秋水仙碱吗？怎么这么贵？"

"小区旁边的药店卖得就是贵，欺负我们是来陪读的。"

"有药买就不错了，上次要买依那普利，跑了好几家药店都没买到。"

"你等会儿还是给米瑞打电话让她下次来的时候带药过来，我们的医保卡又不给办转诊，只能在安南用，这个月光买药就用了不少钱。"

"大多数的药还是米瑞带过来的，你这不是痛风又发作了，才在药店买药的。"

林月华去包里拿钱，拿出100块递给蓝子风，想了一下又说："算了，还是我去买菜，你买的菜，没眼看。"

蓝子风不高兴了："咋没眼看了，不是一样的菜？"

"不新鲜，你没看昨天晚上之之就没吃几筷子青菜。"

"那不是菜不新鲜，是他根本就不喜欢吃青菜！"

"反正就是你买的菜不好，钱还花得多。"

"你刚才不是还在说腿疼，现在又非要自己去买菜，回来又要叫不得劲儿了。"蓝子风对林月华的套路了如指掌。

蓝子风个子高，腿长，走路快，去菜市场买菜从来不还价，照着林月华列下的菜单买，让买啥就买啥，不动脑筋，也不结合实际情况，将买菜当成了组织安排的任务，往往不出前三个摊位就把菜买完了，一个来回半个小时都用不了。这还能买到又好又便宜的菜？

林月华就不一样了，她腿疼，走得慢，力气也不行，自从犯了痛风病，连手上的力气也变差了。女儿蓝怡帮她在网上买了一个买菜用的推车，她觉得还挺好用，可说出来的话却言不由衷："就喜欢在网上买东西，质量又不比在菜市场里买的好，还贵，划不来。"蓝怡每次给她买东西，她基本上都是心里领情，嘴上挑毛病。

林月华拉着小推车，进了菜市场，先溜达一圈，心里看好了几家，再回来一家一家还价，能还价到满意的就买，不满意就再去找另外一家，反正卖同样菜的又不止一家。她买的菜和蓝子风买的比起来，可以说是价廉物美，但是她买一次菜，前前后后没有两个小时是回不来的，难怪一回来就瘫软在沙发上喊要累死了！

林月华一出门，蓝子风就赶紧铺开了画纸，他要趁这会儿没人打扰赶快画一幅画。退休以后，蓝子风一门心思都在画画上，和他当老师的时候一样，他的钻研精神又一次让他成了一位佼佼者。不出几年工夫，他就出版了好几本画册，在省内和国内的国画比赛中屡屡得奖。

望着空白的画纸，蓝子风整理着昨天晚上躺在床上时的思路，不知不觉点燃了一支烟。虽然他知道抽烟对心脏不好，当医生的儿子蓝亮不止一次地警告过他："上次体检查出左心室肥大，你还是要少抽一点烟！"

反正他说的是少抽一点，又不是说不能抽了。蓝子风觉得只在画画的时候抽烟，其他时候都不抽就算少抽了。如果画画的时候不点一支烟，他就感觉脑子钝了，非得一支烟在手，才能运转起来。脑子不运转起来时画的画，蓝子风自己都不想看，只能算一些拙劣的作品。

林月华在沙发上唉声叹气了好一会儿，目的是吸引老头子的注意，哪怕他只是顺嘴说一句"你辛苦了"也好啊。

蓝子风知道她的意思，毕竟是一起生活了快五十年的夫妻，看着林月华的一举一动，蓝子风不用动脑筋就知道她在想什么。可蓝子风偏不说，谁叫你说我买的菜不好，非要自己去，自己去买倒也罢了，还要一家一家比价。不知道和她说过多少次了，买菜省不了多少钱，家里又不困难，老两口的退休金加起来有八九千，在同龄人中算高的了。儿子媳妇在医院工作，在安南市也算是高工资了，女儿女婿虽然不透露他们具体在做什么工作，但他们住的那个房子可不便宜。再说了，等我的画卖出去一幅，不知道能买多少菜回来，有那个讨价还价的工夫，不如早点回来休息，也就不用怨天尤人了。

蓝子风端详着自己刚才挥毫的一幅作品《牛气冲天》，今年是牛年，他也应景画了不少有牛的国画，虽然擅长写意花鸟，但画鸡最为传神，这几年才开始慢慢拓宽绘画对象的种类。蓝子风用图钉将画钉在画板上，退后一步眯着眼睛欣赏。这是一段完全属于他一个人的时间。

当然，蓝子风也有不满意的地方。在安南老家的房子里，他有一个单独的画室，学校分配的房子面积很大，装修的时候，蓝子风就有一个条件：给他装一个画室。房子是以蓝子风的名义分下来的，林月华就不能反对了，他爱怎么折腾就怎么折腾。

现在住的这个鹏华公寓，房子就小多了，毕竟是租房住，不可能住得那么豪华。但这已经是儿媳曾米瑞在学校旁边的出租屋中找的条件最好的小区了，价格不便宜，一年租金5万元，3年租金一次性付清。

听到这个价格，蓝子风和林月华都有点咂舌，这个钱在安南恐怕都够一套房子的首付了。

米瑞说："爷爷奶奶年纪大了，肯来江城给之之陪读我们感激不尽，总不能让你们在一个破破旧旧的房子里住三年。反正省一附中旁边的房子都不便宜，不如租一套好一点的。"

好一点当然也不如家里好。家里房子大，不像这里，七八十平方米做出三间房来，感觉都转不过身来。更让蓝子风不习惯的是，他们住的房间小，摆不下一张画桌，他必须在客厅画画。用来画画的画桌是女儿家淘汰的餐桌，大小符合他的要求，但是用起来总感觉不如家里定制的画桌顺手。不仅如此，客厅还摆着一台电视机，那是林月华的战场。与林月华共用一个公共区域是让蓝子风最不愿意的地方。

蓝子风在心里计算，再过 3 年，我就 75 岁了，人生最好的创作时期又过去了 3 年。说实话，他是不怎么愿意来这里陪读的，自从他开始画画，他一直感觉自己在和时间赛跑，生怕自己哪一天跑不动了，输给时间。他是一个有志气的人，不管什么时候都是。

但现在他却不得不放下自己的志气，因为理智告诉他，他必须做一个正常的爷爷。一个正常的爷爷是必须以孙子考大学为第一要务的，而他自己的理想不得不暂时搁置起来。要他完全不画，也是不可能的，所以就只能从夹缝中挤时间。

林月华看他专注画画，对自己不闻不问就感到不舒服：也不看看我的腿昨天肿成什么样子，今天是吃了药才稍微好了一点，再说我去菜市场买菜，还不是为了你们吃得好一点。累死累活地跑了一上午，不仅一句安慰人的话没有，一回来就见你拉着个脸，一副不高兴的样子，倒像是我犯了什么错似的。

林月华知道这个架吵不起来，你要说他不知道关心人，他自然是有话说："自己腿疼，就不要瞎跑，让别人去买菜不就行了，自己跑累了就来怪别人。"

林月华把气闷在心里，既然有心关心人，就不知道陪人一起去买菜？她在菜市场里可是看到好几对老夫老妻一起买菜，一起挑挑拣拣，别有一番情趣。

当然，她知道这么浪漫的事不可能发生在蓝子风身上。和蓝子风一起出门，不一会儿，蓝子风就走路如风地拉下她一大段距离，等回到家他还一脸不解："怎么走着走着就看不到你的人影了？"

就算他天生不浪漫，走路快一些，林月华都认了，但是稍微有心的人，既然知道自己老伴儿身体不好，又去了这么久，总该去接一下吧，哪怕是下楼帮忙拉一下推车，林月华也会感激的，做菜的心情都会好很多。

再退一步，就算他沉迷于自己的事情，忘记了林月华去菜市场买菜这件事，那么林月华进了门，他总归得慰问一下吧，哪怕随口说一句"外面很热吧"。

不管出现以上哪一种情况，林月华都不会生气，更不会找茬。

林月华将推车里的菜一样样拿出来，心里琢磨着从哪里开始找茬，一眼就看见蓝子风嘴上叼着烟。

"又抽烟了，我说家里怎么一股子烟味。"

蓝子风木木地说："窗户打开了。"

平时一抽烟，林月华就要求他开窗户，他已经形成条件反射了。

"开窗户有什么用？你没看昨天之之给他妈妈发的微信，说二手烟对孩子的危害？"林月华知道哪儿是蓝子风的软肋，他最怕孙子给儿媳妇告状。

蓝子风掐了烟。

蓝子风一直是一个顶天立地的男人，天不怕地不怕，不怕吃苦，也不怕生活的磨难。他有点琢磨不透的是，他小的时候，怕父亲，现在老了，却怕起孙子来。

09

万菊花

万菊花嫁到蓝家的时候，蓝家老太太和老头子都还只有40多岁，那时的蓝老太太端庄得像一位贵妇人，蓝家后代抗老的基因应该都是从老太太这里遗传来的。据说蓝老太太生于青河镇上最大的地主家庭，因为家道中落，下嫁到了蓝家。

蓝家说是镇上的，其实是城中村，主要的收入是靠几亩薄田。蓝老太太是标准的三寸金莲，下不了地干活，就学了一门织布的手艺，聊以养家。除了织布以外，老太太还能给刚出生的小儿挑个疱疹什么的，现在想来应该是小儿鹅口疮。那时候不讲收费，但孩子的父母出于感谢，常常会孝敬一些鸡蛋、点心，这也是蓝家改善生活的一个主要来源。老太太的这门手艺不仅在镇上，在附近乡下也颇有名气，经过口口相传，她的这一项营生一直到老都没有中断，直到她84岁寿终正寝为止，所以孙辈们多半都吃过别人送来的鸡蛋和点心，也算是当时清苦生活中不可多得的乐趣了。

蓝家老头是一个酒鬼，据万菊花这么形容。因为旁的人，比如蓝启顺和蓝子风都不会这么说他们早逝的父亲，尤其是蓝子风，在他9岁时父亲就已过世，他对父亲并没有太深的印象。在蓝启顺和蓝子风中间还有一个女孩，叫蓝贵芳，她应该对父亲有些印象，但在蓝家她似乎是一个无足轻重的人，也许对她有一丝挂念的就只有蓝老太太，但是家里那么多人和事让老太太无暇顾及，对蓝贵芳的挂念也就只在淡淡的言语中流露一些了。

万菊花嫁过来一年后，生下了蓝天宇，家里多了两口人吃饭，收入却没有增加多少。这时候蓝家老头身体大不如前，据万菊花说应该是常年饮酒造成他脑子出了问题。

大约是这时候，蓝贵芳被嫁到了穷乡僻壤，从此以后山高水长，母女、兄弟姐妹见面的机会越来越少，只有时常从乡下传来的消息："贵芳又生了一个。"她一连生了八个孩子，四男四女，才终于停下来。蓝老太太最后一次见到蓝贵芳，是在她50岁早逝的葬礼上，老太太说了一句"白发人送黑发人"，就再也说不下去了。身体一向硬朗的蓝老太太在经历了这次舟车劳顿以及心力交瘁之后，回到家就一病不起，没过一年就驾鹤西去了。所以要说老太太心里不惦记这个女儿是对她莫大的冤枉。

蓝子风那时候已经离开私塾，上了正规的小学，学费虽然不贵，对这个家庭来说却是天大的负担，没有办法，蓝子风主动退了学。学校老师找到蓝家，对蓝老太太说："这孩子是块读书的料，你们无论如何也要让他读下去。"

蓝老太太踩着织布机，她双手一刻也不能停，回答老师说："不是我不想送他上学啊，家里就是这个情况。赚钱的人少，吃饭的人多。"

老师答应去和学校申请，免了蓝子风的学费，不仅如此，只要他每门功课都考到全校前三名，还奖赏他一门功课吃一个包子。为了能有包子吃，蓝子风豁出去了。

有了孩子以后，蓝启顺倒是动起了脑筋。那时候父亲已经因病去世，靠着他一个人在田里勤扒苦做，养活一家人十分困难，他觉得还是要想别的办法赚钱。

当时21岁的蓝启顺第一次跟着镇上的生意人去了一趟云南，那时贩卖的是烟草，路途遥远，回来的路上又碰上连日大雨，第一笔生意血本无归。但是蓝启顺看出这是一条路，中国这么大，只要你肯去远的地方，总能买到一些当地便宜的东西回来赚差价。

万菊花是一个老实女人，孝顺公婆，对老公百依百顺，加上第一胎就生了儿子，在蓝家她算有功之臣。蓝启顺出门以后，万菊花白天下地干活，晚上回来帮忙纺纱织布，除此之外，带孩子和养猪崽更是当仁不让。她从来没有抱怨过什么，因为不管是她的母亲，还是她的婆婆，都是这么过来的。一代又一代的中国妇女，就是这样，忍辱负重，撑起了一个又一个家。

蓝子风去江城市上大学的时候，万菊花刚满30岁，她刚刚生下第二个孩子蓝洁英。因为蓝启顺常年在外，他们家几个孩子的年龄差距比一般人家要大，这也多少给了万菊花一点喘息的机会。

蓝子风是那年全镇唯一考上大学的学生，等在考场外面的数学老师问了他最后一道大题的答案后，从荷包里掏出私房钱，请他吃了整整一屉小笼包。多年以后，蓝子风每次回忆起那屉包子的味道，都不后悔他大学毕业后回安南市做一名老师的选择。

没有盘缠，没有生活费，这是18岁的蓝子风在考上大学的狂喜过后要面对的难题。

嫂子万菊花从里三层外三层的手巾包裹里取出3块钱的毛票，这是她攒了好久的体己钱，一分不剩地全给了小叔子蓝子风："穷家富路，虽然也没有多少，是你哥哥和我的一点心意。"其实这时候哥哥还在路上，根本没有回来，就是嫂子一个人的心意罢了。蓝子风的眼睛红了，以后不管和哥哥家发生怎样的纠葛，蓝子风只要念及这3块钱，就会想起万菊花的好来。

上世纪60年代，国家"割资本主义的尾巴"，蓝启顺审时度势，回到了生产队，蓝家祖上三代赤贫的成分让他顺利地融入了当时的社会。蓝启顺的回归，让万菊花在1969年最后一次怀孕，并于1970年生下小女儿蓝洁丽。

改革开放以后，蓝启顺重操旧业，这一次他做的是贩卖木材的生意，当时建筑业、家具业空前发展，市场上木料价格水涨船高，蓝启顺想起他以前的门路，如果有办法将深山老林里价格低廉的木材运出来，他就可以赚一笔不小的钱。

那时候的蓝启顺手头比较富裕，那也是他一生中的高光时刻。

可惜的是，84岁的蓝老太太在那个时候撒手西去，操劳了一生，却没有享受到一刻轻松休闲的时光。唯一可以告慰她的是，临终前的几个月两个儿子守在病榻前嘘寒问暖，特别是小儿子蓝子风，此时已经是青河镇中学的教导主任，在百忙之中每天都来探望母亲，帮卧床不起的母亲翻身换衣服，拉着母亲的手，回忆他们小时候的点点滴滴，给将不久于人世的母亲留下了最美好的回忆。

蓝老太太去世以后，蓝子风镇中学的同事们送来了一条街都摆不下的花圈，成为当时最让蓝子风骄傲的事情，这也是他一生中最为骄傲的时刻，他终于成了母亲的荣光。

母亲去世后，蓝启顺开始着手老屋的改造。这时候蓝子风已经调往安南市一中工作，但是蓝启顺基于母亲的遗愿，以及她对两个儿子一碗水端平的心态，当然，因为小儿子在身边的时间少，母亲一直都在帮大儿子操持家务，就更希望她过世以后，做哥哥的不能在老屋的分配上委屈了弟弟。

兄弟俩商量后决定一人一半地基，各自出钱盖自己的房子。几经修改图纸，最终他们为了节省一堵墙的花费，决定两家共用一堵墙，分别从不同的门进出，造成了两栋房子实际上是连体别墅的结果。这也为后来林月华想卖掉这套房子却除了蓝天宇以外无人出价的结局挖下了坑。林月华一直觉得在老地基上盖房子这件事就是一个陷阱，当时如果用这笔钱在任何别的地方买一套房子，上涨的房价至少有十几倍了。但是蓝子风觉得不能否认哥哥当时的好心，时局变化，谁又能料得到呢？

林月华一直觉得女儿蓝怡是一个性情冷漠的人，他们决定回老家盖房子的时候，蓝怡不止一次反对："我以后又不去老家住，蓝亮，你以后会去青河镇住吗？蓝亮也不会去。"

房子上梁那天，蓝洁英喊住蓝亮，说："你们真享福，什么都不用做，就有新房子住。"她说这话的意思是盖房子的事都是她父亲在操持。

蓝亮嘴笨，蓝怡在旁边翻了个白眼："我们又不是没有出钱！"

蓝启顺到底是商人本质，盖房花费的每一分钱都会记账和弟弟算清楚。

10

唐雨晴

唐雨晴走后，林家国发了话："找个时间，家里人一起坐坐，也顺便送送孩子他婶婶。"

陆美媛没有接茬，一扭身进了自己的房间。坐坐？真是当官的一张嘴，做事的跑断腿。今时不比往日，你这都退下来多久了，以前的属下早都不买账了，打个电话过去差使一下，留情面的会敷衍一下，不给面子的就直接拒绝了，免得这次答应了还有下次。

往年倒是常聚的，特别是林老太太在世的时候，老太太和林家国都喜欢热闹，逢年过节，又或者老太太和林家国的生日，免不了要操办一下。老太太是欢喜看到林家几代人齐齐整整、开枝散叶的兴旺，林家国自然是对自己在两个家族中的权威感到满足。

是的，两个家族。除了林家三兄妹要到场以外，陆家的弟弟妹妹们因为在工作上都免不了沾过姐夫的光，所以这种时候也是一定要来捧场的。

陆美媛有个妹妹，叫陆淑媛，比唐雨晴小两岁，也在重机厂工作，妹夫是重机厂厂长助理，这是唐雨晴心里一直过不去的坎了。虽然林家国两口子信誓旦旦地说陆淑媛老公被提拔起来的事，林家国没有插过手，尤其是陆美媛再强调："小史有学历，又年轻，是上面看中的，老林的胳膊再长也管不到重机厂去。"

　　唐雨晴嘴上不反驳，回家却和林家保说："都说哥哥是向着弟弟的，我看你在他那里连个连襟都不如。"

　　这就有点挑拨离间的意思了。

　　林家保不想惹麻烦，帮着哥哥说话："重机厂现在分出来了，行政上不归轻工局管，大哥还真是管不了他这事。"

　　"你也知道现在分出来了？就是说以前是归他管的对吧？那些厂长什么的不都是和他有关系的，就你这个猪头这么傻，在重机厂这么多年都不知道找你哥去说道说道。"

　　唐雨晴牙尖嘴利，林家保虽然心里对哥哥也有一点意见，但是不能在媳妇面前表现出来："哥也不是没帮，当年提车间主任，我哥还是出了力的。"

　　"那也能叫出力？你本来就够资格了。"唐雨晴不依不饶。

　　"够资格了也不一定评得上，干部考察是要考察方方面面的。"

　　"林家保，你就这点出息！"

　　林家保不恼，他心里觉得史志学好歹是个专科生，学的还是机械专业，比起他这三脚猫的八级钳工来，理论知识丰富多了，让这样的年轻人上去，他是确实觉得没毛病。

　　陆美媛还有个弟弟叫陆书义，陆书义是家里唯一的男孩，宝贝是宝贝的，但也没有那么宝贝，主要是父亲去世得早，母亲是个家庭妇女，老早就依附在陆美媛这里，在住房最紧张的六七十年代，陆美媛的那个筒子间里就要给老母亲放进去一张床，除了林家国这样的男人以外，换任何一个别的男人都不会接受。

　　陆书义在商业公司上班，一开始做些跑腿打杂的事，没有职位，娶的老婆是机关幼儿园的老师，平日里大家都叫她杨阿姨，也有人私底下叫她杨小姐。叫她杨小姐没有轻视的意思，反而是褒义，说明她这个人不一般的洋气。只能说陆书义这个人不知是从哪里修来的福气，竟然能娶到这么时髦的城里小姐。

每次在林家国家里聚会，陆淑媛两口子是专门负责秀恩爱的，除了秀恩爱以外，偶尔也秀秀史助理在事业上的亨达，杨阿姨带着女儿陆欣是负责展示她们的美貌的。比起陆家小妹的秀恩爱，林家保对唐雨晴的好就显得太内敛了，更关键的是，林家保没有史志学帅，就算当着大家的面秀起恩爱来，也不会让人觉得羡慕，只会让人觉得别扭。唐雨晴的女儿林瑜比不上陆书义的女儿陆欣漂亮，不仅没有人家漂亮，打扮也不如人家时髦。偏偏小时候的林瑜没有一点自卑心理，每次去大伯家就喜欢和陆欣黏在一起，大人们问她说你怎么老是和陆欣一起玩？她仰着那张朴素的小脸说："陆欣漂亮啊，像洋娃娃似的，谁不喜欢！"

唐雨晴心里的憋屈不好当面直说，就只能回到家揪着陆美媛撒气："就显得她陆家有人似的，林家的聚会每次陆家人要占上一半的位置，还都是好位置，看到没？那个杨阿姨每次都坐在上座，就不知道自觉点，没有一点做小辈的样子。"

林家保不明就里："杨阿姨坐的是上座？在家里吃饭哪有什么上座下座。"

唐雨晴在心里把嘴一撇：男人就这德性，见到漂亮女人就捧上天去了。漂亮吗？不过是年轻一些罢了，想我唐雨晴年轻的时候，不也是好多男人追的。

对自己的容貌，唐雨晴向来是相当自信的。

林家保看一眼唐雨晴，似乎反应过来她刚才说陆家人来了好多的事，于是连忙拍拍老婆的肩膀："过年嘛，又是大哥大嫂家，家里人一起聚聚也是应该的，你看要不过几天我们也办一办，虽然没有大哥家办得排场，但是心情是一样的，就是亲戚们在一起热闹热闹。你定个时间，我去菜市场买好菜。要请哪些人，你来安排。跟你哥哥那边也好久没有一起吃饭了，你哪天去和他们说一声，让他们来一起吃个饭，以后也常走动走动。"

　　林家保是好心，唐雨晴刚才的那番话听上去是妒忌陆美媛娘家有人，他也在反省是不是对唐雨晴的娘家哥哥有点冷漠了，虽然她哥哥混得不咋拿得出手，但是唐雨晴也就这么一个娘家人在世上了，不要说走动走动是正常的，有机会多帮衬一下他也是作为妹夫的责任。

　　唐雨晴听林家保噼里啪啦一顿说辞，不仅没有得到安慰，反而觉得更委屈了，一大家子聚在一起本来就不是唐雨晴喜欢的，麻烦不说，还铺张浪费。现在不光说要请陆美媛，还要请唐自立，那岂不是将自己的短处亮给别人看吗？这个林家保，真是一点也不懂人情世故，哪像陆家人，一个个猴精猴精的。

　　比起大嫂子那边，唐雨晴更愿意和大姑子林月华一家来往。林月华家人口简单，和唐雨晴家一样，都是四口人，两大两小。蓝家那边不是没有亲戚，因为蓝子风老家不是安南市的，是下面青河镇上的，虽说坐车也就40分钟的事，但是人际来往就清爽多了，找蓝家有事就单独和蓝家办，林家请客就专门请林家，纯粹、清白，不乱炖，多好！

　　林月华还有一个优点，她不像陆美媛那样喜欢展示优越性，说起来她要想展示也不是没有展示的，她老公蓝子风虽然不像林家国那样是局长，但人家是大学生，又是市一中的教导主任，社会地位不比林局长低。林月华骄傲是骄傲的，但她从不在兄嫂弟妹跟前骄傲，这些人都算是她的娘家人，到底不一样。

　　但是，林月华的这些优点到了蓝子风眼里就成了缺点：她把林家看得比蓝家重！同样是哥哥娶媳妇，蓝天宇结婚的时候，林月华死活只肯送 5 块钱，还说 5 块钱已经很多了。可到了林家国的儿子林大明结婚的时候，林月华就非要送 10 块钱，说不能送少了，不然会被陆美媛看不起！道理怎么都在她那边？蓝子风心里就不舒服了，不能因为你哥在轻工局工作，就看不起我哥！你哥是哥，我哥就不是哥了？这么多年，为了蓝林两家一碗水端没端平的问题，蓝子风和林月华可没少吵架。

　　唐雨晴从大哥家出来，舒了一口气。陆美媛在她的眼泪攻势下倒是没有冷嘲热讽，不过她说听跳舞的老姐妹说的，唐雨晴是不信的，肯定是陆淑媛在背后嚼舌头。是唐雨晴大意了，史助理一家也住在重机厂宿舍。史助理后来也没有升上去，一方面是林局长退下来了，另一方面是重机厂也渐渐垮了下去，随着老一批工人退休的退休，下岗的下岗，当年在安南市辉煌过的重机厂慢慢地退出了历史舞台。

　　唐雨晴听来的小道消息是这一片的厂房说不定哪天也会被某个房地产公司收购，到时候，厂里的宿舍能拆迁的就拆迁，唐雨晴动那个将房子转到林峰名下的念头，也是想趁拆迁之前将房子转了，免得将来拆迁后房子涨价了，他们两兄妹扯皮。唐雨晴是向着林峰，但她不想被女儿女婿说她重男轻女，都什么年代了，还重男轻女？不就是一个厂里的破宿舍吗，给你们，你们也不想要。

11

蓝洁丽

蓝天宇的手机不是关机就是没有人接，蓝洁丽没办法才打到他们那个小作坊的。她知道肯定是冷艳接电话，其实打电话的时候她也没有太大的指望，只不过觉得冷艳总不至于转告蓝天宇一声也不肯，结果还真是被呛了一鼻子灰。

蓝洁丽放下电话，早就知道她是这样的人，但还是免不了生气。其实万菊花生病的事，冷艳哪能不知道？连邻居都知道了，蓝天宇他们就住在隔壁还能不知道？不想知道罢了。

都说养儿防老，养了蓝天宇这样的儿子，娶的又是这样的媳妇，能防得了什么老？不管从哪一方面说，万菊花都是对得起冷艳的，住在一起的时候，帮她把三个孩子带大了，别的婆婆帮忙带孩子免不了要指桑骂槐，万菊花这样的老实人没说过冷艳一句坏话，倒是冷艳到处说她老脑筋，把孩子带坏了。这还不说，等孩子们一上学，用不着奶奶了，冷艳就开始闹着分家，非要蓝启顺和万菊花给他们在外面盖新房子。

冷艳这样闹，也没见蓝天宇出来说一句话，大家都说蓝天宇老实，怕媳妇。万菊花还对洁英、洁丽姐妹俩说："你哥还是好的，就是娶的媳妇不是个玩意儿。"她们以前也信了，现在却越来越觉得哪里不对劲儿，就算她哥老实，由着媳妇撒泼，但是该占的便宜也没见他不跟着占呀。

蓝启顺那时候年纪也大了，已经不怎么出去跑生意。他让相熟的人将木料送过来，在当地开了一家木料行，眼热的人相继效仿，周围一下子开了好几家木料行，这样一来，利润就给摊薄了，每年到手的钱刚够一大家子的花销。过去的积蓄都花在了老屋重建和三个孩子结婚的大事上面。最近几年他身体不太好，动不动要去医院，花的医药费也不少。现在再要他掏出一大笔钱来给儿子盖房子，尤其是最近几年地基涨得特别贵，蓝启顺就力不从心了。

因为这个情况，他们才打起了蓝子风当年在旁边造的那座房子的主意，房子空了这么多年，眼看蓝子风的两个孩子都出去上大学了，以后回不回安南市都不一定，要回青河镇来住就更不可能了。蓝启顺和弟弟蓝子风商量，蓝子风开始还咬着牙说他退休以后就回来住，但是架不住哥嫂一再地请求，林月华在旁边说风凉话："你要是不卖给他们，到时候你回去住了，住在他们旁边，你身边没有孩子，他们的孩子能给你好脸色？"

蓝子风讨厌林月华的冷嘲热讽，我侄儿怎么可能是这样的人！但是他思来想去，觉得还是要给哥哥嫂子解围，毕竟侄媳妇一直吵，连蓝子风都知道这个侄媳妇比较烦人。但她给蓝家生了三个孩子，也算是蓝家的功臣吧，又不能把她怎么样，只能像万菊花说的："能糊住就糊住吧，毕竟是一家人，一笔写不出两个蓝字来。"

蓝洁丽的老公朱文武从外面回来，看见蓝洁丽闷闷不乐的，问她："又怎么啦？还不做饭？"

"我妈不舒服，说是吃不下饭。"

"天热了呗，我也吃不下饭。"

"那哪能一样，你天天吃一大碗呢。"

"该不是要去医院看吧？现在的医院可进不起，一进去，七检查八检查的，还没有查出什么呢，大几百小几千就进去了。"

"肯定要去医院啊，我妈都这么大年纪了，不去看看哪能放心。"

"要看也是你哥带去看吧，你瞎掺和个啥？家里有什么好事都先可着他，总不能给你妈看病这麻烦事就轮着你了。"

"你这是说的什么话？什么叫好事都可着我哥了，我爸妈对我可不差。"

"你还真是傻，他们对你怎么就不差了？房子给你了，还是给了你多少钱？"

"话怎么能这么说，他们现在不也没什么钱了吗，我爸一走，木料行做不下去，我妈一个家庭妇女，年轻时还能下地干点活，现在身体也不行了，重活干不了。"

"你妈身体是怎么不好的？还不是给你哥带三个孩子带的！"

"妈也帮咱们带过茜茜，你可不能没有良心。"

"她带茜茜带了多久，她给你哥带孩子带了多久，你可真是被你妈洗脑了。"

"去去去，和你说不清楚。我也不是没有和我哥联系，他的电话总是冷艳接的，那个女人不清白。"

"人家哪里不清白，精着呢，房子给他们整得好好的，孩子也给带大了，她整天麻将桌上坐着，日子过得不要太好，就你这样的脑子不清楚，还以为娘家给了你多大好处呢，老娘病了第一个就通知你！"

被老公一顿抢白，蓝洁丽也觉得自己是有点吃亏。那些邻居也真是的，老太太不好，直接跟她儿子说呀，就住在隔壁的不说，给我打电话算哪门子事！

不过她嘴上还是说："我哥那个小作坊日夜不停，忙着呢，他们铁定是找不到他唄。再说了，我姐这不是到北京去了吗，要不然他们也不会找我。"

朱文武冷笑一声，蓝洁丽这个女人就是傻得要死，鸭子死了嘴巴硬。她的哥哥姐姐哪个都不是好惹的，蓝家就数她最老实，本事都用来和老朱家怄气，屁股坐不正。看病就看病，反正别想从我这里拿一分钱，当初是谁说"这就是好好的一朵鲜花非要往牛粪上插"。蓝洁丽的爸爸妈妈自他们结婚起打心眼里就看不起朱文武这个女婿，现在别想从他这里得到一分钱的好处。

蓝洁丽还真得管他要钱："我这个月的工资一下来就给茜茜交了培训班的钱，上次和你说交钱的事，你出去了，你说等你回来再说。"

"知道没钱还报什么培训班？"

"学数学的，你闺女语文蛮好，老师说就是数学差了一点，到外面补一补说不定可以考一个好大学。"

"骗你的，你也信？他们老师都是一伙的，你给他介绍学生，他就给你介绍学生，反正买单的是家长，一节课 200 还是 300？"

"200，我没报一对一的。"

"200？ 10 次课就 2000，这钱可真好赚。"

"是好贵，但是老师说不报班跟着学校上孩子赶不上去，复读一年花销也不少呢。"蓝洁丽就这么一个闺女，还是想好好培养，不能让孩子走她的老路。

"也不看看你一个月赚几个钱，花起来就大手大脚的。别什么都找我，我那几个钱可是拿命换的，你去问问跑运输的，一年有多少死在路上。"

朱文武不喜欢跑运输，但是现在他找不到更好的工作，就这份差事还是别人看了许时运的面子才让他做的。

蓝洁丽在文化局当打字员，属于临时工，工资低得很，一个月发到手就 2000 多。由于长期低头工作，她的颈椎也不大好，经常头晕。不过 2000 多好歹也是钱，现在的蓝洁丽不比往日，没有了任性的本钱。

当年蓝洁丽从安南市回来以后，在青河镇开了一家美发店。可她一开始就没有将美发当成一项长远的工作来做，美发店的选址离中心城区有点远，又没有好好装修，上门来做头发的都是一些附近的街坊，收费不可能太高，图的是口碑和回头客。那个时候蓝洁丽年轻，玩心大，没多久就被经常来做头发的几个阿姨带到牌场子去了，说是打打小牌混个时间，你一个大老板也不在乎这几个小钱吧？

蓝洁丽经不起撺掇，别人一夸她是大老板就真以为自己是大老板了，招了一个小姑娘帮忙看场子，自己皮包一夹就跟着阿姨们打牌去了。

她和朱文武就是在牌场上认识的，朱文武的妈是牌场的常客，朱文武打小就在那里出出进进，他就是那种老师在黑板上写字，他能在下面起哄的捣蛋学生。不过捣蛋鬼有捣蛋鬼的优势，会讨人喜欢。牌场里的女人们都知道朱文武能说会道，会说笑话，牌打得好，也知道怎么讨女人欢心。他要是喜欢上哪个女人，和这个女人打牌时就会在合适的时候给她"放炮"。

蓝洁丽就是和他一起打牌，被他放了几个"大炮"以后和他好上的。

等蓝启顺和万菊花知道后，气不打一处来，找哪个男人不好，找一个牌场里的小混混。蓝洁丽离开亚中美发，是因为嫌黄亚中个子矮，没想到自己找的这个朱文武个子更矮，比蓝洁丽矮了半个头。要个子没个子，要长相没长相，家里只有一个老母亲，也是一个混牌场的，这样的男人能有什么出息？

蓝启顺和万菊花反对也没有用，因为蓝洁丽说："生米已经做成熟饭了。"

12

蓝洁英

蓝洁英痛恨自己到底是狠不下心来，自从出嫁时和蓝启顺闹了那么一场别扭以后，她就下定决心，以后不管过得好不好，都不会再和蓝家有什么纠葛，就像她的姑妈蓝贵芳一样，生是婆家的人，死是婆家的鬼。

蓝洁英上学上得晚，只读到初中就迫不及待地开始赚钱，她很早就看透了，在这个世界上，谁有钱谁就有话语权。但她不知道从哪里开始赚钱，上小学的时候，可以去附近的工厂捡煤渣，能赚一点是一点，在她眼里，再少的钱也是钱，积攒起来也还是一笔。所以当蓝启顺让她和洁丽将换来的毛票上交，说是给家里买油盐的时候，她就多了一个心眼，将自己每天赚的钱记下来，看看自己到底帮家里赚了多少钱。这一记账就养成了习惯，交给蓝启顺的每一分钱都被她记得清清楚楚，分毫不差。

现在她初中毕业了，再和小学生去抢煤渣是不可能的，再说蓝洁英也看不上这仨瓜俩枣的，说出来也没啥意思。她看父亲托关系将蓝天宇送进了镇上的自行车配件厂，就吵着也要去厂里上班。蓝启顺不同意："进厂里上班那么容易的？送礼都花了好几百呢。"

蓝洁英赌气："大哥去的时候我就没听你说这个。"

"什么都和你大哥比，他是男孩。"

"男孩怎么啦？男孩能去工厂里做事，女孩也能去。"

最后还是蓝洁英妥协，说愿意将送礼的钱从工资中扣出来，蓝启顺才勉强答应去帮她打点关系，不过又加上一句："女孩子家手上不要留太多钱，工资嘛，我也不要你的，你就交给你妈帮你保管。"

这一保管就保管了好几年，到蓝洁英出嫁的时候，他们都忘了这茬。他们可以忘记，蓝洁英自己可不会忘记。在婚礼上甩出账本让蓝启顺差点心梗的事也只有蓝洁英做得出来。"她这么多年在家里吃的喝的就不花钱了？将所有钱都要回去，还要按银行存款算利息，这女孩子可真是，啧啧啧。"满堂的宾客都在心里看笑话。蓝启顺号称一方乡绅，又是一家之主，结果他家的女儿就是这个样子，一点都不温良贤淑。操完蓝启顺的心，宾客们又操起她要嫁过去的许家的心："听说许家就一个儿子，这么彪悍的姑娘嫁过去，还不得将人家家里闹翻了天，阿弥陀佛。"

蓝洁英进的是毛巾厂，毛巾厂里女多男少，但并不影响她在厂里的受欢迎程度。不仅在毛巾厂，她哥哥所在的自行车配件厂里的小年轻们也打听到毛巾厂有个泼辣漂亮的蓝洁英，千方百计地找到她献殷勤。

蓝洁英说："谈朋友可以，谈一年就结婚，不和婆婆住在一起的优先考虑。"这一条就难死了大多数未婚小青年，那时候可不比现在，都是一大家子挤在一起，哪有刚结婚就闹着分家的？

有个媒人介绍过一个杀猪的年轻人，他父亲是个木匠，自己又有一门手艺。蓝启顺觉得不错，和万菊花商量："有手艺，有收入，嫁过去不愁没有肉吃，说不定连蓝家都能照顾到一些猪下水呢。"

蓝洁英一听就冒火。蓝天宇说媳妇，你们挑了又挑，相貌要好，身材要窈窕，生辰八字要相合，家境要门当户对。到了自己这里，仿佛她就是一棵急于出手的大白菜，连杀猪匠都可以，这是有多不挑！

万菊花叹气："老话说得好，女大不中留，留来留去是个愁。你不要怪你爸狠心，女孩子被媒人踩破门槛的，也就这么几年。那些被家里使劲儿留着的，你去问问，到后来有哪个不怪父母的？"

蓝洁英一想也是，她可不能留在这个家里，这个家早晚是蓝天宇的家，哪里会有她和洁丽的位置。家里的一切都是蓝启顺说了算，万菊花就算有点偏向女儿们的心，也只是一点点而已，一旦那一点点和她儿子的利益产生了冲突，她也是毫不犹豫地先舍了女儿们的。没办法，奶奶说了："蓝家的香火是靠儿子往下传的，姑娘都是帮别人家传香火，这一辈辈人都是这么过来的，你就不要置气了，要怪就怪你生了一个女儿身。"

许时运是她自己选的，图的是许时运这个人老实，好拿捏。许时运的父母是乡下的，比起镇上的婆家来，朴实许多。但许时运家里的条件也还不错，因为他的父亲是村支书，眼界比一般人要广，早早地利用地理条件搞起了养殖，成了那部分先富起来的人之一，这也是后来老两口能够扶持孙子许骏在北京买房子的原因。

另一个方面，许时运被他父亲找关系安排在镇里上班，现在虽然是打杂，但他还是很有志向的，想着干点名堂出来。蓝洁英觉得男人就应该这样，不能像蓝天宇，什么都听他爸爸的，自己没有一点主意。当然最让蓝洁英满意的是，许时运在镇上上班，他们结婚后就可以住在许时运在镇上的宿舍，不用和公婆住在一起，这非常合乎蓝洁英的心意。

蓝洁英算得滴水不漏，不过还是没有算到许时运这个工作虽然是镇上的行政，但他大部分时间是下乡调研，这就导致她生下许骏以后不得不搬到乡下许家去。冷艳几乎在同一时间生下了第一胎蓝大玲，万菊花一门心思都放在了带孙女身上，外孙子虽然也喜欢，但就是腾不出手了。再没有婆婆搭一把手，蓝洁英一个人可坐不了月子。

去许家坐月子，工厂的事就做不下去了，本来就是流水线上的工人，没有人帮你保留工作。许时运说："没事做了正好休息休息，在家带带孩子，把骏骏丢给我妈也不是不行，就怕以后你又抱怨说她没有把孩子带好。"蓝洁英一想也是，不说婆婆教不了孩子什么知识，光那个乡下口音，如果让孩子学了去，蓝洁英就觉得受不了。

许时运是公家的人，要实行计划生育，蓝洁英第一胎就给许家生了一个"带把的"，那可是有功之臣。公公许广陵说："论功行赏，生一个孙子赏一万元。"许时运连忙拦住他爸："再生一个，国家就要罚款了。"

蓝天宇结婚后，自行车配件厂和毛巾厂都垮了，主要是生产的东西太多根本卖不出去。蓝天宇领回来一大堆自行车配件抵前几个月没发的工资。这下蓝洁英也死了心，还好她走得早，要不然厂里估计也会塞给她一大堆破毛巾了事。

蓝洁英丢了工作，蓝启顺没觉得有什么，反正她已经嫁到许家去了，许家总不至于让她没有饭吃。但是蓝天宇丢了工作就不行了，冷艳没有工作，又刚生了一个女儿，蓝启顺希望他们赶快再生一个，争取早点生一个儿子。蓝启顺得为蓝天宇以后着想，他可是要做一家之主的人，不立住可不行。

先是让蓝天宇接手他的木料生意，蓝天宇觉得没劲儿，钱赚得少，也没有什么技术含量，再说就这么一个店铺，有蓝启顺一个人在那儿死撑着就行了，根本用不着两个人。让蓝天宇自己去外地进货，把生意做大，他也不感兴趣。蓝天宇和他父亲不一样，他不喜欢和人打交道。

谈来谈去，蓝天宇提出来，如果给他买一个车床，他倒是可以自立门户干起来。蓝天宇在自行车配件厂这么多年，别的没学到，倒成了一个好车工。

主意是不错，但是买一个车床，那可得不少钱啊。

蓝启顺和蓝天宇商量，在先前买房子的事上已经得罪了林月华，现在再开口找蓝子风借钱也说不过去，就算蓝子风答应借，从林月华那里也拿不出钱来，干脆断了这个念头。

蓝天宇说："许家不是有钱吗？"

蓝启顺摆摆手，他可不想去求蓝洁英。这个女儿在婚礼上找他补要嫁妆的事，让他在亲戚朋友跟前丢尽了面子，他可不想去找她借钱。

最后还是万菊花提着一篮子鸡蛋，坐着小船来到许家。这个女儿真是不听话，嫁这么老远，就算婆家有点小钱，住在这么远的地方，又是坐车，又是坐船，有什么好？

一见面，母女俩先是抱头痛哭："你住这么老远，害得我连外孙子都没看到几次。"

蓝洁英虽然觉得万菊花说的都是场面上的话，出院后，她还在宿舍住了几天，也没见母亲过来照顾一下，她还不是实在没有办法，才搬到乡下来的。但是母亲一哭，蓝洁英就跟着哭了。她心想：我一个镇上的姑娘为什么要嫁到乡下，还不是为了他家里条件好，反正我是穷怕了。

又是抱孩子又是亲孩子，绕了一圈，万菊花才说到借钱的事上："就当帮帮你哥，等他的工厂搞好了，赚了钱就还给你。"

13

蓝洁丽

朱文武点燃了一支烟，抽了几口，吐出一个烟圈，似乎想起来什么似的，到卧室转了一圈，出来时手里拿着一沓钱，递给蓝洁丽："带你妈去医院看病吧。"

蓝洁丽有点愕然，这转变也太快了吧，刚才还叫嚣着"别想从我这里拿一分钱"呢。

"1000 块，够了吧？"罗文武歪着嘴说。

"够了，够了，我先带姆妈去门诊看看，应该是够了。"蓝洁丽忙不迭地说，到时候就算不够她也只能去想别的办法了。

朱文武将烟叼在嘴里，腾出手来按住蓝洁丽接钱的手："这次带你妈看病，你可得和你妈谈好了。"

蓝洁丽愣了一下："什么谈好了？"

"房子的事啊。"

"什么房子的事？"

"说你傻你还真是傻啊。"朱文武将烟头灭了，娶了个不聪明的老婆就是不省心，"你说什么房子？你哥的房子是你爸妈给他买的，不管是不是从你叔那里买来的，反正他有房子住了。你姐不用说，自己盖的房子，不光自己有住的，还有多余的租出去，这咱们羡慕也羡慕不来，你姐命好。现在就你没房子住，是不是？"

"我们现在住的不是房子？"蓝洁丽的脑子还是轴。

"这也叫房子？宿舍还差不多。"朱文武环顾四周，当初结婚时，蓝启顺带着蓝家几口人来屋里看过，那嫌弃的眼神他到现在都记得。

这房子是个老破小，是朱文武的妈原来单位分的。这些年，那些有钱的同事基本上都搬出去了，就剩下几户住在里面成了钉子户。

蓝洁丽就纳闷了，她都没有嫌弃过这个宿舍，朱文武倒是挺讨厌这里的，在外面和人说起来住在这个地方都有点没面子。蓝洁丽平时没看出来，还以为他从小在这里长大挺习惯的呢。

"你妈这一病……我听说人老了就怕得病……"

没等他说完，蓝洁丽就将他的话挡了回去："呸呸呸，别瞎咒我老娘。"这次蓝洁丽倒是反应快了，她心里有句话：你妈还不是老了，未必就不生病。想了一下还是别说了，说出来又要大吵一架。

在朱文武跟前是不能说他妈一句坏话的，万菊花也劝过蓝洁丽："他妈一个人把他带大不容易，你就学乖点，别当着他的面说他妈。"蓝洁丽这方面就是没有蓝洁英聪明，不会处理婆媳关系，和婆婆三天两头地吵。朱文武一听说蓝洁丽又怎么惹着他妈了，就忍不住要动手。

朱文武凑到她跟前来："不是为了我，你得为咱们茜茜着想。虽然青河镇的房子不贵，但我们这点收入，想买个好点的房子可不容易。"

蓝洁丽似乎有点明白他的意思，却还是不敢相信："这个房子以后不是要拆迁吗？等拆迁了不就好了。"她还是有一点大大咧咧："再说，茜茜要是考上大学，又不回青河镇，就我们俩，这么多年都凑合过来了，到老了还要个大房子干什么。"

"说你傻，你就是傻，你看冷艳多么会闹，她不在家里闹，你爸妈会给她买房子？"

"所以我爸妈都说她不清白。"

"他们也就是这么说给你听，你姐就比你清白。我听说你姐嫌你爸嫁妆给少了，在婚礼上和他闹翻了。"

蓝洁丽横他一眼，是谁吃多了没事干，连这件事都嚼舌头，还被朱家人听到了。不过转念一想也没啥稀奇的，牌桌上不都是没话找话说。

"你想想，你妈现在一个人住那么大一个房子，她要是走了，给你不是天经地义的？"朱文武继续给蓝洁丽洗脑。

蓝洁丽倒真没有想过这事："那你前几年怎么吵着从家里搬出来？"

"咳，那时候你爸在家，每天都得看他老人家的脸色，是个神仙也住不下去。"朱文武这倒说的是心里话，不过现在想来说不定有点后悔，如果能料到蓝启顺两年后就去世，他再怎么卑微也该咬牙忍下来的。

当年蓝洁丽执意嫁给朱文武，可嫁过去没几个月就因为朱文武家暴跑回了娘家。蓝启顺当时就扬言要带着蓝天宇去抄了朱文武这个小崽子的家："以为我蓝家没人了是吧？"

蓝启顺气势汹汹地叫嚣了一阵，蓝天宇却和往日一样沉默寡言，他对两个妹妹没有那么深的感情，再说他也不愿意抄着家伙去和另外一个男人干仗。

最后还是万菊花在中间当和事佬："洁丽先回来住，那个畜生要是来接，可不能随随便便让他接走。天杀的，怎么下得了手，洁丽肚子里不是怀的他的种吗？！"

听到万菊花最后两句话，蓝启顺又恼恨蓝洁丽自己作孽，那两年家里的门槛都快被媒人踩破了，十里八乡都是来给洁丽说亲的。她左挑右挑，嫌弃这个嫌弃那个，结果就找了这么个不是东西的东西。

说到蓝启顺重男轻女，有倒是有，他们那一辈人，谁不受传统思想影响呢？但要说他对蓝洁丽不好，他是不承认的。以前在外面做生意的时候只给最小的洁丽买礼物这样的事就不说了，后来又送洁丽读了初中，初中毕业时也是再三征求她的意见："读高中、读中专都是可以的，今年考不上明年再考。"

偏偏蓝洁丽不上进，嫌读书苦，每到考试就紧张，又生怕考试不及格被老师点名批评，读到初中毕业死活不肯再读了。洁英劝洁丽："你可不要学我，要是爸那时候劝我读高中，我肯定去读了，他是巴不得我不读，好早点给他赚钱。"

蓝启顺哈哈大笑："洁英啊，你是不说你爸坏话就活不下去。洁丽，爸爸我是这样的人吗？"

蓝洁英心想：怎么不是？每天上学前和放学后都必须去捡煤渣，这样怎么考得上高中？

后来蓝启顺在电视上看到美容美发学校的广告，还动过脑筋："洁丽啊，你要不要去省里学一门手艺？去外面见见世面也好啊，说不定将来还能在大城市找个老公。"蓝启顺对女儿的美貌是很有信心的。

蓝洁丽说："我有朋友打听过，学费可不便宜。"

"现在家里就剩你一个，我们做父母的培养女儿花一点钱也是应该的，我这把老骨头再出去跑几年生意也不是不行。"

不过，蓝启顺的许诺和他许多别的许诺一样，最后都变成了不了了之。

朱文武来蓝家接过几次，蓝洁丽都不肯走，跟婆家那么小的房子比起来，住在娘家舒服多了。虽然万菊花的主要精力放在孙子孙女身上，但也不会完全不管女儿，只不过有时候免不了唠叨："去去去，回你们朱家去，我就一双手，哪里照顾得了这么多人。"

蓝洁丽不理她，她怀孕之后胃口不好心情也不好，还是住在娘家舒服一点。

后来不知怎么的，朱文武也跟着住了进来。虽然每天吃饭前，他注定要被岳丈训一顿："老婆是拿来疼的，不是拿来打的。你小子要再敢动我闺女一根手指头，小心老子下了你的胯子。"

胯子没有真下下来，一搬回自己家，朱文武就将老丈人的教诲忘在了脑后，隔几日又动了手，蓝洁丽动不动就鼻青脸肿地把孩子抱回娘家。这样的日子周而复始。

"你都说只有你一个人带老娘去看病，她还不该把房子给你？"朱文武涎着脸说。

"看一次病就得一个房子，这便宜倒是好赚。"蓝洁丽收了钞票，心情不错地开起了玩笑。

"我又没说就看一次病，你这次回去肯定要在娘家多待些日子，我呢，也就不去掺和了。你们娘俩总是有感情的，多处处，以前的事就不计较了。她又没有别的人好给，到最后还不是给你？"

"你说得好听，我爸去世前就说这个房子是留给我侄儿的。"

朱文武吃了一惊，他怎么没有听说过这个，还有遗嘱这回事？

"你侄儿才多大一点？茜茜你都准备培养上大学，未必你哥哥嫂子这么拎不清不送你侄儿上大学？"

"送肯定是送，就不知道是不是读书这块料。他上面有两个姐姐，在家太娇惯了。"蓝洁丽觉得冷艳真是有毛病，把小儿子惯得不成样，不说别的，这孩子光喂奶就喂到3岁，搞得街坊四邻都在看笑话。

"等你侄儿长大成家还要好多年，不如和你妈说说先把房子借给我们住，等我们的老房子拆迁了就搬走，谁也不耽误。"朱文武嘴上说谁也不耽误，其实就是不耽误他。

"我妈说现在时代不一样了，家产都给儿子孙子，一点不给女儿也说不过去，她让我们兄妹三个自己商量，看哪一家肯出钱把这个房子买下来，卖房子的钱另外两家平分。"蓝洁丽满以为这样说朱文武会满意。其实万菊花也只是想当然这一说，冷艳会不会答应蓝洁丽可没有把握，冷艳的口头禅就是蓝家独子独孙，蓝家的一切都是她儿子的。

结果朱文武一把将钱从蓝洁丽手上抢了回去："房子平分？好啊，干脆你们三个人一起抬着你妈去医院吧！"

14

唐雨晴

陆美媛反对归反对，林家国决定要办的事还是得办，林局长不能在家里这点权威都没有。陆美媛只好和唐雨晴联系看什么时间方便，一起吃个饭就算是送行了。唐雨晴心里清楚，送行也就相当于她再婚的婚礼，毕竟再婚的婚事从简是安南市一向的传统。

唐雨晴给林月华打了一个电话，不能和大哥交了底，却不和大姑子说一声。林月华不在安南市当然是一个借口，但是现在不比往日，谁还没有手机呢？唐雨晴暗忖在电话里说也好，就算林月华有什么想法，在电话里也不好发作。大哥是见过世面的人，心里有不满，表面上也不会表现出来，林月华就不一样了。林月华和林家保姐弟俩关系不错，特别是最近几年两家常有走动，唐雨晴这么快就拿一步，林月华一时半会儿肯定转不过弯来。

电话打过去的时候，林月华刚吃过晚饭，正准备下楼走走。这是女儿蓝怡要求她的，每天傍晚必须下楼走半小时，还说她的身体这儿不好那儿不好就是不运动造成的。每次听蓝怡这么说，林月华就在心里反抗。现在真是反过来了，以前是父母训孩子，现在孩子训起父母来毫不留情，知道的当然明白是好心，但那个语气听起来就不舒服，谁喜欢听别人说自己这儿不好那儿不好，好像每天走一走就能走好了似的。

"姐，吃了没？"唐雨晴平时倒不怎么和林月华通电话。林家保在世时，两家联系都是林家保出面，林家保不在了，唐雨晴有什么事就喊林瑜打电话。林瑜和姑妈、蓝亮关系都很好，说起来可能是小时候她和蓝亮一起被林老太太带大的缘故。

林月华倒是紧张了一下，无事不登三宝殿，谁知道这个唐雨晴打电话来会有什么幺蛾子。

唐雨晴先是祝贺了一下之之被省一附中录取的事，林月华心里继续恚忑，这事过去又不是一天两天了，他们从安南过来之前也都通过电话了，林瑜、林峰还专门过来送过红包。林峰的经济不宽裕，林月华将他们的红包都退给他们了："上个高中送什么红包，等之之考上大学再说。再说，思思也要上高中，送来送去的多麻烦，咱们都免了。"

兜了半天圈子，唐雨晴小心翼翼地说了自己拿一步的事，果然刚才热情的大姑姐瞬间就冷了下去。林月华压低了声音让蓝子风把电视的声音调小一点："你的耳朵是不是有问题，电视声音这么大，我电话都听不清了。"唐雨晴知道她哪里是听不清，她就是不想听清。

唐雨晴就又重复了一遍。林月华问："跟大哥说了吗？"

"说了，前几天去家里说的，大哥说这个周四下午一起吃饭。"唐雨晴赶紧搬出大哥来。

"哦，周四啊，这么急？我这里走不开，之之这边一天都耽搁不了，你是知道的，到时候让蓝亮和米瑞做代表去参加。"

"也不是请客，就是亲戚们一起坐坐，大哥提出来的。知道你这边走不开，但我总要和大姐知会一声的。蓝亮他们医院工作忙，不来我也不见怪。"说着说着，唐雨晴就在电话里哭了起来，说她在林家没有过什么好日子，日子刚好一点，家保就走了，要不是没有办法，谁想走这一步。

林月华也是那种眼泪特别多的人，本来她对弟妹再嫁是有一点讨厌的，都 60 岁的人了还折腾个什么劲儿，以为再嫁就能嫁一个白马王子？哪里有什么白马王子在那儿等着你？林月华年轻时也是一个追求浪漫的人，但是现实是白马王子到老了也不过是一个糟老头子。

更何况，因为林家国和蓝子风的关系，林家在安南市也算是有点头脸，这个唐雨晴搞什么再嫁，不是平白让别人说闲话？但是唐雨晴的眼泪攻势一来，林月华就没什么话好说了："雨晴，你也想开点，别一心为了子女，也要多为自己想一想。去了段家，过得不好就回来，林家怎么都是你的家。"林月华一番话说得情真意切，倒和陆美媛的口吻一模一样，仿佛过去这些年她们之间的竞争都已经烟消云散了。

餐厅是林峰去订的，不能真让大哥去安排这些琐事，吃饭的钱唐雨晴打算看情况，如果老段主动去付自然是好，老段如果不动，毕竟是林家这边挑起的，唐雨晴打算让林瑜先付，私底下再补给她，不然她一个新娘子（虽然是二婚，也算是个新娘子吧）在那样的场合去抢着付钱，总有点太掉价的感觉。

去之前唐雨晴特意打扮了一下，身穿一袭酒红色的真丝旗袍。那是她过 50 岁生日时林家保花大价钱送的礼物，当时唐雨晴还怪他瞎花钱。林家保说："我们结婚那会儿也没有什么条件，不像现在的女人穿婚纱穿旗袍的，每次看到别的新娘子，我就想我的老婆穿上这身一定也好看。这个颜色是服装店老板娘推荐的，说大红的太俗气，除了结婚别的时候也穿不出去，酒红色就不一样了，平常也可以穿。"唐雨晴白他一眼，心想我就知道，又被那些能说会道的服装店老板娘把钱给骗了！

昨天晚上唐雨晴和林瑜商量明天穿什么衣服，林瑜说："老段没给你买新衣服？"

唐雨晴说："你大伯决定一起吃饭太突然了，老段来不及想这些。"

林瑜在唐雨晴的衣柜里看来看去，说："你的衣服真多，平时也没怎么见你穿。"

唐雨晴说："大部分是你爸买的，他买东西不考虑价钱，买得死贵，我平时在家要做饭带孩子，舍不得穿，上班要穿白大褂，这些衣服根本没机会穿。"

林瑜将旗袍拎出来，说："就这件吧，这件好看，我都没见你穿过。"

唐雨晴和林瑜一到餐厅，就看见陆美媛挽着林家国也到了。陆美媛将头发绾了一个髻，露出她尚且精致的脸庞，穿了一件淡紫色的旗袍，旗袍上绣着白色的仙鹤。唐雨晴在心里吐槽："不知道自己都多大年纪了，老来俏！"不过表面上她倒是热情地招呼嫂子："这件旗袍穿在你身上真配你的气质，你可真是个衣服架子！"林瑜也跟着客气："大伯母保养得真好。"

陆美媛被夸得不得不收起刚才出门时那点比美心态。她昨天听唐雨晴说了，老段今天也来，说是正好，吃了这顿饭就两好合一好了。

陆美媛挨着林瑜坐下，拿出一点大伯母的亲昵劲儿："瑜瑜，看看你妈，多么光彩照人，你也要学着点，我们女人，虽然说不必为了男人打扮自己，但一辈子很快的，等你到了大伯母这个年纪，就会发现趁年轻打扮打扮是多么正确。"林瑜瞅瞅自己身上有点发皱的棉麻连衣裙，不由得扯了扯胸前的皱褶，她有点懊悔刚才出门前没有换一身衣服，唐雨晴也不知道提醒一下自己。

这边刚打完招呼，就见唐雨晴又站了起来："老段，这是我大哥大嫂。"

陆美媛回头一看，一个精神矍铄的老人在一位中年男子的陪同下向他们走来。她对老段有印象，不过那是老段还在老市委上班的时候，这么多年过去了，要不是唐雨晴介绍，还真是不敢认了。

老段伸出手来和林家国、陆美媛握手："大哥好，大嫂好。"

陆美媛不乐意了："段哥好，段哥比我们家家国要大吧？"

唐雨晴解围："老段壬午年的，属马，比大哥大5岁。老段跟着我叫大哥大嫂是尊敬你们，他昨天就问过我了，该怎么称呼大哥大嫂，我说你们也没有那么多讲究，跟着我叫就行。"

老段连忙点头称是，顺势就座，却又被陆美媛起哄让他坐在唐雨晴旁边："新郎新娘坐一起。"

老段不得已换了一次位置，坐下来才想起来给大家介绍："段胜利，我儿子，在交通局工作。"那个叫段胜利的中年人连忙起身给大家一个个打招呼，又解释："我是老大，家里还有一个弟弟、一个妹妹，今天不巧都有事，等有机会了再和各位亲戚一起见面。"段胜利说的是场面话，今天这么重要的日子都没来，以后只怕更没有机会了。

唐雨晴招呼服务员先上茶，林峰没有来，这席就开不了。

林家国和老段自然聊起了国际政治和时局变化，两个老头说起这些来，口才丝毫不亚于电视台的时事评论员。

　　段胜利冲着一众女眷讪笑："我老爸难得碰到一个聊得来的知己。"每次回家吃饭，他们几个小辈都不得不耐着性子听老爷子复述昨天的新闻联播。

　　过了好一会儿，林峰才带着他老婆季红匆匆赶来："抱歉抱歉，今天学校放学晚了，季红非要把儿子的晚饭安排好才过来。"

　　唐雨晴接话："怎么不带轩轩一起来？"

　　林峰心想奶奶再婚的事现在还瞒着他呢，没想好他要问起来该怎么给他解释，还怎么带过来吃饭？嘴上却说："他作业多，带出来吃饭回去就完不成了。"

　　林峰说："点菜没有？我说不等我，让你们先吃呢。"

　　唐雨晴说："他们都说等你来点。"

　　林峰一边喊服务员拿菜单，一边说："刚在门口碰到蓝亮和米瑞了，他们医院里忙，刚下班。"

　　唐雨晴说："我和大姐说让他们别来了，他们工作太忙。"

　　陆美媛说："月华去了江城，不方便亲自给你送恭贺，蓝亮来也是一个代表。本来大明、小明也说要来的，临时又都有事。现在的年轻人啊，都不知道每天在忙啥。"大明和小明在他们的妈妈眼里恐怕永远都是年轻人。

15

林瑜

昨天唐雨晴打电话让林瑜过来一下。

林瑜来了之后才知道是大伯安排了明天的聚餐。说是聚餐，其实相当于唐雨晴和老段的婚礼。唐雨晴说两边家人一起聚一聚，见见面。

林瑜总觉得唐雨晴这边显得主动了一点，按理说这样的婚宴不应该由老段提出来吗？林瑜知道唐雨晴的性子，不能对她决定的事随便发表意见，如果有异议就是不尊重她，而不尊重唐雨晴的下场就比较惨，这方面可以参照和唐雨晴生活了一辈子的林家保。

唐雨晴环顾四周，问林瑜："瑜儿，你还记得我们刚搬进来的时候吗？"

林瑜当然记得，那时她上初中，第一次搬进楼房的欣喜若狂，第一次有了单独房间的喜出望外，以及最后知道靠窗户的大房间是给林峰的，自己只能住在北面没有窗户的小房间的怅然若失，全都记忆犹新。

奶奶说："瑜儿呀，有自己的房间就不错了，蓝亮还睡在客厅呢。"

林瑜说："我想要有窗户的房间。"

唐雨晴说："女孩子的房间没有窗户更加安全。"

林瑜咬着嘴唇，她知道唐雨晴永远不会承认自己重男轻女，她偏向林峰，也总能找到理由把更好的给林峰。

从林瑜一出生，她就没有得到和林峰一样的待遇。或许是因为生林瑜的时候，早产加难产，让唐雨晴去了一趟鬼门关，她才不那么喜欢这个女儿。

唐雨晴怀胎六个月生下林瑜，林瑜出生时只有两斤八两，用林老太太的话来说"屁股都没有长全"。唐雨晴看了一眼这个皱巴巴的小家伙，完全不觉得这是值得自己拿命换来的一个小东西。

还没出月子，唐雨晴就以"没奶了"为由，将林瑜扔给了林老太太。在那个没有奶粉的年代，林老太太用米汤加米糕将林瑜喂养长大。一直到上小学，林瑜才回到唐雨晴身边，此时她的弟弟林峰已经3岁了。

回到安南市的林瑜黑黑瘦瘦的，唐雨晴一边抱怨婆婆将她晒得这么黑，打扮得这么难看，一边给她涂上满脸的雪花膏，然后悲哀地发现，涂再多的雪花膏也改变不了这个女儿一点都不像她的事实。

唐雨晴说："是啊，转眼20多年过去了，现在你的孩子都上高中了。"

林瑜听唐雨晴这么说，接话道："真的，搬进来的时候，妈妈比我现在还年轻呢。"

"可不是吗，当年那个兴奋啊，感觉生活充满了奔头。"

"现在生活还是比以前好了。"林瑜不想勾起她的伤心事。

"噢，对别的人家来说是越来越好了，我们家，我感觉最好的时候就是那时候了。"

那时候正是重机厂最景气的时候。全安南市的人都认为重机厂是最好的单位，工资高、福利好。林家保刚刚当上车间主任，还带了几个徒弟，逢年过节，徒弟们来拜年必定不会空着手。唐雨晴那时候风姿绰约，不仅不再是地主子女，而且反倒摇身一变成了车间主任的夫人，在厂里走一圈，碰到的都是上来逢迎的人。

林家保有职务，他和唐雨晴又是双职工，分房子有特权，他们当时选的是最好的朝向和楼层。唐雨晴每每说到这些，都格外自豪："只有厂长和副厂长有资格比我们先选呢。"

"唉，明天吃过饭就要搬过去了，老段那边在催。"

林瑜一惊，她觉得自己好像才知道这个消息似的，没想到他们发展这么快。

"拿结婚证了？"虽然是老年人再婚，林瑜觉得还是要名正言顺。

"拿了，昨天下午去民政局办的。"唐雨晴想了一下，又加上一句让人讨厌的话，"老段有熟人，办得快。"

林瑜本想回一句"办个结婚证要什么熟人"，一想还是算了，唐雨晴要满足的不就是这么一点虚荣心吗？

唐雨晴拉开衣柜门："瑜儿，帮我看看，明天穿哪件衣服好？"

林瑜拍她妈妈的马屁："我妈穿什么都好看。"边说边去衣柜里扒拉唐雨晴挂得整整齐齐的衣服，有几件是她从小看到大的，林瑜从小就羡慕妈妈有这么多漂亮衣服。

林家保逗她："等我们小瑜长大了，当新娘子了，自然就有穿不完的漂亮衣服。"

　　林家保的话就像一个美丽的童话，林瑜长大了，并没有如愿长成一个和唐雨晴一样美丽并且有很多漂亮衣服穿的女人。

　　林瑜拎出一件酒红色的旗袍："你身材好，穿这种衣服出彩。"

　　"出什么彩？就自己家几个人。"

　　"是自己家几个人，你的大日子还是要出彩。"林瑜嘻嘻哈哈的，反而让唐雨晴藏着的那点要和陆美嫒比美的小心思不好露出来了。

　　"我昨天和你姑妈打过电话了，她说来不了。"

　　"姑妈到江城陪读去了，要给之之做饭，我估计姑妈一天都走不开。"

　　"咳，还不是让你姑妈给惯的，你姑父连个白菜都炒不好。"

　　"现在知道我爸的好了吧？我爸在的时候，就没让你做过一次饭。"

　　"怎么能这么说，我没做过一次饭，都是你爸做的？"

　　"可不是吗。"

　　"那可不是，洗菜、切菜都是我做，你爸就炒一炒。"

　　"主要是我爸炒的比你炒的好吃。"

　　"那倒也是，男人力气大，会颠锅。"唐雨晴正好给自己找理由，那些亲戚都说她是怕油烟所以不炒菜的。亲戚们可真是喜欢管别人家的闲事。

　　"峰峰订的酒店。"

　　"应该的，他是儿子嘛。"

　　"本来你大伯说他来安排，我想他也退下来了，他来安排还是要你大伯母去找人，还是我们自己订算了。"

　　林瑜心想：本来就该我们自己订，不然你的再婚宴让大伯那边请，大伯母心里肯定有意见，还有她那个小儿子，背后不知道又要说什么了。不过林瑜也有点犯嘀咕，这种饭不知道是不是该男方请？林瑜没有经验，不知道这种二婚的一般该如何处理。

　　唐雨晴仿佛知道林瑜在想什么，就说："明天老段和他儿子也来。"

　　"嗯，他儿子不小了吧？"

　　"最大的儿子 52 了，说是在交通局工作，具体什么职位我没问。"

　　"那就别问，显得像我们巴结他们家似的。"

　　唐雨晴换上旗袍在镜子前左照右照。她觉得自己最近还是胖了点，没有前几年穿好看了。

　　"够好看了，妈，你就是对自己要求太高！我要是有你这么漂亮，我做梦都要笑醒了。"

　　"又逗你妈妈开心了。"唐雨晴激动得脸颊绯红，她就喜欢听别人夸她漂亮。老段在相亲角一见到她就使劲儿夸她："气质这么好，和电视上的女演员没有什么区别。"

　　过了一会儿，唐雨晴垂了头，说："以前你爸喜欢瞎买衣服，说只要我开心就好，你看这些衣服我不可能都带过去，我可不想一去就把人家的衣柜装满，要是留在这里，季红一来，我也不知道她会怎么处理。"

　　林瑜这才意识到，唐雨晴喊她来不仅是让她帮忙选衣服的。

　　"你如果担心，不如就将衣服搬到我原来住的那个房间去。"

　　"他们搬进来，孩子一间房，孩子外婆一间房，他们自己一间房，我的东西再放在这里就不合适了吧？"唐雨晴忽闪着一双大眼睛，似乎在真诚地征询女儿的意见。

"轩轩外婆也要来？"林瑜敏锐地捕捉到这条她漏掉的信息。

"季红说下个月要去服装市场帮人卖衣服，准备叫她妈过来帮忙，给轩轩做饭。"

林瑜心说难怪那么急。

"峰峰的工龄被买断以后，一个月就那么点工资，现在季红愿意出去做事是好事，毕竟轩轩也大了，要花钱的地方多着呢。"

"能带的就带过去吧，毕竟一过去就买衣服也不好，总是要穿的。带不过去的你就清理一下，装到一个大袋子里，过几天我让程功过来拿一下。暂时先放我那里吧。"林瑜无奈地说。

等思思考上大学以后，林瑜连自己住在哪里都没有着落，但现在她并不想向唐雨晴倾吐这些。

林瑜刚进重机厂的时候，她的工作还是一个令众人羡慕的好工作。当时安南市流传一句话："重机厂过年分的肉比别的单位几年分的都要多，家里有一个人在重机厂工作，就不愁没有肉吃。"林瑜虽然相貌差了一点，但胜在工作好，她不光自己工作好，父母亲都在重机厂，父亲还是车间主任，当年做媒的人还真是不少。

姑妈林月华当时在群华中学当老师，看到学校新分来的师范毕业生滕北强，动起了心思："我侄女虽然长相中等，但工作还是很好的，重机厂的。"便撮合两人见了面。结果高中生林瑜将大学生滕北强给拒了，理由是小伙子不帅，老家还是农村的。

16

16

唐雨晴

过了片刻，蓝亮和曾米瑞夫妇进来，唐雨晴立刻站起来迎客，看老段还坐着，又拉老段一起站起来。老段毕竟年纪大了，站起来竟然花了半分钟。林瑜瞟眼瞅着老段抖动的双腿，更加觉得唐雨晴这一步是拿错了。

"知道你们工作忙，和你妈也说了不用来，不用来的。"唐雨晴客气道。

曾米瑞将红包递上："之之奶奶让我们一定要来。"

"来就来了，还搞这个干什么？"

陆美媛见状，连忙将预先准备好的红包拿出来。出门的时候不确定二婚是不是要送红包，如果没有人先送，她就打算拿回去。现在蓝亮应该是代表林月华送了红包，她就不好不拿出来了。

这一下倒让唐雨晴不好意思了，她请亲戚吃饭并不是为了收红包，儿女们的婚事大操大办当然要收红包，一方面，"人情覆酒水"，大宴宾客肯定要花一笔银子，收礼金就是用来补酒水钱的。另一方面，人情来往本来就是礼尚往来，婚丧嫁娶都是送人情的，找机会再拿回来。今天这种情况就不存在拿回来这一说了，因为林家尚且没有二婚的情况出现，尤其是老一辈的。

"哎呀，怎么能让大嫂破费呢。你和大哥能来，就是给我唐雨晴天大的面子了。"唐雨晴一边说，一边将陆美媛的红包往回推。

这么一打岔，曾米瑞手上的红包没有被接过去，她就僵在那里了。

还是林峰比较活泛，招呼他们两个："先坐，先坐。"随后拉他们在他旁边坐下。

蓝亮从米瑞手里拿过红包，再次递给唐雨晴："舅妈，这是我妈的心意，她那边走不开，也是因为之之，不然她就亲自来了。"

这么说，唐雨晴就不好不收，心想等过两年之之上大学，再还这个人情，便说："那我先收了，之之上大学的时候，可别忘了通知他舅奶奶。"

林峰在那儿打圆场："到时候肯定通知你。之之上了清华或是北大，那可是我们林家的大喜事。"

蓝亮听不得这个，之之在安南市初中是学霸不假，高中又被录取到了省一附中，亲戚朋友对他的期望值水涨船高，现在一提之之就是清华、北大。蓝亮连忙说："可别说这个，一到了省一附中，全省的尖子生都在那里，之之就不冒尖了，到时候别说清华、北大，能上个一本就烧高香了。"这是他的心里话，为了之之第一次调考没考好，父子俩已经两个星期不讲话了。

米瑞说："今天是舅妈的大喜事，之之的事以后再说。"算是将这个话题打住。

陆美媛本来将红包收回去了，看见唐雨晴收了蓝亮的红包，只好又将红包拿出来，和唐雨晴再一次推来推去。

老段见状，插言说："雨晴，大嫂的一片心意你就先收下，以后大嫂家有喜事我们也去送恭贺。"

唐雨晴在心里盘算了一下，大哥家再有喜事，就应该是孙子结婚了，大孙子到现在还没有找女朋友，小孙女又被判给了女方，不过小明什么时候再婚也说不定。就对着陆美媛又客气一番："大嫂家有什么事别拿我唐雨晴当外人啊，怎么着我也是你侄儿、侄女的妈妈呢。"

林家国接茬："那是那是，这是改不了的。"

老段的大儿子段胜利停下筷子，看着这一圈人的互动，心里默念了一圈他们之间的关系。心想：这个老爷子，这么大年纪了，非要给我们找个后妈，又来这么多亲戚。

林家国接着说："老段，你比我年长几岁，我尊称你一声段哥，不见怪吧？"

"大哥说什么呢，以后就是一家人了。"

"段哥，我这个弟媳妇，在我们林家是个好媳妇，养了一对好儿女，是个好妈妈，希望过去段家以后，段哥你能善待她。"

"那当然，当然。"老段的脸上有点尴尬，没想到这么大年纪还被人当女婿训。

段胜利帮他爸爸出头："大伯，我爸是从老市委退下来的，也是场面上的人，这些大伯就不用挂心了。"

林家国打一个哈哈："我弟弟和我手足情深，从当兵起就和我一个部队，后来又一起转业，现在他先去了，照顾他的遗孀本来是我的责任，无奈家中杂事纷扰，我自己的身体状况也是一日不如一日，疏忽了对弟妹的照顾。现在她愿意走这一步，我当然也是希望她以后能过得幸福。"说完端起酒杯："来，我们先干一杯。"

林瑜的眼睛有点湿润了，大伯的一番话让她动容。她一直以为自己家和大伯家没有那么亲，唐雨晴和陆美媛一见面就开启竞争模式，尤其是林老太太在世的最后几年，为老太太在哪家住的时间长了一点短了一点纷争不断。不过今天面对段家，大伯拿出来的气势让林瑜不得不怀疑，自己过去的那些疑虑是太小人之心了吗？

陆美媛连忙拉住他："干什么干？医生说你心脏不好不能喝酒，今天是大日子，让你端个杯就不错了，一得意就忘形。"

老段配合，说："我也是心脏不好，咱们就都别讲究了，大哥，你看你多幸福，有大嫂时刻照顾，身体才这么硬朗。"

唐雨晴见状，赶紧将老段的杯子压在桌子上，说："都意思意思就行了。蓝亮、峰峰，你们年轻人也要少喝点。"

蓝亮说："我开车，早就不喝酒了。"

林家国转移了话题："亮亮买车了？"

米瑞说："没办法，要去江城看之之，总是坐商务车也不方便。"

林峰说："他们当医生的，好多要出去会诊，差不多都买车了吧。"他倒是懂得不少，说完又自己解释说："我那个同学，叫朱伟的，也在他们医院，一起打牌时听他说的。"

"你还打牌？"一不小心又被季红抓住了把柄。

"哪里哪里，是好久以前的事了。"林峰讪笑着糊弄过去。

林峰两口子现在到哪儿都哭穷，工龄被买断了，工作又不好找。林峰原来在加油站还是一个小负责的，现在也拉不下脸面去干体力活。

蓝亮提醒他："你这个身体不能熬夜，上次给你拿的药要按时吃。"蓝亮小时候和林瑜一起长大，对林峰也像对亲弟弟一样，有时候开药给他垫了钱，他不说还就算了，蓝亮知道他没钱。想当年林峰过得宽裕的时候也不是一个小气人，蓝亮上大学寒暑假回来，林峰经常请他在外面吃饭。

林峰说："没有没有，你给我开了药以后，真没再出去打牌了，熬夜伤身，输钱伤心。"

他说得诚恳万分，引得大家哈哈大笑。

话题总算从林峰身上引开了。唐雨晴不合时宜地关心起林小明来："小明跟他现在那个女朋友，准备啥时候办事呢？"她这么说，应该是顺着自己刚才那个还人情的思路。

林家国一摆手："不提他，死小子，好好的一家人，非要拆散。"

陆美媛不高兴了："怎么又说小明，明明是那个海燕非要离。"

"离了就离了，还把我孙女带走了。"林家国气呼呼的。他上次血压高就是因为儿子要离婚，不光是离婚，前儿媳王海燕还要调到外地去工作，彻底断了他们见孙女的念头。

"你们就不能去查一查，是不是在外地有人了？"林家国当时在家里大发雷霆。

陆美媛边浇水边说："查到了又能怎样？现在不比过去，还能拖着不离不成？"

林小明从来没见过他爸爸发这么大的火，吓得不敢出声。

"她说安南市是小地方，在这里没有什么发展。"说完又小声加上一句，"我觉得她就是看爸爸退下来了。"

陆美媛连忙打断他："说的不是人话！你爸爸退下来了，她就和你离婚？她是和你结婚还是和你爸结婚？"说完又觉得自己这个话有问题。

林家国啪地将手里的杯子扔到地上，一地的碎碴。

"孩子是谁决定不要的？"林家国坐了半晌，又问出一句。

林小明躬身驼背地站着，嗫嚅道："我和妈妈商量过了，小颖跟着我总是不如跟着她妈妈方便。再说妈妈身体也不好，再让她带小颖，她也没有精力带。"

陆美媛一直身体不好，两个儿子小时候都是林老太太帮着带大的。

陆美媛不愿意承认是因为自己不想管孩子让海燕把孩子带走的，辩解道："要怪还是怪小明，找媳妇非要找一个漂亮的，女人太漂亮了心就不定。"

小明小声说："还不是嫌我没有事业，也怪我爸，在位置上的时候也不知道帮我安排一下。"

林家国气红了脸："安排一下，你就知道安排一下。现在不比往日，没有学历，没有文凭，还没把你小子安排上去，你老子就被安排下来了。"

17

蓝洁英

　　蓝洁英意识到万菊花来看她的真实意图是找她借钱给哥哥买车床之后的第一反应是迅速起身，将万菊花提来的一篮子鸡蛋扔到了门外。

　　这方面，她真是一个狠人。

　　万菊花怔了一下，蓝启顺一直说洁英这个姑娘是只养不熟的狼，今天她是不得不信了。

　　赶到门外，一篮子鸡蛋东倒西歪，蛋白、蛋黄洒了一地。这女子，真是的，不借就不借，跟鸡蛋撒什么气？鸡蛋可不便宜，供销社卖几毛钱一个，万菊花每天去抠母鸡屁股，好不容易才攒了这么一篮子，被她这么一扔，摔坏了一大半，剩下的也没有一点看相了。

　　万菊花太心疼了，瘫坐在地上，哇哇大哭："我好心好意来看你，你扔我的鸡蛋！"边哭边将没摔坏的鸡蛋一个个捡起来，四下看看，找不到可以用来擦拭的东西，干脆就在自己身上的褂子上擦拭起来。这件褂子也穿了有些年头了，沾些鸡蛋液，回去洗洗再穿也没关系。

　　听到万菊花在门口哭，蓝洁英到底是不忍心了。

　　要是蓝启顺来，就算他发再大的脾气，她说不借就是不借。凭啥呀？都是爹生娘养，女儿就低人一等吗？啥好事都轮不到自己，但凡有点糟心事，第一个就想到她蓝洁英。

蓝洁英也有点后悔，是自己在骏骏的满月酒上说漏了嘴，说因为生了个儿子，公公一口气奖了一万元，还说再生再奖。

明明知道许时运是公家人，再生是不可能的，说这个也就是过过嘴瘾。蓝洁英还是沉不住气，忍不住要在娘家人面前显摆一下自己在婆家的地位，结果呢，就被他们惦记上了，一万块呢，可不是一个小数目。有了这一万块，蓝天宇的车床就有着落了。

但是万菊花没有那么偏心，即使有，也会无奈地、充满歉意地对她说："洁英、洁丽，委屈你们两个了，家里就这个条件，你们又只有一个哥哥，你爸爸什么都向着他，我心里也不乐意，都是我身上掉下来的肉，我怎么可能不疼你们。"

家里只有二两肉的时候，蓝老太太的分配原则是蓝启顺一两、蓝天宇一两，因为他们两个是男人，是干大事的人。每次是万菊花挺身而出，将蓝启顺碗里的肉分成三份，分出两份给洁英和洁丽。虽然没有多少，但每次万菊花都是恨不得拼了命才能让两个女儿得到一点公平的待遇。蓝启顺说："你就惯吧，把洁英惯成这个样子，外头谁不说我们做父母的不是。"

蓝洁英抱着骏骏出来，将孩子一把递到母亲手里，蹲下来将剩下的几个鸡蛋捡起来，扯了一条毛巾擦干净："今天就在这里吃晚饭，这么多鸡蛋，破了的，损了的，放一天就坏了。"

母女俩炒了一大盘鸡蛋，就着白米饭吃。蓝洁英先软了："我手头统共就这么多，都给你了。你让蓝天宇写一个欠条，利息按一年定期算，8%。" 8% 的利息？万菊花一听，心想真是有点黑啊，这么高的利息，不如去银行拿贷款。

蓝洁英知道她妈想说什么，拿话堵住她："贷款那么好拿，你们去拿啊！贷款的利息肯定不低于 8%，不然银行靠什么赚钱。你们不借，我正好把钱放出去，10% 的利息，多的是人要。"

万菊花一惊："这可搞不得，放高利贷是要被抓的。"

"啥高利贷？我借给我公公做生意，他们的养殖今年要扩大生产。"

蓝洁英一个反手又能赚 10%。可惜啊，她的如意算盘被万菊花给破坏了。

蓝洁英望着熟睡中的睿睿，从回忆中回过神来，时间过得真快，仿佛上一秒钟她怀里抱着的还是儿子骏骏，到了下一秒，怀里的孩子就变成了孙女睿睿。

今天都这么晚了，许骏和陈瑶仿佛约好了似的，到现在还没有回来。今天下午睿睿吐了奶，蓝洁英忙着洗刷垫子、褥子和床单被套，折腾了好长时间，后来感觉实在是疲惫不堪，趁孩子还在睡觉，蓝洁英也打了一个盹。

蓝洁英一个激灵，去叫醒孩子，睿睿看来是吐奶之后太疲乏了，眼睛睁了一下，又歪着头睡去了，蓝洁英不忍心再叫她。趁着孩子睡觉，她早早地准备了晚饭，等他们两个一回家，蓝洁英就很开心地对他们说今天可以早点吃饭。

陈瑶说："我们先换衣服，地铁里人真多，挤了一身汗。"

结果换了半天衣服也不见出来，孩子不知道是怎么了，在那儿又哭又闹。蓝洁英就忍不住发了火，当然是冲着许骏的。

"骏骏，你女儿在哭，你就不知道出来看看？"

许骏趿拉着拖鞋从卧室出来，一脸不高兴："又咋了，妈？"

"什么又咋了，喊你们吃饭也不出来，你女儿在哭也不出来看看！"

"妈，我们上了一天班，累死了。不要一见我们回来就大呼小叫的，是你把孩子吓哭的吧？"

蓝洁英气死了，不知道自己怎么养出来这么一个混账儿子。要说是她惯的，她觉得自己真没怎么惯过儿子。但是她不惯不等于许家不惯，作为独子独孙，许骏在许家就是一个大大的宝啊！

她气呼呼地将睿睿递到许骏手上，她要下楼去走走。

许骏没有想到妈妈会撂挑子不干，每天见她将睿睿抱在怀里亲了又亲，心想到底是自己的妈，所谓的隔代亲不就是这样吗？自打孩子生下来，都是老妈在带。蓝洁英个子高，身手敏捷，做事又快，虽然和陈瑶在育儿理念上有一些摩擦，婆媳关系不是那么融洽，许骏觉得这并没有什么，他只是觉得两个女人都太大惊小怪了。再说，妈妈来了还有一个好处，就是一回家就有饭吃，不像以前，他和陈瑶每天要为谁做饭、谁洗碗，吵个没完。

大概是睿睿觉得在爸爸胳膊上挂着实在难受，哭得更大声了。许骏大声叫唤："妈，瑶瑶，你们来看看，孩子怎么回事！"

蓝洁英已经出了门，虽然在门口听见许骏在里面大呼小叫，心一硬，还是按了电梯。他们自己的孩子，下班回来看都不看一下，蓝洁英是有点心寒了。

她想给许时运打电话诉一诉委屈，又觉得说了也没有用。当初陈瑶不肯生孩子，是许时运一直催着蓝洁英去和媳妇说："早晚要生一个的，还是早点生了好，趁妈还年轻可以帮你带。"蓝洁英傻乎乎去说的时候，以为说的这个妈是陈瑶的妈，没想到许时运说的这个妈就是她自己！

蓝洁英坐在小区的长椅上发呆，有相熟的带小孩的爷爷奶奶经过，和她打招呼："睿睿奶奶，一个人坐会儿啊！"

"睿睿奶奶，睿睿今天怎么没下来？"

"睿睿奶奶，睿睿妈妈回来了？出来歇会儿？"

在这里，她成了一个没有名字的人。不，她的名字自从结婚以后就变成了时运老婆、许骏妈，直到现在的睿睿奶奶。

从小到大，蓝洁英一直是一个不甘心的人，但是又能怎样，不管她甘不甘心，从青河镇到安南市，现在又到了北京，她还是一个没有名字的人。

手机铃响，是洁丽。

"姐，你啥时候回来？"又是这话。

"走不了了，被他们套住了，等睿睿上了幼儿园我就回来。"她还有心思开玩笑。

"妈病了，说是吃不下饭，隔壁老张嫂子给我打的电话。"

"妈病了，蓝天宇两口子都不管？"他们就住在隔壁，还用老张嫂子打电话？

"我也不清楚，我给哥打电话，他手机关机。"

"他那个手机就是个摆设，不是欠费，就是没电。打他厂里的座机啊！"蓝天宇不喜欢与人打交道，凡是需要和外人打交道的地方全部交给他媳妇冷艳。

"打了，冷艳接的，把我吼了一顿，说我妈病了自己带去看就是了，和她说什么。"

蓝洁英气得咬牙切齿："这个混账王八蛋！是谁帮她张罗着把厂办起来的，是谁给她盖的房子，是谁帮她带大的三个孩子！"

"姐，消消气，你可别气坏了，她觉得都是天经地义的，蓝家就蓝天宇一个儿子，她又生了一个儿子，帮蓝家传了香火，蓝家还不该把她供起来呀！"

姐妹俩一说起嫂子的坏话来，说上三天三夜也说不完。

"我借给他们一万块钱，还是刚生许骏的时候，现在许骏的孩子都几个月了，他们还没有还清楚。"

"咳，冷艳在外面说你收他们的高利贷，利滚利，早都还清楚了。"

"等我回去找他们算账！洁丽，妈的病早点去医院看，你是不是没钱？我给你姐夫打电话，让他明天给你送1000块钱过去。"

"那……等我发了工资还你。"

"还什么还，妈看病，我出钱还不是应该的。"

18

林瑜

　　程功曾经是林家保的徒弟之一，长得高大帅气。

　　他是林瑜一眼就喜欢上的类型。林瑜也说不清楚，她到底是因为先喜欢上了程功才拒绝了姑妈介绍的那个中学老师，还是因为她原本就不喜欢中学老师，只是见到了程功这样的帅哥才一见钟情。

　　林家保开始是不同意的，自己的女儿不漂亮他心里清楚得很，何必去冒这个险和自己的徒弟说这种事。说出来了，程功要是同意还好，要是不同意可怎么收场。其实林家保心里认为他多半是不同意的，厂子里那些大姑娘都喜欢程功，他老早就看出来了。现在要他这个当师父的去舰着脸求这个亲，他面子上过不去。

　　林家保不同意不重要，唐雨晴觉得可以就可以。

　　唐雨晴是这样说的："谁都有追求美好爱情的权利！"

　　反正小程来他家的机会多，逢年过节都会来坐坐。就算不是年节，只要师母叫一声，他也是会来的。

　　路上碰到了，唐雨晴上前搭话："小程啊，今天你师父买了排骨，我煨了汤，下班后来家里喝两碗。"

　　小程得此荣幸，推辞不得。

　　陪师父喝两盅小酒，又喝了两碗排骨汤，师父便推说有点头晕，先回房间躺一躺，林瑜收了碗筷去厨房洗碗，林峰被赶着下楼去丢垃圾。

程功连忙说："我去洗碗。"

唐雨晴拉着他坐下："让他们做点事，平时都被你师父惯坏了。"

程功诚惶诚恐地坐下，林师傅手下有两个徒弟，他听说今年他们车间转正的名额只有一个。

"小程啊，今年多大了？"

"虚岁 26。"

"26 了啊，看不出来。"

"我是娃娃脸。"就是那种皮薄肉嫩型，毛发也不怎么旺盛的，显年轻。

"交女朋友没？"

"还没呢，我这个工作还没有定呢，要是转不了正，说不定要回镇上去，就不祸害别人家姑娘了。"说得倒是好听。林师傅在房间竖着耳朵听，昨天还听说别的车间的姑娘约他去看电影呢。

"可不是，你这个转正是麻烦一点，现在谁不是削尖了脑袋往重机厂里钻呢？"

程功红了脸，他的小心思被人点出来放在了桌面上。

"不过工作归工作，生活归生活，一码归一码，不能说不转正就不结婚了，是吧？"

程功点点头，又摇摇头，不知道师母和自己说这些是哈意思，不敢贸然接话。

唐雨晴拍拍他的肩膀，轻声说："有一句话不知该不该说，说了你要是不同意也别放在心上，你师父还是你师父，这是不会变的。"

程功有点吃惊地望着师母，生怕她说出啥可怕的事情来。

"你看我和你师父就这么一个女儿，林瑜，她是重机厂的正式职工，待遇和福利你都是知道的。"

程功似乎明白了，似乎又不明白。

"我就直说了吧，也不绕弯子去找媒人了，今天叫你来就是想给你们搭根线，你要愿意处处看就处，不愿意也没有关系，以我女儿这个条件还不至于嫁不出去。"

程功愿意了，他不敢不愿意。虽然他觉得自己就算不愿意，师父也未必就将转正的名额给另外一个徒弟，但他还是不敢。

林瑜如愿以偿嫁了一个大帅哥，也为她以后的人生埋了一个雷。

昨天从唐雨晴那儿回去，等思思回了房间，林瑜冷不丁地对程功说："我妈准备改嫁了。"

程功愣了片刻。他当初之所以愿意，与其说是担心不能转正，不如说是他不能让师父和师母感到被背叛。

师父就不用说了，师徒如父子，林家保做到了一个师父应该做的一切。而师母，高贵典雅的厂医务室唐医生——他们都习惯称护士为医生，是重机厂青年工人们心中的女神。能和师父师母成为一家人，是程功这样从小镇来的年轻人的荣幸。

客观地说，林家保和唐雨晴待他不薄。他第二年就转正了不说，工资也提了一级。这些虽然不能说一定是林家保从中帮了忙，但谁也不能说和林家保没有一点关系。

结婚第一年，他们还没有分到厂里的宿舍，林家保和唐雨晴商量以后，决定让他们住到家里来。因为多了一个人住，林瑜理直气壮地要求和林峰交换房间："我们可是两个人，当然要住这间大的有窗户的房间。"

思思出生以后，林家保就成了世界上最宠外孙女的外公。他们一家三口住在家里不用出一分钱的生活费，思思的零食和玩具外公也全包了！

如果不是因为重机厂的突然衰落，也许他们的幸福生活会一直持续下去。

很快重机厂和林家都迎来了一轮重击，像程功这样新转正的员工成了第一批下岗对象；林家保到了退休年龄，在厂里失去了话语权。

"嫁给谁？"程功觉得还是要问一声。

"老段，段伯。说是从老市委退下来的。"

"那年纪不小了？"男人对再婚市场的行情了如指掌。

"79。"

"唉，何必呢。"程功叹气。想不到岳母要去服侍一个这么老的男人。

"说是峰峰老婆吵着要房子。"

"那也……"程功顿了顿，他本想说不如让你妈搬到我们家来，又一想，现在当着思思一个人的面演戏就够累的了，再加一个观众，尤其还是唐雨晴这样的观众，他们两个是无论如何都招架不住的。

林家保去世的时候，他们两个就已经貌合神离了，只是那时候师父的余威还在，就算程功在外面有了女人，也还不敢搬出去。不过林瑜记得清清楚楚，林家保的葬礼，大概是程功最后一次出现在林家的宴席上。他这个女婿是早就不想当了，后来林家的所有聚会，林瑜都不得不替他找各种借口。后来，随着程功的生意越做越大，连借口都不需要找了，连林家国都会替他开脱："程功的工作忙，这种家庭聚会他就不必来了，以工作为重。"

林瑜又说："房子是一方面，我觉得她就是喜欢当官的。"林瑜觉得总算是说出了她的心里话。这个话她实在无人可说，和林家的任何人说，都会损害她母亲的形象，但是不找人说一说，她又觉得如鲠在喉，不吐不快。

程功不置可否，说岳母，哪怕即将是前岳母的坏话，他也觉得还是不要附和了。

"她就想试一试，她一辈子都在羡慕我大伯母和姑妈，总觉得我爸的职位不能满足她的虚荣心。"林瑜这样说她妈妈，是有一点刻薄了，但是今天不知怎么了，她竟然一股脑对着这个早就和自己形同陌路的人说出了自己内心深处的秘密。

"这个……我师父在我眼里，很好了。"程功还能说啥。

"在你眼里当然不一样。她不喜欢我爸爸，从一开始就不喜欢，因为我爸爸不帅。"

程功沉默。

"你也是，一开始就不喜欢我，因为我不漂亮。"

程功愕然。

"我能有什么办法，我是我爸的女儿。我不好看，又不是我想的，我妈从看到我的第一眼就失望透顶，因为我没有继承她的美貌，她就把我丢给了奶奶，幸亏峰峰长得像她。我觉得就是因为峰峰像她，所以她才留在了这个家，否则只怕她离开得更早。"

林瑜一口气说完，才发现自己已经泪流满面。

她原以为自己早已经不会流泪了，就算程功搬出去她也没有流泪，而是冷静地和他协商："离婚可以，等思思考上大学。"

"为什么要等思思考上大学，我们之间早就没有爱了。"

"是你不爱我了，不是我不爱你了，不过这一切都没有关系，我只在意我的女儿，在女儿成年以前，我希望她有一个完整的家。"

第二天的聚会上，林瑜看上去有点憔悴，但是除了陆美媛揪着她没有趁年轻穿一穿漂亮衣服以外，并没有人注意到这一点，毕竟她又不是今天的主角。又或者说，在唐雨晴跟前，林瑜从来都不是主角。

眼看桌上的菜渐渐见底，林峰问："要加菜吗？"

林家国说："我不用了，高血压，不能多吃。"

老段也表示够了。

然后就是冷场，林瑜以为这样的场合老段的儿子应该主动付账吧，哪怕做做样子，但是她又一想，在座的基本上都是林家的人，说不定人家觉得买单是当了冤大头。

就又问了一遍："都吃好了？吃好了我就去买单。"

林峰看他老婆一眼，站起来说："我来，我来。"

林瑜就又坐下，儿子买单也是应该的，说好的房子都给他了。

林峰起身去了收银处，过了一会儿给林瑜打电话："姐，你过来一下。"

林瑜怜悯地看着她这个弟弟，支付宝里只有几百块，连一顿饭钱都付不起，被他老婆管得也太狠了吧。

19

林月华

林月华放下手机，冲坐在沙发上的蓝子风努了努嘴。

"咋的啦？"

"洗碗去。"

"我一会儿洗，等这一点看完。"

"又是一会儿，都好一会儿了。"

蓝子风站起身，心里抱怨她怎么这么喜欢管着自己，我又没要她去洗碗。看会儿电视怎么啦，平时这个电视都是她占着，前几年是看韩剧，一看就是好几十集，又臭又长，还不许换台，说是不能看不到大结局。真是谢天谢地，现在的电视台不再一天到晚播韩剧了。

虽然现在林月华还是选一些婆婆妈妈的电视剧看，好歹不像韩剧那样让蓝子风心生厌恶，跟着看几眼还是可以的。但这种婆妈剧中总是免不了有出轨的男人，林月华一看到这里就忍不住训诫蓝子风，都过了几十年了，该出轨早出轨了。所以蓝子风总结出经验：最好不要和她坐在一起看电视。

刚才趁她接电话，蓝子风赶快三口两口将饭扒了，打开电视机可以随意调台的感觉不要太好。虽说林月华打电话的时候是蓝子风难得的自主时间，但是她打起电话来时间太长了，经常一个电话超过一个小时，尤其是来了江城之后，她的大部分朋友都在安南市，打电话聊天是免不了的。蓝子风不由得心疼话费，一个月花几百块话费的女人，真不是一个会过日子的女人。

蓝子风不怎么打电话，他买的套餐是最便宜的，只要5元月租费的那种，正常一个月的话费控制在10元以内，但是也有没控制住的时候，不是因为电话打多了，蓝子风是无论如何不会将钱花在电话聊天上的。如果他的话费没有控制住，多半是花在流量上了。他对智能手机的操作不熟练，移动网络一打开就不会关掉，他那个便宜的套餐又不包流量，只要移动网络一打开，一个月的流量费就要好几百块，花销刚好和林月华持平，算是彼此彼此。

蓝子风到餐桌前收拾碗筷，林月华却又忍不住和他说："你知道刚才谁打的电话？"

蓝子风刚才就看出来了，林月华数落他没去洗碗和这个电话有关系，不过她朋友那么多，每天不是和这个打就是和那个打，他刚才又专注在电视上，没有注意听。"我哪里知道。"蓝子风道。

"小舅妈。"林月华用孩子们的称谓来称呼唐雨晴。

"有事？"

"说是要拿一步，明天请客。"

"啊？"蓝子风惊讶不已，"小舅死了多久？"

"有半年了吧？"

"看看，你们女人在一起都是骂男人再婚的。"

林月华那一帮女朋友中有一个最近去世了，不到一个月她老公就再婚了，搞得林月华在蓝子风面前痛骂那个男人好久。不光当着蓝子风骂，她和朋友们也经常打电话一起声讨那个不是东西的男人。声讨归声讨，对那个男人也没有什么影响，反正人家又听不到。

林月华愣了愣，他说得倒也是，但是唐雨晴再婚，不也是和一个男人再婚？还是一个老男人！

"和谁结婚？"

"说是老段，从老市委退下来的。"

"段什么？"

说到老干部，蓝子风退休后因为画画在省里得了奖，又加入了省美术家协会，在安南美术界小有一点名气，老干部协会有活动的时候经常请蓝子风过去画几笔，给老同志们指导一下，蓝子风倒是因此认识了一些老革命。

"好像是叫段云鹤，说是以前官还不小。"

"哦，老段啊，我认识他，听说当过几天县委书记，是县改市以前。退居二线好久了吧？"

"那也是瘦死的骆驼比马大，级别在那儿呢，正县级。"

"你们女人啊，就是这么现实。"

"怎么总是说我们女人，男人难道不现实？"

"听说他有三个孩子。"

"真的？也是啊，那个年纪的都生得多，三个都算少的。"

"那小舅妈嫁过去日子未必好过。"

"他的孩子们年纪应该也大了吧，难道还住在一起？"

"他这个级别的，孩子们的工作肯定都安排好了，住没有住在一起也不好说。"蓝子风说完，抱着几个空盘空碗进了厨房。

林月华跟着老伴儿进了厨房，今天难得蓝子风有心情陪她聊天。在这里陪读太孤单了，孙子每天早出晚归，回到家和他们也没有话说，平日里她逮着老伴儿多说几句，蓝子风就嫌她唠叨。以前在安南市还好一点，老姐妹一起打个小牌，东家长西家短地唠唠嗑，谁也不嫌谁嘴碎。到了江城，每天和老伴儿面对面，相看两厌不说，两人多说一句就开始抬杠。

"三个孩子不可能都住在一起吧？老市委的房子也不可能那么大。"

"房子是不可能太大，那以前大明、小明没有搬出去的时候，不都和大舅哥挤在一起，小明老婆说不定就是因为这个离婚的。"

"不管说谁你都会扯到我哥哥家。"林月华一赌气扭身出去。在林月华面前她的哥哥碰不得，在蓝子风面前蓝启顺也是碰不得。明知道碰不得，他们却找准了机会就去碰一碰，就是这么个德性。

林月华在沙发上坐下，拿起手机准备给林瑜拨个电话，这个侄女和她关系一直不错，愿意说几句体己话。

林月华喜欢女孩子，是他们这一辈中难得的重女轻男的人。她把蓝怡就看得比蓝亮重，两个孩子带不过来的时候，她送出去给林老太太带的是儿子蓝亮。侄儿侄女中只有林瑜一个女孩，林月华就对林瑜格外关照一些。不仅是林瑜，就算她不怎么喜欢蓝启顺，她对蓝家的侄女蓝洁英、蓝洁丽还是很上心，给洁丽又是介绍工作，又是介绍男朋友的就不说了，连洁英老公的工作也是她给蓝子风吹的枕头风："能帮就帮一下，毕竟是你侄女婿。"

这回唐雨晴拿一步的事，林瑜却没有打电话给自己说。以前他们家无论发生大事小事，林瑜都会和姑妈说一说。这么一想，林月华把电话放下了。

过了一会儿，又想起还没有和儿子媳妇说明天去参加婚宴的事，就又拿起电话。

　　林月华先打给蓝亮，电话没人接，不知道是上手术台了，还是去打羽毛球了。蓝亮的生活基本上三点一线：家、医院、羽毛球馆。只有到江城来看儿子是超出了他的生活范围。

　　再打给儿媳曾米瑞。儿媳现在是护士长了，当了护士长以后就不用上夜班了。以前可不行，夜班、深夜班连着来，亏得那时候林月华还硬朗，帮她把孩子带大了。之之六个月就断了奶，一直跟奶奶睡到三岁上幼儿园。小时候之之跟奶奶最亲，说的话能哄死人："奶奶，等我长大了，赚很多钱给你买一辆玛莎拉蒂。"林月华高兴坏了。其实她到现在也不知道玛莎拉蒂是什么玩意儿。现在之之是长大了，但是已经不想和奶奶多说几句话了。

　　米瑞接了电话："奶奶。"

　　林月华说："你小舅妈明天请客知道吗？"

　　"不知道啊。"

　　"峰峰没有打电话说请客？"

　　"哦，可能是打到蓝亮那儿了。他今天上夜班，现在估计上手术台了吧，我刚给他打电话没接。"

　　"我刚也打了，没人接。"

　　"可能是上手术台了。小舅妈为啥请客？"

　　"她给我打电话说是要拿一步了。"

　　"啊？"米瑞居然听得懂。

　　林月华跳过对方是谁这些话，反正他们小辈的也不认识，就只说正题："你帮我包一个红包。"

　　"包多少？"

　　林月华在心里计算，蓝怡、蓝亮结婚时弟弟家都送了人情，不过他们家两个孩子结婚生子林月华这边也一样没落。其实也就不欠他家的人情了，但是这种情况不去捧场总是不好，现在这个行情，给少了也拿不出手。

林月华说："给 1000 吧。"

蓝子风不知啥时候从厨房里出来了，正好听到这个。

这些年生活条件好了不少，蓝子风已经不再像以前那样为几块钱的礼金和林月华吵得不可开交。再说林月华自己的工资也不少，她爱送就送吧，不过一听说要给 1000，蓝子风还是觉得多了，蓝亮结婚时他们也就送了 300 吧。

"时代不同了，那时候送 300 是高礼金了，舅爷要坐上座才送这么多，现在送 1000 都是少的。"

蓝子风还是觉得有点离谱，他退休后工资就没怎么涨过，各种消费倒是水涨船高。

林月华安慰他："等之之上了大学，我们也回去请客。"

米瑞在电话里答应婆婆："好的，我明天和蓝亮说一声，一起去吃饭，就说是爷爷奶奶送的红包。"

想了想，米瑞又加上一句："奶奶，之之打电话说你看电视的声音有点大，能不能调小一点？"

林月华啪地挂了电话。这个混小子，又给他妈打电话告状了，有意见不能直接和奶奶说吗？再说了，我是看了多少电视！每次他一进门就赶紧把声音调小，做事也蹑手蹑脚的，生怕影响了他！

20

蓝洁丽

第二天一大早，许时运就来敲蓝洁丽家的门。

蓝洁丽两口子昨天为钱的事起了争执，心情不舒畅，于是就去牌场打了一会儿小牌，想转一转运气。手上没钱，只能打一分的，和老头老太太混在一起，输赢不超过20块，其实玩得没啥劲儿，就是混个时间。早上两个人都赖在床上，不到上班的点是不想起床了。

朱文武揉着眼睛嘀嘀咕咕去开门："又是我去，又让我去，你他妈骨头都懒断了。"

一开门，见是许时运，连忙喊"姐夫"。朱文武不敢在许时运跟前造次。

许时运懒得理他，这两口子，孩子都上学去了，他们还不起床，谁家父母当成这个样子？一看就知道昨晚上两个人又去泡牌场了。

许时运觉得蓝洁英最好的地方就是不打牌。要说有钱有闲，洁英可比洁丽有条件多了，结婚这么多年，许时运就没有要求过她必须上班，把孩子带好就行了。每年光是爷爷给孩子的压岁钱做她的零花钱也够了，多少人约她去打牌，包括洁丽也约过："姐，不就是混混时间吗？骏骏都上大学了，你也没啥事。"洁英回复她："谁说我没事？没事就找点事做。"洁丽又说："打牌很容易的，没有那么难，我带着你，很快就上手了。你看我昨天又赚了好几百，不比你去超市站一天划得来？"洁英不以为然："今天赚几百，明天输几百。真要像你这么天天赚钱，还有人愿意和你一起打牌？"

不打牌就是一大优点。虽然蓝洁英喜欢琢磨着赚钱这一点，在许时运看来有点不自量力，但总比泡在牌场里好。就算牌技再好，天天赚钱，他也不喜欢。只要看看蓝洁丽这屋子就知道，这两口子根本无心生活，昨天晚饭的碗还摊在桌子上，肯定是一起去打牌了，赢了兴高采烈，输了扯皮拉筋。不像洁英，不说别的，把家里收拾得利利落落，不管他啥时候回来，家里都是干净整洁的，也不会没有饭吃。虽然她有点过于节省了，总是舍不得买点好菜吃，但现在许时运在外面打打牙祭的机会还是有的，就不抱怨她的伙食了。

"洁丽。"许时运冲着里面喊。

蓝洁丽睡眼惺忪地走出来："姐夫。"

"你姐让我给你送钱来。"

说完从手提包里取出 1000 元递给蓝洁丽。

蓝洁丽接过来，不好意思地说："让姐夫跑一趟。"

许时运皱了皱眉头："茜茜上学去了？"

蓝洁丽扯了扯睡衣，说："是的吧。"

"她不吃早餐？"

"在外面吃，每天给她两块钱。"

"两块钱？吃一碗面都不够吧？外面的东西不干净，你姐以前都是在家给骏骏做早餐。"

"她早上 6 点钟就走了，我哪里起得来那么早。"

许时运本想说当妈的不都要比孩子起得早吗，又觉得这是别人家的家务事，说多了不好，就说："我先走了，还得赶回市里上班，要迟到了。"

蓝洁丽两口子这才意识到姐夫是专门从安南市过来的，一大早这么一个来回，也是辛苦了，忙说："太麻烦姐夫了。"

"咳，你姐的命令，我哪敢不执行。"许时运开起了玩笑，他一向乐意给自己安一个怕老婆的人设。

当初听洁丽说是在牌场里认识的朱文武，他就咯噔一下感觉不好，和洁英说："你可千万别让他们谈成了，黄赌毒这些是沾都不能沾的。"

蓝洁英虽然觉得许时运说得有道理，但也觉得他过于小题大做了："还黄赌毒，打点小牌而已，输赢都不超过几百的。"

"胃口就是一步步搞大的，哪个一上去就豪赌的？"

"也别瞎说，那些婆婆爹爹，打了一辈子牌，也就图个娱乐，有几个真成了赌棍？"

"反正我劝你好好说说你妹子，这么漂亮一个姑娘，何必嫁一个牌场里认识的小混混。"

这本来就是蓝洁英和万菊花的想法，又不是嫁不出去，非得找这么一个人。

"哪个想这样，这小蹄子说生米做成熟饭了。"蓝洁英恨恨地说。

蓝洁丽收拾停当，到单位去点卯。

今天要打印的文件不是很多，蓝洁丽坐下来就开始干活，一边瞅准机会向主任请假。

过了一会儿，蓝洁英打电话来了："你姐夫把钱送过去没有？"

蓝洁丽含含糊糊地说："送了，先不和你聊了。"

主任就坐在隔壁，应该是听到了她的手机铃响。

"主任，刚刚我家隔壁张婶打电话说我妈蛮不舒服，我怕她有什么事，我想带她去医院看看。"

主任不满，这个蓝洁丽，这个月都请两次假了，上次说是开家长会，现在又是老娘病了。

"你家就你一个？"主要是他要的文件蓝洁丽没有打印完，虽然说今天不用交，但就怕上面突然要，他这里不早早准备好，到时候就被动了。主任心想以后请打字员还是不能请中年妇女，本以为比一会儿恋爱一会儿结婚生孩子的小姑娘要稳当一点，结果一点也不稳当，该有的事一点不少。

"我姐去北京带孙子去了，我哥嘛，就当他死了！"蓝洁丽没好气地说。

话说到这个份上，主任也只能让她走。

蓝洁丽出门拦了一辆摩托车去她娘家，司机说"8块"。蓝洁丽气呼呼地上去又下来："讹谁呢？一直都是5块。"司机说："什么都涨了，姑娘。""姑什么娘？8块都可以坐出租了。"蓝洁丽婚后日子过得不顺心，人老得也快，现在出去都被人叫大妈了，这个司机没有眼色，居然叫她"姑娘"。"出租车的8块是起步价，你那里到不了，姑娘。"司机继续贫嘴。蓝洁丽心一横，干脆坐上去了，不然叫下一辆摩托车还是要磨价。

到了蓝家附近，蓝洁丽就喊："到了，到了。"免得开到家门口又被力菊花数落："坐摩托车来的？有钱没地方花！多远一点路，走几步不就到了。我们那时候去田里，一走几里地，就你们娇气！"

蓝洁丽到了家门口，特地绕到蓝天宇门口去看看冷艳在不在家，如果碰到了，肯定要和她撕一撕，良心都被狗吃了！

不巧，这两口子应该是到工厂去了，他们不舍得请工人，活一多，蓝天宇一个人忙不过来，冷艳就得过去帮忙打下手。

蓝洁丽敲门，里面没人应。洁丽急了，大声叫喊："妈！妈！你在里面吗？"

过了好一会儿，万菊花佝偻着身子慢腾腾地出来开门："叫什么叫，搞得像失了火似的。"

"隔壁张婶给我打电话说你身体不好，饭都吃不下了，我这不是担心嘛。"蓝洁丽申辩。

"胃口不好，人老了不都是这样。"万菊花倒觉得没有什么。

"你脸色蜡黄蜡黄的，还说没事。"

"两天没吃东西，那还不蜡黄蜡黄的。"

"为什么不吃？"

"不想吃，没胃口。"

"我姐让我带你去医院看看。"

"你姐不是在北京？"

"在北京也可以打电话。"

"哦，现在是方便了。我昨天做梦梦见你姐了，也不知道死之前还看不看得到我的洁英。"

"妈，你又瞎说什么，我姐说等睿睿上幼儿园了她就回来。"

万菊花的眼睛亮了一下，又暗了下去："要这么久啊。"

"我姐夫早上过来送了钱，让我今天带你去医院。我可是好不容易请的假，你不去可别怪我们。"

"时运拿的钱？又是时运拿钱。"万菊花关心这个。

"那怎么办，你又不找你儿子要钱！"蓝洁丽对她哥就是有气。

"你哥也没有钱啊，一个人养一大家子。"万菊花深深地叹了一口气，她还是心疼儿子，"你是没去他那个厂里看看，乌烟瘴气的，他吸那么多废气进去，将来可怎么好？"

听到这话，蓝洁丽直拿鞋尖踢墙，她妈心里就只有儿子。

"你去不去？不去下次不好就别叫我了。"

"不去，你把钱还给时运。"

"我姐说了，一定要你去检查一下，你这吃不下饭的毛病已经好久了吧？到医院好好查一查，看是不是胃有问题，现在别的不怕，就怕癌症。"

万菊花嘴里一边说癌症有什么好怕的，一边回屋换了干净衣裳和蓝洁丽一起出了门。

21

唐雨晴

过了两天是周末，是定好的唐雨晴过门的日子。

一大早，林瑜和林峰带着各自的家眷过来和唐雨晴告别。

程功开车来的，这个时候该出力还是要出力，好歹也要让对方看看，我们娘家还是有底气的。唐雨晴拿出一个昨天晚上准备好的小箱子，里面是她一点值钱的家当。另外两个塑料袋也装得满满的，一袋是唐雨晴的四季衣服，一袋是床单被褥，以前厂里发的，新的，没舍得用。程功将这些东西拿下去，帮她放进后备箱。季红也跟着送下楼，作为唐雨晴把房子赠送给他们的感谢。

唐雨晴穿着前几天吃饭时穿的酒红色旗袍，头发半绾着，有一绺垂在耳畔显出一些风情，脚上穿着一双黑色半高跟皮鞋。医生说她双脚大拇指的外翻有点严重，不能像以前那样每天穿高跟鞋了，半高跟算是她对美丽追求的妥协了。虽然已经年过60，她的身材倒真是没有走样。

临上车，唐雨晴拉过林瑜和林峰，分别抱了抱，说："我走了。"

林瑜忍不住要哭："妈，不去了好不好？"

林峰拉住姐姐："妈过得不好，又不是不能回来，就这么几步路的事，打个电话，我们就去接她。"

车子慢慢启动，很快驶离。

林瑜捶着林峰的肩膀："现在我们连妈妈也没有了！"将鼻涕眼泪都擦到林峰的领口上。

车上，唐雨晴坐在后排，沉默不语。

程功讪讪地叫了一声"妈"。

程功这个女婿，当初是被唐雨晴"威胁"得来的，现在这个情况，单独面对岳母，倒不知道说点什么才好。

"搬出去多久了？"唐雨晴不是不知道。

程功手抖了一下。昨天晚上他特地问了林瑜："妈知不知道咱们的事？"

林瑜正在刷牙，支吾着说："她的心思都在她自己和她儿子身上，哪里管得了我。"

"你看啥时候和妈说清楚，免得让她说我们骗她。"

"这你就别管了，等思思高考完再说。"

"两三个月吧。"程功不敢对唐雨晴耍滑头。

"为啥？"

"说出来不怕妈笑话，我们已经分居很久了。以前吧，我下岗了，她看不起我，现在我生意好了，她又成天盯着我，疑神疑鬼的，前段时间公司财务跟我说，林瑜趁我出差去公司查账了。您说她这样做，让公司里的人怎么看我？公司里早就有闲话了，说她才是老板，我就是一个吃软饭的。您评评理，这谁受得了？也就是我，念着师父师母的恩情，换了别人，早离了。"

唐雨晴吃了一惊，她一直以为女儿女婿关系很好，就算听说了程功搬出去的事，也觉得只是小矛盾，现在的年轻人就爱瞎折腾，过几天还不就得搬回来。

唐雨晴一言不发，程功就有点发怵，继续说明现状："林瑜不肯离，说要等思思高考完了再说。"想了一下，又加上一句："我只要不出差，每天都回家，这也是林瑜要求的。"

"林瑜这孩子在我面前还在演戏。"唐雨晴望着前方，吐出一句，"思思高考还有三年，你那边等不了吧？"这正是唐雨晴担心的。

车在老市委宿舍区门口停下。唐雨晴打开车窗，探出头和看门大爷打个招呼："老段家的。"大爷缓缓开了铁门，程功将车开进去，唐雨晴指挥他："停在2号楼楼下。"程功下车打开后备箱，拿出岳母的行李，问："哪一间？"

唐雨晴拿出手机，说："我打个电话，让老段下楼来接吧。"

程功说："我送上去吧。"

老干部楼是两层小楼，老段那个过世的老婆有风湿，所以选了二楼。爬两层楼梯很快就到了。程功敲门，老段已经在等着了："怎么不打个电话，我好下楼去接。"

唐雨晴给老段介绍程功："我女婿，以前也是重机厂的，现在开了一家装修公司，当上大老板了。"这是给程功脸上抹金，他的装修公司也就是个中等规模的装修队。不过最近几年安南市买房装修的人越来越多，程功还真是赚了不少钱。

程功把行李提进屋，又问："妈，放哪一间？"

唐雨晴说："就放这儿吧，一会儿我来收拾。"

程功告辞："段伯、妈，那我走了，有事打我电话。"

唐雨晴嘱咐："开车小心点。"

和老段结婚前，唐雨晴和他谈好了，不和孩子们住在一起。林家保去世以后，家里好不容易清静了，唐雨晴不想到了段家又变得闹哄哄的。老段答应："好好好，都听你的。胜利、光荣、红梅都是当爷爷奶奶的年纪了，各家有各家一本难念的经，我们都这个年纪了，就不掺和他们的事了。"

程功一走，老段就拉着唐雨晴的手，一边帮她把行李往房间里提，一边带着唐雨晴参观："上次你也来看过，房子结构呢，比起现在的新房子来说是差了点，不过和以前的房子比起来就很好了，毕竟是副县级以上的老干部才有资格住进来。"老段的语气里充满着骄傲。

"你看，这个房间就是我们的卧室，床单被罩也不知道你喜不喜欢，红梅说去买新的，我说家里这么多，用不着花这个冤枉钱，再说就算要买，也要看你喜欢什么再买才好，免得买回来你不喜欢。"老段说话不紧不慢的，打开衣柜的一边，说："以后，这边衣柜就挂你的衣服，女同志嘛，总是喜欢穿得好看。"

老段犹豫了一下，又说："唐雨晴同志，你身上这件旗袍穿着确实好看，也显得你格外有气质，不过呢，我们这个老干部宿舍住的都是一些七老八十的老头老太太，我倒没有什么，我是担心你走出去，他们要说你的闲话。不是不让你穿漂亮衣服，可以穿，在家里穿，我懂得欣赏，下楼的话，就穿得朴素一点，你看怎么样，雨晴？"

唐雨晴没有作声，只是在想，你怎么早不说这样的话，才第一天搬来就给她定这么多条条框框，不过大户人家规矩多，也是没有办法的事。她既不说好也不说不好，只是感到有点委屈，眼泪不自觉地淌下来了。

老段有点慌神，连忙拿纸巾给唐雨晴擦眼泪："咋的啦？我说错什么了？"唐雨晴有苦说不出："没什么，今天第一天过来，还不习惯吧。""哦，慢慢习惯就好了。"老段放下心来。

唐雨晴从行李中取出自己带来的床单被罩，说："我给换上吧？"

老段有点不好意思，又解释了一遍："红梅本来说买新的，我说等你来了再买。"

唐雨晴没接话，将旧床单扯下来，招呼老段一起将新床单铺上。老段问："你在超市里买的？花你的钱多不好意思。"

唐雨晴实话实说："以前重机厂发的福利，一直放着没用，我昨天拿出来洗晒了一下。"

老段一边将平有点发皱的床单，一边说："难怪看上去不像是新的。"

唐雨晴一听又不高兴："怎么不是新的，我就过了一遍水就不是新的了？"

老段不吭气了，在心里嘀咕：这个唐雨晴，比起胜利妈来，脾气可不小。

铺好床单，两人相对而坐，感觉也没有什么话可说。不像结婚以前，总有说不完的话，那时候唐雨晴觉得老段虽然年纪大了点，但算是一个不失风趣的人，老段也觉得老天真是有眼，竟然让他在这个年纪遇到了唐雨晴这样善解人意的"姑娘"。

老段握着唐雨晴的手，说："委屈你了，我本来是想办一场婚礼的，但是胜利和光荣都说现在反腐倡廉，行政人员不允许大办酒席。真要是大操大办被人举报了，晚节不保，对你对我都不是好事。"

老段一边说，一边竟像是要流眼泪了。唐雨晴本来想冷笑一声的，一看老段这般模样，不得不安慰起他来："什么委屈不委屈的，都这把年纪了，在酒店里办婚礼那不是惹人笑话。"

老段打开五斗橱的抽屉，郑重其事地取出他的工资存折，双手递给唐雨晴："我们说好了的，以后我的工资归你管。"

唐雨晴有些娇羞地接过来，这还差不多，说话还算话。嘴里却说："这么急干什么？"

唐雨晴本想直接收起来，却又忍不住打开看了看，心想不能被骗了。她在相亲角听说有的老头用假存折骗年轻女人，她可不能上当。

存折当然不是假的，每个月的收入支出清清楚楚地记录在上面。

老段是正县级，不过退下来得早，退休工资也就 5000 多元，按月发放。不算多，但是比起林家保的退休工资只多不少。唐雨晴随便翻看了一下存折，这个月的工资发了还没有取，再往前看，一眼就看到前面有一大笔支出，估计是把这个存折上的所有存款都取出来了吧，唐雨晴在心里默默数了数，惊讶地说："25 万？"

老段解释说："胜利的儿子大兵买房，首付从我这里借了一笔钱。"

他这么说，肯定是早就和儿子们合计好了怎么解释存折上的存款不翼而飞的。

唐雨晴放下存折，准备去拿自己的包和行李，一转头看见刚铺好的床单，又想到如果这么回去了，怎么向欢天喜地搬过来的季红交代？

她在房间里转了一圈，问老段："有杯子吗？我想喝点水。"

22

林月华

中秋节。

蓝亮打来电话说:"我们这个周末过来,和你们一起过节。"

林月华嘴上说:"好的,好的。"放下电话,就开始揉她的痛腿,还没休息几天,他们又要过来。每次一来,就知道躲在卧室里补觉。林月华不是不体谅他们上班辛苦,每次过来都是利用蓝亮下夜班的时间,通常一晚上都没法睡。

外科医生上夜班几乎没有休息的时候,第二天要靠大杯的咖啡提神才能把车开过来。为此,蓝怡和蓝亮说过好多次,下夜班就别开车了,两人坐商务车,来回400块,比自己开车也贵不了多少。

米瑞说:"谁说不是呢。他呀,就是对自己的车技太自信,总觉得坐别人的车不安全。"私底下,米瑞告诉蓝怡:"我们每次回来都提前在家长群发消息,一般节假日去江城的家长还蛮多的,顺带接送一下,也不费什么事,油费就给分摊了。之之在这边花销大,能省一点是一点。"

米瑞现在虽然不用上夜班,但当护士长的压力也不小。医院三天两头搞考评不说,她负责的病房里都是危重病人,每天忙上忙下,根本坐不下来。每次来江城都要两个多小时的车程,她又有点晕车,一到这里就只想好好休息休息。

只是两个人都光顾着休息,林月华就不高兴了。以前在老家的时候，林月华每天做一大家子的饭菜已经做烦了，本以为来江城陪读只用管三个人的饭菜，会轻松一点，哪承想他们隔三岔五就跑过来，来了就往他们自己的房里一钻，睡得昏天黑地，到吃饭的点才出来，家务活一点不帮忙不说，林月华要是菜做少了一点，蓝亮还要提一句："现在之之正在长身体，奶奶要多给他补充营养啊！"说得好像林月华舍不得做给孙子吃似的。

林月华揉了一会儿腿，对着蓝子风唉声叹气："这个周末他们又要过来。"

蓝子风闻言，不知道说什么好。他觉得自己仿佛一个风车，既要照顾老太婆的情绪，又不能得罪儿子媳妇。他看了看日历，说："这个周末是中秋节，他们过来看看也是他们的心意。"

"谁要他们看啊。一来就烦死人，又要做一大桌饭菜，累得要死，他们还嫌三嫌四的。"

"嫌三嫌四的？没有吧？他们每次不都说还是奶奶做的菜好吃，你走了他们好不习惯。"

"那是，给他们当了十几年保姆，当然要说几句好听的。"

"一说就是当保姆，自己的儿子媳妇和孙子，什么保姆不保姆的。再说，他们肯定是想之之了吧，来看看儿子也是人之常情。"蓝子风摇着芭蕉扇，站着说话不腰疼。

"便宜话都让你说了，事情都是我在做。你看我这条腿，我哪里还走得动去给他们买菜！"

"我说我去买你又不同意，那我能怎么办？"

林月华瞟他一眼，心想还要我怎么说，一起去买菜，我选菜你提菜，不就可以了？菜市场里好多老头老太太都是这样组合。蓝子风这个榆木脑袋，硬是转不过弯来。这样的话，林月华是不会说出来的。说出来只有两个后果，一是蓝子风不同意："你走那么慢，买个菜一上午的时间就过去了，我现在的时间太金贵了，我可跟你耗不起。"或者是"我不和你一起去买菜，你每个摊贩那里都要讨价还价，搁谁受得了"。另一个后果呢，就是他答应是答应了，等出门了还是一会儿就跑不见了，等林月华回来，他还一脸疑惑："怎么一转头就看不见你了？"

"你买的菜谁都不爱吃！"林月华又是一棍子打死。

蓝子风摇头，这种交流进行不下去，他还是先避一避，干脆走到画桌前去铺画纸。被林月华这么一折腾，他刚才好不容易找到的感觉又要重新找了。

过了一会儿，林月华凑到蓝子风的画桌前："这个周末是中秋节吧？"

"是啊。"

"蓝怡那个死丫头电话也不打一个。"

"不是还没到时间吗？这个星期天才是，等到了她肯定打电话。"

"老头子，要不干脆让蓝怡他们一家三口一起过来过节？"

蓝子风定睛看着林月华，心想刚才蓝亮他们两个过来就说人多伺候不过来，现在怎么还要加上三个人？他干脆不说话，反正他怎么说都会被反驳。

"我的意思是给一个人做也是做，给三个人做也是做，干脆一起来吃算了。"

"给一个人做和给三个人做还是不一样。"蓝子风说。其实他是喜欢热闹的，特别是儿子、女儿两家人偶尔过来一起热闹热闹，但是每次林月华做菜做累了总要抱怨好久，蓝子风就觉得还是清净一点好。

　　林月华给蓝怡打电话："怡儿，这个周末是中秋节。"

　　"我知道，正准备在网上给你们订月饼。"

　　"不要月饼，我和你爸爸都不能吃甜的。"

　　"那要吃啥，我来订。"

　　"订吃的？外面的吃的你爸爸都觉得不好吃。"

　　那倒也是，这就是林月华能够拿住蓝子风和蓝亮的地方，爷俩都离不开林月华做的菜。蓝子风不管去多有名气的餐厅吃饭，回家第一句话必定是"还是亮亮妈做的菜好吃"。

　　"周末你们忙不忙？不忙的话，你和世唯就带着琮琮过来吧，好久没见琮琮了，我和他外公都挺想他的。蓝亮他们两个也过来。"

　　"那正好，我订一个餐厅，省得你做麻烦。"

　　"我倒是想，就是你爸爸和你哥都不愿意到外面吃，尤其是你哥，一出去吃饭回来就拉肚子，你爸爸也说在外面吃了饭肚子不舒服。"

　　"去外面吃也吃不到什么东西，又贵。"林月华下了决心，还是在家吃。转头又喝令老伴儿："老蓝，你现在去买两只鸡、两斤牛肉，今天就要卤起来。"

　　蓝子风不乐意了："今天早上不是刚买过菜了吗？明天早上我再去菜市场把鸡和牛肉买回来。"

　　"那不行，明天就来不及了。"

　　"星期天才是中秋节，你现在就开始做准备，还非得让我陪着你累。"蓝子风在心里嘀咕，不敢说出来，要是说出来，今天晚上又要吃白水面条了。

23

蓝洁英

蓝洁英挂了电话，果然洁丽给她打电话就是为万菊花的事。

她有时候就在想，万菊花要么就和蓝启顺一样狠心，权当没有她这个女儿。自从在婚礼上和他们闹开了，她的心也硬了，就当没有他们这一对父母。偏偏万菊花又不是那么强势，在蓝启顺给她一拳后，万菊花总是充当给一颗糖的角色。以前她觉得那是万菊花的母爱使然，但是现在她觉得说不定那是他们两个商量好的：一个唱红脸，一个唱白脸。

二十多年前，万菊花就是用这样的手段，用一篮子鸡蛋换走了她手上的一万块钱，一万块啊！自己居然就给她了，明明知道她拿这钱是去给哥哥蓝天宇买车床。

万菊花说她病了，那就肯定是真病了。蓝洁英了解她妈妈，她绝不是那种偷奸耍滑的人，这么大年纪了，因为心疼儿子，还经常去儿子的厂里做帮工。如果不是真的很不舒服，她是不会说出来的。

不过蓝洁英恨的也是这个，万菊花是心甘情愿地被儿子吸血，反过来又要吸女儿们的血，蓝洁英不想做那个被吸血的女儿。但她到底还是狠不下心来，她决定打电话给许时运，让他想办法照应一下。

"老公，吃饭了没？"

"还没呢，刚回来。"

"准备吃什么？"

许时运本来想说太累了，点个外卖算了，一想如果这样说，肯定又要被抢白一顿不爱惜自己的身体。

"下点面条吧，做起来方便。"

"打个鸡蛋，放一把青菜，楼下就有卖菜的，不要将就。"来北京之前，蓝洁英特地训练了许时运几次，让他自己做一点简单的饭菜，自己在家吃，又有营养，又便宜，干吗把钱给别人赚？这就是蓝洁英的思路。

"好好好，睿睿还好吧？"许时运还挺关心他的宝贝孙女。

"好得很，看见我发给你的照片了？"

"好像长胖了一点，都是她奶奶的功劳。"

"那可不是，没日没夜的，都是被你们骗的，说是一个月，结果呢，来了就不让走了。"蓝洁英又是一阵委屈。

许时运本想说现在国家政策放开了，她在北京正好可以督促一下儿子媳妇，可以早点准备二胎了，家里的老爷爷还惦记着再生个重孙子呢，农村人的思想，肯定是想要一个"带把的"。封建思想是要不得，但是一儿一女凑个"好"也是很圆满嘛。蓝洁英现在一抱怨，许时运只好将准备好的这些说辞先吞回去。慢慢来吧，等洁英习惯了北京的生活，等睿睿稍微大一点了，再来慢慢给她做思想工作。

"辛苦老婆了。"许时运的惯用伎俩先用上。

蓝洁英想起来正事："洁丽打电话说妈身子不舒服，我让她带妈去医院看看，她手头没钱，你看明天能不能给她送 1000 块钱过去？"

许时运一听，这个妻妹手头就没有松快过，她是有一点钱就要去打牌的主，又不是什么有钱人，嫁的人也是拈不上筷子，两个人都恨不得在家啃老，可惜又没啥可啃的。朱文武的父亲死得早，几乎没有给他留下什么家产，母亲只有一个早先单位分的破房子，临街，吵不说，家里总是灰扑扑的，而且面积小得可怜，四口人挤着住。如果不是许时运出面帮朱文武找了一个跑运输的工作，好歹有个营生，两口子更是一天天地为钱吵架。

许时运答应："行，明天我起早一点，给她送1000块钱过去。"

许时运答应得爽快，蓝洁英觉得很感激："辛苦你了，明天早上要跑一个来回，那个钱就从租金里出吧。"他们家楼下门面房的出租和管理一直都是蓝洁英在打理，所以她也默认租金是自己的收入。

"跟我客气个啥，你吃了没？"

"还没，饭做好了，我出来转转。"

"那你赶快回去，一会儿他们两个找不到你又要手忙脚乱了。"

蓝洁英刚刚心生一点柔情又被许时运这句话给熄灭了：我又不是他们的保姆，起早贪黑忙活一天了，出来转一下都不行？就算是保姆，有工资就不说了，每周还有休息时间呢，自己算什么？不过就是给了一个奶奶的称谓而已，再说睿睿现在还不会叫她奶奶！

蓝洁英生气地挂断了电话，这个许时运，心里装的只是他们姓许的！

蓝洁英继续漫无目的地在小区里转悠，小区的活动区域不大，到处都停满了车。现在买车的人真是越来越多了，前几天吃饭的时候，陈瑶和许骏就在那儿讨论得热闹，说谁谁谁买车了，谁谁谁换车了。蓝洁英没有搭腔，要买车她是没钱赞助的。

买北京这个房子，几乎已经让他们山穷水尽了。在安南老家，人们听说他们在北京给儿子买了房，没有一个不佩服的。北京的房价，说出来就让人害怕。市中心的房子他们也买不起，全家用了洪荒之力也只能买在偏一点的地段，面积也没有很大，许骏他们两个通勤时间就很长。就这，每个月到了付房贷的日子，许时运就要胃疼好几天，能怎么办呢？"就这么一个儿子。"这是许时运的口头禅。

许时运的意思是将安南市的房子卖了，用卖房子的钱可以多付一些首付，以后每个月也可以少付一点月供。蓝洁英不同意，她觉得安南市的这个房子有两层，一层做成了七个门面，卖是可以卖一点钱，但是这点钱丢到北京的房市里不过是杯水车薪，扔进去连点水花都看不见。要是不卖，她每个月靠出租门面还能收一笔不小的租金，要是一下子把这份收入给她弄没了，她再怎么去超市累死累活地打工也挣不回来呀。手里不捏点什么，全靠男人的良心，她本能地觉得靠不住！

蓝洁英的电话又响了，一看是许骏，她就想挂掉，但是又怕是睿睿有事，犹豫了一会儿还是接了。

"妈，干吗去了，还不回来？"儿子的声音不知怎么，听起来就是不舒服。蓝洁英想起儿子小时候，许时运经常出差，家里常常就他们母子两个，那时候大概就是骏骏最可爱的时候吧，乖巧懂事，对着妈妈甜甜地笑。那时候，蓝洁英还在外面打临时工，只要回家一看见骏骏的笑脸，她所有的疲惫就都消失了。

"在楼下走走。"

"你都不看看时间的？睿睿要吃饭，我们也要吃饭。"

"你们吃饭就是了，饭在电饭煲里你们不会盛？孩子的牛奶你们不会喂？"

"妈，你又赌什么气啊？你说要买衣服，我不都给你在网上买了？"

"谁说是因为买衣服的事？"

"那还有什么事？我上班累了一天，又要挤那么长时间的地铁，好不容易才到家，你把睿睿塞给我就跑了。"

"我把睿睿塞给你？她不是你的孩子？"

"谁说她不是我的孩子啦？妈，我看你是越来越爱生气了，为一点小事，动不动就和我生气。"

"既然是你的孩子，回家了都不过来看一眼，和你媳妇一回来就躲房间里，喊你们吃饭都喊几遍了？"

"妈，这就是你的不对了，瑶瑶不是说她在换衣服吗？你是平时不怎么出去，北京人多，地铁上人山人海，瑶瑶挤了一身汗，不换衣服不好抱孩子。"

蓝洁英不好意思说换衣服要换那么久，要在这件事上纠缠就显得自己是在无理取闹。应该是今天孩子吐奶有点吓着她了，又加上洗床单、晒被褥这些额外多出来的家务也让她心力交瘁。

蓝洁英叹一口气，她又不能现在买火车票回去，就算她回去，在许时运那里也是一个不受欢迎的人，更不要说她的公公婆婆肯定也会来给她做思想工作："自己的孙女，怎么能说不管就不管呢？"

蓝洁英就算再委屈，也只能跟自己置气。对别的人，最多说几句狠话而已。她忍住气，回家。

一开门，她吓了一跳，才离开一个小时，家里就成了这个样子。

孩子被他们扔在地上的爬行垫上，可能是怕她摔跤，他们用一圈纸尿裤将她围住，真亏他们想得出来。孩子哇哇叫着，正在啃其中一个纸尿裤，啃得满嘴纸屑。蓝洁英不敢相信这是为了用40℃水还是50℃水冲牛奶和自己势不两立的高知儿媳干出来的事。

蓝洁英快步上去，一把抱起孩子，将她嘴里的纸尿裤拉出来，摔在地上。

"你们还是人吗？"

"啥？"正在吃饭的两人不解地望着愤怒的蓝洁英，不知道发生了什么。

"让她吃纸尿裤！"蓝洁英激动得不知道如何表达她的愤怒了。

陈瑶站起来检查了一下睿睿的嘴："别说这么吓人，她就啃了一口。"

许骏坐着不动，嘴里继续吃着他妈做的红烧排骨："妈，下次烧排骨可以放一点老抽，这样排骨烧出来颜色更好看。"

24

楚爱梅

　　段云鹤的老婆楚爱梅是前年过世的，老市委的家属都说老太太命好，她一个家庭妇女，没有多少文化，居然找了一个当官的男人，这个男人也没有像别的男人那样一有了地位就抛妻弃子。一个女人，不工作，只管在家带娃，男人还给家用，那可是一般人没有的待遇。

　　不过老太太的辛酸也只有她自己知道。三个孩子，她几乎是丧偶式带大的。三个孩子长大结婚后，又分别生了一到两个孩子，为段家开枝散叶，五个孙子孙女又是楚老太太一手带大的。儿孙绕膝，让老段享尽了天伦之乐。用老段的话说，如果现在还有古代的那种牌坊，你们妈妈是有资格被立一块的，贤妻良母，楚爱梅当之无愧。

　　老两口结婚近 60 年，几乎没有红过脸，楚红梅唯一闹过的一次，是老段刚当上县委书记的时候，和女秘书有过一段暧昧。这场婚姻危机最后被大儿子段胜利晓之以理地化解了："妈，你这么闹，最后受伤害的还不是我们自己，组织上处分了我爸，对我们家有什么好处？你和爸离了婚，对我们有什么好处？"

　　老太太前年过完年觉得肚子不舒服，还以为是过年给一大家子人做饭累着了。老段说："叫你别做那么多菜，偏不听，现在不舒服了可怎么办？大媳妇这几天是愿意帮你，让她多帮几天就要叫唤了。"楚爱梅心里内疚，怎么好好的人突然就浑身没力气了？平时不也是做十来个人的饭菜，过年也就加了几个大菜而已。儿子媳妇都要工作，自己不仅帮不上忙，还要麻烦他们，心里真是过意不去。老头子倒是退休了，不过他都当了一辈子甩手掌柜了，动动嘴可以，要让他动手，他可是连个碗都不知道怎么洗。

楚爱梅拖了两个星期，实在吃不下东西了才去医院。安南市医院给做了CT，医生说："建议马上转院，您这个病情有点复杂，最好去上级医院确诊。"

不得已老段从老市委申请了用车，将老伴儿送到上级医院。结果一去就被要求住院，一住进去就是左检查、右检查，胃镜、肠镜、B超、CT、核磁共振，各种长枪短炮全都上了。老段不得不提醒住院医师："楚爱梅是没有医保的，你们可不能东一榔头西一棒子拿她当试验品。"

最后检查出来的结果是肝癌，除了小女儿红梅坚持让楚爱梅继续留在省医院治疗，两个儿子和老段的意见一致："医生都说了，这个病没有治疗的意义，就算是大明星付彪，换了肝最后不也走了，更何况，我们家也没有那个经济能力。"

楚爱梅去世后，段家子女这才意识到天塌了是什么感觉，回到家再也没有热饭热菜等在桌上了。红梅的感触更深一点，毕竟世界上那个最爱"梅"的人走了。

对老段来说，最不习惯的，是没有人会像楚爱梅那样无微不至地照顾他了。

先是女儿红梅每天回来给他做饭，晚饭多做一份，冻在冰箱里，第二天中午老段就吃昨天的剩饭。吃了一周，老段就不想吃了，都什么年代了，每天还吃剩饭剩菜。红梅老公那边，也是有一大堆意见，本来可以回岳父家蹭饭的，现在不仅蹭不到饭了，还要老婆每天回去给岳父做饭，在老婆眼里，老爸比老公重要。

第二个月只好换成老大段胜利的媳妇过来做饭，老大媳妇一过来，一家子都得跟着。段胜利虽然官没他爸做得大，官架子倒是一样的，在家里也是油瓶倒了都不会扶的主。有样学样，他家的儿子也一样，觉得家务是女人的事，男人哪有干这个的。做了一个月，儿媳妇勉强还撑得住，可老段又不乐意了，他觉得儿媳妇在这儿做饭，根本就不用心："你看看这个菜做的，没有你妈做的一半好吃，不是咸了就是淡了，完全没有用心去做，敷衍我老头子呢！"

老段也想通了，再换老二家的媳妇来，未必就比老大家的做得好，最后还把儿子媳妇全得罪了。与其这样，不如请一个保姆来家里代替楚爱梅照顾自己。老段手头还有一点钱，他现在更加庆幸没有把钱都丢在医院里。对老年人来说，钱就是立身之本，决定了儿女对你的态度。老段给别人做了一辈子思想政治工作，他最清楚人性的本质。

找保姆这事老段早就留意了，楼下的老杨家里请了一个保姆，看上去利利落落的。老段有一次和她搭话，知道她是挂在家政公司名下的，虽然不是正式职工，但是家政公司会督促她们每年体检，有正规医院的体检报告，还要查身份证。老段觉得这样就很好，他不放心那些托人介绍来的农村保姆，电视上说这些人当中有骗子，是专门诈骗他们这种老年男性的。老段高度警惕，他可不想被骗。有体检报告这一点，老段觉得也很重要，经过楚爱梅住院这件事，他对生病就特别担心，生怕被人传染了肝炎之类的病。

老段去家政公司物色了一个住家保姆，名叫朱腊梅。老段对名字中带"梅"的女性有特别的好感，他老婆叫爱梅，女儿叫红梅，现在要找的保姆叫腊梅，老段觉得是天意让朱腊梅来他家服务的。说好了是住家保姆，一个月可以休息4天，月薪3000块。贵是贵了一点，但是老段也没有更好的选择了，毕竟做饭、洗衣这些事没有人能帮他一把，他感觉自己活得都没个人样了。现在看来看去，子女们对自己也就那个鬼样，他可不能像楚爱梅那么想不开，事事都想着他们！

保姆请回来以后，段家果然炸了锅。

首先表示不满的是段胜利。他不满的理由是朱腊梅太年轻了，才四十几岁，比红梅都年轻，像什么话？知道的知道是请了一个保姆，不知道的还以为是你续弦了呢！

话说到这个份上，老段反而看开了，嘴长在别人身上，爱怎么说就让他说去！你还真能捂住别人的嘴不成！

后来是全家齐上阵了。女儿红梅说他对老婆没感情，老婆才死了没多久，就惦记着去请一个年轻保姆，完全是晚节不保！儿媳们关心的是请一个保姆一个月要花3000块："怎么这么贵？我们一个月的工资才多少？她到家里来就打扫一下卫生，做个饭，怎么能一下子让她赚这么多钱！"儿子们关心的是："家里的存款我们也是有份的，不能由着老爷子乱来，老妈的那份遗产应该先分出来，让我们哥几个自己拿着。"

他们越是义愤填膺，老段就越是铁了心，朱腊梅这个保姆我还请定了！

朱腊梅果然没有让他失望。第一天上门，穿了一件雪纺连衣裙，藏蓝色的底子上印着白色的百合花，既显得端庄，又不失活泼，一点也看不出来她是一个从农村出来的保姆，一下子就唤醒了老段心中久违的柔情。

朱腊梅就像田螺姑娘一样，将这些天弄得乱糟糟的家整理得井井有条，甚至比楚爱梅在世的时候更加清爽。不仅如此，朱腊梅还非常有耐心，老段说的过去楚爱梅做的那些好吃的菜，她都愿意一一尝试。老段觉得朱腊梅哪里是保姆，简直就是上天派来的仙女，他第一次感觉钱花出去一点也不冤枉。老段对朱腊梅说："小朱姑娘，好好做，做得好我是会给你涨工资的。"

结果"小朱姑娘"得寸进尺，一年后要求与老段结婚，不光要结婚，还让老段在房本上加上她的名字！

这就碰了老段的底线。楚爱梅临死前说，平时一大家子人吃饭，也存不下什么钱，这个房子是他们百年之后留给孩子们的唯一遗产。一个房子也不好分，她的意思是将来把房子卖了，卖的钱三家平分。

死去老婆的遗言固然重要，但更重要的是，朱腊梅这么急着要上位，老段就怎么看她怎么像他当初千防万防的骗子，他可不能被人给骗了！一句话："想结婚，门都没有。"

最后是老段这边先毁约，多付了一个月的工资将朱腊梅轰出家门了事。朱腊梅哭闹着要去告老段性骚扰。老段说："你去告！公检法都有我过去的部下，你看他们是信你的还是信我的？老子没告你诈骗算是好的了。还性骚扰，别学了个新词就瞎他妈乱用！"

25

林月华

中秋节。

蓝怡先到的。蓝怡老公张世唯送他们母子俩上楼，见过岳父岳母，奉上事先准备好的茶叶，说一声"节日快乐"就准备离开。林月华拦住他："这么忙？吃了饭再走。我的饭已经快好了，等蓝亮他们两个一到就开饭。"

蓝怡为张世唯说话："妈，您就别留他了，他公司有事，让他去忙。"说他公司有事，是蓝怡为他找的借口，谁知道他是公司有事，还是要回家看他自己的父母。反正蓝怡觉得都无所谓，她现在变得比以前通透了。她和张世唯之间不过有一个婚姻关系而已，谁也不属于谁，更不可能属于对方的家庭。

蓝怡本来准备和琼琼坐地铁过来的，鹏华小区离蓝怡家有点远，坐到地铁终点站还要再转公共汽车。琼琼每次过来都会在车上睡觉，他一睡着蓝怡就没有办法了，这么大的孩子，抱又抱不动。这才和张世唯商量："你能不能送我们一下，就送到鹏华小区门口，送完你就去忙你的事。"岳父岳母帮他们带过琼琼两年半，到了小区门口，张世唯觉得如果不上去打个招呼，亲自把礼物送过去，就显得太生分了。

见蓝怡帮他说话，张世唯趁机脱身："蓝亮他们两口子过来代我向他们问好。爸、妈，那我先走了。琼琼，跟爸爸拜拜。"

林月华不满："这么忙？中秋节也不放假？"

"现在为自己做事，为自己忙，辛苦一点也没什么。"蓝怡解释。

蓝子风帮腔："他们现在正是奋斗的时候，我当初年轻的时候，不也是没日没夜地加班，不然怎么可能第一次带高三就拿到全县第一的好成绩。还记得吧？我那次出了大风头不说，还当上了全县的标兵，工资加了三级，我的工资一直比同事们高，就是那次加上去的。"这件事被蓝子风翻来覆去讲了一辈子，以前蓝怡会厌烦，现在却也由衷地感到佩服："那一届学生有你这样的老师，还真是幸运呢！"

"那可不是。那一届的学生，现在可都干得不错呀！当老师最大的幸福不就是看自己的学生能够成才。"

林月华说："现在的老师可没有这个境界了，之之学校的老师都在外面给学生补课，我前天听涵涵奶奶说，有的老师一节课收费一两千的都有，啧啧啧，这些家长也是，这都舍得出。"

蓝子风不说话了，他怀疑米瑞给之之也报了这么贵的课，因为怕他们反对，不敢在家说。于是把话题转到琼琼身上："琼琼，上五年级了吧？"

林月华打断他："每次琼琼来你都这么问，你外孙子上几年级都记不住，六年级了。"

蓝子风不好意思："去年是五年级，今年刚上六年级，明年就要上初中了，时间过起来真快！"

蓝怡插嘴："琼琼，还记得小时候外公外婆带你，让你在地上学爬的事吗？"

琼琼点头，但实际上他一点也不记得了。

　　琮琮出生时，被医院诊断为肌张力过高，医生说如果能早点学会爬行就没有问题了。张世唯和蓝怡当时交给他们老两口一个任务，每天让孩子在地上学爬，终于让琮琮在七个月的时候学会了爬行，大家这才松了一口气。

　　琮琮向四周张望："哥哥呢？"他每次一来就找哥哥，外公外婆这里最吸引琮琮的，第一就是有哥哥一起玩，第二嘛，之之的零食很多，他可以趁机多吃一点。

　　蓝怡不是不给琮琮买零食，主要是张世唯讲究健康生活，总觉得零食是垃圾食品，蓝怡一买回来就受批评，为了避免争执，后来就少买了。

　　林月华去敲之之的房门："琮琮来了。"

　　之之开门出来，先给蓝怡打个招呼："姑妈好。"

　　琮琮跟进他的小房间。

　　林月华小声说："小哥俩是不是要玩游戏？"

　　蓝子风说："这还用说。"

　　林月华紧张起来："一会儿米瑞过来，你们千万别对她说，不然等琮琮一走，她又要骂之之，高中了还不知道收心，上次入校考试考成那个样子！"

　　蓝怡说："要不我喊琮琮出来看电视，别影响之之学习。"现在的高中生都抓得紧，家长恨不得他们24小时都用来学习，这也是她不敢经常带琮琮过来的一个原因。

　　林月华压低了嗓门："还说电视！前几天米瑞打电话的时候说之之在背后告我的状，说我看电视吵着他学习了。"

　　蓝子风说："她不是这个意思，她是让你把电视声音调小一点。"

林月华看不得蓝子风维护儿媳："我接的电话还是你接的电话？听话听表面意思还是里面的意思，你有我清楚？"

蓝子风拿林月华没有办法，人老了固执起来就像一块木头！

林月华说："你等着看，过几个月，他们就不给你交宽带费了，看你还能不能看电视。"

蓝怡说："那不至于，米瑞不是这样的人，再说之之学习要用电脑，哪能给断网呢。"

蓝怡想了一下，又说："之之是不是很怕吵啊？他每天大部分时间在学校，等他回来你们就不要看电视了嘛，既然是陪读，还是要配合他的时间安排。"

林月华不满："看看看，都是一样的，一说就是爷爷奶奶的错。我们每天忙都忙不过来，有多少时间看电视！"

蓝子风说："开着电视做事搞惯了呗，择菜也要坐在电视机跟前。"

林月华又被老头子戳到了，她想拉的统一战线总是拉不起来，蓝子风就是一个叛徒。"去去去，他们说我，你也说我，米瑞还不是说过你，看手机视频声音开得老大，之之说你吵死了！"

蓝子风彻底熄火，说不赢咱可以躲，去画桌上摆弄他的画去。

过了一会儿，门开了，米瑞和蓝亮进来。米瑞手上提了一大袋零食。

蓝怡说："又买零食了？"

米瑞说："之之要吃坚果，听同学说吃了补脑。"

蓝怡说："琮琮每次过来都说哥哥的零食真多，我们家就没有这些好吃的，真可惜。"

米瑞有点不好意思："唉，你哥担心吃零食对孩子不好，总是说我给之之买零食买太多了，还说一个男孩子整天吃零食，以后没有什么出息。"话说出来又觉得不太合适，警觉地看了蓝亮一眼，好在蓝亮似乎没有听见她刚才说的话。

蓝怡想起来一个笑话，说："前两天琮琮爸爸嘴角烂了，自己在那里找原因，说他这个饮食是哪里有问题呢，肯定是缺了啥导致嘴角烂了。你们猜琮琮怎么说，他说，爸，你就是喜欢走极端，我知道你缺什么，你缺的就是零食！"

大家哄堂大笑，连在厨房里忙碌的林月华也赶紧出来看自己是不是错过了什么。蓝怡就又将这个笑话讲了一遍，只要是有关琮琮的，林月华都爱听："你们也是，一个孩子，吃点零食怎么啦？你和你哥小时候，还不是整天馋零食。"一边说，一边白蓝子风一眼："你爸爸也是舍不得给你们买，我只好偷偷给你们买一点。"

蓝子风刚才呵呵笑的脸僵住了，怎么又扯到我身上来了？

米瑞敲门进了之之的房间，看见两个孩子果然在电脑上玩游戏，一下子就不高兴了："之之，怎么又在玩游戏？不是说好一周只玩一次的吗？"

之之没好气地说："这不是琮琮缠着我教他玩嘛。"

琮琮看看哥哥，又看看舅妈，似乎知道是自己导致哥哥挨骂了，但是现在要他退出来，他又舍不得，好不容易和哥哥对战一盘！

蓝怡喊："琮琮，来之前跟你说什么来着，别影响哥哥学习，你一来就拉着哥哥玩游戏怎么行，哥哥要考大学了，不能老是陪你玩！"

琼琼不高兴地嘟囔着："考大学，考大学，不是还有两年多才考大学嘛。"

米瑞只好说："今天情况特殊，是中秋节，之之，你就陪弟弟玩一会儿吧，下周就不要玩了。"

之之啪地一下关了电脑："不玩了。不玩了总可以吧？今天是陪琼琼玩，又没有玩我自己的游戏，怎么下周的游戏就不让玩了？一个星期好不容易玩一次！"

一看哥哥把电脑关了，琼琼哭丧着脸："还没有玩完呢！我以后再也不跟你玩了！"

米瑞将零食袋拎过来，说："琼琼，来看看舅妈买了什么零食。"

琼琼不理她，跑到客厅去扯蓝怡："妈，我们什么时候回家？"

蓝亮一看小外甥不高兴了，责怪米瑞："一来就盯着孩子，他们兄弟俩难得在一起切磋切磋，就别管他们了呗。"

米瑞也生气："孩子一没考好就说我没管他玩游戏，现在我管他你又来做好人！"

26

蓝洁丽

洁丽和万菊花一起出门。自己生病了，万菊花还惦记着儿子："洁丽啊，你从网上看看，给你哥买一点口罩，他那个厂子里灰太大了，我前几天在他那里帮忙，回来鼻子口里都是灰，也难怪吃不下饭。"

洁丽没好气："你一大把年纪了，谁叫你过去帮忙的？他们是付你工资了还是管你饭吃了？"

"话不能这么说嘛，毕竟是自己的儿子。"

洁丽听得火大："毕竟是你儿子？那你看病就莫找我和我姐，找你儿子去！"一甩头就要走。

万菊花拉住她："你呀，就是这么个暴脾气，要不是这样，那个小朱，他哪里会老是打你！"万菊花懒得说朱文武的名字。

"哦，照你这个意思，我还是该被打啰？"洁丽听了更加生气，又要走，却被万菊花死死地攥住了胳膊，到底是劳动人民的手，都病病歪歪了，蓝洁丽还是扭不过她。

"我哪里是这个意思，我就是告诉你，在男人面前，不要那么倔，倔了有什么好处？他们力气大，我们打又打不过，最后还不是自己的皮肉受苦。"

洁丽在心里想：要不是他现在跑运输能赚一点钱，以后茜茜上大学的学费还指望着他，老娘早不想伺候了。不过这话她懒得说，说了肯定又要被万菊花抢白："现在的女人怎么都这样，好女不嫁二夫，不要动不动想着离婚，你不要脸，我这张老脸还要呢。"

蓝洁丽说："你就在这里等着，这里有树荫，我去马路上拦的士。"

"坐什么的士，又乱花钱。"

"不坐的士，你说坐什么车？你走得了那么远？"

万菊花走了几步，还是感到虚弱，跟跟跄跄的。

洁丽一把扶住她："就你这身体，还去给儿子卖苦力，你是上辈子欠他的？"

"你这个小蹄子，说话像呛了火药似的，你哥是怎么得罪你了，小时候他不也带着你一起玩？"

蓝天宇和蓝洁英从小就不对付，但是跟蓝洁丽还算有一点兄妹之情。蓝洁丽烦他主要是因为他结婚以后什么都听冷艳的，又是要房子，又是要车床，恨不得将蓝启顺和万菊花身上的血都吸干。

"你说买口罩的事，你以为冷艳不知道买？他家三个孩子一人一个智能手机，你就别操心了，以后别拿他家的事来烦我，我自己的事还烦着呢。"

听蓝洁丽这么说，万菊花又过意不去了，小心翼翼地说："那个小朱，现在还打你不？"

蓝洁丽说："不打，他敢打，他女儿跟他拼命。"

"他听他女儿的？"

"不听怎么办，他就这么一个孩子。"

"洁丽啊，别怪我多嘴，你哥生了三个，你姐生的也是儿子，就你这儿只有一个姑娘。要我说，趁还能生，生一个儿子就安稳了，他每天在外面跑，你可别让他和别人生个儿子出来恶心人。"

蓝洁丽不想听，要生早生了，她婆婆不知道催过多少次，朱文武倒是无所谓，主要是他手头一直也没啥钱，别说养小三了，就说生二胎这事，蓝洁丽就顶他："要生，也要养得起啊，一个都养不起，还生两个，疯了！"

蓝家在青河镇的城乡接合部，出租车很少过来。蓝洁丽在马路上等了10多分钟也没有等到。万菊花说："还是去你哥那儿借一辆自行车骑着去，医院又不远。"

蓝洁丽不得已硬着头皮去她哥的小工厂。

一进门，确实乌烟瘴气的，蓝天宇在操作台前操作，冷艳不在。

"我嫂子呢？"

"去哪家聊天去了吧？"蓝天宇头也不抬。

"借个自行车用用。"

蓝天宇努努嘴，意思是自己去拿。

蓝洁丽忍不住说："你都不问我借车干吗？"

"干吗？"

"妈病了你都不管？"

"妈病了？"

蓝洁丽看她哥这个木讷相，真是活见鬼。

"都几天吃不下东西了。"

"她没说。"

蓝天宇说完这句，就低头继续干活了。

蓝洁丽咳嗽几声，推了自行车出来，灰太大了，不戴口罩真不行。

到了医院挂号处，护士问："挂什么号？"

蓝洁丽说："就是吃不下饭，该挂什么号？"

"那我也不知道，你说挂啥号就给你挂啥号。"挂号室的护士不耐烦。

蓝洁丽让万菊花先在旁边的椅子上坐一下，掏出手机打给蓝亮："亮哥，我洁丽呀，没事没事，就是问一下，我妈说她这几天不舒服，吃不下饭，我现在带她来了医院，要挂哪个科？"

蓝亮正忙着让患者家属签术前同意书，一边让患者家属稍等一下，一边回复洁丽："挂内科吧，消化内科，要做检查，看看是什么原因。"

蓝洁丽回到挂号处，对护士说："挂消化内科。"

"只有内科。"

"那就内科吧。"

门诊医生问："多久了？"

蓝洁丽帮她妈妈回答："三五天吧。"

"三天还是五天？"

蓝洁丽看向万菊花："三天还是五天？"

"一个星期了，上周就有点吃不下，勉强喝一点稀饭。"

医生唰唰开了几个单子，查血、查尿、查大便常规。

万菊花问，这是干啥的？

医生说就是常规检查，看看哪里有问题。

万菊花小声跟洁丽说："还要拉屎？"

洁丽说："应该要的，他们要拿去化验。"

"我拉不出来。"

医生听见了，理解说："几天没吃饭，没有大便也正常。要不做一个胃镜看看？"

万菊花一听说要做胃镜，使劲儿摆手："那个我不做，不做，我们那张家婶子做过，说是像杀猪，痛死人了。"

医生笑了，这样的患者他已经见惯了："有无痛的，打上麻醉就行了。"

"不做不做，麻醉一打人就变傻了。"

"那要不做一个腹部 CT 吧？"医生最怕遇到这种不做检查的患者，什么检查也不愿意做，就让你开药，吃了几天药不见效又说："都是骗钱的，一点效果都没有。"

这回蓝洁丽不让万菊花说话了，直接拿起了单子："走走走，做 CT，你不就是怕得癌症吗？有没有癌症 CT 一照就看出来了。"

医生不发言。在门诊上班，言多必失。

一划价，做个 CT 要 600 多块。万菊花又不乐意了："抢钱呢？我说现在的医院不能进吧？都是骗钱的，以前你奶奶给人看病，从来不收人钱，只收几个鸡蛋、一盒点心，是个意思就行。你看看现在这些医生，看病看不了，就知道做检查，机器就比人会看病？"

洁丽开导她："现在技术进步了，以前搭脉看舌头，好多病都看不出来的。这个 CT 一照，你里面的五脏六腑都看见了。"

等照完 CT，1000 块钱只剩下不到 400 了，蓝洁丽也不敢再劝医生给她做什么检查。医生说等过两天来拿结果，蓝洁丽一听，还要等两天，人不吃饭那不是要饿死，就要求医生给万菊花开药。

"检查结果没有出来，能开什么药？"

"她都吃不卜饭了，你总不能见死不救啊。"

"那就输液吧，补充营养。"医生开了乳酸林格氏液，补充电解质总没错。

一瓶液吊完，万菊花感觉浑身有力气了好多，就埋怨洁丽："我说吧，做什么检查，直接打一针不就好了。"

蓝洁丽说："你肯定是这几天身体不舒服，又不想做饭，不做饭去我哥家吃啊，他们还敢不给你饭吃？他们家仨孩子不都是你带大的，你问问他们有没有良心？"

万菊花不想为儿子的事和女儿吵，就说："算了，你哥也不当事，家里都是冷艳说了算。"

蓝洁丽将万菊花扶到自行车后座上坐好，慢慢地骑车回家。经过蓝天宇的小工厂，万菊花下来，蓝洁丽进去还自行车。冷艳阴阳怪气道："哎哟，有人真是有福气啊，姑娘专门回来带去医院看病。"

蓝洁丽将车子一放："哥，你听见没有，你媳妇又在这里阴阳怪气，妈病了，她当没事人一样，我带去看了，她还一堆屁话。"

蓝天宇停下手上的活，看了两个女人一眼，什么也没说，继续开动机床。

蓝天宇有三个孩子，两个女儿，一个儿子。大女儿上的中专，二女儿上的技校，现在都工作了，工资不高，好在两个女儿长得还算周正，现在都有男朋友在谈着。冷艳说了："家里的一切以后都是蓝镇的，供你们念书到现在，我和你们爸爸已经尽力了，你们自己找一个家里条件好的男朋友，有机会就帮帮你们弟弟，爸爸年纪也大了，这个体力活做不了一辈子。"蓝镇在一个三本学校读书，每年光学费就不老少，他一天不毕业，蓝天宇手上的活就一天不敢停。

蓝洁丽气呼呼地将医院的收据往她哥跟前一摊，说："检查加打针，一共 700 块，三家摊，谁也别想占便宜！拿钱拿钱，你是大哥，出 300，我和我姐一人出 200。"

冷艳一把将收据抢了过去："出什么出，你跟人商量了没有？自己跑到医院去瞎花钱，花了钱还让别人分摊，你倒是想得美！"

27

唐雨晴

朱腊梅一走，老段饮食起居的问题又来了。

这一次，三个子女都不率先出头了。出头又没啥好处，不管怎么做都不可能比楚爱梅做得更好，纯粹就是吃力不讨好。

在家等了几天，没有一个孩子上门来，老段憋不住了，给老二段光荣打电话："是不是你爹死了你都不打算来看一看？"

段光荣在电话里大气都不敢出，他一向怕他爸。家里老二就是这样，爹不疼，娘不爱。楚爱梅在的时候还好一点，老段吼他们，楚爱梅多少会护犊子。段光荣心里想的是："你怎么会死呢，只怕是我死了你都不会死，你那么会保养自己的人！"

老段在电话里三言两语做了决定："光荣啊，胜利和红梅在保姆来之前都来照顾过我了，一碗水要端平，下个月就轮到你了。辉辉上高三，你们都忙，我知道，所以就不用你们一家过来做饭了，这样吧，我自己麻烦一点，每天中午和晚上坐车到你家去吃饭！"

好家伙，他老人家说到做到，第二天中午老段就不带客气地来老二家了，不仅人来了，还带来一大包脏衣服，嘴里骂骂咧咧地说："那个朱腊梅真不是个东西，一说要她走，这个星期的衣服也不给老子洗了，还多讹了老子一个月的工资。"

段光荣的儿子辉辉正在吃饭，听到朱腊梅的名字，怔了一下，问道："爷爷，哪个朱腊梅？"

老二媳妇连忙打断儿子："爷爷家的保姆，刚被解雇了。辉辉，快点吃，吃完回房间躺一会儿，下午还要上课。"

老二媳妇一边给老爷子端饭拿筷子，一边解释："辉辉的功课忙，我让他先吃，吃完了可以休息一下，下午精神好点。您没来，就没让他等。一会我和光荣陪您一起吃。"

老段心里是有点不舒服，臭小子，爷爷还没来，你就先吃上了，学校里教不教孝敬老人？但嘴上却是客气："没事没事，下次我早点来。"

光荣提着老爷子的衣服去阳台上的洗衣机洗，这事他就不能指望他媳妇了，她愿意做饭已经很给面子了。昨晚上和媳妇说的时候，媳妇就有意见："什么一碗水端平，就是不能让咱家占便宜呗，便宜都让老大家占了，工作给安排得好好的，房子也是单位分的，连孙子、孙媳妇的工作都是老爷子去打了招呼的，到了咱们这里，就只出不进了。"

光荣打圆场："这也怪不得老爷子，谁叫咱们结婚生孩子晚呢，你看辉辉还在上高中，老爷子都退下来好久了，他就是想帮也有心无力啊！"

过了一会儿，辉辉站在门口，一脸无辜地看着他的爸爸妈妈："怎么现在洗衣服啊，洗衣机的声音太大了，吵得人睡不着。"

光荣媳妇听了儿子的控诉，没发一言，就这么定定地看向光荣。

段光荣在儿子和媳妇的双重注视下，像犯了滔天大错似的，低着头，去阳台将洗衣机按了暂停键。

老段这才意识到儿子是在给自己洗衣服。他也进一步意识到了二儿子段光荣在家里过得实在有些窝囊。

应该是在这个时候，老段萌生了再找一个老伴儿的念头。他不能再给儿女们添乱了。

唐雨晴收下了存折，在柜子里找了一个一次性杯子，倒了一杯水，坐在饭桌前小口小口地喝。

老段端着一杯水，也坐过来，说："雨晴啊，跟你商量个事。"

唐雨晴感觉身上的肌肉一阵痉挛。

老段拍拍她的肩膀："别紧张，没啥大事。就是说，你过来，我这边的孩子除了老大胜利和你见过面以外，另外两个还没有见过，我在想，什么时候，你安排一下，让他们三家都过来一起见一见，毕竟以后都是一家人了。"

唐雨晴坐直了身体，老段说得也有道理，以后就是一家人了，这个一家人应该也包括她的瑜儿和峰儿吧。

于是她说："那我那边，是不是把我儿子、女儿两家也叫上？"

老段一副无所谓的样子："没问题，我都说了，一切听你安排，我工资存折都交给你了，以后你就是家里的女主人，一切就由你安排吧。"

老段这么大方，唐雨晴心里的那一丝不快暂时被压了下去。

"那就订在之前我们吃饭的那个餐厅如何？"

"你安排，我说了，一切都由你来安排。"

唐雨晴还是不放心，加上一句："谁付钱？"

老段看了唐雨晴一眼："我存折都交给你了，你负责安排。"

唐雨晴这才觉出不对劲儿，要她安排的意思是她负责出钱，当然，酒席钱是从老段的工资里出，也可以理解为是老段出钱。

"在外面吃一顿，这么多人，要开两桌吧？只怕要花小2000。"唐雨晴算了算账。

"这么贵呀？有没有便宜点的餐厅？"

"这就是很一般的餐厅了，要是去金华锦那种档次的，一桌就要2000。"

老段不吭气，打肿脸充胖子的事他从来不干。

唐雨晴打开存折，看看上面的数字，说是把工资交给自己了，真要出去吃饭，吃一次这个数字就会少下去一大块。

唐雨晴合上存折："林峰、林瑜也都和你见过面了，吃饭的事他们也不一定有时间，我就不为难他们了。你的孩子们，这样吧，选个周末，咱们就安排一个家宴，在家里吃。我厨艺不好，大家就包涵一下，主要是大家见见面，吃倒在其次。"

老段闻言拍手称赞："这个主意好！就是，何必让外面的餐厅赚咱们的钱呢。你就是谦虚，像你们这个年纪的女人，怎么可能厨艺不好呢？我正好也想尝尝你的手艺。"一边说，一边愉快地拉着唐雨晴的手，问："今天晚饭我们吃什么？"

唐雨晴心下一凛："今天晚饭吃什么？"

"我来看看，冰箱里好像什么菜都没有了，家里没有一个女人操持可真是不行啊！"

"你自己不做饭？"

"咳，我这个人，一辈子就扑在革命工作上，哪有时间做那些家务事！"

"那以前谁做饭？"唐雨晴不解。

"以前？什么时候算以前？胜利他妈在世的时候，都是她做。说真的，胜利他妈做家务是一把好手，不像有的家属，工作工作做不好，家务家务也做不好，我这个家属，唯一让人自豪的，就是把家里的事安排得妥妥当当，不用我操心！"

"她去世快两年了吧？"

"相亲的时候和你说过，原本也没打算再找的，直到遇见你，雨晴，我觉得你就是上天送给我的最好的礼物。"

"去去去，肉不肉麻。"唐雨晴拍打着老段有些老年斑的胳膊。

"什么肉麻不肉麻，毛主席还给杨开慧写情诗呢，真正的革命爱情是不怕肉麻的。"

"我是说，你前妻过世后这两年你又不做饭，那你在哪里吃饭？"

"这个啊，孩子们轮流给我做了几个月饭。他们家家都忙，你知道的，现在的工作不比过去，都是人盯人，谁也别想偷懒。后来我就找了一个保姆。"

"哦，上次听你说过。现在的好保姆可不好找。"

"那个朱腊梅，菜倒是做得好，也很会照顾人，我对她也不错，逢年过节都包红包。她呀，就是人心不知足，好了还想好，那就没有办法了，只能让她走了。"

"她咋人心不知足了？"唐雨晴不知道还有这么一曲。

"她嚷嚷着要和我结婚，还让我在房本上加上她的名字，那哪能成呢？"

虽说家丑不可外扬，但老段是想借这个话题将这件事先说出来，也算是给唐雨晴打一个预防针，为了不在房本上加名，40多岁的女保姆他都忍痛放弃了。

唐雨晴现在是真的有点懊悔结婚前被老段文质彬彬的外表，还有老县委书记的光环给蒙蔽了，唐雨晴啊唐雨晴，你以为自己是千年的狐狸，没想到碰到的可是万年的乌龟！

老段没有注意到唐雨晴表情的微妙变化，他转身进了厨房，一会儿又出来了，手里拿着几样东西：一条花格子围裙、一副胶皮手套，还有一辆小推车。

"这是朱腊梅留下的，我看东西都还挺好，就留着了。你看看能不能用？对了，从小区大门出去，右边就有一个银行，我的工资都是在那里取。买菜嘛，一般都是去前门的菜市场。前门菜市场你应该知道，安南市又不大。"

前门菜市场在哪里，唐雨晴当然清楚得很。但是老段这样子，唐雨晴觉得在他眼里，自己不过是朱腊梅的替代品而已。

唐雨晴义无反顾地再嫁，是以为自己终于找到了爱情。没想到热恋的甜言蜜语过后，所谓的爱情就成了现在这个样子。

唐雨晴一手拿着存折，一手推着推车，开始了她的新生活。

28

蓝洁英

　　蓝洁英闻言，一手抱着孩子冲向餐桌，另一只手将一盘排骨抢在手里，倏地倒进了垃圾桶："看你还挑！有得吃还挑！"手里抱着的睿睿，被她突如其来的动作吓着了，哇哇大哭起来。陈瑶和许骏对视一眼，没有出声，两个人对蓝洁英的暴脾气私底下早有默契："更年期的女人，不好惹。"

　　蓝洁英抱着睿睿走进自己的小房间，哄孩子道："睿睿别怕，睿睿是个好孩子，奶奶生你爸爸的气，和小睿睿没有关系，睿睿跟不跟奶奶回老家？奶奶想家了，我们回去吧，奶奶保证把你带好，让小睿睿长得胖胖的！"

　　睿睿终于在奶奶的柔声细语中安静下来，今天受了两次惊吓，虽然不哭了，但眼神里仍然充满了警惕。

　　蓝洁英抱着睿睿，朝屋外喊："你们哪个去给睿睿冲一瓶奶。"

　　没人回应。外头的两个人推来推去："你去，你去。"

　　蓝洁英只好把睿睿放回小床，刚一放下，小家伙就放声大哭，蓝洁英没办法，只好又将她抱起来，对她说："奶奶去给你冲牛奶，宝宝别哭啊，宝宝要吃奶才能长大呀！"

　　小家伙听懂了似的，大眼睛忽闪忽闪的，蓝洁英小心翼翼地再次将她放下，结果她又哭了起来。

反复几次，蓝洁英终于失去了耐心，冲到房门口："是我的孩子，还是你们的孩子？让你们冲个奶，动都不动一下！"

许骏见躲不过，只好站起来，嘴上说："发那么大脾气，谁敢惹你啊！"

"我怎么发脾气了？还不能说话了？"

"还说没发脾气，好不容易做回排骨，就提了个建议，你就倒掉了，这么矫情，还让不让人活了！"

一句矫情，又捅了蓝洁英的马蜂窝："我矫情？就你会用词！我真是白养了你！还好不容易做一次排骨，哪天不是变着花样做给你们吃？你问问你爸，我们在家每天吃什么？你给过我一分钱的菜钱？帮你们带娃，帮你们做饭、做家务，还出钱给你们买菜，你们说过一句谢谢？有一句好言语？"

蓝洁英噼里啪啦说了一大堆，许骏只好又坐下，如果现在不端坐着听她数落，她等会儿就要数落你一晚上。

陈瑶坐着不动，沉着脸低头扒拉她碗里的饭，排骨倒垃圾桶了，桌上只剩一个青菜，也没什么好吃的。婆婆还一副居高临下的样子。她觉得自己也是脑子进了水，居然相信了许骏的承诺，还以为婆婆是多么明事理的一个人。婆婆来之前，许骏把她夸得跟一朵花似的："我妈才不是那种恶婆婆呢，你和她处处就知道了。"现在果然是知道了。

睿睿在小床上又哭起来了。蓝洁英回身将她抱出来，递到陈瑶手上："你女儿在哭，你耳朵不好？"

陈瑶放下碗筷，接过孩子。孩子到了妈妈手上，倒是突然安静了。

许骏一只手拿着奶瓶，说："看看，睿睿哭，是在要妈妈呀！"

陈瑶白他一眼："就你会说话。"

蓝洁英手里得了空，接过许骏手里的奶瓶，去厨房给睿睿冲奶粉，陈瑶的眼睛盯着呢，她必须调好水温，热水冷水兑来兑去。

冲好奶出来，陈瑶连忙把孩子递给奶奶。

蓝洁英一下子又有点冒火："你们都吃好了，我还一口没吃呢，给自己孩子喂个奶不行？"

许骏嬉皮笑脸地说："我们也没吃好，您看看桌上还有啥可吃的？睿睿过来，爸爸给你喂奶。"

蓝洁英将奶瓶递给他，虽然她不放心许骏给孩子喂奶，但是现在她也不好说什么，说多了又惹他们两个吵架。有几次小两口半夜吵架，把蓝洁英都给吓醒了，她别的不怕，就怕陈瑶闹离婚，结婚前他们为房子闹过一次，陈瑶表明态度说北京新房子的房本上没有她的名字就不结婚，闹得许骏要死要活，吓得蓝洁英只好同意在房本上加上陈瑶的名字。蓝洁英向许时运抱怨儿子怎么这么没出息，许时运劝她："没出息也是你养的，谁叫咱们就这么一个儿子。"

许骏和陈瑶是研究生同学，论学历，两人都是名校毕业，学历相当；长相方面两人都是中等相貌；家境方面，许家要略好一些，略好的原因是许骏是独子独孙，许家三代的资源都投到他这里了，而陈瑶出生在一个重男轻女的家庭，家里的一切都要留给她弟弟，当初说好了她妈妈会来带孩子，后来因为弟弟要结婚就不来了。陈瑶从小就知道，如果她不争，就什么也得不到。这也是陈瑶将在房本上加名作为结婚条件的重要原因。

许骏将睿睿平抱着喂奶，蓝洁英一看就不顺眼："没吃过猪肉，还没见过猪跑？我每天给睿睿喂奶，你就没有学着点？看看你是怎么喂孩子的，一会儿孩子呛着了又要吐奶！"

说完发现自己说漏了嘴，幸好刚才陈瑶看见许骏接过了孩子，如释重负地回房间去了。陈瑶不是不喜欢给孩子喂奶，她是不喜欢在这个狭小的空间，和许骏母子坐在一起，他们的方言她听不懂，只觉得嗓门又大又吵，他们的家乡菜她也不爱吃，又咸又辣，在这间屋子里，自己就像一个外人，是个永远也无法融入进去的陌生人。

受了批评，许骏正好就坡下驴："你看看，让我喂，又说我喂得不好，还是你来，别一会儿真吐了又骂我。"一边说，一边将孩子往蓝洁英身上塞。蓝洁英赶紧放下碗筷："你这个混球，我怎么生了你这么个混球！"蓝洁英嘴里虽然还在骂骂咧咧，手上还是将睿睿接过来接着喂。

许骏坐在旁边看了两分钟，拿起手机起身："那我先进去了，今天晚上要加班。"

蓝洁英知道他们的加班就是在电脑上干活，这一点蓝洁英往往不相信，真有那么忙？每天回来都加班？是在刷手机吧？有几次很晚了，蓝洁英起来还听见他们的卧室里有谈笑声，蓝洁英就觉得他们不可能加班到这么晚。

他们两个都回房间了，家里又安静下来。小睿睿安静地吃着奶，浑然不懂世事的孩子天真地望着蓝洁英的脸，给了她一个甜甜的微笑。

喂完奶，拍嗝、哄睡，这一套搞完，又是晚上 9 点多了。蓝洁英将剩下的半碗米饭扒拉了几口，算是完成了今天的晚餐。直起腰收拾碗筷，趁这个工夫，刷一下手机，匆匆忙忙给朋友们的朋友圈点了一圈赞。她在手机相册里挑了一张今天白天在楼下小广场请别人给她拍的抱着睿睿的照片，发了一个朋友圈，标题为来北京 100 天了。

来不及看有没有人点赞，给大家回复要等到明天睿睿睡午觉的时候。她将床上堆的睿睿的衣服叠好，急急忙忙洗漱一番，赶紧上床睡觉。孩子睡了，她不能太贪玩。蓝洁英做任何工作都认真负责，现在她的工作就是带孩子，半夜孩子哭闹她起不来可不行。

许骏一回到房间，赶紧打开电脑，他心急火燎地要看一下今天的股票，在单位一人一台电脑，有的老员工上班也摸鱼看股票，许骏还是个新人，不敢看，怕被举报，丢了工作可不是小事。体制内的工作就是这样，看着清闲，但是同事间你盯着我，我盯着你，功夫都用在写汇报总结这些事情上。

陈瑶在银行上班，虽然是研究生毕业，也是从柜员做起。领导说了，现在是看你孩子小，没有让你加班，等孩子大点了，该加的班要加，该应酬的要应酬，要不怎么能提升你的业务能力呢？

许骏一看今天的股票又是大跌，唉声叹气："你看看，你说白酒是永远的神，这个神是下神坛了吧？"

陈瑶一听，不高兴了："我说是神就是神了？谁叫你追高呢？再说了，白酒那么多，谁知道你选的都是什么垃圾股。跌了就加仓呗，还能怎样，总有起来的一天。"

许骏说："还加仓？你今天没听见我妈话里有话，嫌我们没给生活费呢！北京生活成本高她又不是不知道，当初还非要我们留在北京。从牙缝里挤一点钱买股票，本来指望能赚一点改善一下生活，结果全套进去了。亏你还是银行的，一点内部消息都没有。"

"许骏，你搞搞清楚，我可没有指导你买股票，我们银行的工作人员都做不好。我早就说了，你要玩可以，别超过一万块，是你自己太过自信，还吹嘘自己是当代股神！"

"在模拟市场玩的时候，刚进去没多久就赚了百分之三十，我想这也太好赚钱了吧。谁知道真金白银一进去，市场就像泥石流一样滑了坡。现在我就怕越跌越多，没有底可就糟了，我可是把我爸转给我的下半年的房贷都给投进去了。"

29

林月华

林月华在厨房里大声喊:"老头子,吃饭了,摆桌子、端菜。"

一连喊了好几遍,蓝子风气呼呼地将画笔往桌子上一扔:"刚找到一点感觉,就叫叫叫。桌子就我能摆吗?"

蓝怡呵呵笑着打圆场:"你摆了一辈子桌子,最有经验,妈信得过你。"一边说,一边跟着进厨房端菜,米瑞见状也赶紧进厨房帮忙拿碗筷。姑嫂二人成功地化解了一场争执。

蓝怡夸张地说:"做了这么多菜啊?吃年夜饭哪!"

蓝子风说:"知道你和琮琮要来,你妈前几天就让我去买菜准备了。"想了想又加上一句:"也是因为米瑞和蓝亮要过来。"

米瑞插嘴说:"一直跟奶奶讲,腿痛就少做点菜,我们反正经常来,又不是什么客人。"

米瑞放好碗筷去敲之之的门,喊两个激战正酣的小伙子出来吃饭。

琮琮不愿意:"不吃不吃,我一点也不饿,哥哥,接着打。"正玩到兴头上呢。

之之到底是大几岁,说:"先吃饭,一会儿再玩,不然他们也不吃,就会一直催。"他对大人们的套路再清楚不过。

两人一出来,蓝子风看着他的两个孙子,眼里都是笑意:"琮琮再过几年就赶上哥哥高了,现在齐哥哥的肩膀了。"

　　讨论孩子的高矮往往是大人们最喜欢的话题，蓝子风说完他们两个，又问起小时候和琮琮一起玩过的几个孩子，这么长时间了，亏得他还记得那几个小朋友的名字。"那个正鹏，是不是和琮琮一个小学？他小时候也是外公带着在小区广场玩，经常碰到。"

　　"正鹏啊，是一个小学的，不同班。"

　　"长高了吧？小时候不太高，他外公可着急了。"

　　"现在长高了，比琮琮高。"

　　"哦？都比琮琮高了。"

　　"他家给他报了篮球班，每天打球。"

　　"之之，听到没有，要打篮球。"

　　"怎么又说到我了，我整天忙死了，哪有时间打篮球！"之之气鼓鼓地说。他虽然也不矮，无奈他班上的同学实在是太高了，男生几乎都过了一米八，他有时候也在家里埋怨："都怪我爸个子不高，害得我也长不高。"

　　米瑞说："怎么能怪你爸爸呢，涵涵爸爸比你爸爸个子还矮，可涵涵比你高，因为他比你能吃！"

　　"又来了，我吃得不少！"之之不高兴了，每回见面都说他吃得少，难道希望他吃成一个大胖子吗？

　　"好了好了，好不容易聚在一起，说点高兴的。都怪你爷爷，一见面没啥话好说，就会说高不高，我孙子都高，都挺好的！"林月华对她的孙子都一百个满意。

　　"哦，对了，米瑞，等会儿记得提醒我，年纪大了记忆力不好，我把那1000块钱给你。"

　　"算了吧，奶奶。"米瑞嘴里含着一口菜，含糊地说。

　　"那哪能算了呢，说好让你帮我出的，该怎样就怎样。"

"在这边您给之之买菜做饭我们也没给钱。"

"那不是应该的，爷爷奶奶有退休工资。"林月华很自豪。

"什么钱？"蓝子风问。

"就是小舅妈的事。"

"小舅妈啥事？"

"不是跟你说了，小舅妈再婚请客，让米瑞替我送了一个红包。"

说是说了，但是听说送这么多钱蓝子风就是不爽。

"怎么样，她那个后老公？"林月华在电话里没有时间八卦，现在补上。

蓝亮说："能咋样？一个老头子呗。"

"说是老县委书记？"

"都退休好久了，你们女人就是虚荣。"

蓝亮说话不过脑子，一下子得罪了桌上三位女士，大家群起而攻之："什么叫我们女人就是虚荣？我们咋虚荣了？"

"没说你们，你们是我最尊敬的妈妈、老婆和妹妹。"蓝亮投降。

米瑞说："我们昨天晚上和市委的几个干部打了一场羽毛球联谊赛，男女都有，混合双打。人家一上场就说他们平时没怎么打过，友谊第一比赛第二。我们医院这边的职工都在陪打，完全是让着他们，毕竟人家是市委的嘛，两边就在高抛球拉锯着打，磨时间。结果蓝亮一上场，你们猜怎么着？他三下五除二就将对方干掉了，下来还和我说，这么容易打下来，怎么都不打呀？"

大家哄堂大笑，之之笑得前仰后合，指着他爸爸说："爸，现在你知道人家怎么不打了吗？"

蓝子风干笑了两声，说："像蓝亮这样实心眼的人现在是难找了，米瑞呀，过日子，蓝亮还是靠得住的。"

米瑞止住笑，她心里也觉得蓝亮是个好人，但是好人在社会上就会经常碰壁，让她忍不住心塞。

米瑞将话题拉回来："小舅妈是怎么想的，都这个年纪了还要拿一步？"

林月华将上次打电话听到的信息又说了一遍："说是要把房子给林峰，好像说工资卡也准备给他们姐弟了。"

"啊？林瑜不会要她的工资卡吧？她老公开装修公司，我们医院好几个买了新房的同事都准备找他的公司装，听说还挺赚钱的。"

"谁知道呢。"林月华犹豫着要不要把程功从家里搬出去的事说出来。

陆美媛上个月在电话里说起过，说是小明回来说的，他也是听别人说的。林月华觉得没有核实的消息还是不要乱发布为好。

林瑜和程功的婚事她倒是一向不看好。怎么说呢，她好心好意给林瑜介绍过一个中学老师，稳稳当当的，穷不到哪里去，也富不到哪里去，过日子嘛，不就追求一个安稳。林瑜偏不听，自己长得又不漂亮，还非要找个帅哥，这不明摆着给自己找过不去吗？男人要是有良心还好，不过男人多半都是没有良心的，这一点，林月华早就看透了。虽然她看透了，但还是希望自己家的女人碰到的男人是例外。

"林峰也是，年纪轻轻的，从石油公司下岗后就不出去做事，那怎么行？"蓝子风说。只要提到林家的后代不争气，蓝子风就有一番说辞。

"好像是身体不太好，本来和他同学约好了要办厂的，他去干了几个月身体受不了，又回来了。"米瑞帮林峰解释。

"他有点神经衰弱，说是睡不好觉。"蓝亮补充。林峰找他看过几次病。

"身体不好就做点容易做的事，开个小店什么的。"蓝怡觉得大家都在为林峰开脱，"自己的孩子还在上中学，不赚钱可怎么行，哪能指望着小舅妈的退休金！"

"现在季红帮人卖衣服去了，能赚一点是一点。开店也不容易，工商、税务……一大堆麻烦事。"米瑞懂得比较多。

"那个老段，人怎么样？"林月华还是关心这个。

"不知道怎么样。大舅在饭桌上说了一大堆让他对小舅妈好的话，他嘴里都答应好好好。"

"就是，这么大年纪了，娶了你小舅妈这样的女人，还能不对她好？"林月华想当然地说。

"大舅身体还好？"

"还好吧，大舅妈每个月过来找我给他们两个开药，我说他们家都可以开药店了。"米瑞说。

蓝亮接着米瑞的话说："谁叫她吃那么多药，我每次都和她说，吃那几样药就可以了。不知道她从哪里听来的，一听说吃什么对身体好，她就要吃，大舅是公费医疗，她也不在乎医药费。"

"也不是都公费，自己出百分之十，她愿意出就是。"

"你大舅妈就是怕死。"林月华总结。

"谁不怕死？现在生活好了，都想多活几年，我还想活着看之之和琼琼结婚呢。"蓝子风开启抬杠模式。

两个小的不乐意了："结什么婚？我们不结婚！"

琼琼先下饭桌："我吃好了，哥哥快吃，吃好了继续打游戏！"

林月华心疼："琼琼，你没吃多少啊。"

蓝怡说："刚才吃零食吃多了，肚子饱了。"

说到零食，琼琼赶快去沙发上拿了一袋小包装的巧克力："我最喜欢吃这个了，还有奶油蛋糕，妈，你都不给我买！看舅妈多好，给哥哥买这么多！"

蓝怡说："琼琼，你不是说自己吃饱了吗？怎么又开始吃巧克力了？"

小家伙嬉皮笑脸地说："吃饭吃饱了，吃零食还没有吃饱。"

米瑞提醒之之："你下午要去培训班上课。"

之之说："不是叫你们不要报班吗？怎么又报了？"

蓝亮不高兴："还说怎么又报了，你上周周考考得怎么样，心里没有数？"

之之也不高兴："就知道盯着我的成绩，我说了，上次考试没有发挥好。"

蓝亮将碗筷放下，他这次来，心里憋着不痛快呢，来的路上被米瑞洗了一路的脑，让他不要一见面就批评孩子，一次考试说明不了什么。

现在看之之一点反省的意思都没有，还一副自以为是的样子，他就气不打一处来："当初我就说不要来江城上什么省一附中，你看看，你把一家人折腾的，到时候要考不上，还不如在安南读市一中呢！"

之之最讨厌他爸爸这样说，总是说他折腾了一家人，是他自己要折腾的吗？分明是你们要来陪读的！

30

蓝洁丽

蓝洁丽也扑过去抢医院的收据，和冷艳扭打在一起。

万菊花闻声从外面进来："我说还个自行车咋还这么久，原来在这儿干仗呢！蓝天宇，你坐在那里像块木头，你是不是个男人？都不知道管管你老婆和妹妹。"

蓝天宇继续面无表情地干活，脸上闪过一丝不经意的笑。

万菊花踉踉跄跄地去扯开女儿和媳妇："咋还打起来了？看看，头发都掉了一地，都是几十岁的人了，没样子！"又回头喊："天宇，你看到没有？！"

蓝天宇平静地关了车床的开关，说："以后厂子里开工的时候，你们都别进来，车床很危险。你们知不知道，我一个工友就被它吃掉了一只手，现在空着一只袖管。"

蓝天宇冷森森的话让人发毛。蓝洁丽率先停止了拉扯，冷艳也停下来骂道："狗屁男人，在这儿吓唬谁呢？"说完还不怕邪地"哼"了一声。

蓝天宇拍了拍手，一屁股坐在地上，冷冷地说："都说蓝家重男轻女，外人都这么说，让我背这么大一个名声，你们看看，蓝家的女人，哪个不是骑在我头上拉屎！"

万菊花见状拍着巴掌哭号起来："我这是造的什么孽？生了这么多，个个都不省心！他爸，你是眼睛一闭走了，把这么一个烂摊子甩给我，每天不是这个吵，就是那个闹，现在还打起来了，你咋不来呢，他们这些孽种就只怕你！天哪，只有我死了才安逸了！"万菊花一把鼻涕一把眼泪，抹得自己满身都是。

蓝天宇嫌弃地瞥他母亲一眼："号丧呢！要号到外面号去，别给我这里添晦气。"这个凶狠劲儿倒有一点他父亲蓝启顺的影子。

蓝洁丽白她哥一眼："狠什么狠，有本事狠你老婆去，窝里横，就知道吼你妈！"说完去扶万菊花起来："走，我们走！"

走了两步，又忍不住数落她妈："看你养的白眼狼！什么东西！"

见洁丽说她儿子的坏话，万菊花心里又不舒服，为蓝天宇辩解："你哥心里不舒坦啊！"

"他有什么不舒坦的？房子有了，厂子有了，孩子也有三个！"

"你以为三个孩子是好养的？个个都要花钱！"

"说得好听，个个都要花钱，他们可没往大玲、小玲身上花什么钱，他们就是花钱培养蓝镇，小心又培养出来一个小白眼狼！"

"你姐啥时候回来？"万菊花转移话题。

"你不是问过了吗？我昨天看见她发的朋友圈，说是去北京100天了，来来来，我给你看看，她手上抱的是她孙女。"

蓝洁丽一边说，一边掏出手机来，点开微信朋友圈，往下翻着找蓝洁英昨天发的朋友圈。点开，放大了，递给万菊花看。

万菊花拿到手里，眼睛笑成了一朵花，仿佛刚才的哭天喊地和她已经没有了关系："哟，这么先进的，隔这么老远，还可以看到照片呀。"

"那是，不光可以看照片，还可以视频通话呢。"

万菊花没听清蓝洁丽说什么，她正认真地盯着照片看呢，她的眼神已经不太好了，看照片有点看不清："这是她孙女？咋看不清楚呢。"

蓝洁丽帮她把照片再放大一点，万菊花将手机拿远一点，说："是个小姑娘吧？看起来像时运呢，没有你们两个小时候好看，你和洁英小时候可是十里八乡有名的好看呢！"

"这你又看清楚了？这么小哪里看得出来像谁！就算是像，也是像许骏，不是像我姐夫好吧？唉，好看有什么用，一下子就老了，老了就都不好看了。"

"对对，像许骏，"万菊花点头，"老了也好看，洁英、洁丽怎么都好看。"后面这一句是安慰。

"小姑娘会投胎呢，生在北京了，爹妈又有本事，都是什么研究生？研究生很厉害吧？就不知道老许家是不是还要抱孙子，要抱也应该，时运一个独苗，骏骏又是一个独苗，总不能在他们这一代断了根吧？"

一说这个，万菊花就一套一套的，蓝洁丽听着就烦："啥根呀？你这是封建思想，都解放多少年了，还搞这一套。"

"什么封建思想，这是传宗接代。"万菊花也有理，她不反对对女儿好一点，但是如果没儿子还是不行。

"我说妈，你可别去和我姐说这个，你也不想想，现在为了孙女，她要留在北京三年，再来一个，又得三年，要还生个女儿，现在国家允许生三胎了，就再生一个，那多少年了，九年。那你九年都看不到你大女儿，啧啧啧。"

万菊花作势拍了蓝洁丽一巴掌："胡说八道，生三胎要九年？哪个说的，生一年养一年，第二年就可以怀了，哪有你说的那么久。"

"是是是，你说得对，都是一个个泥打滚地生！先不说她媳妇愿不愿意，就说我姐也要累死了，一个要喂饭，一个要喂奶，还有一个要送上学，啧啧啧，只有神仙干得了这个活。"

"也是哦，生三个，让你姐一个人带就说不过去了，怎么着也得请一个保姆。"万菊花说得跟真的似的，提前为蓝洁英做起了计划。

"咳，你还是不要提这个，我可给你打预防针了，不说我姐多累，就说这么多年不回来，你以为我姐夫一个人在市里能有什么好？"

"啥好不好的？时运老实，不像你家小朱。"

"老实？老实还不是因为我姐厉害，谁和她结婚敢不老实？"

一句话说得万菊花笑出声来，洁英这个厉害角色，连蓝启顺都拿她没办法，许时运还敢不在家里小心翼翼的。

"再说了，我姐夫老实，还不是因为他喜欢当官，他现在的这个一官半职还不是我姐去求我叔，让我叔的学生出了面给他谋来的，他敢不老实试试。"

万菊花一愣："你叔还帮了这个忙？"心想这都不和我说，我见了面好说一声谢谢。蓝洁丽知道她心里想什么："你说一声谢谢有什么用？我姐夫自然懂得怎么感谢。听说他老家池塘里养的螃蟹都送过去好几箱了，说是我叔就爱吃这个。"

母女俩一边说着话就回了家，洁丽看看时间，说："我去帮你买点菜，一会儿我还要赶回去点卯，我领导已经一百个不高兴了，说我一个月请了两次假。"

万菊花说："你赶紧去，别把工作丢了，回头那个小朱又要打你。"

"什么又要打我？跟你说了别说这些，他现在年纪大了，也打不动了。"

"不用买菜，我还留了一分地的田，种一点小菜，一个人够吃了。"说是这么说，小菜多半是被冷艳扯回家吃了，冷艳每回去市场只买肉，小菜都是去婆婆的田里扯。

"就吃一点小菜肯定不够，你要买鱼买肉吃，营养跟得上，身体才能好。没钱就和我说。"蓝洁丽说得硬气，也不想想她平时有多少闲钱。说完硬着头皮从口袋里将看病剩下的 300 块钱扔给她妈："拿去买肉吃。"

"那个检查结果什么时候拿？"

"过两天，我抽空去医院。"蓝洁丽甩下这句话就赶快走了，不然回去真赶不上下班时间了。

回去的路上，蓝洁丽给她姐打电话汇报进展。

"姐，现在忙不忙？"

"睿睿这会儿才睡，这几天瞌睡睡颠倒了，一会儿他们回来，瑶瑶又该在骏骏面前说我的不是了，说我偷懒，趁他们上班就让孩子睡觉，自己好玩手机。天地良心，我哪有多少时间玩手机，我一会儿就要给他们准备晚上的饭菜了。倒是他们一回来，手机不离手，还说不得，说就是在工作。"蓝洁英又噼里啪啦地说了一大堆。她是好不容易逮到一个可以说话的人，有时候她也抱着孩子在楼下和别人闲聊，可是语言不是很通，大家都说方言，经常说得驴唇不对马嘴，就图一个热闹。

"今天带妈去医院了，做了一个 CT，结果要过两天才出来。"

"你觉得妈问题大不大？"蓝洁英有些担心地问。

"打了一针吊针，回来的时候她说好多了，看来是缺营养。长没长肿瘤要等 CT 结果出来看。"

"但愿没事，你辛苦了，我这边又走不开，妈那边还要麻烦你经常回去看看。她也是，一个人不好做饭就到哥那儿去吃呗，多一双筷子的事。"

"你说得倒是轻巧，冷艳是那么好的人就好了。不瞒你说，我今天还和她打了一架。"

蓝洁英惊讶得发不出声来，这个洁丽，以前可没有这个胆，每次和大哥家闹矛盾，她都是躲在后面，让洁英往前冲。

"太气人了，妈生病了她一点不关心不说，还怪我带妈去医院瞎花钱！"洁丽解释道，"做 CT 花了 600，打针花了 100，我把剩下的 300 留给妈了，她舍不得买肉吃。"洁丽将 1000 块钱怎么花的给她姐做了一个详细说明。

31

唐雨晴

　　唐雨晴出去两三个小时了，还没有回来。老段在客厅里踱着步，一会儿走到窗前往外看看，一会儿到门口听听动静，心中不禁有些着急，后悔唐雨晴过来第一天就让她自己去买菜，虽然一来就立规矩比较好，但自己也许还是太着急了。

　　他在屋里转了几圈，焦虑着是不是应该出去接一下，唐雨晴搬过来以前只来过一次，万一出去迷路了可不好办。不过这样的想法只在脑子里一闪而过，他担心万一今天出去接了，说不定以后买菜的事就落到自己头上了。

　　楼下老张局长家就是一个活生生的例子，当了一辈子甩手掌柜的老张同志，满以为再婚后可以继续甩手，结果那个新老婆今天提这个要求，明天提那个要求，搞得他不胜其烦，每次在楼下和他们几个单身的老头一起散步时都忍不住吐槽："你们要再婚的，可要考虑清楚了，娇气的女人，再年轻漂亮，还是不要娶，我们搞革命搞了一辈子，现在都一把子年纪了，还是清净一点好。"

　　老段一想到这些，就放弃了下楼去看一看的想法。

　　干脆换上他的软底布鞋，在家打起了军体拳。这一套拳法是他年轻的时候学的，这么多年，每天都要打一打，一套拳打下来，出一身透汗，他觉得比吃什么补药都强。这也是他虽然到了这个年纪，看上去还那么精神矍铄的原因。

今天早起他已经打过拳了，但是现在不是没事干嘛，他又不可能出去溜达，一溜达碰到了唐雨晴又不搭把手可真说不过去。当然，主要是家里的钥匙还没有给唐雨晴，万一她回来了，家里没人开门可不行，传出去了会被老同事们看笑话。更何况今天唐雨晴还穿了旗袍，打扮得像一个新娘子似的，所以今天他勉为其难地留在家里等唐雨晴回来。

反正闲着也是闲着，那就再打一套拳吧。老段打拳是认认真真的，站如松，行如风，一点也不马虎。一招一式中，老段感觉自己仿佛回到了过去的光辉岁月。

拳打完了，擦把汗，再换一身衣服，老段这才听见敲门声，唐雨晴总算回来了。比起楚爱梅和朱腊梅的麻利能干，唐雨晴做事太拖沓了。老段开始后悔这个婚结得太仓促了，他是过于被唐雨晴的外表所吸引了，男人嘛，总是改不了视觉动物的本性。但是就算不仓促，他也不可能让唐雨晴先到他家干一段时间家务作为考察的，现在的女人太精了，一旦被她觉察出自己的动机，这个婚或许就结不成了。

老段很绅士地接过推车，说一声："哎呀，让你辛苦了！菜市场不好找吧？"再配上他真诚的表情，唐雨晴就感到很受用。

唐雨晴本来心里不舒服，故意在外面多转了几圈，也有点找茬的意思，以前发生这种情况，林家保多半是会哄她的："老婆，以后买菜你就别去了，还是我去，我腿粗，在部队里跑步练的，跑得比你快。"

她就是存心的，要看一看老段的反应。

老段要是不耐烦地发一顿脾气，她就要考虑一下后路了。在滨江公园的相亲角，她也听说过，有好多拿一步的不到半年就离了，又回来再相亲。有一个老太太是相亲角的常客，听说离一次就能分几千块钱，有人还羡慕她，说这钱赚得快。唐雨晴在心里是看不起这种人的。

在她看来，她要拿一步，可不是为了老段的钱。她一个人吃饭，又不像林家保那样喜欢吃大鱼大肉，这些东西，费钱不说，吃了对人身体有什么好处？作为一名常年养生的厂医务室医生来说，唐雨晴在吃的方面不讲究，一个鸡蛋的营养就可以满足一天的蛋白质需求了，她一个人过日子花不了多少钱。

她看中的是老段这个人。不说别的，光看名字，段云鹤，就是有身份的家庭给取的名字，不像家国、家保，听上去就很随便。她在心里默念：云鹤、雨晴。她觉得这才是登对的名字，就像他们的外表一样，一个高大挺拔，一个窈窕玲珑，虽然相识是晚了一点，但是还得感谢老天给了她一个修正错误的机会。如果不是那个时代，她怎么可能嫁给林家保这样浑身透着俗气的工人！

现在老段帮她接过推车，又一阵温言软语，唐雨晴心中憋着的气就消了一大半了，顺水推舟地说："银行里人太多，取钱花了小半天。"

老段说："哦，早知道这样，我早点把钱取出来给你就好了。唉，我就是想将工资原封不动地交给你。"

听老段这么一说，唐雨晴的心里更加软和了一点。先前因为大额存款被取走的气愤也渐渐消了一点，也许真是因为他的大孙子买房要用钱呢。水都是往下流的，唐雨晴想想自己，如果是峰峰的孩子要花钱，自己还不是要倾囊而出。

于是把推车里的菜一样一样地放进冰箱。老段在旁边看着，动情地说："雨晴啊，幸亏你来了，我都好久没有好好吃一顿饭了。"

过了一会儿见唐雨晴将推车里的菜都放进去了，老段略带失望地说："没有买鱼买肉啊？是不是钱不够？"后面一句是废话，钱都在她手里了，怎么可能是因为钱不够。

唐雨晴也惊奇地看着老段："还要买鱼买肉啊？我们年纪大了，可消化不了那么多蛋白质，每天吃一个鸡蛋就够了。"

老段皱了皱眉头，这是他没有想到的，唐雨晴居然吃素！还以为她过来后自己可以跟着打打牙祭呢。

老段强压住自己的失望不表现出来，默默地倒了一杯水到客厅去坐着，打开电视，看看国际新闻打发时间。

唐雨晴心里也咯噔一下，怎么男人都这么喜欢关心国际时事呢，叙利亚打仗跟我们有什么关系。以前林家保就爱看这个，美其名曰在厂里和工友们有共同语言，唐雨晴是不信的，工人们自己家的吃喝都关心不过来，还要关心别国时局？这么一想，老段看国际新闻似乎好理解一些，毕竟人家是老干部，在讲台上发言的人，了解一下国际时事倒也是形势所逼。

唐雨晴往冰箱里放完了菜，又从推车里拿出一条新围裙和一副新胶皮手套。老段的眼睛虽是盯着电视屏幕的，却也没有错过唐雨晴的一举一动："雨晴啊，你怎么又买了围裙和手套？我刚才不是将腊梅用过的给你了吗？"他本来还想说一句"花这个冤枉钱干什么"，但是看唐雨晴的脸色已经由晴转阴了，于是将这句不该说的话咽了下去。

"腊梅？你竟然叫她腊梅？"唐雨晴揪住了老段的小辫子，

以前都是叫朱腊梅或者小朱。

"没有啊，我说的就是朱腊梅。"老段赶紧打马虎眼，他知道不能和女人在这些小事上纠缠。

"我就说吧，哪有将一个保姆用过的围裙和手套拿给自己老婆用的？"唐雨晴进了厨房，将先前老段拿给她的这两样东西狠狠地丢在地上，用脚使劲儿地踩。

这下轮到老段傻眼了，他以为自己娶的是一个文艺女神，结果比朱腊梅那样的泼妇还要泼妇。难怪出去了那么久，原来是憋着一股子气，到外面的商场去挑选围裙和手套了。

不行，得先稳住她，老段这一辈子的人生经验不是白攒的："雨晴啊，你说到哪里去了，咱们犯不着为一个保姆置气，再说了，那个什么小朱，不是已经被我撵走了嘛。"

"哼，说得倒是好听。那你今天给我说清楚，你和那个朱腊梅是什么关系？"唐雨晴把对林家保的那一套生搬硬套到老段身上来了。

"能有什么关系？别多想了，老婆。"老段将甜言蜜语都用上了。

"要想人不知，除非己莫为。是男人就要有男人的气概，别藏着掖着，说清楚了，我就既往不咎。"她以为她的对手还是林家保呢。

老段啪地关了电视，黑着脸起了身："别无理取闹。"

"什么叫无理取闹，你你你，你是不是和她有一腿？"唐雨晴积蓄了半天的委屈如同瀑布一样一泻千里，含在眼里的眼泪再也忍不住了。她是高贵的唐雨晴，她是不可能撒泼打滚的，她只能用通红的眼睛和肆意的眼泪来表达她此刻的愤怒。

老段闻言，倒不知该如何回答了，他现在无比后悔，千不该万不该，不该将一个女人用过的东西拿给另一个女人，这是他今天犯下的最大的错误。

"是她勾引的我，她还想在我的房子上加名呢！她这是痴心妄想！"老段决定实话实说，只要朱腊梅还留在安南市干活，说不定哪天这事就会传到唐雨晴的耳朵里。与其逃避一时，不如干脆抖开了。老段可是见过大世面的人，这点小事何至于让他在阴沟里翻了船。

唐雨晴掩面而泣，这不是她想象的爱情。她想象的爱情不是这个样子。

32

蓝洁英

蓝洁英挂断洁丽的电话，去看了看小家伙，还睡得香呢，她犯愁这孩子下午一睡觉就是几个小时，到晚上要是闹腾着不睡，陈瑶可又要说了。但是要硬将她闹醒，蓝洁英又不忍心。她记得以前老人们说过，将孩子从睡梦中吵醒会让孩子失魂落魄。

蓝洁英叹口气，趁还有一点工夫，赶紧给许时运打个电话。

"时运，还没有下班吧？"

"没有啊，还在赶报告。"许时运也是头痛，这写报告并不是他的长处，但是做行政又逃不过这一关。

"谢谢你今天去给洁丽送钱。"

"哎呀，老婆什么时候这么客气了？这不是我应该做的嘛。对了，洁丽带妈去医院看了吗，情况还好吧？"许时运在电话里油嘴滑舌。

"说是做了 CT，过两天才有结果。对了，楼下那几个门面没事吧？"一说到花钱的事，蓝洁英就惦记着她赚钱的门路。

许时运安慰老婆："妈是富贵人，应该不会有事的。门面的事，我正要向老婆汇报呢，楼下别的门面都还好，就是那个做五金生意的老沈，碰到我说过几次了，总是说最近生意不好做，想要减一点租金。"

蓝洁英一听就跳了起来："你答应了？可千万不能答应。"

这个老沈，奸得很，肯定是看蓝洁英不在，觉得许时运好糊弄，想着能省一点是一点。谁的生意好做？谁不都是小本生意。蓝洁英他们当初建这个房子，也是有抵押贷款的，她还指望着用租金还贷款呢，哪能说减就减的。

"没有没有，我说这事得和你商量，他就威胁我说不租了，又说东边有正朝大路的门面，租金和我们差不多。"

"别听他扯，真有这么好的事，他早就来吵了，不可能憋到现在。再说了，7家门面在一起，你减了一家，另外6家还不吵翻了天？"

"他说他保证不和别人说。"

"那更不能减了，天底下没有不透风的墙。我们做生意光明磊落，他不租就不租，我们要的价格很合理了，不怕租不出去。"

"他走了的话，又要重新招租，我这方面不熟，不知道咋搞。"许时运在电话里支支吾吾地说出他担心的地方。

"现在知道我以前搞这些的麻烦了吧。没啥难的，到复印室打一个广告会不会？写一个旺铺招租，留一个联系电话，有人来谈，再跟他谈价钱，装修他自己弄，不破坏我们的房屋结构就成。"

许时运为难："这么复杂？我看不如就给老沈降一点租金，做生不如做熟，我也少一点麻烦。"

"老沈这个人精就是抓住你这个心理，想敲一笔竹杠，我才不信他找到下家了。真找了下家，他现在的客人还要去摸他的新店，他才不愿意放过那些熟客呢！退一步说，你要答应了这次，肯定还有下一次。"蓝洁英和这些人打过不少交道，早就摸清楚他们的套路了。

"我就怕老沈一走，这里一空几个月，没人租的话，那我们亏得更多。"

"有什么好怕的？反正不是左就是右，你总得咬住一头。亏就亏，不能把市场搞乱了。你以为楼下做衣服的李姐、卖包子的王师傅都是好惹的？给老沈降了租金他们不会跟着吵？"

许时运还是唉声叹气，他一个书生对付不了这些三教九流，早知道就不惹这个事了。

蓝洁英说："这点事就扛不住了，等我回来，分分钟他们就不闹了。"

许时运苦着脸："你一时半会怎么回得来呢？还不是远水解不了近渴。"

蓝洁英心里舒坦了点，还以为世界离了她照样运转呢。"咳，那还简单，和你妈说，让她来北京带重孙子呗。"

反正老太太说起孙子、重孙子都是喜上眉梢，不如扔给她带去，蓝洁英正好可以解脱。

许时运说："洁英，你可别开玩笑了，你又不是不知道家里的情况，我爸哪里离得开我妈，他连饭都不会做。老头没饭吃，哪有力气养螃蟹？没有了老头老太太池塘里的螃蟹，我们拿什么给骏骏北京的房子还房贷？"

这一句是戳中了蓝洁英的肺管子。老头老太太养螃蟹赚钱是许家人都清楚的，但对继承家业这件事，不论是儿子许时运，还是孙子许骏都避之唯恐不及，连在池塘边上走一走都不想，他们的理想是走仕途。可走仕途不光赚不到钱，还净赔钱，这是蓝洁英无法用她的经济头脑来理解的。

她一个家庭妇女，讲大道理肯定讲不过许时运这样会写公文报告的人。蓝洁英决定暂且不和他争执，反正要她婆婆来北京几乎是不可能的，除非他们不要公婆帮着还房贷。婆婆不来，她就走不了，谁让是她催着陈瑶生孩子的呢，孩子都给你生了，能让你白做了奶奶？

长期不能回去，蓝洁英还有一层担心，这倒是和蓝洁丽想到一块儿去了。

"老公，你死活不让我回去，是不是外面有人了？"试探还是要试探一下的。

"老婆，你老公就是借几个胆子也不敢啊！再说都是有孙女的人了，哪还能搞那种乱七八糟的事，说出去让人笑话。"许时运尽量让自己的声音显得诚恳至极。

"许时运，你可给我记住了，你怎么上去的，我就可以让你怎么下来。"蓝洁英说得信心满满，其实她心里也没有底，就算是托了叔叔的关系给了许时运一个小职位，也不至于再去托别人将他弄下来，那不是自己打自己的耳光嘛，但是蓝洁英顾不了那么多，不管怎么样，先唬住了许时运再说，既然他最看重自己的仕途，那就拿这个说事。

"是是是，老婆教导得对，我许时运要是对不起你蓝洁英遭天打雷劈。"发誓谁还不会。

蓝洁英软下来："我长期不在家，那你的生活怎么办？你总不能总是吃外卖吧？离你爸妈家又远。洁丽也是不听话，当初建房子的时候，让她出一点工本费一起做，搬到安南市来多好，互相还有个依靠，她非不干，现在守在青河镇，你连饭也蹭不到一顿，真是的。"

说到去蓝洁丽家蹭饭的事，许时运觉得蓝洁英真是太可笑了，她一个当姐姐的，难道还不清楚自己的妹妹吗？就算她有钱能搬到安南市来做点小生意，她是那种每天在家做饭的人吗？

"今天早上快7点半到你妹妹家，茜茜都上学去了，你猜怎么着，他们两个人还躺尸在床上，我都不好意思了，心想你们睡得下去？不用给孩子做早饭？她说给两块钱买早点了事，这么养孩子倒是省事了，只怕以后茜茜读出来也不会感谢他们。睡到这么晚，都不用上班的吗？肯定是昨天又去牌场了，两口子一个样，以前你们都说是朱文武晦气，我看不是一家人不进一家门。"

虽然听上去许时运是站在中立的立场，但是说她妹妹的坏话，蓝洁英就感觉不舒服，我可是从来不说你姐姐的坏话。当然许时运的姐姐也没有什么话柄可以留给蓝洁英去说，因为她在许家的存在感是那么低。

"算了，别说洁丽了，各人有各人的命。"蓝洁英挂了电话，才想起刚才准备问她不在的时候许时运的生理问题是如何解决的，被他说蓝洁丽说得义愤填膺的打了岔，现在又不好意思再打电话专门去问，显得没羞没臊的。

蓝洁英愣了愣神，房间里传来婴儿的小声啼哭声，没错，好像是睿睿在啜泣，蓝洁英吓了一跳，赶快甩了手机过去查看。

自从陈瑶回去上班以后，晚上带孩子的任务就落到了蓝洁英的头上。蓝洁英白天带孩子已经很疲劳了，晚上睡觉就没有那么警醒，有时候睿睿闹了好久她还没有醒。虽然隔着一堵墙，许骏可以当作没听见，陈瑶就不行了，毕竟是自己的亲闺女。每次起来，陈瑶心里都憋着一肚子气，帮人带孩子，自己怎么能睡得这么死？

陈瑶抱着孩子去推婆婆，蓝洁英一下子惊醒："怎么啦？"

"您说怎么啦，睿睿都哭好久了。"

"可能要吃奶了，我来抱，你去冲奶。"

蓝洁英没多想，接过孩子，指挥陈瑶去冲奶。

陈瑶不高兴了，现在去冲奶还要调温度，婆婆就是存心的，早干吗去了，不是让她睡前把晚上喝的奶准备好放冰箱，到时候拿开水泡一下就可以喝了。

陈瑶揉着眼睛去厨房冲好奶，递给蓝洁英后直接回房间了，一看见许骏流着口水呼呼大睡，心里就来气，凭什么每次孩子一闹就是我起来？她睡眠浅，醒了就很难入睡，一夜被这样折腾一两次，就别指望再睡着。这个家里，婆婆说是来帮忙，就只是帮她儿子吧。这样想着，陈瑶就气不打一处来，忍不住一脚将熟睡的许骏踢下了床，要不睡就都不睡！

睡梦中的许骏遭此横祸，发出一声惨烈的尖叫。

隔壁正在吃奶吃得昏昏欲睡的小睿睿突闻此怪声，吓得吐了奶嘴，哇的一声大哭起来。

33

林月华

之之将筷子一摔："不吃了！"

林月华见状连忙拦住之之："先吃饭，吃完饭再说。"回头瞪蓝亮一眼："叫你不来，你偏要来，一来就作践我孙子。"在林月华心里，两个孙子才是她的宝贝疙瘩，儿子姑娘暂时都得靠边站。

之之说："每次一吃饭就说我的成绩，烦都烦死了。"

蓝子风打圆场："今天过节，先让孩子好好吃饭，吃饭的时候说这些干什么！"

林月华补充："食不言，寝不语。古人说得是。一上桌就说东说西，让孩子都没法好好吃饭。"

琼琼正在无聊呢，听外婆这么说，凑过来打趣道："寝不语？谁睡觉还可以说话？"

林月华作势要打他："外婆又说错了？就你能。那不是古人云吗？学校老师没有教你？"

之之没理他们，转身进了自己的房间，啪地将房门关上，甩下一句"讨厌死了"。

一家人都愣住了，本来和外婆嘻嘻哈哈的琼琼也不敢再出声了。

米瑞不好意思地对大家说："这孩子！"

　　蓝亮看米瑞一眼，吐出一句："还不是你惯的！"

　　蓝怡摆了摆手，表示没关系，安慰米瑞说："孩子青春期叛逆呢，以后少说点，学习方面之之心里有数，你们也别太操心。"

　　蓝亮说："心里有数就好了，这么大了，就知道玩。"

　　米瑞不高兴："刚才玩游戏不是你怂恿的吗？现在又来说。"

　　这么一说，轮到蓝怡不好意思了，虽然她觉得偶尔玩一下游戏也没什么，但是刚才玩游戏是琼琼吵起来的，于是赶紧说："这事不怪之之，是琼琼吵着让哥哥陪他玩的。"说着作势拍了琼琼一巴掌："就是你害得哥哥受批评了吧？"

　　琼琼撇了撇嘴，不知道大人是怎么回事，说着说着又说到他头上来了，赶紧跑到沙发上去拿他妈妈的包："回家了，回家了，这里一点也不好玩！"

　　蓝怡从他手上抢过包："闹什么闹！妈妈饭都没吃完。"

　　蓝亮抓住小家伙，转移话题："一会儿舅舅陪你下楼打弹弓。"

　　琼琼停住了，眨巴着眼睛："真的？你带了弹弓来？"

　　"我没带，你不是有弹弓吗？"蓝亮见过蓝怡发在家庭群的琼琼在院子里用弹弓打矿泉水瓶的小视频。

　　"没带来，妈妈不让带，说外婆这边的小区里都是车，怕我把人家的车窗玻璃打破了。"琼琼现在有点遗憾，早知道就把弹弓带来了。

　　"哦，那是啊，打破了玻璃你妈妈还得赔人家。"大家七嘴八舌的，总算是把琼琼稳住了。

　　小孩子忘性大，过一会儿，琼琼就开开心心地看电视去了。在外婆这里有个好处，就是可以看电视，张世唯嫌看电视浪费时间，早就将有线电视的机顶盒给扔了。琼琼一眼瞥见电视柜旁边的酸奶，眼巴巴地问外婆："我可以喝吗？"林月华连忙递给他一盒。小家伙一边看电视，一边吸溜着酸奶，仿佛刚才的烦恼都烟消云散了。

林月华转头小声对蓝怡说："你们怎么搞的，酸奶也不许孩子喝？"

蓝怡说："他爸爸注重营养，说酸奶里面都是糖分，营养不如牛奶好，不让我给他买。"

蓝子风插话："小孩都喜欢吃甜的。"

米瑞帮蓝怡说话："甜的吃多了，对牙齿和眼睛都不好，长大了还怕得糖尿病。"

林月华说："跟你们在一起，吃都吃不痛快。"她说的是琼琼小时候，她和蓝子风帮着带时，张世唯总是提醒他们，米饭要少吃一点，米饭里也有糖分，对老年人身体不好。林月华听了心里不爽，觉得我们帮你带孩子，吃几口米饭还要受限制。

林月华将碗筷一放，说："我也吃好了。"她上饭桌最晚，却一下子就说吃好了。蓝怡说："你没吃什么呀，就吃好了？"

林月华酸溜溜地说："我这不能吃，那不能吃，还要做给你们吃，活着也真是没什么意思了。"

蓝子风拦住她的话头："又来了又来了，孩子们好不容易聚在一起，说这干啥？"

米瑞说："以后奶奶多做一点青菜，可以多吃一点青菜。"林月华自从查出痛风，鱼、肉、各种海产品和豆制品都不能吃，偶尔嘴馋吃几口，就要痛好多天，被这么折磨了几次以后，林月华也不敢乱吃了。

林月华叹一口气："只吃青菜也不好吃，嘴巴里没什么味。"

蓝怡心疼她妈妈，说："多吃点水果，还可以增加纤维素。"

"什么水果都感觉不好吃。"

蓝怡去拿手机，说："我帮你在网上买一点好水果。"

林月华说："买猕猴桃吧，之之爱吃。"林月华就是这样，什么时候都是先想着孙子。

"不用管之之，奶奶自己爱吃什么水果就买什么水果。"蓝亮说。

大家陆续吃完了，米瑞站起来收拾餐桌，蓝子风抢先一步拦住她："我来我来，你们去休息一会儿，上午坐了几个小时的车，累了。"

林月华白了蓝子风一眼，小声对蓝怡说："你爸爸就喜欢充好人，平时喊他洗碗那个费劲儿。"她看不惯蓝子风不让儿媳妇干活。

蓝怡不敢接话，生怕说错了话又被林月华拿来当靶子。

米瑞将碗筷拿进厨房后，去敲儿子的门："之之。"喊了半天，门开了一条小缝，米瑞将手上的酸奶和巧克力递进去，之之勉强给了她一个笑脸。

蓝亮数落米瑞："都上高中了，别老把他当小孩子。"

米瑞苦笑着对蓝怡说："就这么一个孩子，搞吃苦教育也不是现在搞得了的。"

琼琼凑热闹："舅妈，谁喜欢吃苦？我只喜欢吃糖。"

蓝怡又拍他一巴掌："小鬼头。"

林月华歪在沙发上又开始揉她的腿，忙了一上午，腰酸腿痛。

蓝子风站在房门口，悄悄招手让蓝怡到他们房间去，蓝怡一怔，感觉肯定又有什么事。

一进房间，蓝子风将柜门拉开，蓝怡看见一柜子的药瓶，吓了一跳，问："这是啥？"

一看就不是老两口平时吃的降压药，也不是她常给他们买的鱼油、维生素这样的保健品。

拿起来一看，瓶子上写的是中文，氨糖。

"咳，上次她说要吃氨糖，我不是给她买了美国产的氨糖吗？结果她说吃了一点效果都没有，全给扔了！"给林月华买东西，十次有九次她都不满意。给她钱呢，她又说不要，她有退休工资，再说鹏华小区周边就是一个农村，啥也买不到，她又不会网购。蓝怡的确没有教她，怕她在网上买东西上瘾。

"你是不知道，现在的电视上都是广告，说得七好八好的，她一看就动心。"

"她上次问过我，说电视上说的氨糖对她的痛风是不是有好处。我说你需要氨糖的话，我在网上给你买进口的，这种电视购物的可千万不要买。"

"你跟她说过千万不要买？你看看买了多少。她不让我告诉你，怕你说她。花钱都是小事，我最怕是假药，吃了对人不好。"

蓝怡拿起来一看，感觉不是什么正规保健品，这种电视购物摆明了就是坑老年人的。

"这种卖得不便宜吧？"

"好像一次就要好几千。"蓝子风吞吞吐吐地说。

"妈！"蓝怡喊林月华，林月华搂着琼琼一起看电视，正看得开心。

"怎么啦？"林月华进来，一脸不高兴地冲着蓝子风说，"就知道你又在和姑娘说我的坏话。"

"爸没说你，他让我看看你的这些药能不能吃，我看了一下都是些三无产品，趁早还是不要吃了，痛风发作的一个原因就是肾脏不好，不能乱吃药。"

"我听楼下的李奶奶说，她吃了这个药腿就不疼了。"

"那是心理作用吧，药哪能在电视上买呢。妈，开药要到医院里去找专业的医生看。"

林月华赌气地说："你们买来的药没有一点用！"

蓝怡也不高兴了："我上次请省医院肾病内科的教授给你开的非布司他，你吃了不是说有用？"

林月华闪烁其词："说有用是免得你担心，该疼还是疼。"

"米瑞说你上次检查，血尿酸降下来了。"

"降是降下来了一点，谁知道是不是这个药的效果，我有段时间没吃这个非布司他了，他们这几个月没带这个药过来。"林月华说。

"没药了怎么不和我说？我可以给你开药的。"

"我的医保卡放在他们手上。"

蓝子风说："你妈妈前段时间好了一点，就觉得不用吃这个药了。"

"那可不行，这个药是降尿酸的，你一停药尿酸又高了，难怪最近腿又疼。"

林月华说："不管怎么说，这个氨糖我是要吃的，花了我一两万块呢，是毒药我也吃下去。"

蓝子风惊愕地望着她："这么多钱？买这么一堆破烂？"他

是连开灯都嫌花电费的人，实在想不通林月华为什么花这么多钱买这种不靠谱的东西。

蓝怡拉住蓝子风："别说妈妈了。"她感觉林月华就是和蓝子风赌气才瞎买这些的，就因为你不让我买，我就偏要买，趁你不在的时候打电话使劲儿买。

34

林月华

　　蓝怡默默地掏出手机在网上下单了两瓶进口的氨糖，转头问琼琼："要不要回家？"琼琼心领神会地关了电视。也没啥好看的，还不如回去听故事，他最近迷上了听有声书，早就想赶紧回去了，不敢提是怕被妈妈说"没良心"。每次他要是不肯来看外婆，就会被蓝怡说一顿："你可是外婆一把屎一把尿带大的，你不能没良心。"

　　蓝怡让琼琼去跟外公外婆说再见。

　　林月华和蓝子凤闻言，从房间里出来："怎么这么早就回去？吃了晚饭再走啊！"

　　蓝怡说："琼琼要回去写作业，我们还是回家吃吧，免得吃了晚饭再回去就太晚了。"琼琼虽然是小学生，现在的作业也不少，不抓紧时间做到晚上 12 点也是有可能的。

　　林月华说："在我这里吃现成的再回去不好？上午还有这么多菜。"听到是琼琼要回去赶作业，她就不硬留了。开冰箱给他们拿卤好的牛肉和剁好的鸡块，这些都是琼琼爱吃的，回去稍微加工一下就可以吃了。

　　蓝怡说："每次来都拿这么多东西，琼琼，还不谢谢外婆。"

　　琼琼嘴甜地说："外婆最好了，谢谢外婆。"

　　林月华听得心花怒放，紧紧地搂着她的宝贝外孙："琼琼最棒了，外婆最喜欢琮琮！"

蓝子风去门口穿鞋："我送你们去坐车。"

林月华阻止他："你就别去了，刚才米瑞说洗碗，你说你来洗，结果呢，碗都堆在台子上。"

蓝子风说："洗碗洗碗，就知道唠叨，我又没说我不洗！"

"洗就快去洗啊！"林月华不依不饶。

蓝怡努努嘴，让他们别吵，又指着蓝亮他们的卧室说："他们在休息，我就不和他们打招呼了。"

林月华开了门，手上拎着给蓝怡带回去的菜，和他们一起下楼。

在出小区的路上，林月华突然说："你爸爸吵着要回安南，你可不能同意他。"

蓝怡一惊："怎么了？他说要回去？"

看来林月华是有话要单独和她说才将蓝子风支开的。"我们在小区走一走吧，陪外婆活动一下。"蓝怡对琮琮说。

"那我现在就要听故事。"琮琮迫不及待地从蓝怡包里拿出他的 iPad。

"你爸爸嫌我每天唠叨，再就是说在这里不能安心画画。"

"啊？那你少唠叨一点，每天不停地说他没洗手我听着都烦，他又不是三岁小孩。"

林月华不高兴了，好不容易和女儿说一点体己话，总是被她三言两语扯到自己哪里做得不对上去。

"我是唠叨了多少，你倒是说说，吃饭之前要洗手不是小孩子都知道的吗？"

"他又不是小孩子，你就别管他了。"

"你以为我想管？他要端菜呀，不洗手端的菜我吃都吃不下。"

"反正你少管他一点，都这么大年纪了，还每天吵吵吵，谁受得了啊。"蓝怡每次一来，他们就分别唠叨对方的不是，开始蓝怡还想办法分别劝导，现在看来，劝也没用，只能由着他们了。

林月华看一眼琼琼，他手里拿着 iPad 已经在专心听故事了，就又委屈地对蓝怡说："每次就知道说我，我还不是为了这个家！"

蓝怡说："他要回去，就让他回去呗，蓝亮和米瑞自己都没时间做饭，看他回去吃什么，几天没饭吃他就回来了。"

林月华吞吞吐吐地说："只怕他不是要回去画画吧？"

蓝怡知道她的小心思，一辈子都在担心蓝子风有外遇，真要是有外遇，你管得了吗？

"你呀，就是非要跟爸在一起，在一起又闹，你说怎么办？"前些年林月华来帮蓝怡带琼琼，当时之之在上幼儿园，林月华宁可去求之之的外婆帮忙接送之之，也非要拉着蓝子风一起来江城。

当年蓝子风来江城之后，也是三天两头地闹腾，说在女儿这里过不惯，还说带孩子影响了他的创作，说的话和这次如出一辙："我的时间很紧迫，在这里耽误不起啊！"

蓝怡一方面看不惯蓝子风以自我为中心的思维模式，一方面也极度佩服男人时刻清楚地知道什么是自己最重要的事。如果所有的女人能将花在家庭中的时间和精力抽出一部分来放在事业上，也许现在的社会就不会是男强女弱这个局面了。

"琼琼两岁的时候，他非要回去，我还不是只能让他回去。"蓝子风回去一个月后，林月华也吵着要回去，他们和蓝怡商量把琼琼带到安南市去上幼儿园："不影响你和世唯的工作，安南市的幼儿园又不是不好。"

安南市的幼儿园好不好倒在其次，主要是孩子这么小不能和父母分开，这是蓝怡的底线。

"那也不能怪他，在江城住了两年多，他还是住不习惯。"林月华反过来为蓝子风说话。林月华每天带着孩子出去，很快就和蓝怡家小区里的奶奶、阿姨们打成了一片。这对蓝子风就有点困难了，他的朋友都在安南市，在这里找一个说话的人都很难，也是难为他了。

"现在还不是一样？"

"都是一样难，但现在之之才上高一，再怎么难，也要陪到之之高考结束，他不能临阵脱逃！"林月华义愤填膺地说。

"这事要和蓝亮商量，你们是来陪之之的。"

"和他说过了，他说他管不了，你爸实在要回去的话，他就让之之去学校住宿。"

"住宿也不是不行，你们年纪也大了，每天跟着起早贪黑，身体也受不了。"

"也不算起早贪黑，我们年纪大了，本来就瞌睡少。在学校里住，六个孩子一个宿舍，哪有在家里住舒服？之之是他的孙子，他不能撒手不管。"林月华还是揪着蓝子风不放。

"好吧，我回去给爸打电话问问情况。"

"你可别打电话，一打电话就又成我告状了，回头又不知道怎么埋怨我。"

"那你说怎么办，电话也不让打，我是该同意还是不同意？再说了，老爸要来还是要回，他也用不着征求我的意见。"蓝怡实在是理解不了林月华的意思，一会儿让说，一会儿又不让说。她赌气地打开手机叫了车，又大声对琼琼说："你的耳朵都贴到iPad 上了，再这么听要把耳朵听坏了。"

琼琼不高兴地撇嘴："你们两个这么大声讲话，我都听不清故事了。"

林月华讪讪地说："真不吃晚饭就走了？"

"琼琼要早点回去就早点回去吧，回去早点做作业。我们吃饭也简单，你这不是给带了牛肉嘛，我给他做个青菜就可以了。"

送他们到大门口等车来，林月华巴巴地看着女儿和外孙："就走了，什么时候再来？"

"看琼琼的时间吧，"蓝怡心不在焉地回答，现在的孩子她也做不了主，"你以后少唠叨一点我爸，他说不定就是在说气话。"上车前，蓝怡交代她妈。

35

唐雨晴

　　唐雨晴进了卧室，她要换下紧裹在身上的旗袍，这件被她当作嫁衣的旗袍，没想到第一天就穿着去了菜市场，就是那个以前她嫌弃的污秽的地方。在前一段婚姻中，唐雨晴几乎从来不去菜市场，都是林家保下班后去买菜，他说他腿粗，跑得快。唐小姐去一趟菜市场要花很长时间，要是把衣服、鞋子弄脏了，等她回来还得耐着性子听她抱怨，不如他自己快去快回，省事！

　　老段的卧室很干净，收拾得井井有条，这一点和林家保倒有点类似。唐雨晴有点大小姐的毛病，东西喜欢乱丢乱放，林家保又舍不得多说她，干脆睁一只眼闭一只眼。所以唐雨晴家里的整洁程度倒是比不上老段这样一个单身老汉。

　　老段的整洁多半也是简朴所致，因为没有多余的东西，所以看上去干净利落。唐雨晴进到主卧的卫生间，果然男人的卫生间还是不能细看，马桶里的尿垢已经结成了壳子，要是林家保把马桶搞成这个鬼样，看唐医生还让不让他在主卧上厕所！

　　唐雨晴皱着眉头换下她的战袍，褪下勒人的胸衣，换上家居的花布绵绸套装，舒服是舒服了，精气神似乎也卸去了。

　　唐雨晴从房间出来，老段的眼睛从电视上挪开，在她身上扫了一眼，换了一身衣服就跟变了一个人似的，难怪古人说人靠衣装马靠鞍，刚才进去还是美娇娘，出来就变成了豆腐渣。唐雨晴虽说和死去的楚爱梅比起来还有一点优势，但是和年轻十几岁的朱腊梅比起来，就让老段觉得还是年轻好，起码胸部要更挺一些。

唐雨晴不知道老段在观察自己，手里拿着脱下来的旗袍，问："洗衣机在阳台上吗？"

老段看了看她手上的旗袍，说："旗袍用洗衣机洗？会不会洗坏呀？"

这么一说，唐雨晴也觉得这么娇贵的衣服估计经不起洗衣机的搅拌，想了想，晚饭后要去买几个盆子，刚才去超市光顾着赌气买围裙和手套了，正经该买的东西却没有买。

老段过来和她商量："这个周末，把孩子们叫回来一起聚聚，也让他们见见你这个新妈。"

唐雨晴盘算过了，如果一大家子人出去吃饭，到时候如果他们都指望她来付钱，毕竟老爷子的工资存折现在在她手里了，那她可就惨了。这一顿冤大头下来，不要说从老头子的工资里省点钱出来，只怕是还要搭进去不少。

看着老段期待的眼神，唐雨晴感觉他肯定是期望自己有一手好厨艺，一亮相技惊四座那种。她有点不好意思地说："我做菜，不怎么好呢，以前都是峰峰他爸做。"

老段不相信居然还有不做饭的女人，他们这一辈还真是没有听说过。不过他还是觉得唐雨晴大概是谦虚了，说不怎么好，是没有餐厅的厨师好吧，毕竟普通人也就做做家常菜而已。

"你是谦虚吧？不怎么好，也肯定比我好，我才是一辈子没有做过饭，这些是女人的事，男人做多了不好。"老段沉浸在自己的思维里。

唐雨晴不解："做饭怎么就是女人的事？"

"我们中国的传统一直以来不都是男主外，女主内嘛。"老段打着哈哈。

唐雨晴正色道："时代早就变了，毛主席不是教导我们，妇女能顶半边天吗？"

老段闻言，脸上红一阵白一阵的，他一个搞思想政治工作的，竟然说不过一个厂医务室的护士。

"能顶半边天是忽悠你们女人的，女人哪能真顶得了半边天！"

唐雨晴不服气地说："我们厂医务室一个男医生、一个女医生，我不就是顶了半边天！"她是真觉得自己是个医生，因为在厂医务室，那个男医生能干的她都能干，那个男医生干不了的，比如针灸，她也会，而且扎得很好，不光在厂里有口碑，安南市和重机厂有点弯弯绕绕的关系的人，谁没听说过重机厂的一枝花会扎针，小毛病是一针就好。

老段说不过唐医生，相亲的时候看唐雨晴文文静静的，以为比朱腊梅那样的农村妇女好拿捏，没想到是自己草率了，再想找一个像楚爱梅那样温良谦恭的贤妻良母可真不容易。老段不由得悲从中来，不禁对死去的老婆生出来几分思念之情。

唐雨晴从冰箱里拿出一把小白菜、两个鸡蛋，征求老段的意见："就两个人，吃简单点，一人一碗面条？"

老段刚在唐雨晴这里吃了瘪，现在想发表不同意见，又有点不敢，他可不想第一天就被人扎了针！赶紧同意："简单点好，简单点好，过日子嘛，不要搞那么复杂！"

唐雨晴炒菜不行，下面条倒是很拿手。林家保刚去世的时候，做饭的接力棒就交到了女儿林瑜手上。女婿程功看师父不在了，就不太登门，他生意忙，总有借口不来吃饭，林峰一家倒是继续厚着脸皮每天来蹭饭。季红和林瑜不怎么对付，以前有林家保在，谁也不敢说什么，现在季红不搭把手还挑刺，林瑜也必定怼回去。唐雨晴嫌烦，她本来就不喜欢这种假惺惺的大家庭和睦，干脆挑明了，饭堂关门了，大家散了吧。

没人做饭以后，唐雨晴倒也不至于饿死，每天吃鸡蛋白菜面条，她觉得正好，维生素、蛋白质、碳水化合物都有了，营养全面，最主要是简单方便，不麻烦，一个锅一个碗，洗起来也容易。她最讨厌的就是林家保做饭的时候将厨房弄得如同战场一般，虽然她不参与炒菜，但是她不能容忍厨房里油污满地，几十年的清理打扫让她早就心生厌烦。

两碗面端上餐桌，唐雨晴解了围裙，喊老段吃饭。

老段过来，看桌上除了两碗面条以外什么也没有，有点失望，他满以为再婚了能吃点好的呢。

唐雨晴一边小口地吃，一边望着老段，希望得到老段的赞同："还行吧？我觉得人类就是花太多时间在吃上面了，所以一个个吃那么胖，然后又嚷嚷着减肥。"

老段苦涩地笑着说："难怪你这么瘦。"

唐雨晴说："可不是，我可不敢多吃一口，吃多一口旗袍就穿不进去了。"

老段说："吃了去跳广场舞就可以减肥了。"他这么说，也是在应付唐雨晴，他心里清楚跳广场舞是减不了肥的，那个朱腊梅每天吃完晚饭就风风火火地去跳广场舞，也没见她瘦一斤。

吃完面条，唐雨晴说："你把碗收一下，我出去走走，消消食。"

老段不乐意："你都出去一下午了，等会儿我也要出去走走。"

"也行，那你到超市帮我买4个脸盆回来。"

"买这么多脸盆干啥？"

"干啥？女人的事管这么多，叫你买你就买呗。"唐雨晴撒娇还是有一套的。

老段说："要不我们一起去超市转转？洗碗的事回来再说。"

唐雨晴说："好啊，我去换衣服。"

"就穿这套蛮好，朴素。"老段言不由衷地说。

"那不行，我可不能让你掉面子。"唐雨晴娇笑了一下，竟然有几分年轻女人的娇俏。

唐雨晴打开行李箱，从里面翻出另外一件旗袍，在手上掂量了一下，刚吃了面条，现在穿旗袍肯定显肚子，有点可惜地放回去了。

打开老段留给自己的一半衣柜，把这些衣服都放进去，地方有点紧张，而且里面只有5个衣架，5个衣架可不够她挂衣服的，等会儿去超市还要多买几个衣架，唐雨晴心想。

唐雨晴在卧室里折腾了半晌，老段有点等不及了，敲门问："雨晴，怎么还没换好？"

唐雨晴不紧不慢地在里面说："我们女人嘛，穿得好看点总是要花时间的。"

两个人一前一后地下楼，老段下意识地和唐雨晴分开了一点距离，唐雨晴上前一步，挽住了老段的胳膊。老段条件反射地闪了一下："注意影响。"

"注意什么？我们可是拿了国家发的结婚证的。"唐雨晴心想正好让楼下那些老干部和家属们看看清楚，我才不是那种来路不明的保姆！

"老年人要注意形象。"老段小声嘀咕。

"你是老年人，我不是。"唐雨晴骄傲地宣布，她一直觉得自己是显年轻的。

果然在楼下被老张叫住了："段书记，不介绍一下？"他叫段书记也是故意帮老伙计抬高身份，都退了多少年了，还书记。

"这是唐雨晴同志，我续弦。"

"什么？"老张听不懂这么文雅的介绍。

"我老婆。"

"什么时候结的，也不请我们喝喜酒？"

"刚拿证没几天，喜酒就免了，国家不是提倡廉政建设嘛。"老段呵呵笑着说。

"嘿，段书记有福气啊，找了一个这么漂亮的新娘子。"老张表示祝贺。

背过身，看他们走远了，老张往地上啐了一口："呸，又换了一个！"

36

唐雨晴

到了超市，唐雨晴在那里挑挑拣拣，每一样东西拿在手里，都要娇滴滴地问一句："老公，这个怎么样？要不我们再挑一挑？"老段一边在心里骂娘，一边佯装文雅地回道："老婆，你喜欢哪个就买哪个。"

到了结账的地方，唐雨晴推了一推车的日用品：四个脸盆，十来个衣架，木头的、塑料的，晾衣服的、晒裤子的，衣架都被她搞出了这么多花样，其他各种零零碎碎就更不用说了，老段看得眼花缭乱，心中不禁要暗暗计算这一推车要花费多少钱。

收银员左"嘀"一下，右"嘀"一下，每"嘀"一下，老段的心脏就跟着跳一下，楚爱梅可从来没有这样大手大脚地花过钱，她买一个盆子都是要用十几年的，用破了还会拿到外面补一补再接着用。跳的次数太多了，老段反而平静下来，干脆躺平了。

收银员报出一个数字："323元。"

老段的心脏又跳起来，就这么一堆破烂，居然要这么多钱？老段平时虽然不怎么买东西，但他还是知道去市场买这些肯定便宜一半都不止。都是些衣架、盆子、拖鞋这样的劳什子，在市场买要不了几个钱。要说质量，超市的好是好一点，但是贵那么多，不是坑钱还能是什么！

老段沉着脸，杵在那里，一言不发。

唐雨晴看了老段一眼，不知道他为啥突然不说话了，收银员又说一遍："323 元。"

唐雨晴捅了捅老段的胳膊。

老段缓缓地吐出几个字："我没带钱，工资不是都归你管了吗？"

唐雨晴这才想起来，不过以前林家保的工资也是归她管，但是一起出去买东西都是林家保买单，现在唐雨晴不禁疑惑，林家保到底是哪来的钱买东西呢？

唐雨晴在包里摸索半天，总算找出来她的钱包，掏出 4 张百元钞票。今天下午刚取了 1000 元家用，钱用起来真快呀。

收银员问："要买袋子吗？一个袋子 5 毛钱。"

唐雨晴说："要。"

老段赶紧说："不要。"

收银员看看他们两个，不知道该听谁的。

老段说："我们两个一人拿几样就行了，你这些东西，一个袋子也装不下。"

唐雨晴不说什么了，接过收银员找的零钱，两手各拿了几样小东西，剩下的这些就让老段去拿吧，反正是他说不买袋子也可以拿。

老段一手拿着几个脸盆，一手拿一堆衣架，胳膊上还搭了一条浴巾，走起路来看上去有点滑稽，到了老市委的宿舍附近，老段一路躲闪着，生怕碰到了以前的老部下，现在这个样子，传出去不被人笑话？哪里还有一点老书记的风采？他跟在一个花枝招展的女人后面，活像一个老用人。

两只手都不闲着的唐雨晴此刻倒是顾不着挽老段的胳膊了，虽然脚踩高跟鞋，她还是走得气宇轩昂，一点也没有下午买菜回来时的疲惫，购物真是女人的灵丹妙药啊，只要一买东西心情就变得格外舒畅，哪怕只是在超市买一买鸡零狗碎。

回到家，唐雨晴就将她买回来的四个脸盆做了分配，有三个归她，分别用来洗脸、洗脚、洗身体，还有一个是给老段准备的，洗脚用。老段不禁觉得好笑："哪来的这么多讲究。"

唐雨晴莞尔一笑："讲究卫生要听医生的，不然你的脚那么臭，怎么能上床。"

唐雨晴这么一说，老段刚才心中的不满倒是消下去不少，半路夫妻也是夫妻，是要同床共枕的，讲究一点倒也没毛病。

唐雨晴进房间去整理她的衣服，老段站在旁边看了一会儿，在心里感叹这个女人的衣服可真多，比楚爱梅的衣服多多了，各种料子的都有。他一方面担心唐雨晴是一个虚荣的女人，一方面又庆幸她带了这么多衣服来，春夏秋冬齐全得很，应该一时半会儿不至于要置办衣服了吧。

老段兴趣盎然地要求唐雨晴换衣服给他看看，结果被唐雨晴娇嗔着推出门去："死鬼，以后有得你看的。"

被拒绝了，老段有点尴尬，打算打开电视，看一看晚间新闻，今天被唐雨晴带到超市去，害得他连新闻联播也没有看成，明天早上锻炼的时候和朋友们聊天就没有话题了。他那几个狐朋狗友听说他续了一个新老婆，倒是想让他多聊一点新娘子，这方面老段是有一点保守的，不想让那些老男人对他老婆评头论足。

才看了几分钟，唐雨晴手里拎着一件衣服出来，嘴里喊着："老公，说好了逛完超市你洗碗的，怎么看起电视来了？"

老段一愣，什么时候说好了我洗碗？洗碗不是女人的事吗？

"我做了饭，当然是你洗碗。"唐雨晴不依不饶。唐医生这辈子就没有洗过几次碗，可不能到了老段家就变成老妈子了。

老段也是唉声叹气，他这辈子更是十指不沾阳春水的人，大男人哪能净做女人该做的事呢！唉，要怪就怪那个死去的林家保吧，把老婆惯成这个样子，没有一点女人样！

老段硬着头皮将桌上的碗筷端到厨房里去，戴了胶皮手套开始洗碗。

唐雨晴一会儿从卧室出来，看见老段一个大男人戴着一副粉色的手套在磨磨唧唧地洗碗，不禁觉得好笑："哟，洗碗还戴手套？"

老段诧异："你买这个手套不是洗碗用的？"

"是啊，是我们女人用的，你们男人的皮粗得很，还用得着戴手套？"唐雨晴挖苦了老段几句，转身进了卧室，过了一会儿再出来，脸上多了一张面膜。

她倒是舒舒服服地打开电视，看起她喜欢的综艺节目来了。她最喜欢看的就是看上去显年轻的年纪大的女明星参加的那种节目，"你看你看，她都50多岁了，看不出来吧？"

又是羡慕又是妒忌："现在的技术真是好，我们这一代，50多岁就是老年人了，看看她们，有钱真是好啊！脸上又动刀又动枪的，不知道花了多少钱！"

一惊一乍的，将老段也吸引过来了，手上的粉色手套上还沾着白色的洗洁精泡泡。

37

蓝洁丽

蓝洁丽下班回家，朱文武瘫在床上玩手机，蓝洁丽看他就来气："今天又没有出车？"还指望他赚钱以后给茜茜上大学呢。

"不是出了两天了吗？昨天打麻将有点累，今天休息下，和吴六换了个班。"

"三天打鱼，两天晒网，说的就是你！"

"好意思说我？我三天打鱼，两天晒网，那你是三天晒网，两天打鱼吧？今天是不是又请假带你妈去医院了？"

蓝洁丽寻思准是早上姐夫过来说的话都被他听进去了，便说："带我妈去医院不是我应该做的？"

"你应该你应该，谁说你不应该了。我不管你，你也别老盯着我！"

朱文武一边划拉着手机，一边和蓝洁丽顶嘴。

蓝洁丽气呼呼地一把夺过他的手机："在家不出车，也不知道做饭？"

"我看会儿手机怎么啦？我每天出车，一上路就一两天看不成手机。一点不知道心疼一下你老公。"

"我心疼你，谁心疼我？每天上班累死累活的，赚的钱不够打一场牌的，这日子过的，真是。"蓝洁丽今天突然觉得很委屈。

"不想做就别做，早就跟你说了，每天下班回来就听你抱怨。"朱文武抢回手机。自从蓝洁丽找了打字员这个工作以后，几乎天天回来都是说累，头晕，颈椎病又犯了，工资那么一点，都不够她吃药的。

"不想做就不做，说得倒是简单，你拿回来多少钱？以后茜茜上大学不花钱啊？"蓝洁丽忍不住说出她的心里话。

"别一天天拿茜茜上大学说事，考不考得上还得两说，难道考上了日子就好过了？"

"怎么考不上，骏骏不就考上了，还是名牌大学！"

"就知道你和你姐攀比呢！人比人气死人，你没有她那个命！"朱文武火上浇油。

看蓝洁丽脸色不好，朱文武又打起哈哈，呵呵笑着说："上大学有什么好？骏骏是上了一个名牌大学，结果怎么着？还不是要你姐夫买房子，还让你姐去北京带孩子！就是听上去好听一点，你问问他们过得舒坦吗？我看还不如吴六舒坦呢，隔三岔五出一出车，不出车的时候，小酒喝着，小牌打着，闺女初中毕业后上的职高，现在在铁路上找了事做，婆家是市里的，小日子过得不要太好哦，上什么劳什子大学！"不知什么时候，他找了一根牙签，一边剔牙，一边胡说八道。

蓝洁丽懒得理他，狗嘴里吐不出象牙来的东西。

"你妈呢，还在打牌？也不回来做饭？"蓝洁丽转移话题。

"她说不回来吃饭，牌场子管饭。"

"哟，还真是吃住都包在牌场了。"

"你也别总把嘴巴放我姆妈身上了，她又没吃你的喝你的，房子还给你住着，你到哪里去找这么好的婆婆？"

理都是他们娘俩的，蓝洁丽说不过他。

开冰箱一看，菜也没买，也是，人家都要出牌场里的伙食费了，哪还有余钱帮你们买菜。

蓝洁丽嘀嘀咕咕："菜也没有。"

朱文武头也不抬："点外卖。"

蓝洁丽说："你点，我支付宝没钱。"

朱文武看蓝洁丽一眼："什么都找我，我是欠你的？没钱还吃什么外卖？下面条。"

蓝洁丽看了看橱柜，有一小包面条，吃面条就吃面条吧，省得和他吵。

蓝洁丽下好了面条，端到餐桌上，喊朱文武："吃面！"

朱文武歪在床上，玩手机玩得带劲儿，动都懒得动。

蓝洁丽加大了嗓门："吃面，吃面！"

朱文武气愤地将手机一摔："喊什么喊，扫把星！"作势拳头就要上来。

搁在以前，蓝洁丽定要又哭又闹。朱文武本来只是想撒撒气，被她一闹，拳头就真的上去了。

结婚这么多年，蓝洁丽也不怕他了："打！你敢打一拳试试！"

蓝洁丽将"离婚"挂在嘴上以后，朱文武反倒有一点忌惮了，蓝洁丽离了他，说不定可以找一个比他好的，他离了蓝洁丽，还真不一定能找一个啥样的。

"吃面就吃面，有什么好喊的！你知不知道，吃面在股市里就是亏钱的意思。"朱文武梗着脖子吼叫。

蓝洁丽也不是吃素的："股市？你他娘的又炒上股了？上次亏的窟窿都还没填满呢。人家是好了伤疤忘了疼，你是伤疤都没好就忘了疼。"

"你不理财，财不理你，我们这种累死累活地在外面勤扒苦做，不如别人坐在电脑前面，点一点买卖交易就做成了，钱生钱，懂不？吴六最近一星期就赚了好几千，顶一个月工资了！"

"难怪找你要钱说没有，原来又投到这个无底洞去了。"蓝洁丽跳着脚将一碗面端到厨房去，"不吉利，不吉利，以后都不许吃面了。吃啥吉利？吃肉？明天给老娘买肉回来吃！"

朱文武到厨房抢过面条："别倒，老婆，我还没吃饭呢。"

蓝洁丽躲闪着他："吃什么吃，有手机看还吃什么饭？"

朱文武不和她吵："今天谁去接茜茜？"

"你去呗，你难得在家。"

"我去就我去，茜茜喜欢你去倒是真的，每次我去她学校，她都嫌东嫌西的，这个闺女我是白疼了。"朱文武一边吸溜着面条，一边不满地唠叨。

"好意思说，还白疼了，你是有多疼你闺女？你和你妈动不动就说可惜茜茜不是儿子，你以为她听不懂你们的话？"

"那是我老妈的意思，老人嘛，总觉得我们老朱家断后了。"

"别往你妈身上推了，你是怎么想的，我还不清楚？"

"你清楚你清楚，你清楚就不会怀了老二还打掉了。我问了医生的，说不定真是一个儿子。"

"你也不想想，怀老二的时候是啥时候，你股票亏了，欠了一屁股债，又没有一个正经工作，拿什么养老二？再说了，谁跟你打包票一定是儿子？我就不明白了，儿子有什么好的，都要儿了！今天我还和找哥吵了一架，还差一点打起来了！"

"好好的去惹那个蓝天宇干吗？"

"谁想惹他？我妈病了他看都不看一眼。这就是你们喜欢的好儿子！"

"不要一竿子打翻一船人好不好，你看你老公我不就是一个孝顺儿子？"

蓝洁丽翻了个白眼，心想：孝顺？啃老还差不多！啃得不像蓝天宇那么凶而已。

38

林瑜

送走唐雨晴，林瑜跟着林峰和季红上楼，一进门就看见客厅里放着他们的大包小包，这两口子还真是脸大，唐雨晴前脚刚走，他们后脚就鸠占鹊巢了，一天都不带耽误的。

林瑜话中带刺地说："今天就搬过来了？"

林峰有点不好意思，红着脸说："过来送妈，就顺便带点东西过来，到时候搬家少跑一趟。"

季红最讨厌林峰黏黏糊糊，实话实说不就行了，找什么借口？她接过话头："早点搬过来，好早点将石油公司的那个小房子装修一下租出去，能赚一点是一点。轩轩马上上高中了，要花钱的地方多着呢。"

林瑜来了兴趣："你们那个小房子也能租出去？"那个单位分的房子可真是够小的，统共才二三十平方米，所以唐雨晴说轩轩大了住不下，林瑜也表示理解。

季红说："可不，旁边就是实验小学，小是小了点，广告刚贴出去就有人打电话来问了，现在下面镇上有点钱的人都愿意将孩子送到市里来上学，学校附近的房子都好租。"她说得一套一套的，一听就是做过调研的，这让林瑜不禁怀疑她说房子住不下，没有大房子要离婚都是他们夫妻俩谋划好演的戏，目的就是想挤进唐雨晴的房子来。林家保去世后，唐雨晴一个人住三室一厅的房子，就算他们全家搬进来也不见得有多挤。他们估计也没有想到唐雨晴会用如此决绝的方式来成全他们。

林瑜说："那我先走了，你们搬家要帮忙就给我打电话。"

季红从唐雨晴卧室拿出一个旅行袋："这是姆妈的衣服吧？她放在床边，好像是收拾好了带不过去的吧？"

林瑜拿过来翻了翻，是昨天唐雨晴准备带过去又有点犹豫的衣服，她皱了皱眉头，唐雨晴的衣服可真多，比她的衣服多多了，多还不说，一看就都是好牌子的衣服，不像她，经常在菜市场旁边的小店花几十块钱买一身衣服，难怪程功经常说她太不讲究了，还不如她老妈活得精致。

"姐，你看是给姆妈送过去，还是拿到你家里先放着？"

季红不这样说倒还好，本来林瑜的意思就是先拿到她家，如果唐雨晴需要就给她送过去，季红这样一说，摆明着是这个家换了主人，连唐雨晴的衣服都不受待见了。

林瑜提着旅行袋，往阳台上走，阳台上有一个大衣柜，是林家保亲手给唐雨晴做的，说是房间的衣柜放不下的衣服还可以放这里，所以买衣服的时候不必担心没地方放。

季红跟在后面，讪讪地说："妈的衣服都是好衣服，阳台上这个柜子是朝阳的，我怕那些真丝、羊毛的面料经不住太阳晒。"

林瑜略一沉吟，她说得也不是没有道理。

于是又把旅行袋提回去。季红跟在后面继续捅刀："妈的衣服质量都挺好的，姐挑挑，看有没有适合姐穿的。"

林瑜在心里翻白眼：能挑你不早挑了！

林瑜和季红这两姑嫂，年纪轻轻的，身材却都有点发福，没有一个人有唐雨晴那样的窈窕身材，唐雨晴的衣服，她们恐怕是塞都塞不进去。

林瑜提着旅行袋回家，在楼下碰到邻居郑婶，郑婶和她打招呼："旅游去了？"

林瑜苦着脸："没有啊！"一边加快了脚下的步伐。

郑婶追着问："这么大一旅行袋，是在哪儿打的货？"

重机厂形势不好，程功先下了岗，当时林瑜还暗自庆幸自己保住了工作，自作多情地向程功保证："有我的工资在，不会少了你一口吃的。"

如果程功真的一直靠林瑜的那份工资生活的话，这份婚姻说不定就保住了。

林瑜这样一想，倒宁可程功没有事业上的成功。

这两年，林瑜的工作也基本快保不住了。从上面传下来的消息说，重机厂逐步解体似乎就是最近几年的事，程功先走了一步，竟然走出了一片天来，以前同情过林瑜的小姐妹现在都不无羡慕地对林瑜说："找份好工作不如有个好老公，还是你好，轻轻松松就做阔太太了。"

林瑜心里清楚，小姐妹看到的都是表面，阔太太谈不上，大钱都被程功捏着呢，林瑜能拿到手的不过是他手指缝里流下来的那些。林瑜甚至怀疑，外面那个女人虽然不露面，拿的说不定不比她少。轻轻松松就更加不可能了，生意上的事她是没有能力管的，但是心理上的煎熬，只怕是外人无法想象的。

自从程功搬出去以后，林瑜的头发大把地掉。一方面她希望自己能像电视上的女主角一样潇洒地将渣男甩掉；另一方面她又不甘心，没有她林瑜，程功一个农村来的小伙子，怎么可能在安南市立足呢？

　　厂子倒闭的风声一天天地传，有的车间已经发不出来工资了，有的老工人去市委门口静坐示威，说国家不能让他们这些对国家有贡献的老同志老无所依，林瑜他们这些尚且年轻的工人连静坐的资格都没有，他们是享受革命果实的一代，离开了重机厂这个大家庭，他们不知道自己还能做什么。

　　有几名看不到前途的工人在夜市摆起了摊，毕竟家里还有孩子，工资少了，花销又不可能少，总得想办法赚钱。

　　郑婶这么问，就是误以为林瑜也在夜市摆摊，那些去夜市摆摊的工人都是拿这么大的旅行袋装货物，卖一些毛绒玩具、睡衣睡裤这样的零碎。

　　林瑜不想和郑婶这样嘴碎的女人多说，不管你说什么，她都会添油加醋地散播出去。林瑜快走几步，郑婶摇着扇子紧追不放，锲而不舍地继续发问："思思妈妈，你进的什么货啊？好不好卖？要好卖的话，我让我媳妇也去进一点。她眼光不好，屋里都是存货，卖又卖不出去。别人做生意都是赚钱，她是做什么赔什么，真没办法！"

39

林瑜

林瑜现在住的房子在中山社区，思思出生后不久，林瑜和程功从家里搬出来搬到了这里。中山社区是老城区那种五层楼的小单元房，从外面看起来，斑驳的外墙、油腻的排风扇、黑洞洞的楼道，充满了时代感，住在这里的人也基本上以郑婶之流居多。之所以搬来这里，是因为离思思的学校近，骑自行车十分钟就到了，走路也花不了太长时间。

程功发达以后，在安南市的新城区都市花园小区买了一套三室两厅的单元房，装修基本上也完成了。新小区的环境和房屋结构都比中山社区的旧房子好很多，缺点是离思思读书的市一中有一点距离，思思的朋友大部分也住在旧城区。林瑜和思思商量后决定暂时不搬，等思思考上大学再说。林瑜没有想到在这之前，她和程功的婚姻居然出了问题。

都市花园的房子，房产证上只有程功一个人的名字。林瑜打听了一下，就算只有程功一个人的名字，但因为是婚后购买的，也算是共同财产。但程功到底是生意人，精明得很，房子是贷款买的，首付只付了两成，如果林瑜和程功离婚，这个新房她只能分到两成首付中的一成。

林瑜现在拖着不离婚，除了考虑女儿以外，她也想拖一拖，在房子的分配上能够争取一点主动权。

　　林瑜上楼，一打开房门，发现思思竟然站在门口等她。林瑜将旅行袋放下，劈头问思思："怎么没在房间写作业？"这个孩子也不让人省心，虽说是考进了市一中，让林瑜松了一口气，但现在都上高中了，学习还是没有一点自觉性，老是要林瑜盯着。

　　思思向厨房努努嘴说："奶奶来了。"

　　听说婆婆来了，林瑜感到惊讶不已，她这个婆婆无事不登三宝殿，像今天这样不打招呼就来了，在林瑜的记忆里可没有几回。

　　当初林瑜生了思思以后，唐雨晴帮着带了一个月，就说自己的神经症犯了，小孩子一吵她就浑身哆嗦，再这样下去，她就要去住院了。没办法，林瑜只好在外面租了房子搬出去住，心里计划着要投靠程功的母亲。

　　程功的母亲开始听说市里的儿子邀请她过来小住，还挺高兴的，但是听说是来带孩子就不愿意来了，找理由说程功乡下哥哥家的孩子脱不了手，让他们自己去想办法。

　　最后迫不得已还是林瑜的奶奶林老太太接了手带重外孙女，谁叫林瑜是她带大的呢，她不心疼林瑜就没有人心疼了。这也是为什么林老太太 96 岁去世的时候，所有人都觉得是白喜事，只有林瑜一个人在葬礼上哭得死去活来。

　　林瑜轻手轻脚地将旅行袋拿进自己的房间，免得她婆婆看见了又要问怎么买这么多东西。

　　婆婆听见了动静，从厨房里出来："林瑜回来了？"

　　林瑜有点尴尬地和她打招呼："您来了。"

　　婆婆穿一身大红的真丝套装，显出一副暴发户的神气，和以前那个朴素的乡下婆婆判若两人。

婆婆看林瑜打量自己，不好意思地解释道："程功买的，非要我穿，说我以前那些衣服穿出去掉他面子。"

林瑜在心里撇嘴，难怪，程功的审美又土又俗。

婆婆说："今天你嫂子上来看医生，我就跟着一起来了，顺便看看思思。"一边说，一边展示她带来的一小篮土鸡蛋："自己家鸡下的，营养好，给思思吃。不要买外面的洋鸡蛋，女孩子吃了不好。"

林瑜说："谢谢奶奶。思思，你也谢谢奶奶！"

思思口齿不清地应付了一个谢谢，就说："我去写作业了。"转身进了自己的小房间。

婆婆说："我还带了一只土鸡，刚才趁你没回来的工夫，给你们炖上了。"

林瑜更加觉得稀奇，当初坐月子都没有吃到他家的土鸡，事出反常必有妖，婆婆今天这番操作不由得让人怀疑她的目的。

林瑜说："您有啥事就直说吧。"

程功当初决定和林瑜结婚的时候，他妈就对林瑜不那么满意。不满意的原因，一是觉得林瑜不漂亮，配不上她帅气的儿子；再就是林瑜是程功师父的女儿，按过去的说法，相当于大小姐，程功和她结了婚，不就等于入赘了？入赘在农村可是最让人看不起的。

林瑜生了孩子以后，程功和他妈商量来城里带孩子的事，她就觉得林瑜一个大小姐，她儿子愿意伺候就伺候吧，反正她是不会上赶着来伺候的，这才找理由不来。

现在程功总算争了气，他妈也跟着扬眉吐气了，但是她听林瑜说话那个语气，还是一股子大小姐的不耐烦，甩脸子给谁看呢？

婆婆四下看了看，又专门看了看思思的房门是掩好的，这才用低沉的声音发问："小功搬出去住了？"

林瑜心里咯噔一下，真是怕什么来什么，她一看见婆婆，就怕她是来问这个的。尽管她和婆婆都对彼此没有什么好感，但她还是觉得劝和不劝分，婆婆总不至于希望自己的儿子离婚吧？不管男女，离了婚，说出去都不好听。

林瑜一时委屈，眼泪在眼眶里打转，都怪程功，好好的一个家，非要搞成这个样子。她以为他们演戏演得很成功，却没想到连远在乡下的婆婆都知道了。

林瑜压抑着自己的感情，木着脸点头。

婆婆又问："他搬出去，是因为那个小雯吧？"

什么小雯？林瑜的头皮一紧，看来婆婆知道的比她还多。

"哪个小雯？"

"他公司的，新来的大学生，学设计的。"

婆婆还真是什么都知道。

厨房炉灶上炖的鸡开锅了，婆婆进厨房去翻动鸡肉，免得潽锅。

林瑜张了张嘴，她本想说用高压锅不就好了，又一想，还是算了，免得又被婆婆说自己在教育她。

40

林瑜

婆婆翻弄了一会儿鸡肉，手里拿着锅铲跑出来，又看一眼思思的房间，犹豫着说："那个小雯，你见过没有？"

林瑜这才意识到婆婆今天过来是专门要说那个小雯的事，她也看一眼思思的房间，说："奶奶，我们出去说话？"

婆婆想了想，思思这个鬼头说是写作业，谁知道是不是竖着耳朵在偷听呢。真要被她听了去，闹腾起来，程功说不定会怪她多管闲事。于是拿着锅铲往厨房走："等我一下，我先把炉子的火关一下，别一会儿出事。"

林瑜暗忖她还蛮清白，压根不是程功口里的农村婆婆。以前她不肯来带孩子的时候，程功是这么劝林瑜的："我妈一个农村婆婆，在乡下用的是柴火大灶，我们这里的煤气灶她不会用，别搞出麻烦来了。"

婆媳俩一前一后下楼，又碰到郑婶，她在家里待不住，天天在楼下闲逛。一看见林瑜又热情地迎上去："思思奶奶来了？稀客呀！"

林瑜惊讶她真是万事通，连思思奶奶都认得出来。

思思奶奶用方言和郑婶打招呼："来看看孙女，给她送几个鸡蛋。"又强调一遍她带来的礼物。

林瑜本来想小区楼下有一排长椅，可以和婆婆在那里谈话，见郑婶一直跟着，林瑜只好换个地方。

老城区就这点好，吃的喝的地方都不远，林瑜将婆婆带到一间咖啡店，就这里还安静一点。本来想去隔壁的肯德基，林瑜扫了一眼，里面人山人海，小地方，一到节假日，孩子们就将快餐店当成了他们的天堂。

服务员跟过来，问："二位喝点什么？"

婆婆连忙摆手："不喝，我不渴。"

林瑜问服务员："你们这里都有什么？"

"拿铁、卡布奇诺、美式，都有。"

林瑜这才发现自己来错了地方，她也不知道服务员说的都是啥，糊里糊涂地说："就前面两个吧，一人一杯。"心想，开开洋荤也罢，程功在外面应酬，应该是这种地方的常客，她也不要那么想不开。

服务员回到柜台去打账单，一会儿回来说："两杯咖啡，56元。"林瑜拿起手机支付。

婆婆在心里感叹："真能花钱，我儿子在外面辛辛苦苦，就算再能赚钱，也架不住女人乱花呀。"

此刻的林瑜，心里还抱有一丝幻想，她觉得当妈的是不希望自己的儿子离婚的，百年修得同船渡，多少年才能修成一家人。

林瑜将两杯咖啡都往婆婆面前推，语气也变得格外亲切："妈，您看您喜欢喝哪杯？"

老太太看着自己面前这两杯黑黑白白的东西，问林瑜："这是啥子东西啊？"

"咖啡，外国人爱喝的饮料。"

"啥？花这个钱喝外国人喝的饮料？不值得，不值得！"婆婆一连说了几个不值得，惹得服务员伸着脖子朝她们这边看。

林瑜不好意思了，对婆婆说："啥值得不值得，人家能喝，我们也能喝。"

婆婆在心里想："我儿子赚的钱多可以喝，我们不赚钱就不能喝。"但是她不敢说出来，怕惹林瑜不高兴。

林瑜看婆婆推来推去，就不管她了，自己端起其中一杯，喝了一大口，苦的。她在心里"哎呀"一声，这玩意儿，真喝不惯。

婆婆看她的样子滑稽，决定试一试这外国人的饮料，端起来小小地啜了一口，倒还好，没那么苦，就是味道有点怪。

"小瑜啊，你来我们程家也快20年了吧？"

林瑜忍不住在心里翻白眼，啥叫来你们程家？我可是连你们程家都没有去过几次。结婚后去过一次，程功家在乡下条件算好的，有几间大瓦房，这也是程功骄傲的地方，觉得他哥很能干，给家里修了房。房子虽然是新的，茅坑却还是在外面，林瑜一进去看见满地爬的白蛆，就吓得退了出来，后来她就死活不去程家了。"那地方，不是人住的。"这话说的，戳了程功的肺管子她都不知道。程功气愤地说："我家人不都住那里，他们不是人？"

"可不是，思思都16岁了，过两年就上大学了。"

"是啊，思思都上高中了。当初托你爸爸的福，小功能够留在重机厂，我们全家都很感谢你爸爸。所以你们家提出要和小功结亲，我们也是同意的，小功该报的恩也报了。"

林瑜没想到婆婆，又或者说程家全家是这么想的，程功和她结婚是为了报恩？

"小功是那种不爱说话的人，和他哥不一样，他哥打小和我亲，有什么心里话都和我说，小功就不一样了，他心里主意大着呢，你也看到了，离开了重机厂，他反而把生意做成了。"婆婆满是皱纹的脸上洋溢着止不住的得意。

换了以前，林瑜会忍不住和她争执，说自己并不比程功差，程功的生意能够做起来，一方面是他的机会好，另一方面也是林家给了他起步的资源。林家保为了他女婿的公司，给自己的老战友、老部下挨个打电话，让他们有亲朋好友需要装修都来找程功。但是现在，她觉得说这些有什么意思，算了。

"小功从家里搬出来的事，他也没有和我说。"婆婆看了林瑜一眼。

林瑜的脸色一变，心下疑惑难道她刚才是在套我的话？

"他从来不和我说你们之间的事。"婆婆又啜了一口咖啡，缓缓地说："但是你们关系不好，谁都看得出来。"

林瑜一直以为婆婆是程功嘴里的乡下婆婆，现在看来，她根本不那么简单。

"我今天过来，小功不知道。"

林瑜舒了一口气，他们之间的事如果是程功要婆婆来掺和，她就有点看不起程功了。

"我今天来，是因为小雯。"

好像也好不到哪里去。

"小雯这个姑娘，不是一个简单人，光从她一个人能找到我们程家的老宅去就可以看出来。"

婆婆笑着说，倒像是和林瑜推心置腹的样子。"现在让你一个人回一趟程家庄，恐怕你连地方都找不到。"

这是实话。

41

林瑜

林瑜愕然，这个叫小雯的小三，也太嚣张了吧？去程家庄找婆婆又是什么套路？

看着林瑜惊愕的表情，婆婆镇定地拍了拍她的手背："不是程总让她来的，她说程总不允许她这样做。"

这句"程总不允许"，听起来是婆婆对林瑜的安慰。

林瑜的心中五味杂陈，婆婆口中说出"程总"二字，带有一种高高在上的气势。林瑜想起她刚和程功结婚的时候，对程家人就有本能的嫌弃和不耐烦，特别是她去程家过年时，看到那个茅坑受到惊吓后更产生了抱怨。谁也没有料到，有一天命运会发生这样的逆转。

结婚十几年，林瑜没有正正经经地叫过程功的父母，她叫不出口，觉得公婆不是自己的爸妈，也在骨子里瞧不起这一对笨拙的农村公婆，好在接触不多，刚开始叫叔叔阿姨，有了思思以后，随着思思叫他们爷爷奶奶。今天勉为其难的那一声"妈"已经是林瑜的底线了，目的是寻求婆婆的支持。

"妈，我知道我有很多地方做得不好。"林瑜的道歉来迟了一些，而且此刻她的道歉未免显得有些刻意。

婆婆摆摆手，表示自己并不在意。

"自古以来劝和不劝离，这个道理我是懂的。如果不是涉及一条人命，我是不会管你们的事的。我早都说了，我送小功读了书，送他进了重机厂，又负债让他结了婚，我和他爸的任务已经完成了。”

林瑜不理解婆婆说的"负债让他结了婚"是什么意思，当年林家既没有要彩礼，也没有出嫁妆，两个人就这么稀里糊涂地在一起了，林师傅倒是说得好听：移风易俗。这句话中最让林瑜惊悚的还是"一条人命"。女人的直觉让她明白了婆婆急吼吼过来的原因，却还是不愿意相信。

"小雯怀孕了。"

躲也躲不过。

林瑜有些气急败坏，这个程功，不是和他商量好的吗，等思思上了大学就离婚，两年他都不能忍吗？

"你别怪小功。小功和小雯说了，他两年之内是不可能离婚的，孩子只能打掉。"

"小雯也是没有办法才跑来求我，让我劝一下小功，就算没有名分，她也要将孩子生下来。"

林瑜不得不佩服现在的女孩手段高明。这些话，即使有人写在纸上，让她照着念，她也念不出来，她又怎么可能是小雯的对手？

她就想问小雯一句："如果现在的程总是当初那个不名一文的临时工，你还愿意嫁吗？"

没有答案。

婆婆伸手将咖啡端在手上，一口气喝了半杯，用手背擦去嘴边的白沫，涎着脸说："小瑜啊，我也是看着你在我们程家快20年。"

又是这话，什么叫我在你们程家。

"以前有什么过节我就不说了，我们婆媳一场，你脾气硬我知道，但是我们之间没有什么矛盾，不像我和你嫂子，现在是水火不容，我帮她带大了两个孩子，她一点不知道感恩，良心都被狗吃了！"

在婆婆眼里，林瑜也不是一无是处，至少和大儿媳比起来，林瑜在钱上不抠。结婚这么多年，逢年过节，都是林瑜催着程功将重机厂发的福利拿回老家去："我们这里够了，带回去给爷爷奶奶。"也是，林家几口都在重机厂，发的东西用不完，带去程功老家正好皆大欢喜。更不用说，公公的身体不好，到安南来看病也是林瑜忙前忙后，检查开药花钱她也没有皱过眉头。

林瑜在心里叹一口气，远香近臭，不是没有道理的。

"小功是我们村里飞出来的金凤凰，论人品、模样、本事样样都不差，但是你是城里主任家的小姐，小功能够留在城里，你们家出了力，有恩报恩，小功回来说你妈让他娶你的时候，我们家就表明了态度，该娶！"

"小瑜啊，你也知道，强扭的瓜不甜，小功是被逼无奈和你结婚，他做到这个份上，我觉得也可以了，你说呢，小瑜。思思也不小了，现在这个社会，父母离婚也不是什么大事，我们农村的观念不开化，离婚的人也不少了。"

林瑜本来还想争辩说她和程功的婚姻根本没有婆婆说的那么不堪。程功以前不是好好的吗，他是有钱了才变坏的，没钱的时候他敢说一句他不爱林瑜、不爱这个家吗？

但是听到这句"被逼无奈和你结婚"，林瑜联想到程功答应她之前，和唐雨晴有过一次谈话，一定是唐雨晴逼迫了他，没有唐雨晴做不出来的事！

林瑜像泄了气的皮球，她一直活在自己的幻觉里。她以为的美好婚姻，原来在别人眼里是被逼无奈。

林瑜打断婆婆的话："别说了，我同意离婚。"

林瑜站起身，婆婆将她面前的咖啡递给她："你的外国饮料还没有喝完。"

林瑜仿佛没有听见她的话，径直往门外走去。

她从不怀疑程功是深爱思思的。在这段婚姻中，如果说有什么最令林瑜感到骄傲，就是和程功结婚后有了思思。思思继承了程功的相貌和身材，从小就出落得格外水灵动人，就连程功也自吹自擂："幸亏闺女像我，还好我的基因强大！"这在林瑜听来感觉是那么的幸福。

她早该知道是这样的结局，从程功搬出去那一天起，她就该知道！是她一直在自欺欺人，她以为给他两年时间，他在外面玩够了，说不定就会回心转意，毕竟他们之间有思思这个连接。现在想来，思思这个连接有什么了不起，男人只要愿意，随时可以和另外一个女人有新的连接。

这就是残酷的现实。

林瑜的脚步发虚，身体摇晃，但是她连一滴眼泪也没有。

她曾经以为这次分居是又一次七年之痒。

结婚第七年的时候，程功曾经和重机厂的一名女工有过短暂的暧昧，但是很快就被师父林家保敲打回来了。当时林家保私底下和林瑜说："男人嘛，别管得太紧，管太紧了他就向往外面的自由。你呀，要向你妈妈学习学习，你妈妈就从来不管我，外面那么多诱惑，怎么都诱惑不到我的头上。"

　　这么多年过去了，她还是没有学会唐雨晴的手腕。

　　程母端起自己的咖啡，将剩下的小半杯一饮而尽，这外国饮料，还有点好喝呢！

　　她抽了一张纸巾擦擦嘴巴，赶紧出门，跟在踉踉跄跄的儿媳后面，她可得把林瑜安全送回家去，真让她出了事，程功那里可不好交代。

42

蓝洁英

第二天早上起床，许骏和陈瑶小两口谁也不理谁。

蓝洁英起得早，趁睿睿还没闹，先给他们煮上稀饭，馒头是用蒸锅蒸的，比微波炉费事。许骏说了，蒸的馒头软软的，好吃，不像陈瑶做的早餐，微波炉一转，硬邦邦的，牙齿都要磕掉。

蓝洁英知道，这是儿子在给自己戴高帽，微波炉转的馒头，硬是硬了一点，不至于咬不动。心里清楚归清楚，得到了儿子的赞扬，蓝洁英激动得不得了，第二天就推着睿睿去超市买了面粉，趁睿睿睡午觉的时候，她就开始发面，准备给儿子亮一亮她真正的手艺，老面手工馒头。别说，蓝洁英在做饭方面，也是一点就通，一看就会。

做的时候特兴奋，做完了就觉得累，当着孩子们的面免不了抱怨几句，却又得不到理解，两个年轻人都是说："累就别做，这年月谁还没吃过馒头。"就差将"自找麻烦"这几个字甩她脸上了。

蓝洁英没处说理，第二天中午趁许时运午休的时候打电话诉苦。许时运倒挺同情老婆的："带孩子本来就够辛苦了，你别再去折腾那几个馒头了，让他们自己去超市买现成的。"知道老婆心情不好，又加上几句甜言蜜语："把我老婆累坏了，看我不去北京找骏骏算账！"说得好听是好听，蓝洁英还不了解许时运，现在他的心里只有儿子、孙女这些姓许的，哪里还有她蓝洁英的位置。

一会儿睿睿醒了，一睁眼没瞅见大人，在小床上哭了起来。蓝洁英正在厨房里忙活，大声招呼："骏骏、瑶瑶，你们谁有空，去抱一下睿睿，我这里马上就好了。"

喊了两遍还是没人去哄睿睿，蓝洁英不高兴了："是我的娃，还是你们的娃？怎么一个两个的，娃哭了都不去抱一抱。"

骏骏黑着脸从卧室出来："哭就哭，哪有一哭就抱的，你这就是娇惯！"一边说，一边进蓝洁英的房间，象征性地抱了一下睿睿。他平时抱孩子少，孩子幼嫩的胳膊被他扯得不舒服，哭得更大声了。

蓝洁英闻声，慌慌张张跑过来："你把娃怎么啦？你这个当爸的，抱个孩子都不会！"

将许骏臭骂一顿以后，眼光落在他有些瘀青的左嘴角上："咋啦，你这里咋搞的？"

许骏将娃交到他妈手里，气呼呼地说："还不是你！昨晚上睿睿哭了半天，你都不醒，瑶瑶起来看孩子又被你指挥去冲奶。"

蓝洁英一脸蒙："怎么啥都怪我？你脸上青了一块和我有什么关系？"

"反正就是你惹瑶瑶不高兴了，她就不让我好过，她回房就把我从床上踢下去了，我这脸就摔青了。"许骏委屈巴巴地看着他老娘。

这下子倒把蓝洁英给整笑了，她这是生了一个什么活宝呀，亏得老许家还都把他当成一个宝贝。

"你还笑！真是的，我今天不去上班了，我要请假，你帮我打电话请假！"许骏更加委屈了，一屁股坐在椅子上，冲着他妈大声叫唤。

"咋还不能上班了？"蓝洁英不解。

"我这脸，别人问起来，我怎么说？"

蓝洁英恨不得抽他一个大嘴巴，她在心里暗暗决定以后要对陈瑶好一些，除了这个瞎了眼的瑶瑶姑娘，她不相信还有谁会要她这个傻不拉几的儿子做老公。心里这样想着，蓝洁英抱着孩子喊陈瑶出来吃早饭的声音也温柔了许多，不像以前那样咋咋呼呼的。

陈瑶正在化妆，昨天半夜起来，后半夜就没有睡着，她睡眠浅，又和许骏闹了一下，就更加睡不着了。早上起来顶着两个大眼袋加黑眼圈，这可怎么出去见人！没办法，把她积攒的化妆品都搬出来拯救，无奈还是手残，遮了半天遮了个寂寞不说，还将别人的注意力都吸引到眼睛下面这块儿了，一眼就看到两团发亮的突起的眼袋，太奇怪了。

蓝洁英喊了几遍，陈瑶才忸怩着从卫生间里出来，蓝洁英一看就乐了："去去去，画成这么一个熊猫样，顾客都被你吓跑了。"陈瑶在银行坐柜台，平时上班也是要求化淡妆的，但是她实在搞不来，每天就涂个口红交差。

两人匆忙喝了一点粥，一人拿保鲜袋装一个馒头。"没时间吃了，要迟到了。"说着前后脚往外走。

许骏一边出门，一边还在嘀咕："我这脸，你叫我出去怎么见人！"陈瑶懒得理他，自顾自先去按电梯，她得快点躲开这个复读机。

他们都走了，蓝洁英将睿睿放进推车，打开推车上挂的玩具，睿睿的两只眼睛睁得大大的，她对这种旋转玩具百看不厌。

蓝洁英胡乱擦一把脸，啃了一个馒头，转头去给睿睿冲奶。她一边冲奶，一边回想刚才许骏的滑稽样，觉得好笑，又想起以前许时运说她一点也不像个妈妈，对儿子一点都不知道心疼。蓝洁英想，幸亏我不心疼他，我不心疼他，他都将自己心疼成这样了，我要是心疼他，他得成什么熊样！

越想越好笑，手上的动作就慢了下来。蓝洁英从口袋里拿出手机，打开抖音。前几天楼下的保姆推荐她看一个素人学唱歌的视频，她还一直没时间看呢。蓝洁英一边看视频，一边不紧不慢地调牛奶的温度。趁睿睿还没哭，她也松快一会儿。

过了几分钟，门打开了。许骏匆匆忙忙地进来。

"你真不去上班了？"蓝洁英诧异，这人还真这样！

"哪敢不上班，你又不肯帮我请假，"许骏脱了鞋子，往房间跑，一会儿手里拿着一个文件袋出来了，"昨天加班弄的，今天早上被瑶瑶催得忘了拿，到了地铁站才想起来，这下完了，非迟到不可。"

一瞟眼，看见蓝洁英正在看抖音："说早饭都没有时间吃的人，还有时间看抖音！"一脸坏笑，仿佛揪住了他妈妈的小辫子。

43

蓝洁英

　　蓝洁英头也没抬，她手上正忙活着呢。倒水，倒奶粉，调温度，摇晃奶瓶。一边忙，一边随口说："我哪有你看手机看得多，我每天又是带孩子，又要做家务，忙起来要跳脚。"

　　许骏一听，不行，得和她杠一下："早说了，我看手机是在工作。"

　　"工作？炒股也是在工作？"蓝洁英连这都知道了。

　　股票涨了，两个人在房间里欢天喜地；股票跌了，两个人就愁眉苦脸。蓝洁英早就琢磨出来了，股市的晴雨表就是许骏脸上的晴雨表。

　　"咳，不说看手机的事了，你最近是不是每天下午都在看电视，让宝宝睡一下午的觉？睿睿白天睡多了，晚上才那么闹。"看来昨天晚上小两口为这事没少吵。

　　蓝洁英黑了脸："谁说我每天下午看电视？"说话的工夫，她已经冲好奶了，嘴巴虽然还是硬，心里却是有点没底气。

　　"我昨天回来趁你没注意摸了摸电视机的后壳，热的，你可骗不了我。"许骏得意洋洋地笑着说。蓝洁英皱皱眉头，这小子，又被他抓着把柄了。

　　不下雨的时候还好说，白天都是带睿睿在小区里溜达，和其他带孩子的家长或者保姆聊聊天，时间过得也快。一下雨就没办法了，大家都不敢带孩子出去，怕万一小家伙感冒了，难免要担责任。

在楼下遛娃的时候听她们推荐了一个叫《婆婆妈妈》的电视节目，讲明星的家长里短，蓝洁英一看就迷上了。看了这个综艺，再下楼和那些奶奶们就有了共同语言，能说得到一块去，不像以前，她们在那儿谈天说地，蓝洁英老是插不上嘴。

最近北京老是下雨，蓝洁英只能带着睿睿窝在家里。这几天下午哄睿睿睡了以后，她就守在电视机跟前。但是非要说她为了看电视让睿睿颠倒着睡觉也是有点冤枉她，她又不是保姆，只管白天带孩子，晚上孩子父母一回来就交差。睿睿是自己的亲孙女，她就算再喜欢看电视，只要睿睿醒了，也不会继续看的。

前几天一打开电视机，电视里突然一个节目都没有，没办法，她喊楼下的小阿姨来家里帮她看看。小阿姨只有二十几岁，已经来北京闯荡几年了，网络、电脑都懂一点。查看了半天，发现是家里的网线掉出来了，当时蓝洁英还以为是自己打扫家里的时候不小心给弄掉的。

今天许骏这样一说，蓝洁英倒是动了心思，说不定就是这个许骏不想让她看电视，才在网线上做了手脚。她也不知道自己怎么养了这么一个儿子，对外一点战斗力没有，对付自己的妈妈倒是很有手腕。

蓝洁英摇了摇头，转身回房去抱睿睿出来，准备给她喂奶，看见许骏还杵在跟前，挡住了她的路，便一把将许骏推开："让开，让开，不是说迟到了吗？站在这里干什么？还不快走！"

许骏嘿嘿笑着说："反正是迟了，我叫了一辆车，司机还没有接单，我等他接单了再下楼。"

蓝洁英一听，又要花钱。这小子自从蓝洁英来了以后就没有给过她买菜的钱。蓝洁英知道他们刚工作收入低，睿睿的奶粉、尿布都死贵，反正她的钱以后也都是留给儿子的，现在贴补给他们也是一样，就不和他们计较了。

蓝洁英勤俭惯了，看他要花钱心里就不舒服，赶紧问："去你们单位要多少钱？"

"100 来块吧，我看手机上面显示的是这么多。"

"这么贵？死小子，赚钱赚那么一点点，花起钱来，大手大脚的。"

"坐个车都要被你说，以后真是啥也不能告诉你。真是，陈瑶还总说我是一个妈宝男，你就这么宝我的。"许骏说完又是一副委屈相。

蓝洁英又好气又好笑，妈宝男，陈瑶还真是会评价，什么妈宝！蓝洁英这个当妈的根本就不想宝他，他不是妈宝，是自己宝自己！

三个月的宝宝已经强健了不少，给她喂奶的时候，睿睿会皱着鼻子，冲着蓝洁英甜甜地笑。睿睿纯净的笑容是让蓝洁英忘掉一切烦恼的快乐源泉。

喂完奶，拍嗝。自从上次睿睿吐奶以后，蓝洁英再也不敢偷懒了。许骏小时候，蓝洁英的心思都在怎么赚钱上，没有什么耐心带小孩，除了给骏骏喂奶以外，其余时间基本上都丢给婆婆带，清静倒是清静了，现在想来却也少了许多乐趣。蓝洁英没有想到现在抚养睿睿倒是唤起了她内心深处的母爱。

睿睿打了一个嗝，满足地眯上了眼睛。蓝洁英轻手轻脚地将她抱到小床上，吃完奶她要小憩一下，补充一下刚才吃奶消耗的能量，蓝洁英已经摸清了小家伙的规律。

趁睿睿打一个小盹，蓝洁英赶紧去收拾桌上的碗筷，将睿睿的奶瓶洗刷干净、消毒，忙完这些，再去上厕所、洗脸刷牙、换衣服，这是一点难得的属于她自己的时间。她将卫生间的门虚掩着，生怕像昨天晚上一样，睿睿醒了她没有听到，可不能让孩子一睁开眼睛没看到人在那儿哭。昨晚陈瑶虽然没有说什么，蓝洁英知道孩子已经哭了好一会了自己都没醒。她自责地在心里狠狠地骂了自己："怎么睡得这么死！你是来看孩子的，孩子都看不好。看看，睿睿的眼睛哭得都肿成小核桃了。"

蓝洁英换完衣服，睿睿还没有醒，她搬了一把椅子坐在小床旁边，盯着睿睿的小脸看。睿睿的五官继承了许骏，大眼睛、高鼻梁都随爸爸。许骏长得像蓝洁英，所以从某种意义上说，睿睿的长相和蓝洁英很像。最令蓝洁英欢喜的是，每次将睿睿推出去，外面的人都说："这个小姑娘长得可真可爱！"再一看蓝洁英，就接着说："小姑娘像奶奶，像奶奶，奶奶年轻时肯定特别漂亮！"

蓝洁英听了心里得意得很。那时候青河镇上蓝家的两朵金花，可不是浪得虚名。

44

唐雨晴

唐雨晴一边看电视，一边侧耳听着厨房里老段洗碗的动静。估摸着他那边快结束了，唐雨晴扯了脸上的面膜，关了电视，拿了睡衣进了洗手间。

老段稀里哗啦地洗完碗，他也不知道自己这是怎么了，竟然被这个狐狸精指挥着洗碗了。他一辈子都没有洗过碗，就算是朱腊梅走了以后，他去老二光荣家过不惯又回来的那几日，也是打电话喊红梅过来帮他洗碗的。他那双一辈子做报告、拿话筒的手，不能被油污给弄污浊了！

从厨房出来，老段舒展了一下他的老腰。他个子高，那个洗碗池的高度不适合他，洗碗的时候他一直佝着身子。"你这个唐雨晴，真是把我的老腰都给弄断了。"他也矫情一下，撒一把老娇，却发现刚才坐在沙发上戴着"面具"的唐女士已经消失了。

老段一下子慌张起来，刚娶回家的老婆，一转眼就不见了，这传出去还不成了天大的笑话！

"唐雨晴！雨晴！"

他大声吆喝着，在屋子里转来转去，终于在卧室的卫生间里听到了水声："老婆子，洗澡了也不说一声。"

门咣啷一声开了，出来一个穿着吊带睡裙的美女，老段的眼睛都看直了，这哪里是老婆子，明明是一个妙龄女人嘛！看不出来呀，昏暗的灯光下，这个唐雨晴，黑色披肩长发，身材曼妙，穿一袭粉色吊带，浑身散发着玫瑰花香的气息。唐雨晴这个老妖精，虽然 60 岁了，这个身材气质，却是朱腊梅那样年轻的蠢货比不上的。老段刚才憋在心里的不痛快烟消云散了，身体也居然有了一种久违的感觉。

老段急乎乎地要去抱唐雨晴，却被唐雨晴一把推开："洗澡去，洗澡去！"

老段急得不得了："好不容易有了感觉，不能去洗澡，一洗，那个感觉就找不到了。"

唐雨晴装糊涂："啥感觉？"

老段解释不清楚，其实就是他年轻时常常有，到老了就找不到了的那种感觉，好不容易朱腊梅年轻的肉体让他又有了一回感觉，却又因为她的得寸进尺让老段压抑了回去。

"什么乱七八糟的，不洗干净就别上床。"当医生的没一点洁癖还能对得起这个称呼！

老段没办法，灰溜溜地去洗澡，洗完澡，果然找不到那个感觉了。

唐雨晴觉得正好："我们老年人要以养生为主，别净想那些乱七八糟的事，多活几年要紧！"

老段委屈："不想那些乱七八糟的，倒是可以，你也别穿得这么性感，诱惑我老头子不是？"

唐雨晴看看自己身上的睡衣，诱惑，这就诱惑了？

虽然失去了那种老年男人尤其珍贵的感觉，老段早上醒来，看见旁边温香软玉的唐雨晴，还是觉得自己捡到宝了。激动之下，一起床就出去打军体拳了。

唐雨晴没来的时候，他是在家里客厅打，一招一式，虎虎生风。有时候楼下还有意见，说他太早了，一大早就在人家头顶上又是跺脚又是呐喊的，实在是吵人，给他提过几次意见。人家来的时候，老段都是客客气气的，说："对不起，对不起，我真不知道这个楼隔音这么不好，还是老市委宿舍呢。"

人家一出门，他就翻一个白眼，第二天起床该干吗还干吗。老革命了，岂能轻易被一点意见就打倒！

老段一下楼，就碰到了老张。老同志都瞌睡少，起得早。老张昨天傍晚在院子里碰到过唐雨晴和老段去超市，早上一见到老段就开始调侃："怎么样？新娘子的味道如何？"

老段在嘴上打着哈哈："啥呀？老夫老妻，不就是找个伴嘛，一个人太孤独！"最后这句话说得一本正经，老段自己都觉得有点装腔作势了，于是又补充几句："咳，胜利他妈死得不是时候，她这一走啊，我整个生活都不能自理了，又不好意思老是麻烦儿子媳妇，这不，别人给我介绍了一个，以前重机厂的医生，我一听，不光是家务，连保健都给我带上了，就答应了。"

这话说的，好像他娶唐雨晴还挺勉强似的。

老张在心里琢磨，说得那么冠冕堂皇，谁不知道你老段对楚爱梅这个糟糠之妻早就看不顺眼了。没想到啊，那个农村胖老太太一去世，老段这样的，竟然还可以找到像唐医生这样的妙人。老张又不禁羡慕嫉妒起来。

老段本来想就在楼下打拳的，现在老张一直跟着他问东问西，他不想和老张纠缠，心里想：这个老张，对唐雨晴咋这么大的兴趣？从昨天碰到，他的眼睛就没有离开过唐雨晴的脸，今天一早就来盘问，怕是对唐医生也有了兴趣。

老段这样一想，心里倒生出几分紧张来。这个老市委的宿舍住的都是一些老干部，有的级别比他老段还高，可不能让他们将唐雨晴这样的美人给撬走了。不行，回去得给唐雨晴敲个警钟，别看那些老家伙对你笑眯眯的，笑里藏刀要谨防。

为了甩脱老张，老段加快了步伐，在宿舍周围转了转。一大清早的，老干部活动中心没有开门，机关大院一会儿要上班，老段只好去滨江公园打拳了。

一套拳打下来，老段浑身是汗，也显出了他的仙风道骨，几十年如一日地打拳，那体能和身材还真不是快 80 岁的老头能拥有的。

老段打完拳，不禁又想起了还在酣睡的唐雨晴。这样想着，老段绕道折进了小巷里的早餐店，唉，昨天晚上睡觉前，忘了问她今天要吃什么早点呢。

45

唐雨晴

　　唐雨晴正歪在沙发上看电视，听到门口有动静，立马戏精上身，扶额作西施无力状。老段进门，看见她的样子，连忙将早点放在桌上，扶住娇弱无力的新娘子："雨晴，怎么啦？"

　　"咳，没怎么，就是刚才起床的时候，急了一点，眼前有点发黑。"

　　"那还没什么？赶快量一下血压呀！"老段一时着急，竟然在唐医生面前班门弄斧起来。

　　"不是血压的问题吧，"被老段这么一说，唐雨晴倒有点怀疑起自己来，"我就是昨晚没有休息好，刚才起床又急了一点。"

　　"昨晚没有休息好？"老段关切地凝视着唐雨晴有些苍白的脸。"哎呀，都怪我，一大早光顾着去锻炼了，都没有等你起床。"

　　"这哪能怪你呢？怪我挑床，换了一个地方，睡不着。"唐雨晴抬眼看老段。老段刚锻炼过的脸红扑扑的，倒是有一点老而弥坚的感觉，不像林家保，年轻时候也是经常锻炼的，退休后他反而不锻炼了，本来就不帅的脸发胖后显得更加松松垮垮。

　　老段扶着唐雨晴："没休息好就不慌着起来嘛，反正家里就我们两个人，多睡一会儿就多睡一会儿。"

　　唐雨晴的眼波一转，有点羞涩地说："昨晚没睡好，还有一个原因，就是……"她欲言又止。

"就是什么？"老段不喜欢别人吞吞吐吐的。

"咳，就是你打呼噜，好吵，还有，那个……气味……"唐雨晴小心翼翼地斟酌自己的遣词造句，不能伤着老段的自尊心。

"真的？"老段还真是不知道自己打呼噜，他以为只有胖子才会打呼噜，自己那么瘦，再说了，这么多年，楚爱梅从来没有说过他打呼噜，都是他嫌弃楚爱梅打呼噜，打呼噜不说，还流口水，呼出满嘴的臭气，难闻，恶心死了。所以在楚爱梅生病前两年，他们就分床睡了，还是一个人睡好，不影响休息。

唐雨晴这么一说，老段倒生出几分愧疚来，要是自己的睡相也像楚爱梅那么不堪，岂不是在唐雨晴面前露了丑。

老段一露出抱歉的神色，唐雨晴知道自己的表演到位了，于是开始提要求："其实也没有什么啦，老年人打呼噜也正常，就是，我想，我们最好买一个空气净化器，睡觉的时候用，空气就好多了。"

"空气净化器是啥东西？"

"就是一个机器，比空调小一些，在网上可以买的，我女婿程功就给我买了一个，很好用的。"说到女婿程功，唐雨晴还是很骄傲的，毕竟也是安南市小有名气的装修公司老板。

"这个要多少钱？"

"不贵，便宜的一两千块吧，我女婿给我买的那个六千多。他呀，买东西不知道比价，净拣贵的买，糟蹋钱。"

老段一愣，这是逼自己买东西呀！整这么一出。

就算是一两千，老段也不觉得便宜，没事花这个冤枉钱干啥？还空气净化器，空气能够净化吗？被人卖了还帮人数钱！

老段回了这句："我的存折不是都给你了吗？要买你就买呀。"

皮球给踢回来了，唐雨晴又一次明白老段不如林家保好糊弄，他回答得这么快，这只铁公鸡就是打定主意不打算出钱的。这也从存折上出，那也从存折上出，不到月底，只怕存折上的钱就要花光了。

唐雨晴气咻咻的，但也不好直接发火，又着腰从沙发上站起来。老段连忙上前献殷勤："老婆，慢一点。"

经过餐桌，老段指着桌上他买回来的早餐："我帮你买了油条，还有包子，也不知道你爱不爱吃。"

唐雨晴本来是应该高兴的，但是刚才碰了一个软钉子，她现在要找补回来，就摆出一副不屑的样子："油条有明矾的，明矾的成分里有铝，我们老年人要预防老年痴呆，油条要少吃。包子也是，外面小餐馆的肉，吃着不放心，看过3·15的爆料没？用纸箱子代替肉馅，不良商家，哼！"

唐雨晴说得义愤填膺，虽然她针对的是不良商家，老段却觉得她明明说的就是自己。这个唐雨晴，可真是难对付！

唐雨晴进卫生间刷牙洗脸，老段自己在餐桌上啃包子、油条。哼，不吃就不吃，刚才我还舍不得吃，都留给她吃。

等唐雨晴打扮停当，从卫生间出来，老段的眼睛又看直了，这个唐雨晴还会化妆，淡淡的妆容令她的气质又增加了几分。

唐雨晴说："我一会儿到附近看看哪里有跳广场舞的，稍微化了一个妆，免得被她们看不起。"过了一会儿，又不无惋惜地说："云鹤呀，为了和你结婚，我可是牺牲了很多。"

老段听得一愣一愣的。

唐雨晴解释："在重机厂那边跳广场舞，我是领队，都跳了多少年了，现在换到这边来，一帮子大妈，谁都不认识我了，唉！"

老段安慰她："只要你跳得好，过几天她们不就都认识你了！"

唐雨晴继续叹气："十几年的人脉啊！"

唐雨晴夸张的表情让老段觉得有点好笑，但是他不敢笑出来，就转移话题："你不喜欢油条、包子，下次我不买了，今天你勉为其难，多少吃一点，不然等会儿去跳舞，没有力气，跳晕了可咋办。"

唐雨晴忸怩了一下，确实"勉为其难"地在餐桌前坐下："我就吃一个包子，你可千万别当着我的面提纸板馅的事，不然我吐出来了可要怪你！"

唐雨晴小口咬着包子，仿佛里面包的是毒药一般。

老段突然想到一个主意："哎，你刚刚说那个净化器，你女婿帮你买了一个挺贵挺好的，那要不哪天我陪你回去拿过来用，东西派上了用场，还省得花钱了，你说是不是？"

唐雨晴没有想到老段的脑筋转到了这里，回去拿？让季红怎么说？她走的时候，可是将这个净化器隆重地送给季红了："现在空气质量不好，程功买的这个净化器，你们正好可以用上。"现在要她回去拿过来，唐雨晴可做不出这么没面子的事。

46

唐雨晴

　　唐雨晴换了衣服，准备出门去跳广场舞，出门前看见老段守着电视看新闻，便嘱咐老段说："老公，衣服我放洗衣机了，等会儿洗好了，你拿出来晒一下。"

　　老段嘴上没说什么，心里却觉得自己吃了亏，于是坐着不动，假装没有听见。

　　等唐雨晴跳完舞回来，老段还在坐着看电视，厨房里也是冷锅冷灶，没有一点做饭的意思。

　　唐雨晴将她的花扇子往沙发上一放，有点娇喘吁吁的意思："这边跳舞的地方好远，我一直跑到滨江公园去了。"

　　老段的眼睛从电视上挪开了一下，唐雨晴穿得花枝招展，倒是有一点俗气得可爱，便接话道："现在快中午了，谁还跳舞呀，早一点的话，楼下也有几个老太太在那儿锻炼的。"

　　"哎呀，云鹤，那几个老太太，在那儿揉肚子捶腿，我下去的时候看到了，你看看，你看看，我怎么好意思加入她们？"一边说，一边在老段面前转了一个圈，显示自己还矫健得很，怎么好混到那个圈子里去。

　　"也是哦，一群农村老太太，节拍都踩不准，跳个操都同手同脚的，"老段的嘴更毒，说完，他伸了一个懒腰，"什么时候吃饭？"

唐雨晴这才明白过来，他是在等着自己回来给他做饭呢。再一看，洗衣机里的衣服洗好了也没有拿出来晒，这个段书记真把自己当县太爷了。

唐雨晴噼里啪啦地下了两碗面条，喊："老段，吃饭！"这两碗面就算是他们的中饭了。

老段还在心里琢磨呢，这个唐雨晴今天怎么变能干了？没一会儿就做好了中饭。结果一看，又是面条，和昨天晚上的面条一模一样，一个鸡蛋，几片白菜，加几根面条。老段心里不满，这么克扣你老公的伙食，这个女人就是心狠！

老段的眼珠子转了几转，心里认定了唐雨晴是为了省钱才这么做的。这么一想，老段倒是怀念起楚爱梅来，老段一个月给楚爱梅3000块钱的家用，楚爱梅竟然能够将一大家子的生活安排得妥妥帖帖，三个儿女，加上他们的家人，满满一屋子人每天在家吃饭，从来没有听她抱怨过钱不够用。唉，老一辈的妇女同志吃苦耐劳的美德真是值得向现在的年轻人推广。

到了朱腊梅这里，老段才知道买菜的钱是不能少的。也许是因为这两年物价飞涨吧，老段一个月付给朱腊梅3000元的保姆费以后，工资卡上剩下的也就2000多块了，就他们两个人吃饭，几乎是月月光。说她几句，她还多的是理由：都这么大年纪了，就别心疼这几个钱了，吃好一点，对身体好，我买一点好菜，还不是都吃到你肚子里去了，我一个女人，能吃多少？

说是这么说，老段可是注意到了，她吃的时候可没少吃，还专挑好的吃，水果也是拣贵的、她没有吃过的买。

也是因为有了聘请朱腊梅的经历，老段仔细一盘算，两个人一起吃喝，每个月还要付给她3000块钱的保姆费，这样算起来，恐怕还是娶老婆更划算。

　　娶了唐雨晴这样的老婆，划算是划算，尤其是她的形象给她加了不少分，但是令老段头疼的是，娶了这个老婆，相当于付了和朱腊梅一样的工资，但是她做的家务比起朱腊梅来说就太少了。不管怎么说，朱腊梅在的时候，他从来不进厨房，连水果都是她洗好切成小块，插上牙签端到他的手上。

　　老段讪讪地说："又吃面条啊？"

　　唐雨晴说："家里只有面条，不吃面条吃啥？"她还有理由了。

　　"早上没买菜？"

　　"我不是跳舞去了吗！"唐雨晴理直气壮地说，"你坐在家里看电视，怎么也不去买菜？还有，交代你的，把洗衣机里的衣服拿出来晒一下，你答应得好好的，也没有动。"唐雨晴总算是找到机会将心中的不满抒发出来。

　　老段被她一顿指责，支支吾吾地找理由："我的存折不是都交给你了嘛。"

　　又是这句！

　　这句话彻底将唐雨晴惹毛了，她噔噔噔地走进卧室，每一步都走得铿锵有力。过了几分钟出来，将老段的存折甩到他的面前："给你，给你！不就是几个小钱嘛，说得像是把万贯家财给我了似的，我是没有见过钱的人吗？拿去拿去，都拿去！"

　　一边说，一边悲从中来，都怪那个林家保，你为什么要走在我前面呀，让我现在受这么大的屈辱！唐雨晴越想越悲愤，眼泪啪嗒啪嗒地掉下来。

　　老段可没有见过这种阵势，也可以说他见过楚爱梅哭，但是他不以为意，一个农村老太婆，跟了他是享了天大的福了，有什么好哭的，矫情！

"唐雨晴同志，我不是这个意思，你交代我晒衣服的事，是我看电视看忘了，我向你道歉！吃完饭，你去休息，我去晒衣服。"

唐雨晴同志破涕为笑，段云鹤同志还是有药可救，值得她继续拯救。

吃完中饭，老段去晒衣服，唐雨晴也自觉地推着小推车去买菜，她不喜欢做饭，但是样子还是要做一做。

买菜花了一个小时，择菜、洗菜又花了一个多小时，老段满怀期待地以为老婆做的晚饭能够丰盛一点，结果上桌一看，还是一碗面条，老段有点失望。唐雨晴连忙说："下午的面条和中午的不一样。"

都是面条，能有什么两样？

"你吃吃看，里面加了两种蔬菜，除了鸡蛋以外，我还加了肉丝，称得上是鸡蛋肉丝面了。"唐雨晴骄傲地说。

老段不接话，心想：再这样下去真没有力气打拳了，不行，明天我得到市场上去买半只烤鸭，吃饱了再回来。幸亏手头还留了一点私房钱。

晚上上床的时候，老段动了些心思，他假装睡着了，实际上是让唐雨晴先睡着，这样就不至于说自己打呼噜吵人了吧。结果没想到有了一个新发现：唐雨晴，这个看上去不食人间烟火的仙女，竟然也打呼噜！呼噜声比他秀气一点而已，但也是打呼噜，一样的嘴巴微张，有口水流出来。

老段乐了，嘿，我都没有嫌弃你，你倒是嫌弃上我了！又一想，不行，口说无凭，唐雨晴这个女人，她肯定死不承认！

干脆下床，拿手机录了一个视频。嘿嘿，看你唐医生明天还怎么狡辩！

47

唐雨晴

第二天早上一起床，老段就兴奋地拿起手机看自己昨晚拍的视频，越看越觉得好笑，可惜的是，他这样又笑又闹的，唐雨晴还是睡得那么死，他一个人笑久了也没什么意思。

老段有些失望，换了出门的衣服，算了，还是先出去打拳，一摸口袋，竟然摸到昨天买早点时小店开的小票。钱不多，十来块钱，但也是钱，而且买早点花的是正常的生活费，从家用里出天经地义，这也是他昨天买完早点后将小票保留得好好的原因。家用钱不都给唐雨晴了嘛。"老婆，麻烦报销一下发票。"回来的路上老段还演练了一下，他觉得自己理直气壮。

结果没想到唐雨晴根本不领他这个情，又是说吃油条让人得老年痴呆，又是说包子的肉馅是纸板做的，她一个医生，说这些说得有鼻子有眼的，也不怕吓着人。反正老段是被她唬得一愣一愣的，连报销这样的大事都被她吓得忘记了。

老段垂头丧气地将小票扔进垃圾桶，算了，不和女人计较。吃点亏就吃点亏吧，谁叫自己是男人呢。他打定了主意，既然唐小姐不喜欢吃，他也就别上赶着买了，吃力花钱还不讨好，管她早餐吃啥呢！

等老段出去了，唐雨晴慢慢地睁开眼睛，老段的笑声已经将她吵醒了，也不知道有啥好笑的，一个老男人在那儿对着手机笑半天。

唐雨晴是故意等老段走了再起床的。她深知一个女人最不好看的时候，就是刚起床的时候，蓬头垢面的，脸上的护肤品过了一晚上基本上都消失了，那些沟壑就都显现出来了。即使她保养得再好，刚起床的那一刻也是一个糟老太太。她可不想将自己糟糕的一面这么快暴露在老段面前。

施施然起床刷牙洗脸，画一个伪素颜妆，从她前几天带来的行李中找到一袋饼干，拈出几块来。美人嘛，要少吃才能保持苗条，可不能贪吃那些油腻的早餐，吃出高血压、肥胖症来，有什么好？

趁老段没有回来，唐雨晴打开电视，现在她是家里的女主人，想看啥节目就看啥节目，不用假惺惺地陪着老段看新闻。

一边看电视，一边吃饼干，刚吃了几口，电话铃响。是女儿林瑜。

林瑜带着哭腔："妈，我要离婚。"

这个林瑜，都这么大了，还这么沉不住气，一点也不像她唐雨晴。

"对不起，让你丢面子了。"

她这么说，唐雨晴心里又过意不去，虽然确实是让她丢面子了。唐雨晴在大嫂陆美媛面前最大的底气，除了她保养尚好的身材以外，就是陆美媛的两个儿子一个离婚了，一个正在闹离婚。孩子们的婚姻搞成这样，她和大哥再怎么秀恩爱又有什么意思？她唐雨晴就不一样了，两个孩子的婚姻，至少表面看上去都很好，这一点就够陆美媛羡慕的了。

"瑜儿，别这样说，事情还不一定呢。怎么今天不用上班？"

唐雨晴抬头看了一眼墙上的挂钟，8点了，按理说，林瑜现在应该去上班了。

"我轮休。"

唐雨晴心里咯噔一下，在重机厂，"轮休"现在是一个敏感的字眼，说不定什么时候就要你下岗了。唉，大势所趋，就算林家保还在世，也未必能改变什么。

"吃早饭没有？"不等林瑜回答，她就直接发话，"公正路上有一家鸭粥馆，以前你爸爸带我去吃过，我也好久没去了，正好你休息，我们娘俩就去那里吃个早饭，好好聊一聊。"聊离婚这个话题，在家里聊可不太合适。

挂了电话，唐雨晴进屋换了衣服，林瑜的来电让她觉得自己现在是女儿的主心骨，这种时候，更是不能乱了阵脚。

等打扮好，挎上一个小坤包，穿上高跟鞋，唐小姐的气派就出来了，她这副样子，说是一位贵妇也不会有人反对的。唐雨晴看着镜中的自己，不由得又感慨自己生不逢时，若是晚生几年，以她的相貌气质，也不比电视上那些搔首弄姿的女明星差。唉，可惜了！

打开门，老段正好锻炼完回来，他昨天是吃了教训，女人的马屁不好拍，弄不好就拍马蹄子上去了。干脆自己在外面吃了一碗热干面，在外面吃面有点好处，调料什么的不够了，可以自己加，老板不管，老段就加了很多辣豆角，他喜欢吃这个，还可以一边吃，一边和相熟的人聊聊时事政治。老段在这方面是老手，他一开口，别人就只有听的份，不知不觉地，周围还围了一圈人来听他的高谈阔论，这让老段有种回到过去在大礼堂做报告的感觉。

正好碰到唐雨晴要出门，老段开始以为她是出去跳舞："锻炼去？"再一看，这个唐小姐，今天没有穿跳舞穿的短褂长裤，也没有拿她的花扇子，倒是穿得正儿八经的，还背了一个小坤包，像是要去约会似的。老段的酸劲儿上来了："到哪里去啊？穿这么时髦。"

唐雨晴急着赶路，林瑜总是抱怨她出门慢，等会儿别又是住得远的林瑜反而先到了，就甩出一句："回来和你说。"

老段却是不情愿了，拦住唐雨晴："中午回来吃饭吗？"他虽然不喜欢唐雨晴的面条，但更不喜欢唐雨晴扔下他不管。

"不回来，我和林瑜约好了一起吃饭。"

老段松了一口气，是见她女儿，但这个唐雨晴也是的，见女儿还打扮成这样，真是不可理解。

"那我中午也到外面去吃。"老段说。

"行啊，你想吃啥就吃啥。"

老段伸出一只手来。

"什么？"唐雨晴狐疑不解。

"到外面吃，老婆给点伙食费呗，存折不是都交给你了吗？"老段嬉皮笑脸的。

唐雨晴从钱包里抽出一张 20 的递给老段。老段伸长了脖子，瞅见里面还有好几张 100 的，嘴上没有说什么，心里却在琢磨：这可不行，一碗水得端平，她女儿是女儿，我的孩子就不是孩子了？跟她结了婚，就把我的孩子都赶回去了，我可不能这样当爸爸！

48

林瑜

林瑜走到公寓楼下，回头一看，婆婆还跟在自己后面，刚才憋着的一口气终于憋不住了："您跟着我干吗？我不是说我同意离婚了吗！"

婆婆讪讪地说："我这不是怕你有事嘛。"

怕我有事还来劝我离婚？什么强盗逻辑！林瑜一刻也懒得再理她，快走几步，上楼，开门，关门，心里想着识相的就别跟着上来了。

婆婆愣了一下，她本来还想进屋去拿自己装鸡蛋的篮子，走到门口一看，篮子已经被扔在门口了。婆婆摇摇头：小姐脾气，小姐脾气！就这么个脾气，我们小功怎么受得了？

也不用再敲门找气受了，本来好心好意的，还以为她需要安慰呢！婆婆拿了篮子就下楼，在楼下又碰到郑婶。郑婶一看见她就热情似火地迎上前："思思奶奶，这就回去了？不吃了饭再走？"

婆婆板着个脸："不吃了，不吃了，家里还有事。"

林瑜进门看一眼思思的房门，和她们出去的时候一样虚掩着，林瑜松了一口气。思思上高中了，她现在最担心的是，她和程功在这个当口离婚会影响孩子的学习。

林瑜进厨房去处理婆婆撂在炉子上的鸡汤，说实在的，这个鸡汤现在闻起来一点香味也没有了，只觉得是一股子鸡屎味。婆婆刚才的话在她脑子里盘桓，她恨不得立刻把程功叫过来和他对质，不是说好了等思思高考完再离婚的吗？你就这么急，两年都不能等？不仅是不能等，还搞大了别人的肚子！

她不敢相信婆婆说的这些都是真的，但是理智告诉她这些肯定都是真的！

林瑜越想越气，控制不住自己，躲在卫生间里啜泣起来，事情就这么失去控制了，林瑜不知道该如何向思思解释这一切。

不知道过了多久，思思在外面敲门。

"妈，怎么还在里面？"

林瑜忍着难过，假装没事地说："我上厕所，马上出来，你要用厕所？稍等一下下。"

结果她听到思思说："想哭就哭呗。"

林瑜吃了一惊，正在用湿毛巾试图掩饰红眼眶的手停住了。

"什么？"

"我说你想哭就哭出来呗，在自己家里有什么不好意思的。"女儿的声音幽灵一样地飘进来。

林瑜机械地开门，露出一张惨白的脸。她的演技太差，原来一切早就被思思看出来了。

思思搂住妈妈。思思16岁了，已经比林瑜高大半个头了，她继承了程功纤细高挑的身材，这一直是林瑜引以为傲的地方。

"思思，你在说什么？"林瑜还在垂死挣扎。

"我爸不是要和你离婚吗？"思思倒是满脸无所谓。

林瑜一脸讶异："这孩子，怎么这样说。"

"他不是都搬出去几个月了吗？每天晚上回来做做样子。"

天哪，思思根本不是刚才听到了奶奶的话才知道的。

"你在瞎说什么？你爸爸哪里搬出去了？"

"我看见我爸的电动牙刷和剃须刀都不在了好几天了，后来你又给他买了新的。"

看来女人不管在哪个年龄都有做侦探的潜质。

"没有，不是，是他的电动牙刷坏了，我才给他买了新的。"林瑜继续负隅顽抗。

"有几次我半夜起来，发现我爸又走了，第二天早上我问你，你说他公司有事，早起加班去了。我就知道你在骗我。"

小女孩一脸冷静地笑着说，仿佛这事对她根本就没有什么影响。

林瑜沉默。

"我怕伤害到你。"林瑜检讨。

思思耸耸肩："你们伤害不到我。倒是我，看你们每天演戏，怪累的。"思思把胳膊抱在胸前，语气听上去有点玩世不恭。

"都什么年代了，离婚又不是什么大不了的事，我的好朋友汪语慈的爸爸妈妈也离了，我们班上同学父母离婚的多了去了。"思思松开胳膊，用力地抱一抱林瑜。

林瑜回抱住女儿，眼泪控制不住地喷涌而出："思思，妈妈对不起你！"

思思满不在乎地摇摇头："离婚又不是你的错。"

林瑜将思思抱得更紧了："思思，以后就咱们娘俩相依为命了。"林瑜哽咽着。

思思甩出一句："为什么？"

林瑜睁大眼睛："为什么？什么为什么？"

"你们都没问过我要跟着谁，怎么就和你相依为命了？"思思大大咧咧地说。

林瑜看着思思的大眼睛，这个女儿真是一点也不像自己，她仿佛第一天认识思思。

"妈，你就别抱着封建思想了，外婆都不像你这样！"思思继续捅刀。

"我怎么抱着封建思想了？还搬出你外婆了？"林瑜受不了，女儿的不理解比起程功的无情无义来，似乎杀伤力更大一点。

"外婆多大年纪了，都敢再婚，你还这么年轻，就要和我相依为命了？"思思开起了玩笑，林瑜有点想笑，又感觉自己没有这么没心没肺，笑不出来。

在林瑜看来，唐雨晴确实勇敢，像林瑜这样的，一辈子就经历过程功这么一个男人，第一次恋爱就结婚了，一下子就过了 17 年，人生最美好的年华就这么过去了，都 40 岁了，你让我重新开始，我怎么重新开始？

思思下面的话更伤人："凭什么我就要和你在一起？他是我爸爸，我为什么不能选择和他在一起？"

思思有这个底气，程功对她这个女儿的确是爱得不得了。林瑜心里想的却是，程功都有新女人了，那个女人还怀了他的孩子，他肯定是要抛妻弃子去追求新生活了，她就没有想过，抛妻是肯定的，弃子却是未必。思思的话倒是提醒了她。

"思思，爸爸妈妈离婚后你要跟着谁？"思思说没有正式地问过她，林瑜就正式地问一问。她就不信这个她拿命爱着的女儿会不要她，要去投奔那个移情别恋的爸爸。

"当然是跟着我爸了，我爸是和你离婚，他又不是不要我了。"思思满不在乎地说。

林瑜瞪大了眼睛，她不敢相信自己的眼睛，也不敢相信自己的耳朵，这就是她养了 16 年的女儿。思思一点也不避讳地告诉自己，她选择跟着程功，而不是她！

49

林瑜

　　林瑜眼前一黑，她想当然地认为思思是无条件地站她这边的，没想到，连思思也不站她这边，什么离婚争夺抚养权，不存在！思思压根就不想被她抚养！

　　思思这个时候倒是眼疾手快，将她妈妈一把扶住，林瑜使劲儿甩开女儿："你走！你走！我不想看到你！你去找你爸爸去吧！"思思的表明立场真是太让人生气了。

　　思思不和她妈妈生气，她的好闺蜜汪语慈告诉她："妈妈们到了这个年纪，都是更年期，你可千万别和她对着干，不然有你的好果子吃！"

　　将林瑜扶到沙发上坐下，思思从自己的房间里拿了一瓶矿泉水出来递给林瑜，这是程功专门给女儿买的，让她带到学校去喝，学校的开水房，每次去打水的人太多，在学校里一天不喝水可不行。

　　林瑜将矿泉水放到茶几上，可别想一瓶水就收买我了。

　　思思开始说正经的："你知道汪语慈的爸爸妈妈也离婚了吗？"

　　林瑜望着女儿，没有接话，心想这不是你刚才告诉我的嘛。

　　"汪语慈跟了她妈妈，她弟弟跟了她爸爸，你猜怎么着？汪语慈现在后悔死了，她说早知道这样，她肯定要跟着她爸爸的。"

林瑜不明白思思的话是什么意思。

"他弟弟上的贵族幼儿园，学费一个月上万块，汪语慈得到什么了？学校里交一个书本费，她妈都让她去找她爸爸讨。"

原来是因为这个。"我们家不会这样！你又没有弟弟！"

"暂时没有，我猜很快就会有的。"思思的脸看上去还是一个孩子，说出来的话却一点也不单纯。

林瑜联想到刚才婆婆说的，那个叫小雯的已经怀孕了，那可不是马上就会有了。思思能为自己着想倒也难为了她。林瑜拍拍思思的肩膀："你跟着妈妈，妈妈不会让你吃苦的，也不会让你去找他讨书本费。"林瑜这么说，已经是向女儿发誓的意思了。

"但是妈妈，你看你今天轮休，我怕重机厂也撑不了多久了。"人小鬼大，她知道的还真不少。

"重机厂那么多工人，不会说垮就垮的。"林瑜给自己鼓气。

"10 年前你不也这样安慰爸爸，说他不会下岗的，结果呢，他还不是下岗了。"

林瑜自己都没有算过程功已经下岗 10 年了。这 10 年来，程功做过不少行业，也可以说吃过不少苦，但是林瑜始终如一地支持，这也应该是他最终能够做出来的原因吧。

本来林瑜是不怕下岗的，就算下岗了，不是还有程功的公司在吗？她不说去做老板娘，以她吃苦耐劳的性格，在公司里随便做一点事还是可以的。不是吹牛，装修公司的活，除了设计图纸这些她做不来，那些水电、泥瓦、木工对她这个八级钳工来说，也不是那么难学会。

可是人算不如天算，她没有想到自己安排的退路最终成了别人的归宿。

"我和爸爸在一起，也能减轻你的负担呢，你说是不是，妈妈？"思思的眼睛亮晶晶地看着林瑜。不知为什么，林瑜只觉得自己的心在一阵阵地抽搐，她不想在这个时候离婚，就是不想让孩子卷进来，结果她不仅卷进来了，还在为她们母女的未来做安排。

"唉，思思，宁跟穷妈，不跟富爸，你恐怕是没有听过这句话。"林瑜叹一口气，人世险恶，16 岁的女孩还不能够体会。

"等你有了男朋友你就不会这样说了。"思思一副了然世事的样子。她虽然没有经历过这样的事，但是书上看到的可不少。跟着亲爹总比跟着后爹强，小女孩有自己的见解，更何况这个亲爹现在还是公司老总，有钱！以后上大学的学费她可不想每个月去巴巴地求着人要。让她有志气一点，去打工挣钱养活自己也不是不可以，但那不是便宜了后妈和后面的弟弟妹妹吗？该她得的她可不能少，她才没有那么傻！

果然是林瑜先到，她坐在鸭粥馆里百无聊赖地等她妈妈唐雨晴。

给唐雨晴打电话，也不是要她拿主意，只是告诉她一声，离婚这么重要的事情不可能不和她说。

服务员拿过来菜单，问："吃什么？"

林瑜说："我等人，人到了再点。"唐雨晴说这里好吃，肯定是指哪样东西她爱吃，刚才电话里忘记问了，干脆等她来了再点，免得点错了又被她唠叨。

过了 10 来分钟，唐雨晴姗姗来迟，林瑜一看她那个行头和打扮，就知道她只迟到这么一会儿一定是打车来的。

果然一见面就说："路上的士都没有一个，等了好半天。"

信她的鬼，化妆都要化半天吧。

林瑜早都习惯了唐雨晴这样，也不戳穿她，就把菜单递给她："看你爱吃什么，我也刚到一会儿。"

唐雨晴松了一口气，她也在担心林瑜等久了不高兴。接着点了鹅肝粥、小米稀饭、鸡爪和花生米。

林瑜说："够不够吃？要不要来一碗热干面？"

唐雨晴不满："吃热干面干啥？都是油，吃了发胖。"

林瑜不高兴，她不喜欢别人说她胖，尤其是在闹离婚这当口上。

唐雨晴真是哪壶不开提哪壶："不是我说你，我是没有把你生得那么漂亮，但是我也没有把你生得这么胖呀。你出生时才多重，3斤重，像只老鼠那么大！"

林瑜说："那还不是因为我早产，怎么扯得上生下来不胖！"

唐雨晴拉一拉自己身上的旗袍："减肥可是女人一生的任务！不是我说你，你要是瘦下来，也称得上秀气，现在一胖，再加上你那个脸跟你爸一样，难怪程功要吵着离。"

唐雨晴刚才在路上还提醒自己不要打击林瑜的自尊心，结果说出来的话一句比一句伤人。

林瑜气得扔了筷子，我不吃了总可以吧？从今天开始我每天都不吃饭总可以了吧？你能帮我把程功找回来？

"我去和他好好谈一谈。"唐雨晴到现在还是这么自信。想当年，程功不也是和她唐医生谈完话以后就成了她家的女婿？！

50

唐雨晴

　　林瑜低头扒拉自己碗里的粥。唐雨晴的自信，林瑜太清楚不过了。

　　20 年前的唐雨晴在初出茅庐的程功面前，是风姿绰约，是风华绝代。20 年过去了，即使唐雨晴尚有残存的姿色，在成功人士程总面前，也不过是徐娘半老、风韵犹存。

　　林瑜在想什么，唐雨晴心里也清楚得很。人都是这样，喜欢高估自己的聪明，低估别人的智慧。

　　撇开谈话这些先不说，唐雨晴知道抓重点："你们现在住的中山社区的房子不值几个钱，那个都市花园的新房怎么样了？"

　　林瑜实话实说："已经装修好了，因为离思思学校远，暂时就没有搬。"

　　"房产证上写的是你们两个人的名字？"

　　这倒是林瑜的心病："只有程功一个人的，买房合同上是两个人签的字，办证的时候他一个人去的，只写了他一个人的名字。"

　　唐雨晴愣了一下，这孩子咋这么傻，办房产证要多长时间，这都不跟着一起去！不过她很快冷静下来："婚后财产，就算只有他一个人的名字也应该是二人的共同财产。"

　　林瑜接着说："房子只付了百分之二十的首付，剩下的贷款是程功每个月在还，他说公司需要资金周转，不能一下子把这么大一笔钱放房子上去。"

唐雨晴心想，说得倒是冠冕堂皇，就怕他买房子的时候就做好了打算。就算这个房子平分，林瑜拿不到多少不说，共同还贷倒可能会让林瑜背负上债务。到底是做生意的人，奸猾得很，普通人哪里斗得过他们？

如果唐雨晴估计得没错的话，程功公司的财务肯定也从来没有经过林瑜的手，那么财产转移这些，对他们来说也是易如反掌。林瑜如果想要从这个婚姻中拿到属于自己的利益，真的就只能全靠程功的良心了。

唐雨晴只能寄希望于程功不是这样的人，但要说她有多大的把握程功不是这样的人，她竟然没有什么把握。多年以前帮他在工厂转正的恩情已经被他理解为逼婚的筹码，不仅没有了恩，过去的一切反而都成了他现在背叛婚姻的理由。

分析完林瑜现在的形势，唐雨晴失望极了。这个女儿真是一点也不像她，都这样了，她竟然还吃得下。刚才甩筷子说不吃的呢？转头就忘记了。

"瑜儿呀，不是我说你，我又不是没有教过你，婚姻中最要紧的就是话语权，你是一点也没有。"

林瑜不解："什么话语权？我有讲话呀，在家里谁还不讲话？"

唐雨晴摇摇头，对这个傻姑娘说："话语权就是家里的财政大权！"

说完，她得意地打开自己的包，拿出老段给她的存折："看看，这是什么？老段的工资存折！说了给我保管就给我保管了，我想买什么就买什么！"

林瑜接过来看了看，还真是老段的工资存折，林瑜还以为前几天唐雨晴是说着玩的，没想到存折还真给她保管了。

林瑜有点酸："以前我爸也是将工资都交给你的。"

唐雨晴拈了一粒花生米放进嘴里，细细地咀嚼："你爸对我还是蛮真心的。"

林瑜趁机问出她心中的疑惑："我感觉你一辈子都不怎么喜欢我爸呢，是真的因为他不帅吗？"

唐雨晴没想到女儿还有这样的问题，这个问题真是有点呛住她了，她在心里组织语言，不知道该如何对林家保予以评价。

"你爸这个人，不帅是不帅，不过看久了也习惯了。"唐雨晴倒有一套自己的理论。

"反正从小到大，就觉得我爸对你是真的好，你对我爸就很一般，有时候还冷嘲热讽的。"

"那是因为他知道自己对不起我！"

又是石破天惊的一句。

"反正你爸也不在了，说说也无妨，"唐雨晴呷了一口稀饭，缓缓地说，"当年我刚分到厂医务室的时候，多少青年才俊追求我！有新分来的大学生工程师，有厂长助理，还有你姑父他们学校的老师。"

唐雨晴沉浸在对过去的回忆中，那么幸福美好的遗憾！

"突然有一天他们都不来了，最后每天来医务室找我的只有你爸爸。"

"我是结婚后才知道的，是你爸爸告诉他们我是地主的女儿，在参加工作的表格上，家庭成分那一栏填的是地主。我恨他不是因为他外表不帅，而是因为他心灵丑陋，是他阻挡了我人生的幸福！我本来是有可能成为厂长夫人的，却因为他，我只能成为一个车间主任的老婆。"

直到今天，唐雨晴说起这些，仍有一些咬牙切齿的恨意。

"他们都跑了，只有我爸知道你是地主的女儿还是和你结了婚，你还觉得是我爸阻挡了你的幸福？"林瑜不理解她妈妈的脑回路。

"没过多久家庭成分就不那么重要了。"

"我就不相信那些被家庭成分吓跑的男人是真爱你，"林瑜在这一点上倒是清醒，"我爸去世之前，听邻居说，救护车来了以后敲了好久门才开。"

林瑜忍不住将她藏在心底的疑问抖搂出来。

唐雨晴似乎从回忆中回到了现实："什么，你在说什么？"

"是我打的 120，是我打电话给蓝亮，因为他在医院上班，有他打招呼，救护车来得比较快。"

林瑜拍拍唐雨晴的手背，她不是想指责她妈妈。虽然林家人都对林家保的骤然离世颇有微词，最主要的说辞就是唐雨晴明明是医生，难道不知道林家保血压高，需要吃降压药吗？

唐雨晴看着林瑜："虽然你爸爸不是我理想的爱人，但是我不会害他，我发誓。我给他配了降压药，他都没有按时吃。他心脏骤停以后，我给他做了心肺复苏，给他扎针灸，我要将他救回来，我没有听见外面的敲门声，因为我在给他祈祷！"

唐雨晴的眼泪扑簌簌地流下来。直到那个时候，她才意识到林家保对她真的很重要。

51

林瑜

唐雨晴拈起一张纸巾，擦了擦眼角，翻过来将纸巾折了一折，又擦了擦嘴角。刚才的那一段悲痛就从她心中抹去了，她可真是一个坚强的人。

唐雨晴拍拍林瑜的手背，推心置腹地说："瑜儿呀，不是我说你，我们家的事，该烂在心里的就烂在心里了，不要到林家去说。"

她说的林家，指的是大姐林月华家和大哥林家国家。

林家国作为大伯也没啥好吐槽的，问题就出在那个陆美媛身上，事事都要和她唐雨晴比一比，比赢了就嘚瑟，比输了就卖惨。林家国又是一个怕老婆的人，陆美媛整天在他面前吹枕头风，唐雨晴被她说得不是坏人也是坏人了。

林月华嘛，因为蓝亮，林瑜从小就和林月华亲，这也是令唐雨晴不高兴的地方，姑妈就是姑妈，又不是妈，她讨厌林月华越俎代庖的样子，对林瑜的生活指指点点，当初还想将他们学校的老师介绍给林瑜呢，那是什么想法，不就是想拉拢林瑜吗？她又不是没有女儿，拉拢别人家的女儿干啥？

林瑜不以为然，心想：要不是姑妈去江城给她孙子陪读了，其实她今天是想找姑妈林月华诉苦的。她知道程功要离婚以后，就突然很急切地想知道以前姑妈给她介绍的那个老师，现在怎么样了。这就像她的人生走了一条岔道，心里总是想要回到原来的主道上去看一看。不过看一看又能怎么样呢？错过了就是错过了。

桌上的稀饭吃得差不多了，唐雨晴准备结束今天的谈话，最后交代几句："别轻举妄动，等我和程功谈完再说。"

林瑜摇摇头："恐怕等不了那么久，昨天我婆婆来找过我，意思是那个小雯姑娘已经有了，等着我把位置让出来呢。"

唐雨晴吃了一惊，这个林瑜，这才是重点啊！她们刚才说了那么久，竟然扯了一大堆的野棉花！

"哪个小雯姑娘？"

"我婆婆说是程功公司新来的大学生，学设计的。"

"学设计的？设计到老板床上去了？不要脸！"唐雨晴气得口不择言了。竟然是因为这个闹离婚，这个女儿也太傻了吧！都这样了，还一副岁月静好的样子，什么小雯姑娘，明明就是一个小三，贱人！

"等不得？等不得那不更好！就让他们丢脸！打死也不离，看他能怎么办！"唐雨晴摆出一副泼皮姿态，这个社会是怎么了，小三比原配还嚣张！

"你去和他们说，要离婚可以，净身出户，房子、车子、存款都留下来！别看我们孤儿寡母就以为我们好欺负！"

说到这里，唐雨晴又觉得刚才说不要和林家扯上关系的话说早了，现在是一致对外的时候，人多力量大。真要闹起来，唐家人指望不上，能指望的，还就是林家人。林峰肯定算一个，绝对应该是中坚力量，大哥家的两个儿子，不管能不能指望，也还是希望他们站出来，造势还是需要的，大伯父和蓝姑父的社会地位在那里，他们出来说几句，敲打敲打程功，也总比她和林瑜两个女人去闹腾起作用。

"这么闹起来，又不是去打群架，让他的公司还怎么做生意。"这傻姑娘，都什么时候了，还满脑子都在替程功着想。

"你在想什么？脑子进水了？你以为他的生意做得好，对你有什么好处？对付这种陈世美，就是要发挥群众的力量，把他的公司搞垮才好！"唐雨晴义愤填膺起来，刚才她对女婿残留的一点好感，已经因为小雯肚子里的孩子而消失殆尽了。

"对我是没有什么好处，但是他的公司垮了，受损失的是思思呀！昨天我和思思谈过了，问她我和程功离婚后她跟谁，她毫不犹豫地选择了她爸爸。"林瑜无奈地说。

"你和思思谈过了？"唐雨晴真是没有想到，事情已经发展到这一步了。

"不是我要和她谈，我本来是想瞒着她的，之所以和程功谈好等思思上大学后再离婚，就是不想伤害孩子，我也没想到她什么都知道。现在的小孩脑袋瓜子转得太快了，也许是我和程功的演技太差了吧，被她轻易地识破了。"林瑜只得实话实说。

"女儿喜欢爸爸，也正常。"唐雨晴叹着气说。林瑜也是喜欢林家保多过她这个妈妈。

"也不完全是，她和我说的是，她觉得她爸爸有钱，她可以过得更好一些。"就是这么现实！一个一心为家、为孩子、为老公的女人，最后会因为收入不如丈夫而被女儿嫌弃！

唐雨晴站起来又坐下去，思思这个孩子，生下来就精明会闹，会看眼色，知道怎么折腾大人，唐雨晴带了她不到一个月就吃不消了。这也是林瑜对她妈妈不满的地方，说唐雨晴没有帮她带女儿："如果不是奶奶帮我带思思，我恐怕连工作都弄丢了。"唐雨晴也是满心委屈："你那个女儿，一放到床上就哭，成天要抱着，谁受得了？我还不是被她折腾得颈椎病都犯了，天旋地转，哪能继续带她！"

"思思想跟着他，他未必就同意，就算他同意，他那个年轻小三也未必肯同意。等等，刚毕业的大学生？二十一二岁？那不是只比思思大几岁吗？他也睡得下去！"唐雨晴继续表达她作为老一辈人的不满。

"咳，男人不都是喜欢年轻的。"林瑜心想老段还不是大你一大截。这话她不敢说出来，怕唐雨晴不高兴。

"思思这孩子，嫌贫爱富，她该遭的罪就让她去遭吧，"林瑜心态倒好，"等她撞了南墙就知道这个世界上谁对她最好了。"

"我是不会给她买苹果三件套的妈妈，程功会给她买；我给她买几十块钱的衣服，她爸爸给她买几百块的 JK 制服；她和我在一起是走路上学，她爸爸是车接车送。所以她自然更喜欢她爸爸一点，这也是没有办法。"林瑜摊一摊手，又补上几句。

52

唐雨晴

唐雨晴觉得再说下去也没有用，这个女儿根本不会听她的。林瑜找借口不去和程功闹，说是因为思思，其实是因为她自己还差不多，因为她是外貌党加恋爱脑。

唐雨晴也不认为外貌党有什么错，那些嫁了一个猪头老公还当作宝贝的女人更让唐雨晴看不起，就这么一点志气！

算了算了，不让她唐雨晴管，她就不管了，只要最后不是林瑜净身出户就行了。至于林瑜是不是净身出户，唐雨晴还真打不了包票。这个女儿，只有这么点福分，谁也帮不了她。

想到这里，该聊的也聊得差不多了，再坐下去也没有话说，唐雨晴起身喊服务员买单。

林瑜见状，赶紧拿手机："妈，我来，我来付。"

唐雨晴用手压住她的手机："妈请你吃饭，哪能让你付账。"说着从包里掏出两张百元大钞。"我带了钱，"说完不忘又将老段的存折拿出来显摆一下，"老段的存折归我保管了，我想花就花。"

说得这么有底气，林瑜不禁羡慕，老妈都这个年纪了，还这么有魅力，嫁一个男人把她当个宝，嫁第二个还是这样。能说明什么呢？女人呀，就是要漂亮，还要嫁给那种看上去不怎么般配的老公。就像林家保，外貌上差了唐雨晴一大截，在美丽的夫人面前一辈子都自惭形秽；老段这里虽然外貌还不错，但是架不住年纪大啊，快 80 岁的老头子，能娶上像唐雨晴这个年纪的美女，应该也是做梦都要笑醒了吧。

不像林瑜她自己，人心不足蛇吞象，明明没有什么容貌，还非要嫁一个帅哥，光图着程功外表好看了，结果呢，根本就拿捏不住，所以只能是这样的结果。

服务员报账单："一共消费 98 元。"

唐雨晴将两张百元的票子抽回去一张，表面上云淡风轻："没多少钱。"心里却在计算，这个月的花销又增加了一笔。吃个早餐，小 100 块，也够贵的，现在的餐馆简直不能进。物价飞涨，我们这些拿退休工资的人就更倒霉了，几年工资也涨不了一次。

唐雨晴想起来她放在林峰那儿的工资存折，当时说是让他们姐弟两个平分，也不知道后来分了没有，就顺口问一句："对了，我的工资卡在峰峰那儿，你知道吧？"

"妈上次交代过了。"

"说了你们两个平分就是平分。"现在听说林瑜要离婚，唐雨晴的天平也不像以前那么偏了。

"知道了。"林瑜实诚，她说知道了，也不会真的去林峰家讨这 1000 多块钱。林峰前段时间还和林瑜说想到程功那里去找个事做，后来估计也是看程功从家里搬出来了，就没再提这个事了。季红说了几次想要林峰去考一个驾照，到时候开个出租也可以赚一点钱。一想到这些，林瑜就觉得不讨那个没趣了，她暂时也还没有差钱到那个份上。

　　唐雨晴一回到家，就看见老段正啃着一只烤鸭腿啃得满嘴是油，忍不住就要说风凉话："哟，老婆一不在家，自己就偷偷吃独食。"

　　老段不高兴了："怎么说话这么难听，吃什么独食了？你出去也不给我做饭，我都没说我娶个老婆是干什么的，你倒还说上我了。"

　　唐雨晴一愣，敢情这个老段开不起玩笑啊，还是他打心里觉得女人做饭就是天经地义的？

　　"我来你们家两天，就做了两天饭，我女儿有事，我去和她谈一谈还不行了？"唐雨晴哗地一下将小坤包扔在沙发上。

　　"做了两天饭？下了两天面条吧？"老段也忍不住了，"我吃得眼睛都发绿了，再这样吃下去，非得饿出毛病来不可。"

　　"啥？你说啥？昨天你吃的时候可没说不好吃，我还以为你和我一样喜欢健康的饮食呢。看看外面那些胖老头、胖老太，我们这样地走出去是不是让他们羡慕？身体健康，多好！千金难买老来瘦，知不知道！"在家庭内部矛盾中，唐医生可是从来不输的。

　　"瘦，又不是靠饿出来的，你没来的时候，我也不胖啊，我每天打军体拳！"老段骄傲地拿出他的杀手锏，"就是这几天光吃面条不吃肉，我打拳都没劲儿了。"

　　"哦，你不就是想吃烤鸭吗？这个好办！"

　　老段眼睛发亮，以为唐雨晴答应每天给他做烤鸭了，所以对女人，就要敢于提要求，不能惯着她。

　　"一只烤鸭多少钱？"

　　"40块。"

"你一天也吃不了一只吧？算两天吃一只，一个月吃烤鸭的钱是 600 块，我等下就去银行取钱，一个月给你 600 块吃烤鸭，够了吧？我不吃这种油腻的东西（她刚刚在鸭粥馆吃的可不算，那是精致的小吃，她是不会告诉老段的）。你吃可以，别当着我的面吃，我看着都反胃！"

老段一怔，唐雨晴的这个逻辑，听上去倒也没有毛病，人家看着都反胃的东西，你怎么还好意思逼着人家做给你吃？只不过她说每个月给老段 600 块钱吃烤鸭的那个样子，怎么听上去像是从她自己的工资里拿出来 600 块一样慷慨？明明是我的钱，她是怎么做到这么理直气壮的？老段又不解了。

再说了，真要老段每天吃烤鸭，老段又不想吃了，他哪里是在吵着要吃烤鸭，他吵的不过就是老婆没有好好伺候他！这么一想，他又觉得自己想当然地认为找一个保姆不如娶一个老婆的理论站不住了，娶了一个唐雨晴这样的老婆，倒还不如找一个保姆实在！

不能因为一个朱腊梅就将所有的保姆都拉进坏人的行列，说不定多找几个，还是可以找到一个价廉物美的保姆的。不像老婆，只能是一锤子买卖，都这个年纪了，总不能离了再找，说出去不好听！

53

唐雨晴

唐雨晴早上在鸭粥馆吃饱了，到了下午也不着急做饭。

老段看她没有去银行取钱给他的意思，虽然他也不见得是马上想要那 600 块钱，但是大丈夫一言既出，驷马难追。她既然这样表了态，总不能让老段追在她屁股后面要钱吧？

看她优哉游哉地在家里晃来晃去，一会儿又拿个扇子在镜子前面舞几下，要是在以前老段心情好的时候，会觉得别有一番情趣。但是今天不一样，中午在唐雨晴那里吃了瘪，放在哪个男人身上面子也过不去，更何况还是老段这样有身份、有地位的男人！

老段心里不舒畅，就想起来前几天和胜利一起吃饭的时候，胜利说有点事要和他商量一下。这几天老段沉浸在新婚的热乎劲儿里，完全没有将胜利说的事放在心上。现在和唐雨晴闹别扭了，就又想起儿子来。老话说养儿防老。现在把儿子的事不当回事，以后真要动不得了，还不知道他们怎么对待自己。本来想得好好的，找个比自己年轻一大截的老伴儿，就算有一天自己动弹不了了，她也能服侍自己，但现在呢，老段觉得够呛。这就是一个自私的女人，怪就怪自己当初贪图她的美貌，蛇蝎美人说得真没错！

老段对着懒洋洋的唐雨晴说："下午我去胜利家吃饭，他说有事情和我商量。"没有邀请唐雨晴同去的意思，唐雨晴觉得正好，她才懒得掺和到他的儿女中去。老段提了好几次说请他的孩子们回来吃饭，都被唐雨晴找理由搪塞过去了，她追求的是浪漫的爱情，又不是想当一个别人家的老母亲！

老段出去了，唐雨晴更舒服，打开电视机，看自己喜欢的综艺节目，连面条都不用煮了，啃几块饼干就行。饼干也没有几块了，唐雨晴琢磨着什么时候去超市再买几包好吃的饼干，她怕发胖，又喜欢吃饼干，只能用不吃饭来平衡了。

没有老段在旁边唠叨她做的饭不好吃，还可以看自己喜欢的综艺节目，这日子，啧啧啧，不要太美好。

唐雨晴疑惑的是，和老段结婚前，她不是每天都过这样的日子吗？连给自己的亲生儿女林峰、林瑜做饭她都不愿意，硬是将他们赶出去了，不就是为了过这种自由的生活！唉，也不知道自己哪根筋搭错了，硬要再结一次婚，以为自己会遇到那种想象中的白马王子。都多大年纪了，竟然还做这种美梦！

不，唐雨晴这样的女人，不管多大年纪，都可以做梦，她就是要将年轻时没有做过的梦全部做一遍！

综艺节目看完了，唐雨晴调了几遍台，也找不到好看的节目，眼瞅着新闻联播又要开始了，唐雨晴啪地关了电视机。出去走走，虽然没有吃多少，消食还是要消的，到了她这个年纪，保持住苗条身材可不容易。

等唐雨晴从滨江公园散完步回来，老段已经在家了。她懒得问段胜利是有啥紧急的事要把老爸叫过去商量，倒是开心地讲起了她刚才在滨江公园散步时碰到的好玩的事。

"咳，老段，你说我真的看上去那么年轻吗？"那语气，简直有点花痴了。老段就算真的觉得她看起来年轻也不打算再表扬了，不能助长敌人的嚣张气焰。

"真是的，真是的。"唐雨晴扬着绯红的脸，不停打量着镜子里的自己，不过还是有点失落，"我觉得吧，我保持得最好的，也就是身材和头发，脸还是不行，还是老了。"这倒是实事求是。身材是实打实的优秀，头发嘛，还是偷偷染过一两次的，美其名曰"焗油护理"。

"就刚才，在滨江公园散步，突然有一个人在我后面大声喊，喂，美女！"

"我还以为他要找厕所呢，就停下来等他。"

"结果你猜怎么的，是一个 20 出头，也可能不到 20 岁的小伙子。他看到我的正面倒是愣了一下。我就觉得好笑，按年龄算，我都可以给他当奶奶了吧，还喊我美女！"

唐雨晴表面上在说那个男生不识相，但老段还是听出了她话里话外的骄傲。"背影美女"，老段想到一个称呼，但是不敢说出口。

"你猜他说什么？"

"我怎么猜得到，说认错人了？"老段搓搓手。

"哪里！就知道你猜不到，他说，美女是不是住在这附近啊？能不能留一个联系方式？"

老段哈哈哈地笑："他不是看到你的正面了吗？还这么说？"

"就是，话到嘴边了，收不回去了呗！"唐雨晴忸怩着。

不过接下来她就来了一句狠的："臭小子，是看滨江公园附近的房子是高档社区吧，想骗哪个小姑娘扶贫哪。要是骗到我唐雨晴的头上，看我不打爆他的头！也不撒泡尿照照自己的德性，还想要个联系方式！"

"也不要把别人想那么坏好不好。"老段嗫嚅着，这个唐雨晴，嘴上痛快罢了，她真能打得赢一个小伙子？还打爆他的头！

不过他今天去胜利那里，倒是领了一个任务回来。想到这里，他决定今天一切都要顺着唐雨晴。

老段安抚唐雨晴："老婆，来，坐坐坐，不和那种人一般见识！天下之大，无奇不有。现在的人啊，就是不如我们老一辈的人老实本分，净想些有的没的。"

他说得好像是在表扬唐雨晴似的，唐雨晴却觉得他话里有话，既然没有证据，也就作罢，顺势在沙发上坐下来，喝口水，讲话讲了好一会儿，口渴了。

老段见状，连忙将唐雨晴的杯子端给她，颇有一点好老公的样子。

唐雨晴喝了两口水，将杯子放下，说："我今天没时间去银行，明天去买菜的时候顺便去，不想专门跑一趟。你放心，那600块钱我不会少你的。"

"老婆，怎么这么说呢，谁找你要钱了？我说了工资上缴就是上缴，哪有往回要的道理。不过你说给我一点零花钱意思意思倒是可以接受的，一个男人，荷包里没有一分钱，出去要被人笑话！就别说什么买烤鸭的钱了。"

54

唐雨晴

　　老段顺势往沙发上一坐，凑到唐雨晴身边，左手往沙发靠背上一放，就搭在她的肩膀上，这个亲密动作一出来，唐小姐的警惕性就上来了。唐小姐这一辈子的美女人设不是白立的，就算是嫁作林家妇以后，来厂医务室想占唐医生便宜的登徒子也没有少过。好在唐医生虽然很享受别人将自己看作美女，却不喜欢被占便宜，更何况这些垃圾货色没有入得了唐医生的法眼的。

　　"老段，有话就直说。"

　　这样一说，倒让老段不好意思直说了，只能继续和她扯些有的没的。

　　"今天去胜利家吃饭吃得怎么样，是不是解馋了？"还是唐雨晴扳回正题，直觉告诉她，老段想说的话肯定和胜利有关。

　　"吃得还不错。我也不是说你做的面条不好吃，关键是天天吃有点寡淡，你们女同志，就是容易受人影响，你都这么瘦——不，是苗条，还减啥子肥呢？享受美食也是人生一大乐事嘛，你说是不是，雨晴？"

　　唐雨晴心想，享受美食当然是一大乐事，前提是不用自己做，今天上午在鸭粥馆她也吃得很快乐呢。

　　问题是她可不想因为做饭的油烟变成黄脸婆，男人都是这样的，先骗你做饭，说他不在意你变不变成黄脸婆，等你真成了黄脸婆，就没有一个男人还将你放在眼里。唐雨晴在厂医务室工作了一辈子，细细观察下来，就没有一个男人是真心真意地对待自己的糟糠之妻。那些男人来医务室取个药、量个血压都要磨蹭好久，恨不得将唐医生的嫩手捧在手里摩挲，说出来的话不外乎是：唐医生可真会保养啊，不像我家那个糟老婆子，和唐医生差不多岁数，鸡皮皱脸的，早都不成样子了！

"哟，难得段书记对美食感兴趣了，在胜利家学到了什么好菜想给我露一手？我也是，自从峰峰爸爸去世以后，就没有吃过一顿好的了，我本来也琢磨着学做个菜什么的，无奈就是手残得很，一辈子都没有做过，是真没这个天分，能不让自己饿死就不错了。"唐雨晴决定先将老段的路堵死。

"我也不是这个意思，你那个养生面条我觉得也不错，偶尔变下花样就更好了。"老段败下阵来，这个唐雨晴，还真难搞。在她身上费的口舌，可比楚爱梅和朱腊梅多多了。资产阶级大小姐就是麻烦，不如我们劳动人民朴实！

老段有点后悔提刚才的话题，他的本意也不是要逼着唐雨晴做饭，只是顺着唐雨晴的话头说了一嘴，结果又落入了她的圈套。

还是绕回来说正题。

"这个，雨晴啊，今天胜利叫我去，是有事想请我们帮忙。"

唐雨晴一愣，这个正规的外交辞令倒有点让人不好拒绝。

"是这样的，胜利的儿子大兵不是去年结婚了吗？"

这个唐雨晴倒不清楚，去年她都还不认识你老段，怎么知道你家里的事情。不过她眨了一下眼睛，想起来她刚过来那天，老段给她的存折上一次性提取了 25 万元现金。她问起来，老段说是借钱给胜利的儿子买房付了首付，那这日子有点对不上啊！

唐雨晴"哦"了一声，不说知道，也不说不知道。

"大兵的媳妇小芳刚怀孕了，医生说胎位不怎么好，要保胎。"

唐雨晴听得一愣一愣的，在心里翻了一百个白眼，你孙子媳妇保胎关我屁事！

"是这样的啊，胜利和他媳妇都在机关工作，这不，他们两个都还没到退休的年龄，机关里上班时间卡得紧，你是知道的。"

知道个鬼，我又没有在机关工作过。唐雨晴不想直接杠，就先忍住。

"现在小芳从单位请了假，医院也不建议她住院，毕竟多数时候她也没啥事，医生给她开了病假条，让在家休息。这不，小芳一个人在家让人不放心，尤其是胜利两口子不放心，万一有个什么事没人照应可怎么办。胜利和他媳妇就求到我头上了，毕竟小芳怀的也是段家的种，我这个做老爷爷的不能坐视不管。"老段看着唐雨晴，一脸乞求的表情，倒让唐雨晴觉得不忍拒绝，虽然不知道他葫芦里卖的什么药。

"我们这里不是还空着一间房嘛，胜利的意思是让小芳搬过来住一阵，我们老两口也帮着照看一眼，万一有什么事情好随时联系医生。等胎安好了，她就搬回去，后面保证不打扰我们。"

他说得倒是轻巧，请神容易送神难，这个道理唐雨晴又不是不懂。今天说是来安胎，明天就鸠占鹊巢了，到时候是不是要她唐雨晴搬出去？现在看来，唐雨晴走的可真是一步险棋，本以为追求的是爱情，到了不过是求一个安身之地，现在却连这个安身之地也有人觊觎了。

唐雨晴到底是唐雨晴，沉得住气。

"老婆放心，年轻人，身体好，住不了多久，只要医生检查说没有问题了，我就让她搬回去。"老段知道怎么安慰唐雨晴。

唐雨晴灵光一闪，抓住另一个重点："小芳过来住，谁给她做饭？"

这确实是一个问题，不过老段和胜利早都考虑到了这一点："这个你别担心，小芳妈妈会过来照顾她。"

我的天，这不是住过来一个人，是一家人都搬过来了。

老段心想：不让小芳妈妈过来也可以，但是你唐雨晴做得了孕妇餐吗？

"那还不如让小芳去她妈妈家住！"唐雨晴再次把球踢回去。

"是呀，我也是这么说。就是小芳家不是安南市的，坐车要好几个小时，医生说怕是坐不得这么久的车，只好辛苦她妈妈过来照顾她一阵了。"老段兵来将挡。

唐雨晴的反应还是慢了一拍："咦，刚才不是说小芳一个人在家不安全吗？怎么又多出来她妈妈？有她妈妈在不就没啥事了，干吗要搬到我们这里来？"

老段尴尬地咳嗽一声，是有点前后矛盾了，不过他的意思本来不是这样的："是大兵说小芳妈妈是外地人，今天刚从竹西市赶过来。她对安南市不熟，连菜市场在哪里都不知道，放她们俩在家，生活也有点困难。再说，胜利家有点小，只有两室一厅，亲家母过来没地方住。"

话赶话，怕还有没说清楚的地方，老段顿了一下，想了想又说："大兵买的房子刚装修，这不，小芳怀孕了，医生说不能住新房，怕孩子生出来有毛病，你是医生，这方面肯定懂的。"

唐雨晴现在就不好说什么了，毕竟人家亲家大老远地过来帮忙，自己虚担着一个奶奶的名分，也不能太过分，只能寄希望于真的如老段所言，很快就能把胎保住，平安地搬走。

看唐雨晴不作声，老段喜出望外地说："我就说吧，我老婆是一个明事理的人，我一会儿就和胜利通电话，明天小芳就可以搬过来了。"又转头对唐雨晴说："今天晚上能不能帮忙将隔壁那间房收拾一下，床单、被套都换一下，明天小芳和她妈妈过来也高兴一点。"

唐雨晴心里一百个不愿意，她最讨厌的就是被人当老妈子使唤，但是老段已经给了她一顶明事理的高帽子，她一不留神给戴上了，现在一时半会儿不好怼回去。委委屈屈地去铺了床单，换了被套。老段家的东西都是陈旧货，换一下也干净不到哪里去，唐雨晴不由得佩服自己的先见之明，带了新的床上用品过来用在自己房间里。

老段见唐雨晴一个人吭哧吭哧地在房间里换床单，心里美滋滋的：孺子可教也！好女人不就是调教出来的，以后还是要多一点耐心！

第二天，老段老早就起床了。唐雨晴本想等他出门打拳后再起床，结果等了半晌也没有听见关门的声音，倒是客厅里传来了打拳的嘿嘿嚯嚯。唐雨晴不能再赖床了，起来说："哟，在家打拳呢，今天咋不去公园了？"

老段喘着气说："这不是怕小芳她们来得早嘛，大兵早上要上班，我估摸着他应该是上班前送小芳过来。"

这爷爷当得还真是上心呢。

唐雨晴换了跳舞的衣服，拿着扇子出门："老段，我锻炼去了，小芳她们来了替我问候一下。"

老段张了张嘴，想让她今天也别出去了，夫唱妇随嘛，一起在家等着多好。又怕物极必反，惹毛了唐雨晴，不知道她又要说出什么话来，便安慰自己：慢慢来，先让着她一点，大丈夫能屈能伸。

唐雨晴在滨江公园转来转去，她今天出来倒不是想跳舞，她是需要一个人清醒清醒。

老段下这么一步棋，也不一定就是针对她唐雨晴，毕竟年纪大了的人都懂，不敢轻易得罪小辈，别看他们老年人现在还蹦跶得很欢快，哪天说不能动就不能动了，要求着小辈的地方多着呢。电视新闻上都说，养老院里，处在鄙视链最底端的就是那些无儿无女的人，哪怕你再牛，进了这个地方，没有子女为你撑腰，基本上就是砧板上的鱼肉，任人宰割。

做父母的，年轻时候疼爱自己的子女，那是本能；到老了，对子女提出的要求不敢说不，其实也是有点可怜。趁自己还能动弹，能帮子女一点是一点，这样到自己老得不能动了，他们也能多一份孝心。

唐雨晴这样一想，心情倒也平静下来。她再嫁，除了追求她心中理想的爱情以外，不也是想让峰峰过得轻松一点，她的房子和工资多少能帮衬他一下，让峰峰在媳妇面前硬气一点，不能被季红看不起。现在瑜儿已经在闹离婚了，峰儿那里的稳定就更加重要。为了这些，自己牺牲一点，又有何妨？中国的父母，自古以来，不都是水往下流？这就是传统。

55

唐雨晴

唐雨晴在外面晃到中午时分才慢慢踱步回家。

没有意外地，小芳和她妈妈都已经到了。

小芳老家在竹西市，竹西市在江麟省的北边，家里就这么一个女儿，这也是还没有退休的小芳妈妈请假也要过来照顾女儿的原因。女儿不听话，嫁这么老远，说不管她吧，又狠不下心来。说到底是自己的孩子自己疼，就是这么个道理。

北方人比起南方人来说，优点是不矫情，缺点呢，就是有点咋呼，这让老段一家有点不习惯。

小芳妈妈一见唐雨晴从外面回来，就反客为主地打上了招呼："哎哟，这是亲家奶奶吧，咋这么年轻呢？感觉比我都年轻。"这是先夸了再说。说比小芳妈妈年轻，倒也不至于，小芳妈妈这个年纪，看上去不到50岁，唐雨晴就算保养得再好，也拉不到她那个年龄段。不过小芳妈妈也有缺点，北方人骨架子大，长得人高马大的，稍微有点肉，就显胖。所以小芳妈妈在苗条纤细的唐雨晴面前就有点粗壮了。

唐雨晴本来是不想和她太客气的，被人一拍马屁，就失了分寸了，尴尬地笑着说："说哪里话，我们可是差着辈分的人，你这是说笑吧。"

小芳妈妈轻笑了一下，确实是有点说笑的意思在里面。她也是迫不得已，要尽快融入小芳的婆家中去。

唐雨晴换了鞋，将扇子收起来，小芳妈妈一把接过去："亲家奶奶，这扇子收哪里呢？"她倒是真热情。

唐雨晴又将扇子抢过来，说："你刚过来，辛苦了，别和我客气，扇子我来放，我来放。"唐雨晴有点不习惯这么热情的人，也不想因为这点小事让出了自己女主人的地位。

放好扇子，唐雨晴客气地到客房去看看小芳。小芳刚大学毕业一年，她和大兵是大学同学，毕业后一起到安南市找的工作，也是为爱情远嫁了。唐雨晴知道这个后，不免对这个姑娘也多了一分心软。

"别动，别动，躺着好好休息。"唐雨晴看小芳要起来和她打招呼，赶紧发话让她躺着，可不能现在动了胎气。她也不知道现在的女人怎么怀一个孩子这么娇气，动不动就要保胎，她们那个时候，算了，不说了，她们那个时候可不兴这些，都是上班一直上到生产。

小芳躺在床上，本以为是来安安静静地养胎，结果她动静还不小，孕吐反应挺大，不知道什么原因就会惹得她一阵狂吐。她一吐，她妈妈就一阵大呼小叫："哎哟我的妈呀，这可怎么办呀，又吐了，又吐了。"

唐雨晴看不过去，将自己的脸盆拿给她："吐在这里面，省得每次跑厕所又来不及，吐得到处都是，你也难打扫。"家里一股子馊味她就不说了。

好不容易等小芳安生一点，她妈妈又跑来找唐雨晴："亲家奶奶，你这里有没有煮药的瓦罐？我在老家找的医生给小芳开的中药，保胎的，我一会儿给她煮出来让她喝。"

唐雨晴不解："第一次煮中药？"

小芳妈妈不好意思地说道："她婆婆家里没有瓦罐，让我出去买，小芳又说不清楚哪里有卖的。"

老段走过来说："亲家妈妈，别担心，雨晴，嗯，就是小芳奶奶她知道，菜市场里就有卖的。"说完转头看向唐雨晴："雨晴，你带亲家去一趟菜市场，正好今天的菜还没有买。"

小芳妈妈说："那敢情好。"说完又犹豫："一会儿小芳又要吐，爷爷一个人在家，能不能照顾她？"

老段连忙摆手："那不行，我怕我做不了这个，不是我嫌脏，我是怕有什么事我应付不来，误了事情。雨晴，你就在市场帮她选一个药罐子得了，反正药罐都差不多。"

如果不是小芳妈妈在看着自己，唐雨晴就会怼老段："你去菜市场买药罐，我不知道在哪儿买。"

虽然唐雨晴从菜市场带一个药罐回来也没啥，但是她有点讨厌老段自作主张。昨天还说小芳过来住又不麻烦你，结果你看怎么可能不麻烦，今天的事还只是一个开头，后面还不知道有多少麻烦呢。

念及是小芳要喝药，唐雨晴好歹是一个医生，本着医者仁心、治病救人的原则，唐雨晴决定在这件事上不和老段计较。她去厨房拿了小推车，出门的时候还犹豫了一下是不是要将存折带着取出 600 块钱给老段，又觉得小芳母女过来住，老段不用买烤鸭吃了。这样一想，就断了这个念头。

老段殷勤地过来给她开门："雨晴，辛苦你了。"

小芳妈妈闻言，露出羡慕的神色："亲家爷爷奶奶关系真好！"

　　唐雨晴在心里翻一个白眼："好个屁，就知道做表面功夫。"

　　唐雨晴下楼，小芳妈妈在后面又喊了一嗓子："亲家奶奶，方便的话，帮我捎一袋面粉回来，我家小芳这段时间胃口不好，说想吃我做的手擀面，顺便捎一斤猪肉，我给你们下肉丝面。"

　　老段一听，这下好了，亲家妈妈一来，他的饮食都有了保障，连忙一口应承下来："方便，方便，有什么不方便的，就顺手的事，你说是吧，雨晴？"

　　唐雨晴气呼呼地拉着小推车出了门，虽然说小芳和她妈妈并没有得罪自己，小芳妈妈愿意做饭也再好不过，但是老段的大包大揽就是让唐雨晴小心眼地觉得自己被摆了一道。

　　掏出手机看时间，都 12 点了，难怪有点饿。唐雨晴的第一反应是不知道小芳吃了中饭没有，等她的面粉买回去，她妈再给擀成面条，不知道要到啥时候了。转念一想，这个时间点，老段和小芳妈妈让她出门买东西，也没有人关心她有没有吃中饭。她就不着急了，反正也是晚了，干脆在外面把午饭解决了再去买东西。

　　在菜市场里走走逛逛，心态调整好了，倒不像第一天来买菜的时候那么烦躁了。前门市场比重机厂旁边的小市场大多了，里面什么都有得卖。买完了小芳妈妈要的那些东西，唐雨晴想起刚才将自己的脸盆给了小芳，正好看到卖盆子的就进去买了一个。掏钱的时候，她突然想起来，今天买药罐、脸盆、面粉、猪肉这些的开销都是她出，难怪老段一个劲儿地叫她出来买东西呢。这么一想，心理不平衡了，在钱包里扒拉着看还剩多少钱，又跑回刚才买药罐的那一家："老板，这个药罐我不要了，给我换一个最便宜的！"

56

唐雨晴

唐雨晴在菜市场转到下午才回家，刚掏出钥匙准备开门，就听到门哐当一声开了，是老段。

老段热情地接过唐雨晴的小推车："外面有点热吧？老婆辛苦了。"

唐雨晴心里有点感动，老段还是知冷知热的，再婚图个什么？不就是图个你敬我爱，两个人有个伴嘛。虽说老年人谈情说爱有点让人开不了口，但唐雨晴还是向往一段黄昏恋。林家保走后这半年，她每天跳跳舞，看看电视，清闲是清闲，但有时候就觉得时间太多，家里到处都是林家保的影子，让她不免又怀恋起人间的烟火来。

老段帮着将推车里的面粉和菜取出来往冰箱里放，唐雨晴的眼光落在饭桌上散落的快餐盒上。老段连忙说："对了，你在外面吃饭没有？刚才亲家妈妈一直念叨呢，说我们不应该这时候让你去买东西，都中午了，你该肚子饿了吧？"

唐雨晴心想，这还差不多，便说："就是，吃午饭的时候喊我出去买东西，你们自己却在家吃好吃的。"语气中带着娇嗔。

老段从冰箱里拿出一个小饭盒，讪讪地说："给你留了一点。小芳妈妈说多留一点，我说你胃口小，怕胖，就只留了一小口，也不知道够不够。"

唐雨晴看一眼是鸭粥馆的饭盒，心里在那儿琢磨，她一出去，他们还真是会照顾自己呢。

老段看了看唐雨晴的表情，知道她心里在想什么，解释说："是小芳点的外卖，她妈妈说冰箱里没有菜，中午没啥吃的，小芳就在手机上点了餐，一会儿就给送到家里来了。还是年轻人搞得转这些，我是搞不好。"

唐雨晴本想说她中午在外面啃了两个包子，一想还是别说了，就将剩下的一点稀饭倒在碗里用微波炉转了转。

唐雨晴向客房努一努嘴，问道："小芳吃了？"

老段小声说："吃了没几口就要吐，说闻不了这个味。"

唐雨晴和他交换一个眼色，有点难搞，小芳这个身子骨，不太好啊。

老段说："亏得她妈妈身体好，将她扶到房间里休息去了。"

唐雨晴说："小芳妈妈说她还没有退休，是专门请假来照顾小芳的？"

老段压低嗓门说："就一个女儿，要是多几个孩子就不会来了。"

唐雨晴说："也是，我就两个孩子，顾了一个就顾不了另一个。大兵还挺有福气的，找了个独生女。"

老段不以为然："他们这个年龄，国家管得那么严，有几个不是独生子女的？不过小芳肯跟着大兵回安南，我们大兵还真是有一点魅力的。"语气中透着骄傲。

下午，大兵下班来看小芳的时候，唐雨晴有点理解老段的骄傲了。大兵的外貌看上去和他爸段胜利没有什么相似之处，倒是继承了老段年轻时英俊的面孔和挺拔的身姿，这也难怪在几个孙子孙女中，老段唯对大兵宠爱有加，不仅买房愿意掏钱，孙媳妇有了困难，他也肯伸出援手。

老段给他们做介绍："大兵，叫奶奶。"

大兵嘴里囫囵了几下，也不知道是不是叫了一声奶奶。这孩子礼貌是有的，客客气气的，但是唐雨晴感觉到了拒人于千里之外的冷漠。

唐雨晴翻了个白眼，她无所谓，她才不想讨好老段家的小字辈呢，她又不想真的做他们的奶奶。

大兵进房间看了一眼小芳，出来和他爷爷闲扯了一会儿国际新闻，扯完了就开始拿出手机来刷。

小芳妈妈在饭厅的餐桌上擀面条，看大兵不说回不回去，就留他在这里吃饭："大兵，今天晚上在这儿吃饭？我们吃手擀面。"

大兵将手机放在茶几上，有礼貌地微笑了一下："那好，谢谢阿姨。"

小芳妈妈不高兴了："什么，阿姨？还叫阿姨？"

大兵改口："妈！"

小芳妈妈自我解嘲："隔那么老远，每次刚一改口改熟练，就又见不着了，下次见面又开始叫阿姨。"

唐雨晴其实只想吃简单一点，好早点出去锻炼，但是看大家似乎都很期待小芳妈妈的手擀面，她现在提出来她不吃饭出去锻炼就显得有点不合群，而且肯定又会被他们说一顿："你又不胖，不需要锻炼那么多！"

唐雨晴不想和他们理论，锻炼也不光是为了减肥，还为了身体健康！她可不想以后躺在医院里身上插满了管子。

隔了一会儿，小芳在房间里又开始呕吐。她妈妈手上沾满了面粉，指挥女婿："大兵，快进去看看小芳，她胃不舒服。这孩子，中午也没吃啥，哪来这么多要吐的。"

大兵不情愿地放下手机，到房间看了一眼，跑出来说："她已经吐完了。"

"吐完了，你拿点水给她漱漱口啊，这孩子。帮她把那个盆子拿到厕所清洗一下，搞不好一会儿又要吐。"小芳妈妈手上忙着擀面，大兵留下来吃饭，她还得多擀一点面条。

大兵出来找他爷爷。"爷爷，拿哪个杯子给小芳喝水？"

爷爷说："问你奶奶。"

唐雨晴在餐桌旁假装饶有兴趣地看小芳妈妈擀面，其实心里在想：吃个面条而已，搞这么复杂，自己累自己，这个女人就是不会享福。

听见老段又把皮球往她这里抛，她抬头问小芳妈妈："你们带杯子过来没有？没有的话，今天先用一次性杯子凑合。"

小芳妈妈说："带了带了。大兵，你到处找杯子，咋不问问小芳，她床头不就有杯子吗？吐了一上午了，怎么可能不喝水！"

大兵倒了水放在小芳床头，顺手将脸盆里的秽物端出来，一直端到小芳妈妈跟前，说："妈，这个，怎么办？"

小芳妈妈正在埋头专心切面条，一抬头看见这么一盆秽物，吓得一哆嗦："端这么高干什么？毛手毛脚的，小心泼面里了，你们就都吃不成了！"

唐雨晴掩住鼻子。这个大兵，都要当爸爸的人了，还像一个没长大的孩子。

57

林月华

　　吃了晚饭，林月华下楼去遛一圈，蓝子风负责洗碗。这是自从蓝主任退休以后，雷打不动的规矩。

　　等林月华回来，蓝子风说："又没带手机下楼？刚才你的电话响了好久。"

　　林月华说："是蓝怡吧？她总是这个时间打电话。"

　　拿起手机一看，不是蓝怡，是林瑜。

　　"是林瑜。"

　　蓝子风说："你给她回一个电话吧。"淡定的语气让林月华觉得他刚才肯定看过手机，知道是林瑜的电话。要是换作其他的人，他才懒得说呢，巴不得她少打一个电话，好节省一点电话费。虽然电话费也不是蓝子风出，平时都是蓝亮帮他们缴，但是儿子的钱也是蓝家的钱，能少花还是要少花。

　　林家的小辈中，给蓝子风印象最好的就是林瑜。撇开林瑜和蓝亮的表兄妹之情以外，也因为林瑜在蓝子风看来不太像林家的后代。

　　林家的小字辈中，大明、小明的工作都是明显沾了他们父亲的光，论能力，从目前来看是不可能超越他们的父亲了。林峰呢，人比较老实，但有点窝囊，林家保在的时候有父亲罩着他，父亲去世以后，他不会赚钱又怕老婆的毛病就突显出来了。

林瑜虽然是个女孩子，也没有很高的学历，但踏实肯干，不怕吃苦。在安南市，像她这个年龄的女人，结了婚以后打打麻将，不好好工作的比比皆是，但林瑜愣是在重机厂这种男人的天下里干到了八级钳工，那可不是容易的事。这也是程功那么早就被厂里淘汰了，而林瑜却一直都没有下岗的原因，她可是正宗的技术工人！

更令蓝子风对林瑜刮目相看的，是林老太太去世时林瑜的表现。那个时候，林家两兄弟在社会上的势头已经处于下坡路，家里的两个女人陆美媛和唐雨晴在丧事的处理上拉拉扯扯，都怕吃了亏，谁也不愿意出头主事。唐雨晴率先发表意见："老太太能动的时候帮大哥家带了两个孙子，又带了两个重孙子，不能动的时候就当成包袱甩给了我们。现在老太太去世，大哥出头主事理所应当。"

陆美媛反驳："林瑜和她的女儿思思不都是老太太一手带大的？做人可要讲良心，过河就拆桥可是要遭天谴的。"

两人争来扯去没有一个结果，拖到最后是林瑜拍板，老太太的火葬、追悼会等花费由蓝亮和林瑜负责，其他人只要参加就行，墓地的费用三家公摊。最后林家国、林月华、林家保三家总算达成一致意见，让老太太入土为安。

林月华的电话打过去："小瑜，有事吗？刚才下去走路没有带手机。"

林瑜的声音听上去有点远："姑妈，没什么，就是问问你们国庆节回来吗？"

"米瑞说国庆她过来陪之之，等她过来，我和你姑父就回去一趟。当时走得急，冬天的衣服也没有带全。"

"你回来后给我打电话，我去你家看你。"

"好。对了，你妈过去以后还好吧？"

"咳，什么好不好的。我是劝她不要拿一步的，她不听。前几天和她通过电话，说是老段的孙媳妇现在和他们住一起。"

"孙媳妇？不是说儿子姑娘都是分开住的吗？怎么还有孙媳妇和他们住一起这样的事？"

"我就说嘛，这个老段有点弯弯绕绕，上次一起吃饭就看出来了，表面上看起来彬彬有礼，心里不知道打着什么算盘。"

"不会吧？你妈也不是好糊弄的。"林月华开玩笑，她这个弟妹可不是吃素的。

"说是孙媳妇怀孕了，医生交代要保胎。"

"到爷爷奶奶家保胎来了？"

"唉，我没问那么多，好像是说她妈过来照顾她，自己家住不下才搬到老段这边来的。"

"哦，这倒是说得过去。不过你还是要提醒你妈，小心老狐狸在算计什么。"

"姑妈，你说，男人是不是都不可靠？"林瑜忍不住吐槽。

"小瑜，你怎么这么说，要我说，90%的男人都不可靠。"

"您可别这样说，我姑父就是一个好男人。"林瑜是真心这样认为。

提到蓝子风了，林月华敏锐地回头看看，蓝子风正坐在沙发上看电视，也不知道是不是正竖着耳朵在听她们谈话。

林月华假装家里信号不好，"喂喂"几声，拉开门走到外面阳台，她可不想祸从口出。

"你要这样说也可以，你姑父勉强算那10%，但这还不是因为我一直拉着拽着，他才没有机会放飞自我，人家心里说不定早都想像老段那样再娶一个年轻老婆了呢，可惜我寿命长，我虽然一辈子病病恹恹，但就是不死，他也没有办法。哈哈哈。"林月华和侄女聊得火热，难得敞开心扉。

林瑜听了一愣，她没有想到姑妈看起来那么美满的家庭生活竟然也是坑坑洼洼的。

"那个，程功妈前几天来我家了。"

"说什么？"

"说他外面的那个女人怀孕了。"

这下轮到林月华吃了一惊，她是隐约听说过程功的事情，但没想到已经到这一步了。林瑜这孩子，还真是命苦。

"也怪我，当初不听姑妈的话，要是听你的话，和你们学校的那个老师结婚，说不定就没事了。"林瑜不知道自己在后悔什么。

林月华倒不这么认为："男人就这么个德性，也不是哪个好哪个坏，关键要看谁有机会。"

这也是林月华到哪儿都要拖着蓝子风一起的原因，不给他出轨的机会。

林瑜给姑妈打电话，就想问问当初那个老师现在怎么样了，现在提到这茬了，却又有点开不了口。

林月华说："那个滕老师，大学毕业后分来的，现在好像是群华中学的副校长了。"

林瑜叹一口气，那就也是一位成功人士了。这么一想，她似乎也不后悔了。她觉得她把握不住成功人士，能够把握成功人士的都是唐雨晴、陆美媛，也包括姑妈林月华这样的人精。像她这样，要长相没长相，要精明不精明的傻姑娘，只配找一个永远不发达的工人。

58

林月华

"程功那边，你打算怎么办？"东拉西扯了半天，重要的事情还没有说。

"我已经和他说了，我同意离婚。"林瑜说。

林月华愣了一下，这傻姑娘，赌啥气呢。

"你和他说你同意了？你就这么同意了？"

"还能怎么样？那边肚子都大了，孩子总要生出来啊。"

"谁说孩子一定要生出来的？月份小的话，做了不就得了。"林月华说得轻描淡写。

"小雯姑娘不同意打掉。"

"哪个小雯姑娘？"

"就是程功外面的女人，那个小三，是他公司新来的大学生，两个人不知道什么时候好上的，程功搬出去就是因为她。"

"唉，现在的年轻姑娘，怎么能这样啊？有家有孩子的男人也去招惹。也是，谁不想少奋斗几年呢。也不想想，程功年轻时候是啥样，一个从农村来的试用工，也就是你，看中了他的一副好皮囊，哭着吵着要嫁给他。要不是和你结了婚，当年他能留在重机厂吗？男人就是这样，他现在发达了就忘了自己当初结婚时是怎么和你爸妈说的，'我一定会一辈子都对小瑜好的'，我呸！男人的嘴，骗人的鬼。"

　　林瑜默不作声，这些天她想了很多，过去也不是没有过感情，但是现在已经没有了，就算将他绑住，也是绑住人，绑不住他的心，最多也不过是像以前一样继续演戏，可是戏演得那么糟糕，连思思都没有瞒过，继续演下去又有什么意思呢？

　　林月华出主意："小瑜，不是我说你，你就是人太老实了。对男人就不能太老实，你一老实，他就要上天了。"

　　"他们不就是逼着你离婚吗，你就不离！拖着他们，看他们好意思！"林月华强硬地说，"咳，没皮没脸的人，哪有什么不好意思，他们要生就让他们生呗，反正就算是私生子他们也不在乎。是个儿子吧？肯定是一个儿子。程功肯定想要一个儿子，在城市里生活再多年，骨子里的小农意识也是改不了的！"

　　林月华到底是见多识广，她活了一大把年纪，天底下就没有什么新鲜事。

　　"我没有问，应该还查不出来是男是女吧？"林瑜犹犹豫豫地说，她不想将程功想成这样。

　　"有钱啥查不到？我听说出钱去香港查血，刚怀上就查得出来了。"林月华知道的还真多。

　　林月华这么说，林瑜倒有点坐不住了，她一直在为他们着想呢，谁知道他们还有什么事情是瞒着她的。

　　"放在以前，单位领导都要管一管这种生活作风问题，就算领导不管，出了这种事，在单位也抬不起头来。现在程功是自己开公司，没人能管得了他。要是你爸爸还在的话，他还会看着师父的面子不敢轻举妄动，现在你爸爸不在了，他可不就是小人得志，不知道自己在哪儿了！"林月华恨恨地说，她对任何一个出轨的男人都恨得牙痒痒。

林瑜小声说："我给他打了电话，他这几天没有回来，什么时候去办证的事还没有谈。"

"办什么证？离婚证？你这个死心眼的姑娘，不是该他求着你吗？咋还成你求着他了？"林月华不解，不知道唐雨晴那么精明的一个女人，怎么把一个闺女养成一只小白兔的。

"我觉得早了结早好，既然话也说开了，就不想拖着影响思思的学习。"

"当妈的都有这样的心思，生怕影响了孩子。可思思也是程功的女儿，他这样闹就没有想过影响思思的学习。"林月华其实也是一肚子委屈，在她漫长的婚姻生活中，她一次次地妥协和退让，也可以说全都是为了孩子。

"思思和我说，我们离婚后她要跟着她爸。"

林月华又吃了一惊："已经和思思摊牌了？"

"不是我要摊牌的，她精得很，看出来了。"

"死女子，没吃过苦头，觉得她爸爸有钱是吧？"林月华一针见血。

"她要跟就让她跟吧！过得不好就会回来找你的，在后妈那里怎么可能过得像在亲妈这里这么舒坦呢！搞不好，还要让她给她弟弟当保姆呢。"林月华安慰林瑜。但是听到后面那句，林瑜不仅没有感觉被安慰到，反而觉得心如刀绞的疼痛，她生的孩子凭什么去给另一个女人生的孩子当保姆！

"听我的，等程功回来和你谈离婚的事，你就说你不想离了。"

林瑜说："还能这样？这不是出尔反尔吗？"

"咋不能？你们又没在协议书上签字，是他骗你在先，你又没有错。"

"就是不想闹了，累。"

"累？谁不累啊？你姑妈我还不是累了一辈子。"

"姑妈，你当年在市一中教书教得好好的，后来调到群华中学，你后不后悔？"林瑜心中一直有个疑问，今天总算是有机会问出来了。

"不后悔。怎么说呢，人这一生，就看你追求什么。你要是追求事业，我劝你就不要结婚生孩子，一旦有了孩子，女人就不是自己了，尤其是像我这样的女人，我心里装的就是我的孩子，不管是蓝亮，还是蓝怡，我见不得他们小时候吃一点苦。"她现在说得斩钉截铁，当年把不到 1 岁的蓝亮交给蓝老太太的事，看来她已经忘记了。

"要是我和你姑父都拼事业，我确实怎么也拼不过你姑父，我没他聪明，也没他学历高，最主要的，我不可能像他那么投入，我心里装着我的孩子，他的脑子里全都是他的学生。孩子们没有饭吃，他觉得没什么，可以和他一起啃食堂的馒头，我就不行，我得赶回家给孩子们做饭，看他们吃得高兴，我就高兴。这就是男人和女人的不同。"

蓝怡有一次和林瑜说过："我妈要是不从市一中出来，应该也是高级教师了，在家里的地位肯定要比现在高很多。"林瑜还以为姑妈一定会懊悔当年放弃了事业，去一所非重点初中当老师，没想到姑妈却觉得自己是得偿所愿。

59

林月华

林月华说："哪个女人在一生中没有想过要离婚呢，这个世界上根本就没有完美的婚姻。"说完，她挂了电话，林瑜还沉浸在这一句深奥的话里出不来。

打开阳台门，蓝子风的眼睛从电视上转过来："打得够久的，一个多小时了。"

每次林月华一开始煲电话粥，蓝子风就自动开启计时模式。他是真的厌恶有人花这么多钱在电话费上，按照他的理解，打电话就不应该超过 10 分钟，超过 10 分钟说不完的事就应该当面说，没有机会见面，就干脆不要说。

蓝怡教过他们打微信电话，告诉蓝子风："这样打电话不花钱。"但是他们用了几次以后，觉得不习惯，需要双方都在线上，太麻烦了。而且对于蓝子风来说也没有意义，反正他就算打免费的微信电话也不会超过 10 分钟。

"有这么长时间？没有吧。"这是林月华一贯的伎俩，不承认。反正她的电话费老蓝又不会查对，抵赖一下就过去了。

"林瑜说，程功要和她离婚。"林月华想了一下，决定透露一下刚才的电话内容。这事情她本来不想说，毕竟是林家的负面消息。基于多年的家庭内部斗争经验，林月华知道只要是林家的负面消息，蓝子风是一定要在言语上踩上一脚的。但是毕竟离婚是大事，不是夫妻之间斗斗嘴皮子，再说没有不透风的墙，迟早还是会被他知道的，让他早一点知道也无妨。

"自从程功的生意越来越好，我就觉得他们的婚姻有危机了。"到底是男人最了解男人，虽然有点事后诸葛的意思。蓝子风继续说："就你这么傻，还使劲儿给他介绍生意，你说说，你们学校有多少老师家里装修被你忽悠到他的公司去了。"

"话可不能这么说，有一说一，我又没有做中间商赚差价，介绍程功的公司给他们，我可是和程功交代了的，可不许给人家偷工减料，钱是赚不完的，要想公司做大，赚的是口碑。"

当初为了推销程功的公司，林月华可没少带她学校的老师来自己家考察程功装修的"样板房"。现在想到这一茬，林月华不由得恨恨地想，早知道程功是一个白眼狼，当初就不该这么下力地帮他！

"林家的小辈可真是不太争气啊，你看看，小明离了，孩子都被带走了，大明又在闹离，林峰那个老婆也是个厉害角色，能不能长久也说不定，本来说林瑜和程功还算靠谱，结果你看……"果然，蓝子风的风凉话是少不了的。

林月华气不打一处来："什么又是林家的小辈不争气，蓝家的小辈就那么好吗？蓝天宇那个老婆冷艳，我看是冷漠还差不多，你倒觉得好了？蓝洁丽那个老公，屁都拿不出手，还家暴洁丽，只是没有闹离婚，就比程功好？"

蓝子风没想到自己随口一说，又踩着了林月华的尾巴。

"我又没有将蓝家和林家比的意思，你就说我说的是不是事实？"

"那我说的也是事实。"

"看看看，我就说不得你们林家的事，我只是就事论事，每次都为这和我吵。"

"你那个语气，是就事论事？我看是看热闹不嫌事大，唯恐天下不乱。"

蓝子风气得语塞。这个林月华，只要一说到林家，就分不清东南西北了，她都嫁到蓝家多少年了，还一天天的林家林家。

林月华刚才在外面站久了，腿又不舒服，坐在沙发上捶腿，她知道自己刚才语气有点冲，把蓝子风又气着了。蓝子风这个人就是这样，表面上的风度要维持，但是心里的不舒坦不容易消散，这种情况下，他往往会选择冷战。年轻的时候，林月华特别不习惯，也理解不了怎么说着说着他就不出声了。按林月华的脾气，她宁可大吵一架，也不愿意对方突然冷淡下来，让她一个人热脸对着冷屁股。

过了几分钟，林月华的手机又响了，蓝子风在心里嘀咕：真是公务繁忙啊，电话打个没完。不过刚才两人怄了点小气，他就不作声了。

林月华将手机拿起来一看，说："是洁英。"

一说是蓝洁英，蓝子风的气就消下去了不少。他的两个侄女，蓝洁英、蓝洁丽都喜欢给林月华打电话，这方面，蓝子风感觉林月华还不错，他的哥哥蓝启顺不在了，蓝子风还是很想有机会多照顾一下自己的侄儿侄女的。

蓝子风接口说："洁英回来了？"

林月华说："没有吧，我前几天还看见她的微信朋友圈发的在北京的照片，说是到北京 100 天了。"

林月华一边说，一边接起电话："洁英啊，还在北京吗？"

"刚才你的电话一直占线呢。"

"哦，刚才我在打电话。"林月华有点不好意思，7点以后，她的电话就没有停过，不是打就是接。

"现在有空打电话啊？"林月华带过小孩，知道蓝洁英的时间紧。

"我出来了，让他们给孩子洗澡，什么都指望我，我都要累死了。"这是打电话找人诉苦呢。

"累就回来呗，你在那里，他们肯定指望你。"

"白天帮他们带孩子倒也罢了，晚上他们回来了也不看孩子几眼。"蓝洁英气呼呼的。

"那怎么行，你就是身体再好也吃不消啊。我当时给蓝怡带琼琼的时候，我白天带，蓝怡一下班就接手，就这都受不了，哪能从早到晚地带，带小孩可太累了。"

"蓝怡到底是你姑娘，知道心疼你，我这个骏骏和瑶瑶，咳，觉得生这个孩子是为我生的，他们生了就已经完成任务了。"

"可不是？你天天催他们生孩子。"林月华幸灾乐祸地说。

"哪里是我要催呀，是骏骏爸爸，还有骏骏爷爷，天天催着我，他们不好意思和媳妇说这个，让我去说。"

"现在国家政策一放开，保不准他们又要催二胎了，要抱孙子呢。"林月华继续捅刀。

"那可不，昨天时运打电话就开始说这个了，让我在瑶瑶面前提一提。提一提？这个都还没上幼儿园，生了咋办？他说请保姆。在北京请一个保姆多少钱，心里没有数？你猜他怎么说，从乡下请一个小姑娘带过去。"

60

蓝洁英

蓝洁英的怨气不仅在于许时运让她催许骏和陈瑶生二胎，更在于她来北京这么久了，许时运一点也没有要她回去的意思，甚至巴不得她留在北京不回去似的。

蓝洁英本来给婶婶林月华打电话是吐槽这个的，话到嘴边却又不好多说，毕竟夫妻也是一荣俱荣，一损俱损。现在她又没有捏住许时运的把柄，如果许时运真的趁她去北京的时候偷腥了，蓝洁英是不会放过他的，她可不是一个善茬。

当初许时运求着她去找叔叔蓝子风给他找门道和托关系，蓝洁英当然是了解自己的叔叔的，一辈子清高得很，就算是为自己的两个孩子，他也没有求过人，都是靠他们自己考的大学、研究生，分配工作的时候，他要是肯找一下他的学生，蓝亮应该可以分配到更好的医院，而不是回到安南市来当医生。

蓝洁英一直和林月华走得近，走的就是曲线救国的路子。林月华天天吹枕边风，许时运也是蓝家自家的侄女婿，求到头上了，蓝子风虽然很勉强，但还是给他的学生打了电话。

所以许时运的一官半职，蓝洁英觉得自己是有功劳的。为了和林月华搞好关系，她可没少下功夫，平时常常陪林月华聊天就不说了，超市里有什么好东西，蓝洁英也是第一个想着买来送给婶婶尝尝鲜。这还不算，蓝亮、蓝怡的孩子，林月华一个人带得辛苦，蓝洁英也没少搭把手，只要是休息时间，就会抽空过去帮忙带一带孩子。

蓝洁英感觉到不对的端倪始于下一个季度的房租。

许时运打过来的下一个季度的房租比以前少了1500元，其实没有少多少，一般人可能也不会注意到。但是蓝洁英不是一般人，她是一个从小就对数字格外敏感的人。准确地说，是对钱的数字格外敏感的人。

蓝洁英电话打过去一问，果然没错，是许时运给那个卖五金的老沈每个月的租金减了500元。

蓝洁英不高兴了："不是说不让你减的吗？怎么还是减了，还减了这么多！"

许时运安抚老婆："没多少啦，你想想他要是不租了，一个月损失的都不止这些。今年门面出租的行情和你走的时候不一样了，我看了一下，市场上好多门面招租的，有的空了几个月都没人租，小事上咱们糊涂一点，不就图一个和气生财嘛。他多租几年，什么都回来了。做人嘛，不能太钻牛角尖。"

他还有理了。

蓝洁英被教育了一顿，放下电话后越想越不对，总觉得这个老沈没这么简单，下个季度每个月少500，到明年又不知道要提出什么要求来。

趁着睿睿睡午觉的工夫，蓝洁英就打给老沈了。

"沈哥，生意好啊？"

老沈一看是蓝洁英的电话，心里咯噔一下，这个女人可比她老公难对付多了。

"生意不好做啊！蓝姐，现在网上一颗钉子都给你卖，我们这种小店就更难做了。"

"沈哥，你可别给我诉苦了，谁不知道门市里你的五金生意最好。网上是一颗钉子都给卖，但是运过来要好几天啊，谁愿意为一颗钉子等几天，又便宜不了几个钱。倒是你，都是从网上进货吧？进价降低了，卖价却没变。在我楼下做生意的人中，沈哥的经济头脑最好！"

"看蓝姐把我夸得晕晕乎乎的，我们这一片市场上谁不说蓝姐是一个精明人？我早就说了，蓝姐收一个门面回去自己做，不比到超市去打工强多了？"

"生意哪是那么好做的，一开了门，就关不了，我不像你，有你老婆给你换手，我家时运是吃公家饭的，不仅帮不了忙，我还要给他做饭，这就没办法了。"

"有钱赚不赚是傻，这话谁说的？你说没办法，那就是真的没办法啰。"老沈跟蓝洁英贫起嘴来。

蓝洁英叹一口气："也不是没这么想过，给谁打工，都不如给自己打工，我现在也是没办法，被孙女黏上，走不脱了。"

老沈说风凉话："都说蓝姐是去大城市见世面去了，还真是，去北京看孙女去了？那可是天子脚下，皇城根儿，你那个孙女，长大后指不定成一个大人物呢！"马屁一顿乱拍，让蓝洁英都快忘了自己打这个电话的目的了。

"说什么呢，我们小老百姓，在哪里不都是小老百姓。"本想诉一诉苦的，又一想，做生意的人都是踩低捧高的，说自己在北京的委屈除了让人看笑话以外，也没有啥意义。

老沈倒是一时忘形，说了一句让蓝洁英到现在也不能释怀的话："蓝姐，差不多就回来吧，走的时候说一个月后就回来的，结果去了好几个月了吧？再不回来，许科长只怕是要在李姐家搭伙了。"

李姐就是租了蓝洁英的门面做衣服的李姐，李翠翠。

李翠翠要是有老公倒还好，搭一个伙就搭一个伙。蓝洁英本来就操心呢，许时运这个人，大男子主义，不做饭，结婚这么多年，都是蓝洁英在操持家务。他呢，就负责在外面搞人际关系，说好听一点是在官场里经营，说不好听的，就是没有生活能力。现在蓝洁英去北京了，许时运是能在外面混饭吃就在外面混饭吃，蓝洁英不能不担心啊。外面的饭是好吃，要说干净卫生，那是不可能的，天天这样吃，身体怎么受得住？有人肯让他搭伙，蓝洁英感激还来不及，毕竟这年月的人，给自己家人做饭都被挑三拣四的，何况她还肯给外人做饭。

但是李翠翠没有老公，她是一个单亲妈妈。这就是让蓝洁英担心的地方。在已婚女人眼里，单身女人都是潜在的狐狸精。更何况，这个李翠翠，还是一个会穿衣、会打扮，女人看了会羡慕，男人看了不愿挪开眼睛的狐狸精！

61

蓝洁丽

　　蓝洁丽下班后去医院给万菊花取了 CT 报告，报告上写着"未见明显异常"，蓝洁丽摇摇头，白花了小 1000 块。

　　今天朱文武出车去了，茜茜晚自习要上到 9 点钟，蓝洁丽不用赶回去做饭。她将报告收起来，骑了一辆共享单车回一趟娘家。

　　万菊花一脸愁苦地坐在门口，看见蓝洁丽，勉强挤出一个笑脸来。

　　蓝洁丽不喜欢她这个样子，就说："又怎么啦？在这里坐着，别人问起来又说姑娘没回来看你。"上次张婶给蓝洁丽打电话就是这样的，万菊花说几天没吃饭了，姑娘们也没来问一下。

　　蓝洁丽就奇怪了，明明儿子媳妇住在隔壁，老娘不舒服，就只会说姑娘怎么不来问一下。

　　万菊花连忙说："没有啊，我就是在这儿坐会儿，你哥那里灰太大了，他们在搞改造，这几天我没有过去帮忙。"

　　"早该改造了，该花的钱就是要花，要不然没赚几个钱倒搞出来一个什么尘肺病，赚的那点钱交给医院都不够。"蓝洁丽一边将自行车停好，一边从包里拿出万菊花的检查报告。

　　"你这个报告说没啥毛病。"

"我就说没啥毛病，你非要去检查，白花钱不是。"

"你不检查哪知道没毛病？后村那个唐奶奶不是前几个月才发现是胃癌，没多久就走了。"

"这个姑娘，净晓得瞎说。花你姐的钱，你不心疼。"

"又来了，又说是花我姐的钱，她是出了钱，我陪着你跑东跑西的呢？还不是出了力，我请假还扣工资呢，不是钱？"

"真的？扣了多少钱？下次可别乱请假，你不上班的时候来看我就行了。"

"说得好听，你又不是专挑我不上班的日子生病！"

"唉，一说话就像吃了枪子似的，又和小朱吵架了？你姐啥时候回来呀？"

"我看啊，姐是一时半会儿难回来了，她昨天给我发微信，说姐夫家里又在催骏骏老婆生二胎了。"

"这，老许家催，也没错，你看嘛，时运是独子，骏骏也是独子，当时的国家政策要求，没有办法，谁叫时运是吃公家饭的。罚款都不行，超生了是要丢工作的。现在好不容易国家政策放开了，睿睿又是一个女孩子，洁英的公公那还不催！做梦都想抱一个重孙子吧！"

"真是！重孙子就那么好？我看有睿睿就够了，多生一个，我姐又得多在北京待三年。"

"那当然不一样！你不懂的。在过去，一个家里没有儿子，那是抬不起头来的，我算是运气好，第一胎就生了天宇，你奶奶才没有给我那么多脸色看。隔壁张婶，那是一连生了五个女孩，后来好不容易生了一个儿了，才能挺直了腰和她婆婆说话。"

"你这都是什么封建思想！现在是新社会了。"

"是新社会了，女人的地位是提高了，你看你都可以吃公家饭了，那当然好！但是祖宗传下来的规矩还是规矩。"

蓝洁丽气得咬牙切齿："还规矩呢！重男轻女还有理了！懒得和你讲，我要走了。"

万菊花一把拉住她："怎么说走就走了呢？小朱出车了？"

"是。"蓝洁丽没好气地答一声，继续去弄她骑来的那辆单车。

"这个方便啊，现在自己家都不用买自行车了。"万菊花还是知道一点外面的事。

"这叫共享单车，骑一次缴一次钱就可以了。你说现在的社会是不是进步了？"

"那当然，那当然，你们上中学那会儿，你哥吵着要买一辆自行车，结果骑了没几天就被人偷走了。"万菊花对过去的事情记得特别清楚。

"还说，你们当时可是花了不少钱买的新的永久牌自行车给他！还骗我和姐姐说等他骑两年就给我们骑，结果呢？"

"结果还不是被偷了，要没被偷，不就归你们了。你们两个丫头片子，可太不好对付了，事事都要和你哥哥争，别人家的女儿就没有这样的。"

"又来了，又来了，我爸这样说倒也罢了，你一个女人也跟着说，真是的。"蓝洁丽不想废话了，本来还想着今天难得有时间，可以陪老娘一起吃个饭，每次和她一说话就让人受不了。

"洁丽啊，不说了，不说了，我这不就和你说说，传统就是传统，又不是只有我们家这样。小朱不在家，你也用不着急赶回去吧？"

蓝洁丽将车停了，问："你吃饭没有？最近吃饭好一点没？"刚才光顾着打嘴仗，来看万菊花的目的都忘了。

"好，好一点了，我早上煮一点稀饭，吃一天。"

"那可怎么行？稀饭不放冰箱会馊的。"

"不会，馊了我闻得到。"

"等你闻到就晚了，我说好好的怎么肚子不舒服，肯定是吃坏了肚子。"

"没有的事。"

"来来来，我看看你的稀饭。"蓝洁丽一边说一边往屋里走。屋门不知道有多久没有打开了，一走进去就有一股子霉味，还有一种老人身上的陈腐气味。

蓝洁丽心下一惊，她总觉得自己对万菊花最孝顺，其实比她哥也好不到哪里去。

蓝洁丽动手将大门和窗户都打开，万菊花跟在后面不乐意："做啥呢？都快晚上了，发什么疯？"

"你屋里气味不好，要敞敞气，以后每天早上一起来就将门打开，新鲜空气不进来，屋里的污浊之气出不去，人就容易生病了。"

"哪有什么气味？就你事多，我咋就闻不到？"

年纪大了嗅觉也减退了。蓝洁丽冲到万菊花睡觉的房间，将她的被子也抱出来了。

"死女子，发疯了。"万菊花跟在后面。

"晾一晾，被子要经常晾一晾。"

万菊花把被子往回抢："按我们过去的规矩，女人用的东西不能晾在外面。"

"不晾在外面，那你晾在哪里？"蓝洁丽不解。

"在屋里晾着。"

"那还叫晾？那不就是放着。"

62

蓝洁丽

蓝洁丽晚上 8 点钟离开娘家，她一边推单车，一边给蓝洁英打电话。

"姐，我刚和妈一起吃完饭。"

"哦，我也刚吃完。你今天有空啊，文武出车了？茜茜上学去了？"

"茜茜上晚自习。上高中了，每天在学校吃饭，晚上 9 点多才回来。文武出车了，每次出车就不高兴，嫌开车累，一回来就骂骂咧咧的。我今天下班去医院给妈拿了检查报告，给她送过来，顺便看看她。"

"学校的伙食还好吧？茜茜正在长身体，可别亏着她了。妈的检查结果还好吧？"

"那也没办法，我下班也来不及给她做饭，以前给她送过一次饭，她说别的同学都看着她吃，搞得她不好意思，后来干脆就在食堂吃了。报告上面写着'未见明显异常'，应该是没有什么大问题。妈还说我白花钱，说我花你的钱不心疼。"

"咋这么说呢，不检查哪里知道有没有问题。"

"就是，和我说了一大堆过去的规矩。真是的，妈是越来越老古董了。"

"妈的身体还好吧？"

"她说还好，我看她不怎么好，她屋里一股子气味，也不知道开门开窗户换气，还和我说什么女人的东西不能拿出来晒。锅里的稀饭是早上煮的，她说她一天就煮一次，也没有看见什么菜。她这样吃肯定不行，再好的身体也经不起这样折腾，而且饭一放一天，馊了她也不知道。"

蓝洁英沉吟了一下，突然说："洁丽啊，你记得我们前村的钱爹爹吗？他们都说他是老了才变傻的。我听电视上说人老了会得一个病，叫老年痴呆，就是慢慢地，只记得过去的事情，对现在的事情倒是越来越糊涂了，你看咱妈像不像？"

"你这么一说，她今天一直讲老规矩倒是有点像了。那个什么女人的东西不能拿出去，是不是她没出嫁时的规矩？不过她说你家骏骏的名字也能说得很清楚，又不大像。"

"就怕是慢慢变化的。"蓝洁英的担心也不是没有道理。

"睿睿呢？"

"我让瑶瑶和骏骏给她洗澡呢，我以前什么都包了，他们反而就没那么喜欢孩子了。"蓝洁英在这方面倒是有反思。

"他们愿意？"

"开始几天死不愿意，两个人都说有工作忙，能忙啥？躲着玩手机呗！他们不洗我就不洗，睿睿两天没洗澡，瑶瑶当妈的看不过去了，喊骏骏倒水，三个人一边洗一边玩，这几天都不用我喊了。"

"还是姐有办法。"

"有啥办法，你是不知道，他们开始洗了两天，盆子都没有洗干净，孩子胳膊上长了个脓包疮。亏得我有经验，骏骏小时候长过，赶紧去药店买药膏，白天等他们上班后我再偷偷给睿睿洗一遍。"

"哈哈哈，姐就是厉害。"

"那当然，不然怎么做你姐。对了，他们快洗好了，我跟你长话短说，妈那边，你多费点心，我这边也是没办法，脱不了身。我听说有的老人开始看不出来啥，后来病情严重了出去就走丢了回不来，那可就真的麻烦了。你经常去看看，如果你能搬去和她一起住就好了，反正你家里房子小，搬到妈那里还宽敞些。"

说到搬过去住，蓝洁丽不是没想过。上次万菊花说不想吃饭，蓝洁丽就估摸着她是不想做饭，年纪大了，一个人吃饭没意思。蓝洁丽就和万菊花说过："要不我搬过来和你一起住吧？我下班给你做饭，你还能吃好一点。"

万菊花听了刚开始很高兴，不过一会儿她就犹豫了。

"洁丽啊，你的心我是知道的，我两个女儿心都好，我没白疼你们。"说她没白疼她们，蓝洁丽觉得有点夸大其词，但是她也不得不承认，在蓝启顺的男权统治下，万菊花还是给了她们一些难得的温暖。

"你要搬过来，小朱肯定不同意，你走了谁给他做饭？"

"他妈不是在家吗？就是天天坐牌场子不回来，回来也是给他带一个馒头了事。"

"那就是，他肯定指望你做饭给他吃。茜茜不能跟着啃馒头，孩子要学习呢。"

"那是，我要过来肯定带着茜茜一起来。"

一说到这儿，万菊花又沉默了。想了好一会儿，说出她心中的担忧："你嫂子那边，生怕我把这个房子给你，找我吵过几回了，让我把屋子收拾好了给她儿子蓝镇结婚用。蓝镇大学都还没有毕业呢，放假过来看了一次，嫌我这屋子是老房子，没有装修，不肯要，冷艳就骂他不识好歹。我是怕你带着茜茜搬进来，冷艳要找你吵，说你是抢房子来了。"

"咋的啦，谁说你这个房子就是她的了？还真是，不要说我没有这个意思，就算我有这个意思又怎么啦，新社会了，男女平等，我和我哥一样有继承权。"话说到这个份上，蓝洁丽觉得自己在自讨没趣，就暂时不提这个话题了。

今天蓝洁英这么一说，蓝洁丽倒也觉得万菊花这个样子，一个人住是有点问题。先不说老年痴呆不痴呆的，她这样吃一天冷稀饭，哪天真得一个肠胃炎，到了这个年纪肯定熬不住。冷艳摆明了不会管她，蓝天宇的厂子里一摊子事，冷艳忙都忙不过来，更不要说，她还有三个儿女要管，今天这个相亲谈朋友，明天那个找工作，蓝天宇是一个百事不管的人，事事都要她操心。但是如果蓝洁丽搬回去照顾万菊花，冷艳又肯定不同意。有的人就是这样，既不方便别人，也不方便自己，别扭着她就舒服了。

洁丽说："好吧，姐，你先去管孩子，这边我明天再和妈商量商量。"

蓝洁英挂了电话，想了想，给蓝洁丽转了 2000 块钱。让洁丽去照顾妈妈，钱总是要花的，洁丽手头没几个钱，要是把钱花在娘家，朱文武知道了又得扯皮。

早几年蓝洁英是坚决劝蓝洁丽离婚的，嫁了个什么玩意儿，钱赚不了几个，还动不动就打人，什么男人不好找，找这么一个垃圾。这两年蓝洁英也不劝了，各人有各人的命，她这个做姐姐的，也只能在经济上帮衬一下老妹了。

63

林瑜

程思思上学以后，林瑜关起门来痛痛快快地哭了一场。

她没有想到电视上的那些情节竟然都实实在在地发生在她林瑜身上了。

这两天她电话打了不少，她妈妈唐雨晴的意思基本上是能缓和就缓和，本着劝和不劝离的原则，唐雨晴对她自己的调解能力有着迷之自信。姑妈林月华则强势得多，说来说去就是一个字，拖，拖着不离，将不离作为和程功谈判的条件。林月华做过多年班主任，对思想斗争颇有心得，不过她对付的都是初中的毛头小伙子和小姑娘，真正和成年人斗，她也未必就有太大的胜算。

林瑜一边抽泣，一边翻看旧相册。往事历历在目，与程功在一起的点点滴滴仿佛从未远去，一直萦绕在她心头。从见到程功的第一天起，虽然那个时候的他是一个刚刚进城、还有点土气的农村小伙子，林瑜却一眼看中了他土气装扮下的帅气面孔："怎么有长得这么好看的人呢，居然还是我爸爸的徒弟。"

她不顾羞涩，软磨硬泡着让林家保和唐雨晴给他们做介绍。

第一次和一个男生出去看电影。

第一次亲密接触。

第一次和一个男人生了一个孩子，一个柔柔美美的小肉团儿。

…………

一切的一切，在林瑜心里，都是那么完美，她从来没有想过有一天这份完美会被拿走，不管是因为程功，还是因为小雯，反正她是被撕裂了，撕成了一小块儿一小块儿的。

她仔细端详着她和程功的婚纱照。照片上，她被化了浓妆，勉强称得上好看，但却是陌生的自己；而程功呢，经过化妆师的打扮，林瑜觉得，就是再好看的电影明星也比不上她老公好看。

最近几年，虽然程功的年龄也上来了，但是随着事业的成功，那种属于成功男人的气质也显现出来了。这种年龄带来的沧桑感不仅没有给他减分，反而成了加分项。

林瑜将几本厚厚的相册打包起来，早知有今日，当年就不照这么多照片了。以前林瑜光是觉得要将所有美好的记忆都定格下来。思思出生后，每年家里的相册里又多了全家福，林瑜美美地想着，等我们老了，孩子大了，我们一起翻看旧照片，这种一起慢慢变老的感觉真是太好了。

这些相册如果留在程功这里，她能想象到它们最终的去处。如果小雯和他再婚，是肯定不愿意家里有其他女人的照片的，而程功对于这些照片的态度，一如当初拍照的时候一样："你怎么这么喜欢拍照啊？被人摆来摆去，真是麻烦。"他是被动的，迫不得已的，就如同他在这个婚姻中的角色。

一直以来，原来都是她的一厢情愿和独自欢喜。曾经也希望，哪怕只是为了思思，能够将这个婚姻勉强维持下去，毕竟思思是他们之间爱的纽带。

她也曾希望，自己能够睁一只眼闭一只眼。她安慰自己，婚姻不都是这样，总会有一个人出轨，因为黏在一起太久了，就必定有一个人会心生厌倦。她多么希望心生厌倦的那个人是自己，那样她也可以走得潇洒一点，至少不那么心碎。

昨天程功给她打了电话，说："我们什么时候谈一谈？"

语气冷漠而客气。好像谈一谈是他的恩赐一样，又仿佛是林瑜犯下了不可饶恕的错误，因为她将他们之间的私事说给了妈妈唐雨晴和姑妈林月华。

是的，这是他们之间的事，应该由他们两人来解决。姑妈林月华不应该多管闲事地给程功打电话。

实际上，林瑜并不知道林月华挂了她的电话以后，竟然直接打给了程功。

"程功啊，你的事业成功了，但是说起做人呢，还是要懂得感恩。不是看在林瑜的面子上，几年前，我家的房子装修是不会找你的公司的。你那个公司，当时还是一个空壳子，连全包的材料费都拿不出来，只能给人做半包。要不是我家的房子被你装修成了样板房，你怎么可能在一年内拿到那么多合同？其中的一大半都是我们学校的老师和他们的亲戚。"林月华知道打蛇要打七寸，程功最骄傲的就是他现在的成功，她有必要让他知道他的成功是建立在林瑜是他妻子的基础上的，而不是他自认为的"白手起家"。

"姑妈，我这一辈子都很感恩您和姑父，我程功能有今天，除了我师父的栽培，就靠姑妈和姑父了。"

"说得倒是好听！你和小瑜离婚了，我就不是你的姑妈了！"

"我没有要和小瑜离婚，是她非要离。正好姑妈说到这个，还请姑妈给小瑜做做工作。小瑜这个人，姑妈不是不了解，我们家什么都得听她的，一不听就和我吵。我也是被吵得没有办法才搬出去的。"

林月华一愣，她不知道这个。

"您难道不明白在我们的婚姻中，我才是处于弱势的那个吗？我的一切成功都是因为她，您能理解我的感受吗？结婚十几年，她叫过我父母一声爸妈吗？这都不说了，我让他们不要计较，我和他们解释说城里的女孩不习惯叫别人的爸妈为爸妈。但是我敢不叫我的岳父母为爸妈吗？我还不得被他们骂死！这十几年来，我们只回我的老家过过一次年，还因为她不习惯用老家的厕所，第二天就逃走了。我老家的人都说程家老二找了一个城里老婆就不回来过年了，您知道我心里有多么难受吗？"

林月华没有想到程功心里一直憋着一股子气，她不是没有劝过林瑜："不能不去小程家过年，哪怕两年回去一次也好，虽然他表面上不说什么，心里不知道怎么想的呢。"

林瑜不以为然："我又没有不让他回去，他回去就是了，我和思思就不跟着去了，那个厕所，真是，再说了，就算他人没有回去，东西可是带回去不少，重机厂分的年货，哪一次不是让他爸他哥过来都拿回去！"

林月华不知道说什么好。站在姑妈的角度，林瑜不喜欢农村的厕所，讨厌农村过年的风俗，似乎可以理解，但是作为旁观者，一个女人嫁给了一个男人，就应该接受他的一切。

"没有感情了可以离婚，出轨不行。"这是林月华的原则。

"我哪里敢提离婚，我要是提出离婚，你们家还不吃了我？"程功开玩笑似的说。

林月华有点尴尬，刚听说程功要离婚的时候，她确实是恨不得吃了他！一个农村出来的小伙子，刚一发达就忘了当初提携你的贵人，不仅是忘了，还要将自己的贵人打翻在地。这种人最让人气愤！

"我不是说小瑜不好，我们之间的感情是一种不平等的感情，她就是我的救世主！我的手机她每天都要检查，不能和别的女人开一个玩笑。对于一个有自尊的男人来说，这种不平等的感情是无法一直维持下去的。我这么说，不知道姑妈您能不能理解？"

理解归理解，但是到了自己亲侄女的头上，还是不能接受。

64

林瑜

门口的敲门声响了好一会儿，林瑜没有起身。如果是快递员，他们以为家里没人就会给她打电话，如果电话没人接，他们就会将包裹放在门口。

然后是钥匙插入锁孔的声音，是程功。

自从林瑜向程功正式提出离婚以后，她已经明确表示过这个家不再欢迎程功回来："戏已经演完了。"

林瑜一旦发了狠，总是显得比别的女人更冷静，这也是程功对她又爱又恨的地方。

门开了，程功有点尴尬地站在门口："没换锁？"

"还没来得及换。"说完，林瑜便沉默不语。

"为什么非要现在离婚？你不是说等思思考上大学吗？"程功说。

"你自己心里清楚。"

"我清楚什么？"

"还要我说吗？那个小雯。"

"你从哪里听来的？"

让林瑜诧异的是他居然还想抵赖。有什么好抵赖的，这不是事实吗？

"是你说要冷静一下，我才搬出去的。我们每天吵架对孩子也不好。"

"你知道对孩子不好，那为什么还要吵？"

"林瑜，这么说就是你的不对了。是我找你吵吗？我每天累死累活，难道不是为了你们吗？每天一回家你就找我吵，谁受得了？男人在外应酬，还不都是为了家？小瑜，水至清则无鱼，现在哪个男人的手机经得起你那样检查？"

"你累死累活？你是忙着见客户，还是忙着和小雯生孩子？"

程功不语。在这件事上他是错了，但是他以为还是可以挽回的。他给了小雯一笔钱，让她去堕胎。

"是你逼我出去，我才和她在一起的，我和她说过，我是不可能离婚的。"

林瑜冷笑一声，他就是这么显示他的优越感的。即使他不给结婚的承诺，小雯又或者别的女孩子，还是要扑过来。

"现在是我要离婚。"

"为什么？"

"因为你和小雯的关系。"

"和你说了，我和她是逢场作戏。你逼我搬出去的那段时间，太苦闷了，做生意的人，谁没有一两个红颜知己？"

"如果这么说，那你还是别做生意了，不如以前安生。"这是林瑜的心里话。一切的焦虑和争执都是从他做生意开始的，每天忙着各种应酬交际，慢慢地，他就不再是原先那个单纯的大男孩了。

"不做生意了？那怎么行？你记不记得我刚下岗的时候，每天回家你爸妈都唉声叹气的。"

"现在他们都管不着了。"林瑜感叹，时光就是这样，不仅带走了呵护她的爸爸，也让她的妈妈离开了他们的家。

"你虽然没有唉声叹气，但是我也感觉到了你的恨铁不成钢。你也说过，为什么别人没有下岗，只有我下岗？你让我反思，我能怎么反思？因为我不如别人？因为我是农村人？因为我没有有地位的父母？"

林瑜心中一震，他不说她确实是不记得了，但是他这么一说，她倒是想起来了。当时她口不择言，应该是这样说过，她觉得程功下岗，肯定是因为他做事不认真，上班吊儿郎当，迟到早退才会第一批下岗的。如果你好好工作，厂里怎么会偏偏就让你下岗了呢？

"你知道打死我也不想再回到那样的生活中去了。"程功下岗以后，在家当了一年的"软饭男"，每天负责做家务，接送孩子。因为家里的收入锐减，林家保好心让他们回家蹭饭，程功每天不得不厚起脸皮，去林瑜娘家吃饭，接受岳父母的再教育。

岳父林家保还好一点，多少还给他一点安慰："小功啊，你也别太自责了，这次下岗也怪不得你，只能怪你运气不好。政策就是这样的，厂龄小于 5 年的，就是他们的下岗对象，欺负年轻人不是？就是有点欺负人，年纪大一点的、有点后台的，他们动不了，就只有本事动老实人。"

岳母唐雨晴的脸色就不那么好看了，吃饭的时候含沙射影地对林峰说："你看你不好好读书，以后工人都做不了，看你怎么办？"结果怎么着？她那个宝贝儿子，不说考大学，连中专都没有考上一个，还不是靠着他爸爸求爷爷告奶奶，找了一个石油公司的工作。虽然林峰的工作也是走后门得来的，唐雨晴却不觉得有什么，还在他们面前夸口："峰儿就是能干，加油站都准备提拔他当小组长了。"让程功感觉戏剧化的是，小组长没提拔上倒也罢了，没几年林峰那边也下岗了，真是天道好轮回！

要说那个时候最让程功感动的，是林瑜站在了他这边。

见妈妈这么奚落自己老公，林瑜当时就黑了脸："说林峰就说林峰，别往程功身上扯。程功也没有白吃你的，我们可是缴了伙食费的。"林家保忙说："不用不用，我和你妈的工资吃饭还是够的，你们来也就是加几双筷子的事。"

林瑜非要缴，就是为了堵唐雨晴的嘴。

唐雨晴知道林瑜护着她老公，这姑娘，没有眼力见儿，胳膊肘就知道往外拐。

"不说了，程功，男人嘛，还是要找一个事做，小瑜的工资养活一家人还是吃力了一点。"到底是妈妈，骨子里还是心疼女儿。

在社会上碰了好多次壁，程功才选择去做装修这一行。做这一行，是因为程功在厂里学过水电，小工的活他也不外行，其他的工种跟着学一学也能很快上手。自己出来单干，也是因为姑父家分了新房子，姑妈说找谁装不是装，找自己人更放心，本来是准备找程功打工的那个装修队的。程功却动起了心思，自己在这一行也混了几年了，有一点人脉，何不趁这个机会自己做老板！

"小雯同意堕胎？"林瑜不相信。

"我不会和她结婚的。"

"为什么？"

"她如果不去程家庄找我妈，我还会考虑一下。我和她开始的时候就说了，我不会和你离婚。"有钱的男人就是这么自以为是。

　　"现在是我要和你离婚。"林瑜不得不再说一遍。程功搬出去的时候，她反思过，她确实管他管得多了点，但是男人不管着怎么行呢？尤其是程功这样容易有桃花运的男人。她也考虑过，今年过年就和程功一起去程家庄，现在程功有钱了，完全可以给他父母建一个现代化的厕所，不要说厕所，给他们建一栋房子她都没有意见。但是，她不能接受这个她全心全意爱着的男人和别的女人有了孩子。

65

唐雨晴

小芳妈妈的手艺确实不错，一家人吃得格外开心，尤其是老段和大兵，像是从饿牢里放出来的，一连添了好几碗，直呼："好吃！以亲家这手艺，可以去开餐馆了。"

老段一边说，一边将目光落在唐雨晴身上。心想：都是女人，人家怎么就有那么好的手艺，还一点也不矫情，唐雨晴啊唐雨晴，你可得好好跟人家学学！

唐雨晴埋头扒拉着自己碗里的肉丝，她是不理解这种大快朵颐的感觉，吃这么多，有什么好？逞了一时口腹之欲，过后又要减肥，现代人，不是没有吃的，是吃得太多了。

说吃得太多了，是唐雨晴的个人看法，也是有点小资的唐医生的看法。老段可不这么看，现在吃的是有了，但是想吃点好的，也不是那么容易。尤其是楚爱梅去世以后，吃一顿合口味的饭菜简直成了老段的梦想。

大兵妈妈也就是胜利媳妇不是个能干的人，平日里做的饭菜基本上就是对付和凑合，大兵习惯了他妈妈的粗茶淡饭，但今天岳母的精耕细作还是让大兵觉得很幸福。他流着幸福的口水，看向自己的媳妇小芳："芳，你可得好好跟妈妈学着点，不能让妈妈这把好手艺失传了。"

小芳妈妈做给他们吃可以，但是女婿这么说她女儿，她就不乐意了，脸一黑："大兵啊，我家小芳在家里可是大小姐一个，从来不进厨房的，你就别指望她做饭了。"

听妈妈这么说，小芳想起自己嫁过来的这些日子，为了做家务的事，和大兵没少起摩擦。这么一想，心中就不禁一酸，刚才好不容易有的一点胃口也倒了，哇的一声，她又要吐了。

小芳妈妈手疾眼快，冲到女儿跟前，拿盆子接在下面。

大兵掩着鼻子，说："芳，能不能别这样，我们可是在吃饭呢！"

小芳委屈："我想这样啊？真是的，还不是你的孩子在里面捣蛋！"

"什么我的孩子，难道不是你的孩子？"

小芳妈妈手脚麻利地将秽物拿到厕所去清理，一边各打五十大板："都少说一点，这么大的人，都要当爸爸妈妈了，为一点小事就争论不休。"

大兵本就已经吃了八九成饱，被小芳这么一折腾，只觉得倒胃口，他恨不得自己也要吐一吐才舒服，就将碗筷一放，说："我吃饱了。"

小芳妈妈劝他："锅里还有，再添一碗，好吃我明天再给你们做。"

"不用了，谢谢。"大兵又恢复了刚来时的冷漠客气。一边掏出手机看了看，一边有礼貌地站起来，向一圈人表示："我先走了，还有一点工作要做。"

小芳不高兴："就走了？一天就来这么一小会儿。"

大兵哄了哄她："真要加班，别闹了，乖，明天再来看你。"一边说，一边往外走。

老段站起来送孙子："明天早点过来。"

大兵一走，小芳也放下碗筷，说："不想吃了。"

小芳妈妈无奈地看着自己的女儿："吐了也要吃，我以前怀你的时候还不是这样，吃了吐，吐了吃，不然孩子怎么长得好，你现在是一个人吃两个人的饭呢。"

唐雨晴在中间打圆场："亲家妈妈，小芳现在不想吃就先休息下，等会儿想吃了再弄给她吃。"

小芳妈妈不好意思地说："唉，这个女儿被我养娇了。"

唐雨晴说："女人怀孕了，娇气一点也正常。倒是大兵，老婆怀孕了，还要去加班。"

老段说："加班也是没办法，年轻人要拼事业。反正他在这里，小芳也不见得就多吃几口。"

唐雨晴瞥一眼老段，说："你们男人就是这样！以为生孩子是女人一个人的事，女人就不要事业了？"又转头看向小芳："小芳啊，你可要记住了，等胎安好了，就回去好好工作，别因为生孩子把事业落下了，以后有你后悔的。"这话倒是推心置腹，但是以现在唐雨晴和小芳之间的亲密度，说这样的话，又似乎有点不合时宜。

老段打着哈哈说："又来了，又来了，女人生孩子不是天经地义？生了就要养，你叫她怎么和男人一样拼事业？社会上对女人生孩子都是有政策倾斜的，要不然产假怎么越来越长了呢？这是国家在照顾妇女儿童。小芳，别听你奶奶胡说，好好养胎，做一个好母亲对一个女人来说才是最伟大的事业。亲家妈妈，你说我说得对不对？"

小芳妈妈看看唐雨晴，又看看老段，两个人似乎都在为小芳着想，都是打着为小芳好的旗号，她一时竟不知道该站在谁那边。

小芳的孕激素在起反应，根本没有仔细听爷爷奶奶在讨论什么，只觉得耳边聒噪，从餐桌上下来，斜靠到沙发上，喊道："妈，帮我开电视！"

小芳妈妈擦了擦手上的油，过来帮她开了电视，嘴里说着："祖宗，医生要你养胎，你还惦记着看电视。"

小芳说："今天一天都在床上躺着，人都躺没劲儿了。看看电视，放松一下。"

唐雨晴将遥控器递给小芳，说："少看一会儿，坐久了怕对胎儿不好。"转身安慰小芳妈妈道："一直躺着保胎对胎儿也不一定好，从医学上说，保不住的胎多半也是自然选择。"不愧是30年的厂医，这方面她还是有点发言权的。

小芳妈妈笑笑，回去收拾厨房碗筷。

唐雨晴看了一下，厨房里暂时没有她的位置，当着小芳妈妈的面，她不好意思再指挥老段去洗碗，干脆眼不见为净："亲家妈妈，我出去走走，吃多了，消消食。"

老段也说："亲家做的面太好吃了，一下子吃了两大碗，我也得出去走走，消消食。"

出了门，老段不无感慨地说："家里还是有点烟火气好啊！你看小芳妈妈一来，我们家多么生气勃勃。"

老段的一张脸因为获得了油水的满足而显得格外惬意。唐雨晴白了他一眼："还不是小芳妈妈牺牲了自己的时间和精力，做了你爱吃的饭菜，你才感到格外的幸福！"

老段今天不想和唐雨晴闹别扭，牵住唐雨晴的手："什么牺牲不牺牲的，女人最大的幸福，不就是相夫教子嘛。"

66

林瑜

唐雨晴是早就不相信女人最大的幸福是相夫教子这样的鬼话的，但她对女儿林瑜的幸福却还是免不了世俗的要求。

"离婚？什么？你要离婚？"唐雨晴不理解林瑜怎么会有这么奇怪的想法。程功都没有要离，虽然你说他不爱你了，在外面有了别的女人，甚至有可能有了一个刚刚萌芽的孩子。但是婚姻保卫战保卫的不正是妻子的利益吗？凭什么将十几年的成果拱手让给别的女人？就为了这一点，你也不应该主动提离婚。

这是上一辈的女人对于林瑜处理程功出轨事件达成的共识。不仅是上一辈的女人，就是同辈的女友，听说林瑜要和程功离婚的事，也是一脸的不理解。

"不过是一次出轨而已，男人都这样，你以为换一个就不一样了？"

"程功是思思的爸爸，再怎么样也比别的男人对思思好。"

"人生不过几十年，忍忍就好了，等男人年纪大了，就知道顾家了。"

"男人离了可以找年纪小的，你都这个年纪了，离了对你有什么好？"

程功从口袋里掏出一包烟，向林瑜点了点头，算是征求她的意见，林瑜没有作声，起身开了客厅的窗户。

"小瑜，你想想吧，离婚对你有什么好处？你也 40 多岁了，不能像年轻时候一样耍小孩脾气了。就算我对不起你，我一时鬼迷了心窍，现在我选择回来，别的女人不都是张开双臂，欢迎她们的丈夫回归家庭吗？"

林瑜淡淡地说："我不是别的女人。"

程功妈来找她之前，林瑜的确是抱着这样的幻想，希望程功有一天迷途知返，不是说男人都是迷路的孩子，只有温柔如水的女人才是他永远的家。但是自从知道了那一个具体的人，具体到小雯这个女孩身上以后，她的信念崩塌了。她发现自己并没有想象中的那么宽容。她现在唯一的念头，就是离开他，越远越好，再也不想见到他了。

程功点了烟，林瑜默契地递给他一个烟灰缸。程功刚才一下子心烦意乱，都忘了以前和林瑜的约定：在家里不抽烟，给孩子一个好的环境，也给孩子做一个好榜样。

"你不爱我了吗？"程功现在问这句其实有一点矫情，都什么时候了，还问爱不爱的。

林瑜只是再也不喜欢这种和人分享爱情的感觉了，甚至随着年岁渐长，她开始觉得爱情根本就不是生活的必需品。年轻的时候，有荷尔蒙的作用，也有父母辈的教育，以为女人的一生，最大的幸福就是找一个好老公，生一个或几个孩子，将他们抚养长大。她现在怀疑，这种必须结婚的教育完全是人类的误区，又或许仅仅是人类繁衍的规则而已，曾经的她却将此奉为圭臬。

但是不可否认的是，她一生中最幸福的时刻，不外乎她和程功结婚的时候，所有亲眷都在夸她有眼光，年轻时的程功是那么帅气。还有她生下思思的时候，她的生命得到了升级和延续，林瑜惊讶于自己竟然生了一个这么漂亮的女儿。人生如此，夫复何求？

也许正是因为爱得深沉，才更不能接受第三者的出现。

林瑜已经不再年轻，最近一直没有休息好，更显得她头发枯燥，容颜憔悴。不过这些都不是重点，即使年轻的时候，林瑜也算不上美丽，现在她的身材也略微有些发福，她曾经自嘲自己是幸福肥，现在是幸福没有了，只剩下肥。

"随便你怎么想。"一个在男人堆里摸爬滚打成长起来的女人在气势上到底不同于常人。

假如她流着眼泪抱着程功，央求他不要抛弃自己，也许又是另外一个结局了。

程功软下来，他并不是来吵架的，他是来求和的："小瑜，就算我有再大的错，也是你每天和我吵架逼着我出去的。如果我不搬出去，就不会有小雯的事了。你想想，这么多年，你是怎么对我和我父母的？也就是我，念着我们以前的感情基础，念着师父师母的恩情，被你这样步步紧逼都忍了下来。以前的事我都原谅你了，你就不能原谅我一次吗？"

出于男人的考量，他并不想破坏现在的生活。离婚后再娶，对他来说再容易不过，不说小雯是怎么殚精竭虑地想要嫁给他，就算是别的年轻女人，程功也觉得自己不是没有机会。

但是再婚，也意味着很多问题，社会关系的重新构建，和女儿之间的相处模式，新的家庭新的孩子势必会带来新的矛盾。他是一个深思熟虑的人，如果不是这样，他也未必能在商场打拼多年。

姑妈林月华的警告言犹在耳："程功，蓝亮计划年底买房，他到时候找不找你装修我会让他考虑一下。"蓝亮他们医院的年轻医生，现在可是安南市买房的新主力，程功正在计划如何争取到这一笔业务。

而小雯，和他一样，来自农村，且家里还有一个上大学的弟弟。作为一个生意人，程功不得不考虑再婚的成本，虽然小雯给他生一个儿子的可能性大，但是作为一个生意刚刚有点起色的新锐老板来说，他还不敢孤注一掷地为了一个儿子而舍弃他现有的一切。

权衡利弊，维持原状才是最好的选择。他和林瑜也不是没有感情了，只是突然的发达，让他有了扬眉吐气的感觉，而林瑜过去的强势突然成了让人无法忍受的缺点。

绕了一圈，暂时还是不要伤筋动骨了。

是有一点对不起小雯，这姑娘确实是奔着和程总结婚而去的。不知道她从哪里知道了程功老家的地址，竟然在程功不知情的情况下，得到了程功父母的认可。程功父母是苦一个好儿媳久矣，一个都不愿意回来过年的儿媳哪里算得上一个孝顺的儿媳呢？现在这个小雯，又温和，又谦恭，一进门就叫他们爸妈，还抢着干厨房里的活，最主要的是，她可能还怀了一个儿子，这对程家来说是多么重要！

"我听说厂里的形势了。"这是程功这次来的杀手锏。

"厂里形势不好也不是一天两天了。"

"但是这一次会有比较大的人员调整。"

"你就直说了吧，我可能会下岗。"

程功有点尴尬，当初他下岗的时候很怕别人在他面前提这两个字，下岗到现在都是一道过不去的坎。

"我听说 40 岁以上的可能一刀切。"他消息还挺灵通的。不过不奇怪，这几年他发达以后，当年看不起他的重机厂的工人们又纷纷以老同事的身份登门拜访，套一套近乎。

"切就切呗！一直在车间做，也做麻木了，做出来的产品卖不出去，我也早就不想做了。"林瑜这样说，多少有点掩盖她内心的惶恐。作为一个中年妇女，重启人生是一件多么困难的事。

"没有到退休年龄下来的，是买断工龄吧？"

"具体政策还没有下来，暂时不管那么多。"

"那思思的学费怎么办？"

林瑜诧异地抬头，她没有想到程功会用这个来要挟自己。

"你不应该付抚养费吗？"

"要是我申请公司破产呢？"

"你不会这样做的。"

"为什么不？"

林瑜从来没有想过人类的情感会这么复杂。

"就为了惩罚我要离婚？"

"不不不。我想看看你离开了我，是不是生活得更好。"程功打着哈哈说。

像所有白手起家的成功人士一样，程功急于得到别人的承认。

"思思说她跟着你。"

"你和她谈过了？"

"是的。"

"你同意了？"

"不同意能怎么样？孩子愿意选择有钱的爸爸，而不愿意跟着她妈妈受穷。我尊重她的选择。"

　　这是程功没有想到的，他还以为他们会为孩子的抚养权撕来
扯去。

　　"连孩子都知道趋利避害，只有你这么傻。"

　　是的，我就是这么傻。林瑜在心里默默地说。

67

林月华

林月华感觉这几天腿痛又加重了，不仅是膝盖前面痛，膝盖后面也开始痛，她无时无刻不感觉膝盖里面有如针扎。林月华向蓝子风诉苦，蓝子风要么在专注地画画，要么在看手机，听是听见了，却没有什么反应。蓝子风心里想：病在你身上，你疼我也没有办法。

林月华在那儿抱怨，也未必就是要蓝子风做什么，不过是希望得到一句安慰罢了。蓝子风心里也清楚这一点，但是一起生活了这么多年，他知道只要他接了茬，后面就会没完没了，最后不知道在什么地方就引火烧身了。

蓝子风现在可没有那么傻，多一事不如少一事，你让我买药我就去买，反正就是跑一趟药店，花一点钱而已。蓝子风在心里当买药花的钱是林月华的工资，这样他就心理平衡了。

林月华自顾自地说了好一会儿，蓝子风没有一个回应，林月华就开始生气。生气的结果就是决定今天中午不做饭了，让蓝子风自己解决，反正之之中午在学校里吃。林月华现在只做之之的饭。

到了中午，蓝子风看林月华歪在沙发上，迟迟没有做饭的意思，就知道她又在和自己置气了。都多大年纪了，还动不动地使小性子。蓝子风懒得和她理论，冲到厨房，打开冰箱看了一圈，没有什么现成的吃的。要是有一两个馒头啃啃，他就可以填饱肚子了，反正他号称自己对吃的要求不高。

于是蓝子风换鞋出门，出门前还是要和林月华客气一下，男人嘛，绅士风度还是要有的，不然被林月华一状告到儿子女儿那里，他们又要来问责了。"老林，我出去买馒头，要帮你带吗？"

不知道从什么时候起，蓝子风叫林月华的称呼变成了"老林"。刚结婚的时候叫"小月""月华"，后来叫"林老师""亮亮妈""怡怡妈"，现在就变成了"老林"。林月华估计这个称呼是再也不会变了，直到他们中有一个先离开这个世界。

"不带，我炒饭吃。"林月华回答得很干脆。

蓝子风很想问一句"炒饭有没有我的一碗"，又一想，她根本就不想给自己炒，何必自讨没趣。

等蓝子风一走，林月华又开始懊恼，这个男人，一辈子也没有得到过他的呵护，你看，就是一句温柔一点的话，他都不肯说。

想想她的那些女友们还都羡慕她找了一个好老公，真是如人饮水，冷暖自知。反正她是不会当着她的女友们说蓝子风的不是的，有一个好老公、两个好孩子，一直是林月华一生中最大的骄傲，她可不能亲自将这个骄傲打碎了。

想到孩子，林月华拿起手机拨打蓝怡的电话。

"妈。"

"怡儿，在干啥呢？"

自从张世唯和蓝怡从学校里辞职自主创业以后，林月华一直默认蓝怡现在是舒舒服服的全职太太了。

"工作。"

"在哪儿工作？"

"在家工作。"

"在家那能叫工作？"

"现在的工作不都是在电脑上完成？不需要专门去办公室。"

林月华说："你今天能不能过来一下？我这个腿呀，痛得受不了。"

蓝怡撇撇嘴，她断定蓝子风又被林老师折腾出去了，现在找不到人闹了就想到自己了。

"吃了药没有？米瑞给你带非布司他来了吧？"

"带来了，吃了没有用。"

"你上次不是说有用吗？"

"上次是上次，这次没用了。"

"我就说这个药不能停，不要以为尿酸降了就停药，一停药可不就复发了，再要恢复又要好长时间。"

"是，你说得对。"蓝怡研究生毕业后留校当老师，和父母说起话来也是一副教育人的架子，林月华早都受不了她了。本以为到了江城市，离女儿近了，女儿能多照顾自己一下呢，结果每次打电话她不是在忙工作，就是在忙孩子，好不容易抽点时间过来看看他们，也每每因为他们七嘴八舌地告对方的状，不高兴收场。

说实在的，林月华他们刚搬过来的时候，蓝怡就在想，要好好利用这三年，多陪陪父母，毕竟现在离得近了，不像以前，工作忙不说，孩子也要上学，回一趟安南市都要计划着来，一年也只有大的节日可以走动走动。

头一个月就过来看了他们好几次，蓝怡渐渐地发现了不对之处，每次只要她一来，林月华总要喊着她说一堆蓝子风的坏话。开始蓝怡还很向着林月华，毕竟母女连心嘛，又加上蓝怡生孩子的时候，林月华过来确实帮了很多忙，蓝怡也觉得男人，尤其是她爸爸这样的男人，一辈子都不做家务，完全就是自私！

到了后来，蓝子风也趁着林月华不在的时候，开始抱怨，不外乎一些鸡毛蒜皮的小事，当然蓝子风是大领导，说起话来常常是总结性质的："你妈妈一辈子就是这样，什么事都要和我争！"

蓝怡做过心理学老师，对家庭心理学有一些研究，几次下来，她发现了不对。她想经常看望父母的心意是好的，但是这样一来，就无意中将夫妻关系的命题转移到亲子关系的命题上来了。心理学家早就说过，夫妻关系是家庭中的第一关系，而中国家庭的常见错误就是将亲子关系凌驾于夫妻关系之上。

梳理清楚这些以后，蓝怡减少了对他们关系的干预。毕竟，他们已经以这样的方式相处了一辈子，如果真的不合适，也只有离婚这条路可走了。

林月华发了狠，蓝怡软下来："那我明天带你去医院看看？"

"你上班怎么办？"

"还能怎么办？请半天假呗。"

"那不是影响你工作了？"

"当然影响，但是我不带你去医院，你每天给我打电话，也一样影响我工作啊！"蓝怡也是无奈。

"那就不去了，反正去了也是查一个尿酸，尿酸肯定高，我停了一周的药了。"

"不去怎么知道医生有没有别的好办法呢？我又不是医生。"

"那我打电话给蓝亮。"

　　"蓝亮是外科医生，他又不管痛风症。"

　　"谁说不管，医生都是相通的。"

　　"好吧，你打电话吧。明天早上我还是给你挂号，带你去医院看看，看一下好放心。"听蓝怡这么说，林月华心满意足地挂了电话。就是说吧，她的两个孩子都是好孩子。

68
林月华

晚上，蓝怡和张世唯说起白天林月华打电话的事："我妈说痛风又犯了，腿痛得厉害。"

张世唯嘴上应承着："哦。"心里想的是，上次也是说痛风犯了，自从岳母患上这个病以后，感觉发病的时候比不发的时候多，但是事关蓝怡的妈妈，他不敢多言。因为双方的父母，过去他们吵过不少架，事后想想，多数是没有必要的，对方所希望的无非是尊重而已。现在他们相互约定，各人管各人的父母，如果有特殊情况需要对方配合的，就提前告知。

"我明天上午请半天假，带她去医院看一下，"这是蓝怡的重点，"工作我回来赶一下，应该来得及。"

张世唯客气："需要我一起去吗？"

"不用了，谢谢，工作要紧。"

想了想，蓝怡决定先和她哥蓝亮沟通一下。电话打过去，过了好一会儿才接通。

"蓝怡，有事吗？"

"没啥事，就是妈今天给我打电话说痛风又犯了。"

"自从去江城市以后，她的痛风就没有好过。她昨天也给我打电话了，我问她是不是吃了什么禁忌的东西，她说没有。"

"我上次给她打印了一个什么能吃、什么不能吃的表，放在她的床头，她应该不会再搞错了。"

"这个表啊，以前米瑞也给她打印过，没几天就不知道放哪儿去了，再问她，就说没吃，只是做菜的时候尝了几口，每次都是尝几口就尝出问题来了。"蓝亮无奈地说。

"我和她说好了，明天带她去医院看看。她说要先找你问问。"

"她下午打电话来的时候，我正要上台做手术，就随口说了几句，跟她说这个病就是要降尿酸，不能嘴馋。她听了不高兴，挂了我的电话。"

蓝怡哈哈大笑，她这个哥哥，竟然敢这么说林月华。做菜的时候要尝咸淡是林月华多年的习惯，蓝亮居然说是她嘴馋。

自从上次中秋节过来，蓝亮和蓝是之父子俩吵了一架以后，蓝子风和林月华都要蓝亮暂时不要过来了。"你在医院里工作忙得很，没事就别过来了。"没说出来的话是："好不容易过来一趟，父子俩一见面就吵架，反而影响孩子的心情，还不如不来。"

兄妹俩聊了一会儿，得出的结论就是林月华要求去看病，就是一种寻求关注的表示。蓝怡挂了电话，关注老人也是应该的，平时没有给父母那么多关心，只怪我们工作太忙，现在的孩子又太难养。

第二天一早，蓝怡将琼琼送到学校门口，就赶紧回家拿了电脑，开上车往鹏华公寓赶。虽说都在江城市，省一附中所在地在市郊，蓝怡紧赶慢赶，还是花了一个小时才到她爸妈家里。

蓝怡一进门，林月华一眼就看见她的电脑包，不由得有点失落："又带着电脑过来了，你是陪我去看病的，还是去工作的？

蓝亮也是，每次来，除了关心之之的成绩以外，其余时间都在看电脑看手机。"

蓝怡摇摇头，不得不说，林月华是有点难对付，也难怪蓝子风采取不予理睬的方式来对待她，她可真是高度地寻求关注啊！更让人头疼的是，只要你关注了她，就没那么容易摆脱了。

"我也就是带着，万一你做检查花很长时间的话，我好做一点工作。"

"我就说吧，好好的工作你非要辞职，给私人老板干活有什么好？每时每刻都要你干活。"

"这话说得就不公平了啊，妈，如果不是辞职了，我今天怎么请得了假带你去医院？"

"那周末去不就行了，反正你们学校周末放假。"

她总是有理。真要那样，她又会说疼了一周都没人管，儿子女儿白养了。

"我挂的是 10 点的号，我们搞快点。"

蓝怡一边催促林月华，一边和房间里的蓝子风打招呼："爸，我带妈去附属医院看看。"

蓝子风小声说："还不是老毛病。"

蓝怡没理他，老爸就是觉得老妈折腾。

林月华换上了一条真丝长袖连衣裙，对着镜子梳了好几次头发，又换了一双半高跟小皮鞋，确保她出门有一个好形象。

蓝怡看了看手机，又催促："快，时间快到了，我是在网上挂的号，不知道我们去晚了还给不给我们看。"

林月华又照了一遍镜子。带大了两个孙子，又得了这个痛风病以后，她是光速衰老了，现在每次出门，她都有点嫌弃自己的样子。

蓝怡没有考虑那么多，自顾自地去按了电梯，在电梯旁边等林月华。

林月华走得很慢，为了表示她的膝盖真的疼痛难忍，走几步就要停下来揉一揉膝盖窝。蓝怡说："都这样了，还说不去医院。"

林月华小声说："你爸爸说是老毛病，让我不要麻烦你了。"

蓝怡大大咧咧地说："病了不看肯定不行，拖成大毛病了更麻烦。"

林月华说："我寻思吃你上次买的氨糖会好一点，结果还是好不了。"

"氨糖是保健品，又不是药，还是要按时吃药才行。"

一上车坐好，林月华就忘了她的腿疼，想起来林瑜的事还没有和蓝怡说过，上次打电话时本来想说的，看见蓝子风在旁边就没说，免得被冷嘲热讽。

"怡儿，你知道林瑜要离婚的事吗？"

"啊？我怎么会知道？我一年难得回去一两次，你们来了以后，我就没有回去了。"

"小瑜没有给你打电话？"

"没有。"蓝怡心想，这种事她怎么会和我打电话说。

"为啥要离？思思上高一了吧？"

"林瑜说是程功在外面有了女人，本来说好等思思上大学再离的，现在林瑜不知道发了哪门子疯，非离不可。"

蓝怡开着车，听林月华在后排座椅上絮絮叨叨，听到这句，吃了一惊。好半天才回过神来，说："我一直以为他们感情很好。"

69

林月华

"感情好不好，表面上根本看不出来。"林月华久经沙场。

蓝怡想想，也是，外人都说蓝子风和林月华相濡以沫 50 年呢。

"也是。"

"你觉得小瑜该不该离？"林月华觉得在这件事上，蓝怡应该是自己的同盟军。

蓝怡一边打着方向盘，一边漫不经心地说："什么该不该的，他的心都不在林瑜这里了，还不离，留着过年啊。"

林月华听蓝怡这样说，忍不住啐了一口："什么？死女子，站着说话不腰疼！赌什么气！赌气离了，不就便宜那一对奸夫淫妇了！"

听着后排传来恶狠狠又有几分清冷的声音，蓝怡不由得感到脊背发凉。受伤的女人真的很可怕。

"唉，小瑜姐肯定是在心里想好了。"林瑜比蓝怡大一岁，蓝怡有时候心血来潮叫"小瑜姐"，有时候就直呼其名。

"什么想好了？就是心里没有数！"

"我说妈，你就别管了，他们两个拖着不离婚，这么一个状况，未必就对思思好。"

"我说怡儿，你就是没有吃过生活的苦，苦都被你妈一个人吃完了。一时意气，闹一个离婚，谁不会呀？我要是像你们这么轻率，早都离了！你倒是想想，离了对你、对蓝亮有好处吗？"

蓝怡闻言一脸惊骇，她没有料到说林瑜，竟然说到了林月华自己身上，更没有料到林月华和蓝子风早就有过离婚的想法，她还以为他们不过是因为生活中的一地鸡毛斗斗嘴而已，她可真是太小看他们了。

"你们上小学的时候，我们就差点离了。我思来想去，你爸刚被提为教导主任，你们两个虽然是在小学读书，但是学校老师听说你们的爸爸是市一中的教导主任，是不是对你们都特别优待？"

蓝怡眨着眼睛使劲儿回忆，好像是有这么回事，她还记得当时班主任让她当全校的领读员，每天早上带着大家一起读小学生手册。她没想到这竟然是蓝子风带来的福利。

林月华揉了揉她的膝盖窝，对蓝怡的认同表示了赞许："现在的人，谁不势利？你们两个要是没了爸爸，谁还会这么捧着你们？"

这么说，蓝怡又不乐意了："明明是因为我们成绩好，好吧？"

林月华接着说成绩："你们两个成绩好，你说你爸爸有没有功劳？"

有一说一，蓝子风对孩子们的学习抓得紧是全校有名的，不仅抓课堂内容，课外也一直引导他们自主阅读。

"那和你们离不离婚也没有关系吧？不至于你们离婚了他就不管我们的学习了。"蓝怡继续抵抗。

林月华继续揉腿："那是，但是你想过没有，如果离了婚，有哪个男人不再婚的？哪个男人离婚后不想再找一个年轻老婆给他生孩子的？等他有了新老婆、新孩子，他还有精力管你们？"

林月华的振振有词让蓝怡不寒而栗。她没有想过这些，她甚至在心里隐隐责怪过林月华没有勇气挣脱家庭的束缚。

"等我们大了就没事了。"蓝怡这话说得也没有什么底气。

"你们大了，什么时候算你们大了？上大学吗？你结婚前，我不离婚，是担心你婆家因为你父母离婚了而看不起你。"

蓝怡沉默了，虽然她想反驳，都什么年代了，还有这样的想法！但是她却不能否认，社会上对离异家庭出来的孩子有多么大的偏见！

"不管什么时候离，男人都会再找，就算现在我和你爸爸离了，你信不信，他还是会很快再找的。"

蓝怡不敢说信，也不敢说不信，她的小舅妈再嫁的那个老段，79岁了都会再找，相比之下，蓝子风要年轻好多岁呢。

"我要是不在了，你爸爸肯定很快就会给你们找一个后妈，你想想本该留给你们的财产就不知道会分给谁了，"林月华说着，突然发出一阵诡异的笑声，"所以我一定要好好活着，熬也要熬着。"

这笑声让蓝怡心烦意乱，她嗫嚅着："我们又没有惦记着你们的财产。"

好在附属医院已经到了，蓝怡不用继续和林老师讨论离婚这个话题了。

林月华一边解开安全带，一边抓紧时间继续说："怡儿，你有空给你林瑜姐打个电话，我说话她未必听，你可得好好和她说说，日子好不容易好过了一点，就别再折腾了，折腾来折腾去对女人没啥好处！程功那个混蛋那边，你让她放心，我已经敲打过他了，他做了保证，以后不敢在外面招蜂引蝶了。"

70

林月华

附属医院的停车位紧张，蓝怡转了一圈也没有找到地方停。林月华趁势继续向女儿输送她的"女人不要随便离婚"的理论。蓝怡听得头皮发麻，一瞟眼看见左边的路边有一个停车位，方向盘一打，插了进去。没承想技术不够高超，停歪了，她这样一停，左边这辆车的车主是别想打开车门进去了。

蓝怡慌慌张张地又开出来，想了一下，对林月华说："妈，你先下车，到医院门诊大厅等我，我停好车过来。"

林月华看车一进医院大门就解了安全带，现在被蓝怡一前一后颠了两次，已经有点晕乎乎的了，看女儿停了车，又喊她先下车，就忙不迭地下来了。

不过女儿说的医院门诊大厅在哪个方向，她是两眼一抹黑，刚才进门时是经过的，但林月华根本就没往窗户外面看，她的注意力都在教育蓝怡身上。现在的女孩子都需要教育，动不动就喊着离婚，那哪能成！

林月华下车后，光顾着左顾右盼地找门诊大厅，没注意到脚下有一小块儿凸起的金属物，一不留神就扑通一声摔倒在地。林月华倒地的那一瞬间，发出一声惊呼："哎哟！"

周围经过的人立马停住，一老太太摔倒了！有人上前，却又迟疑了，不能扶，万一是碰瓷的呢？

蓝怡停好车，刚一出来就听到一声"哎哟"，她吓了一跳，那声音有点熟悉，但是她不敢相信。但不由得她不相信，10米开外的地上躺着一个人，那熟悉的真丝连衣裙、半高跟皮鞋。

蓝怡飞跑两步，真是林月华。林月华躺在地上，头上直冒冷汗。蓝怡冲上去将她扶起来，拉到自己怀里，声音颤抖地问："怎么回事？"

林月华意识清醒了："摔了。"

蓝怡一手托着她的头，一手去拉她的胳膊，被林月华扭头躲开："痛！"

蓝怡看看林月华脚上的半高跟皮鞋，说："我刚才出门时就觉得你穿这鞋不合适。"

林月华不作声。她受了伤，倒像是她犯了错似的。

周围看热闹的人指出地上凸起的金属物，说："她那个鞋子肯定是被绊了一下。"

蓝怡心里窝着一团火，这么大一家医院，竟然地都弄不平！也怪林月华，到一个生地方，穿什么高跟鞋，都多大年纪了，还臭美！现在谁还管你美不美！

离医院门诊大厅其实只有几步路了。蓝怡将林月华扶到大厅，找了一个候诊椅先坐下。林月华按住自己的手臂，一直说痛。

蓝怡检查了一下林月华的胳膊，摔青了一大块儿，又看看腿，没有明显的擦破痕迹。

林月华倒是有经验："我估计这个胳膊骨折了。"刚一摔下去，她就用胳膊支撑住了整个身体，为了不让自己的头着地。

林月华眼巴巴地看着蓝怡："太痛了，能不能找医生先打一针止痛针？”

蓝怡抱了抱林月华，这个刚才在车里还强势有力的林老师，此刻像霜打的茄子一样，蔫蔫的。

“对不起，我不该让你先下车的。”

“不怪你，怪我自己，我东张西望找门诊大厅，没注意脚下。”

“怪医院，地面都弄不平，来这里的可都是病人！”蓝怡气呼呼地说，恨不得到医院门诊去投诉。

林月华低着头：“也不完全怪他们，这么多人走，就我摔了，这鞋子也是不合适，我都好久没有穿皮鞋了，穿在脚上有点没感觉。”

林月华往自己身上找原因，蓝怡就更心疼她了。

“现在还看不看肾病内科？”她昨天临时抱佛脚上网查了一下痛风该看哪一科。

“你打电话问问蓝亮吧。”关键时候，林月华还挺有主见的。

蓝怡心里一亮，蓝亮是外科医生，他的意见最关键了。于是赶紧把电话拨过去。

响了好一会儿，那边慢吞吞的一个声音接起来：“请问哪位找蓝医生？他正在准备做手术。”

蓝怡一听正在准备，那就好，还没上台。

“我是他妹妹，麻烦和蓝医生说一下，他妈妈刚才在省附属医院摔了一跤。”

过了几分钟，总算是和蓝亮通上电话了：“蓝怡，长话短说，我马上上台。”

蓝怡早就习惯了他哥哥这样。于是长话短说：“今天早上带妈来省附属医院检查，结果一下车，妈就摔了一跤。现在该怎么办？"

那边沉吟一下，下了医嘱："先拍片。等片子拿到，拍照微信发我。好了，先不说了，我要洗手了。"

蓝怡挂了电话，心想今天也是疯了，明明家里有一个医生，还跑到医院来干啥？真是吃饱了撑的，还白白摔了一跤。

挂了一个外科的号，跟医生说了摔伤胳膊的情况，医生让林月华抬了抬胳膊。

林月华表示抬不起来，疼。

蓝怡征求医生的意见："拍片吧？估计骨折了。"

医生看一眼蓝怡，心里不高兴，我是医生还是你是医生？不过他每天见的病人多了，也懒得置气，开了处置单，说："出了大厅，去放射科大楼一楼拍片。"

蓝怡小心翼翼地搀扶着林月华出来，说："这个医院搞得太复杂了，拍片还要去另外的楼。"

林月华用她那只不疼的手扯住蓝怡的裙角："幸亏你来了，不然我转都转晕了。"

蓝怡说："拍了片，还去看肾病科吗？刚才蓝亮让长话短说，我都忘记问他了。"

"不看了，不看了，胳膊一疼，膝盖就不疼了。"

蓝怡又是自责："都怪我，都怪我。"

林月华安慰蓝怡："不怪你，你好心带我来看病，怎么怪得到你头上，是老天要让我受苦。"

蓝怡一听，更难受了。

林月华拍了 X 光片，两人坐在候诊室等结果。

蓝怡说:"现在要不要给我爸打个电话?"

林月华条件反射地说:"打什么电话,又给他看笑话!"

71

唐雨晴

老段家因为小芳妈妈的到来，多了许多欢声笑语。就连唐雨晴，也体会到了一个活泼开朗又擅长料理家务的女主人给一个家带来的好处。

虽然唐雨晴照例对他们的饕餮大餐没有太多兴趣，但是家里的两个男人却因为口腹之欲得到了满足而变得好相处起来。尤其是老段，酒足饭饱之后，不像以前那么爱挑刺了，偶尔还能一家人围坐着说几个笑话。大兵也是，回来的时间越来越早，一回来除了去看看他老婆小芳以外，就是钻进厨房看他岳母今天准备了什么好吃的，原来"阿姨"的称呼也迅速改口为"妈"，不得不说真是有奶就是娘。

令唐雨晴感到温馨的是，下午不忙的时候，小芳妈妈安顿好小芳以后，会陪着唐雨晴看一会儿电视，拉一拉家常。

唐雨晴一开始是不习惯的，本能地排斥单独和亲家妈妈在一起。她们俩属于没有任何共同之处的女人，阴差阳错地住在了一个屋檐下，唐雨晴将她们的关系定义为点头之交，短暂的相处以后，就要回归到各自的轨道上去。唐雨晴的警惕性时刻提醒着她：小芳是老段的孙媳妇，小芳妈妈就更不用说了，都和自己没有亲戚关系，可不能被她们的一点小恩小惠给腐蚀了。

唐雨晴坐在沙发上看电视，小芳妈妈端着一盘葡萄走过来，熟络地对唐雨晴说："亲家奶奶，看电视呢，一起吃葡萄，边吃边看。"

唐雨晴瞅瞅她手上的葡萄，心想：这女人真有意思，拿着别人买的东西当人情，也太拿自己不当外人了。也不想想每天是谁撵在自己后面："亲家奶奶，去买菜呀？帮我带两斤葡萄，小芳想吃。对了，昨天大兵说要吃红烧排骨，奶奶看着买一块儿？"

唐雨晴本不想帮她买，但又一想小芳妈妈不能出门，万一她出去了，小芳真要吐了把家里搞得乱七八糟的，要她唐雨晴收拾也麻烦，只好硬着头皮照她要求的买回来。不过每次回来的路上，唐雨晴都要算两遍账，这样吃下去可不得了，老段交给她的工资不到月底恐怕就花光了。

唐雨晴说："小芳吃了没有？"可不能打着给小芳买的名义变成大家一起吃。

小芳妈妈说："给她留了一盘，这一盘我们吃。"一边说，一边将盘子往唐雨晴这边推。

伸手不打笑脸人，唐雨晴无奈地将屁股往里挪挪："亲家妈妈，这会儿不忙，看不看电视？"

"看的啥节目？"

"一个综艺，不知道亲家看过没有？说明星的婆婆和妈妈的。"

两人坐在一起，唐雨晴给小芳妈妈介绍综艺中的人物。看到一个戏精婆婆时，两人总算找到了共同语言："这个婆婆，真是的！眼里只有她儿子。"

"就是，女人找到一个好婆婆的概率真是太低了。亲家奶奶，您婆婆当年对您还好吧？"

这话问的，唐雨晴的婆婆林老太太已经过世好多年了。"我家老太太呀，还行。"唐雨晴敷衍着说。

小芳妈妈瞟一眼小芳的房间，小声说："我婆婆是农村的，重男轻女，自从我生了小芳，就没给过我好脸色看。好在小芳爸爸还算给力，怼他妈妈，生男生女又不是我能决定的，让他妈妈别胡搅蛮缠了。"

唐雨晴没有想到小芳妈妈会拉着自己的手和她说知心话："亲家奶奶，我一想到我过些日子就要回去，我心里那个难受啊！"

这么一说，倒激起了唐雨晴内心的母性："儿大不由娘啊，自古就是儿行千里母担忧。"

"可不是，亲家奶奶还好一点，我听说儿子女儿都在安南市，住得不远，算是可以常来常往。"

这么一说，唐雨晴在心里盘算了一下，虽说都在一个城里，自从她嫁到段家以后，除了上次和林瑜匆匆忙忙在鸭粥馆见过一次面以外，和林峰一次也没见过不说，臭小子连个电话都没有打过，也不想想，他妈妈要不是为了他，哪里有必要拿这么一步。心中一感念，倒有点悲从中来。

"唉，在一起也没啥用，孩子们都忙自己的事，早都把我给忘了。"

"咳，亲家奶奶，快别这么说。他们也确实是忙，工作啊、家庭啊，现在的年轻人，压力大。"

唐雨晴想说一句"他们也不算年轻人了，比小芳妈妈小不了多少"，又一转念，这么一说，不就是说自己很老了，唐雨晴可没这么傻。

"现在的人工作不容易，动不动就下岗，不像我们那个时候，进了一个单位就像进了保险柜，一直到退休都有钱拿。"

"是呀是呀，我听大兵说他们的工资都是拿绩效，做多少得多少，"又压低嗓门说，"我都不敢问小芳现在休假有没有钱拿，说多了孩子们不高兴，还说我瞎打听。"

唐雨晴说："医生给开了病假条，单位不至于扣工资吧，只怕是奖金要泡汤了。"

小芳妈妈夸张地拍拍胸部："有工资就还好，我是怕她一点收入没有了，又不肯跟我们说。"

"大兵不是有收入吗？养老婆不是应该的？"

小芳妈妈小声说："不怕亲家奶奶笑话，我听小芳说，他们两个是 AA 制的，还说现在的年轻人都是这样，各人赚的钱各人花，谁也不占谁的便宜。"

唐雨晴吓了一跳："什么是 AA 制？"

"就是各花各的钱，一起消费的就一人出一半。不过小芳说了，大兵还算好的，买房的钱没有要她出。"

"算得这么清楚，还结什么婚？"

"我也是这么说。但我这个傻女儿说现在的潮流就是这样。我说你还要生孩子呢，她说孩子又不是大兵一个人的孩子。唉，和她真是说不清。"

72

唐雨晴

一来二去的，唐雨晴这个亲家奶奶和小芳妈妈这个亲家妈妈倒成了忘年交。

到了小芳妈妈说要走的时候，唐雨晴不仅舍不得她，还觉得她现在就要走太仓促了。

"谁说不是呢，和奶奶这么投缘，我倒是想一直住下去，住到小芳坐完月子我再回去。"

她这么说，唐雨晴倒不好意思了："也不用这么久，毕竟你家里还有老公呢，一直两地分居不好。"

"咳，要不是我们单位领导催了好几次，说我的年休假都用超了，我就想能拖一会儿是一会儿。领导这么说，我不回去就不好了，年终奖发不发、发多少都是人家说了算，我可不想辛辛苦苦干了一年，到头来因为多休了几天假，年终奖都泡汤了。"

"那也是，我听我儿媳妇说好多单位的年终奖赶得上几个月的工资呢。"

"我们可没有那么多，就是个旱涝保收的机关单位。"

"那还不好啊？"啧啧啧，唐雨晴在心里羡慕。在她心里，最好的工作就是像她大伯哥林家国和老段那样的，坐办公室，吃行政饭，平时的工作就是做做报告，还能经常上上电视，国家给发工资，多好。

"现在没有以前好了，国家政策在那里，自负盈亏呢，领导不想养闲人，要不是这，我也不急着走。"

唐雨晴表示理解，这年月，有一碗饭吃都不容易。

小芳妈妈从屋里拿出来一个信封，一看就是早准备好的，往唐雨晴怀里推："这段时间麻烦奶奶每天给我们买菜、买水果，你看我这记性，也没有给奶奶钱，过几天要走，我就将这2000块钱放奶奶这里了。"

唐雨晴将钱推回去："这钱，要给，也是大兵给，我不能收你的钱，传出去像什么话！"唐雨晴说得真心实意，虽然每次买菜她都肉疼，但是这笔账她是记在大兵的头上，就算大兵不省事，也该胜利两口子出，自己的儿子媳妇总不能老是吃爷爷奶奶的白食！当着亲家妈妈的面，她又不好说出她心里的小九九，只能将信封给小芳妈妈推回去。

"我这次来，也没有带多的钱，奶奶您别嫌少。下次有机会我请您去我们竹西市玩玩，到时候好好招待您。"

"竹西市蛮远的。"

"谁说不是呢。我这个闺女，是江城市上的大学，哪怕是留在江城市呢，到底是省城。她不听话，非跑到这里来，坐火车都不能直达，还要在江城市转车，您说说，是不是不让人省心？"

唐雨晴心说"可不是嘛"，嘴上却是："咳，年轻人追求爱情。"

小芳妈妈又想起来一件事："我走之前，想带小芳去医院做一个检查，也不知道她休息了这么久，是不是胎安好了。"

唐雨晴心想，哪有这么快的，以前厂里的女职工，有的一直安胎安到生产呢。不过她现在也不想吓唬小芳妈妈，担心也没有用，小芳妈妈该走还是要走，听她那个语气，只怕是回程车票都已经买好了。

唐雨晴一时激动，免不了就大包大揽："这个好办，我外甥媳妇在市中心医院当护士长，我带你们去找她。"

她说的是蓝亮的媳妇曾米瑞，之所以没有说蓝亮，是因为她觉得蓝亮不好约，每次打电话都是在忙忙忙，再说了，女人生孩子的事，还是女人比较懂。

听唐雨晴这么说，小芳妈妈一阵惊喜，她们这个年龄段的人，和老一辈也差不多，凡事都迷信找熟人。在她自己的地盘还好说，她在机关单位工作了一辈子，哪里找不到几个熟人？到了安南市就不行了，她两眼一抹黑不说，连当地的方言到现在还是半懂不懂的。她和唐雨晴能聊得来，也有一个原因是唐雨晴愿意操着半吊子普通话和她交流。

说去就去，第二天早上，唐雨晴也不出去锻炼了，一起床就开始打扮，去医院见外甥媳妇，可不能给她丢脸。

小芳妈妈扶着小芳出了门，唐雨晴一看，小芳穿的还是在家穿的家居服，打心里觉得不太妥当，又不好直接说让她回去换，但是说还是要说一下的："小芳啊，以后家居服就在家里穿，咱们出门还是要捯饬捯饬，女人嘛，就是要美，不能因为怀孕了就埋汰自己。"

一边说，一边抬手叫了一辆出租车。

小芳一边上车，一边打量唐雨晴，熨烫妥帖的旗袍，挺拔的身姿，梳得一丝不苟的头发，还有精心化妆的面容，相比之下，小芳母女二人也太不讲究了。

小芳妈妈讪笑着："还是咱们奶奶有精神，模特身材，穿啥都好看！”

唐雨晴心中得意，嘴中还是苦口婆心地教导小芳："别听他们说什么生孩子谁不胖，你看看，那些女明星，谁胖了？该讲究的地方我们就是要讲究。"

这话说的，小芳妈妈低头看看自己的胖肚腩："小芳还好啦，怀孕两个多月了，整天吐，一点也没有长胖，倒是我每天跟着吃孕妇餐，越来越胖了。"说完扑哧一声笑了："幸亏我要回去了，要不然，大兵和他爷爷都要胖好多斤！"

说说笑笑间，她们坐的出租车到了医院。

唐雨晴给米瑞打电话："米瑞呀，现在忙不忙？"

护士长哪有不忙的，米瑞说："小舅妈呀，有事吗？"

"哎呀，我在你们医院门口，我带我孙媳妇，"又压低了嗓门解释，"老段的孙媳妇，来看妇产科。"

米瑞问："挂了号没有？"

"这不，现在准备来挂号。"

"是要看什么？"

"哦，她怀孕两个多月了，医生让她保胎。"

"那就是产检，做 B 超，还要查激素水平。"米瑞在医院工作了好多年，一般的病情也能做个判断。

"对对对，她妈妈想看看现在胎儿稳了没有。"

73

唐雨晴

米瑞带人看病是轻车熟路，妇产科的护士长黄婷是她的好闺蜜，两人平时没少交换医疗资源。蓝亮的小舅妈带人来看病，米瑞二话不说就直接带到了黄婷那里："帮忙找个主任看一看呗。"

有了黄护士长引见，平日里挂号都难得见到的主任，亲自给小芳做了 B 超。胎儿发育得还不错，看起来暂时保胎成功了，主任又叫小芳去做血 HCG 和雌二醇等激素检查，叮嘱她虽然暂时看起来还不错，一旦有阴道出血还是要高度警惕。

小芳妈妈问："之前医生给开的黄体酮还要不要吃？"

主任说："看等会儿检查的结果，如果血 HCG 不低，就暂时不吃了。"

"那我们吃的保胎的中药还吃不吃？"小芳妈妈又追问。

主任和两位护士长相视一笑，说："我们西医一般不推荐用中药治疗，但是客观来说，传统医学在妇女保胎方面是有一些独到之处，所以我的意见是可以作为辅助治疗。"

一行人谢过主任和黄护士长后，去检验科抽血化验。米瑞对唐雨晴说："检验科在门诊二楼，我科室还有事，就不陪你们去了，等结果出来，拍个照片微信发给我就行。"

唐雨晴赶紧说："你去忙，去忙，耽误你好一会儿了。"想了一下，又将米瑞拉到一边，说："林瑜要离婚的事你知道吧？"

米瑞听蓝亮回家说过一嘴,林瑜和蓝亮到底是一起长大的,她不愿意和弟弟林峰商量的事,倒愿意和蓝亮商量商量。

"听蓝亮回来说过几句。"

"你可得帮我劝劝她,她是一时想不开,真离了,程功肯定马上就会再婚,留她一个人,看她以后不后悔!"

小舅妈说得这么笃定,米瑞一时不知道该如何回复,只得点头答应,说:"有机会我和她聊聊。"

说完却又开始后悔,这么私人的事,林瑜都没有和她说过,她现在擅自去找林瑜,要是林瑜愿意和她聊还好,如果人家根本就不想聊,岂不是自找没趣。算了,还是回去和蓝亮商量一下再说。一想到蓝亮肯定会一脸不屑地说就爱多管闲事,米瑞更加觉得自己吃力不讨好。

回去的路上,小芳妈妈表示了对亲家奶奶神通广大的钦佩之情。唐雨晴心中得意,表面上还是谦虚:"外甥媳妇嘛,亲戚,还是和外人不一样。"

这么一说,唐雨晴还真是有点羡慕林月华的运气,连媳妇都比她的讨人喜欢。那个季红长得一般,家里条件也一般,不知是哪来的底气,把她好好的儿子林峰指挥得团团转。她其实心里也清楚,根还是在儿子身上,男人钱赚得少,在家里就是没有地位。

小芳妈妈趁机请求:"小芳呀,妈妈回去以后,要产检的话,你就求着奶奶带你去医院,奶奶在医院里熟,怎么都方便。"

唐雨晴一怔,这还黏上了啊!

不过转念一想,黏上就黏上吧。俗话说得好,救人一命,胜造七级浮屠。虽然唐雨晴和老段是半路夫妻,小芳也就是她一个半路孙媳妇，不过从小芳的表现来看，她不是一个不明事理的人，唐雨晴也乐得在段家拉拢一个自己人。于是头一昂，爽快回应："没事，我外甥媳妇一句话的事！"

话是说得轻巧，唐雨晴心里盘算着哪天跟林月华通一个电话。自从上次拿一步之前通过气以后，就没再给大姑姐打过电话了。唐雨晴虽然一向觉得自己比大姑姐漂亮，尤其是气质好，但她也妒忌大姑姐比自己命好，嫁的老公，要才华有才华，要模样有模样，方方面面都比林家保强。她也不得不承认大姑姐这个人没什么坏心，对人还蛮实诚。不说别的，林老太太在世的时候，大年初一的早上，没有哪一次不是林月华带着蓝子风，还有两个小的上门拜访的，虽然林月华比林家保大，他们一家上门是看林老太太的面子，但有这份心还是很难得。孩子们也被她调教得很好，有礼貌，一来就坐在角落里看书，从不打打闹闹。

林月华心疼林瑜，唐雨晴也是看在眼里。都说姑妈疼侄女，还真有这个道理。林瑜家的大事小事，只要姑妈能搭把手的，她都肯出力。

一晃大姑姐搬到江城市也有几个月了，唐雨晴觉得有必要打个电话问问他们在那边适不适应。不管怎样，亲戚嘛，还是要常来常往，过去那些鸡零狗碎，能不放在心上的就别放在心上了。

小芳妈妈还有事相求："奶奶，我后天就走，小芳的那些中药还有十几服没有煎完……"

唐雨晴好人做到底："这个我会，我可是重机厂的厂医，煎中药我最拿手了。"

晚上做饭时，小芳妈妈特地按唐雨晴的口味多做了几道青菜，在饭桌上一个劲儿地说："奶奶，多吃点，前段时间我没有注意到奶奶吃得清淡，每天做一些大油大荤的，咳，幸亏奶奶大人有大量，不和我计较。"

唐雨晴倒不好意思起来："适中就好，适中就好，也是为了大家身体健康。"

小芳妈妈又转向大兵："大兵啊，我后天就回竹西市了。今天奶奶带小芳去医院做了检查，胎儿现在比较安稳，不过医生交代，还是要小心观察，有不舒服就要去医院。"

大兵点头说好。

小芳妈妈又说："我走后，大兵就不要天天过来吃饭了，奶奶一个人忙不过来，做不了这么多人的饭。"

大兵没有吭气，老段打圆场："添双筷子的事。"

小芳妈妈说："一双筷子可没那么容易添。"转头又看向小芳："奶奶做什么就吃什么，别挑三拣四的，要挑三拣四，就搬回去住。"

唐雨晴讷讷地说："我还真不会做饭，你们来之前，我和老段每天都是下面条。"

小芳妈妈说："下面条就吃面条，有现成的吃还挑剔啥。"

74

蓝洁英

　　自从和五金店老沈通过电话以后，蓝洁英就多了一个心眼，那就是不要百分之百地相信许时运和他的家人。

　　蓝洁英吃过娘家重男轻女的亏，结婚以后，婆家对她还不错，她也是争气，第一胎就生了一个儿子，解决了许家传宗接代的问题，而且这个儿子还特别争气，一路读书读上来，完全就是大家口中的"别人家的孩子"：名校毕业，研究生，现在又分到了北京的机关单位。在许家村那个小地方，许骏被传成了星宿下凡，现在被皇帝老儿召见去了京城，指不定哪天就飞黄腾达了。母凭子贵，蓝洁英在许家的地位一直不低，更何况，她还有一个在市一中当教导主任的叔叔，连许时运的一官半职都是叔叔帮了忙才得到的。

　　正因为春风得意，蓝洁英就误以为自己吃住了许时运，许时运是无论如何也不会离开她的。她的这份自信也不是没有道理。许时运是肯定不会和蓝洁英离婚的，离婚对他可没有什么好处，这事关他的政治前途，他可不敢开这个玩笑。不仅如此，现在蓝洁英北上给许骏带孩子，无论如何在儿子心中都是加分项，真要闹起了离婚，儿子媳妇会站在谁那边，许时运还真没有把握。

　　但是，不闹大的，不意味着许时运不在小事上闹出什么花样。可以说，老沈的小报告算是给蓝洁英敲了一个警钟：这个世界上，就不可能有让人完全放心的男人。

蓝洁英想起小时候，蓝启顺走南闯北做生意，家里留下万菊花和三个娃，她怎么就没问问她母亲万菊花是否放心让自己的男人到处乱跑？她摇摇头，就算问了，万菊花又能怎样，他们那个年代的妇女，哪有挺直腰杆说话的份？

蓝洁英一想到做衣服的李翠翠那个妖娆样，就止不住后悔，当初就不该将门面租给她！早知道她这种会打扮的单身女人是不会安分的，但没有料到她会将这不安分的劲头用到许时运身上。

要是放在以前，蓝洁英恨不得立马一个电话打过去，把他们骂个狗血喷头。不过她冷静下来一想，搞远程监控不顶事不说，还会打草惊蛇，说不定会让许时运知道是老沈在背后黑他，以后许时运就多的是手段反侦察。反正就算你蓝洁英胳膊再长，也不可能将胳膊从北京伸到安南市这么远来。

既然一时管不了许时运，蓝洁英就只能从自己身上下手。

论规划人生，蓝洁英从小就不带怵的。

第一件事，当然是攥紧钱袋子。这方面，蓝洁英驾轻就熟，在蓝启顺那样的高压下，她都能将自己的小金库搞到飞起。对付一个不怎么精明的许时运，自然不在话下。

说干就干，第一件事就是微信绑定银行卡，然后给各位租户群发一条消息，以后租金直接微信转账，为的是大家都方便，轻而易举就将许时运架空了，反正他不是一直抱怨收租、维修这些琐事都找他烦都烦死了。

消息发过去，也算是给李翠翠提一个醒，别搞错了，这个家里的经济大权是在我蓝姐手上，你以为的许老板不过是一个打工人！

老沈也是一个机灵人，看蓝洁英这一番操作，体会到老板娘的雷厉风行，赶紧回信息："收到！"

蓝洁英拿起手机一看，嘿嘿笑了，还"收到"呢，以为是小学生的班主任在群里发号施令啊。不过她眉头一皱，这个老沈还是可以好好利用利用的。

就发微信回去："沈哥，生意忙不忙？"

老沈又是叫穷："生意不好做啊！一个月赚不了几个钱，都给你家出租金了。"

蓝洁英在心里翻一个白眼，才给你一个月减了500，还想怎么着，人心不足！不过她还是好言好语："生意不忙的话，我给你拉一个活。"

老沈警觉："什么活？我可不干违法乱纪的事。"

"哎呀，沈哥你想到哪里去了？就是我家时运，现在不是当了科长嘛，工作忙，给领导写报告一写写到半夜，出差一出就半个月！一忙起来就什么都顾不上了。以前门面有些小问题，还有停电停水这些小事，都是我在张罗。这不，我也是没法子了，到北京给儿子带孩子，老许呢，忙得不着家。老许接手的这几个月，我也听说了，大家都有意见，说是有事找不到人。"

老沈不知道蓝姐的葫芦里卖的什么药，不过从他和蓝姐打交道的经验来看，这个女人找他说事肯定是和他有关，她才不会没事找人闲聊呢。

"老沈，你看这样好不好，以后租户们的门面要是有点小问题，我就让他们来找你，你是卖五金的，一点小修小补还不是玩玩，比起老许来，你可比他能干。我也不让你吃亏，你帮了我的忙，以后每个月的租金再减200，你看成不成？"

　　老沈在心里盘算，200块钱要卖多少五金出去，看看花这个时间是否划算。一番计算下来，虽然他赚也赚不到多少，但是接了这个活，他不就无形中成了蓝洁英租户中的代言人，成了一个小头头，租户们少不得要巴结他。不要小看这一点，今天补一个衣服，明天吃一个早餐，一年下来，省的可就不是一星半点了。于是老沈假装勉为其难地接受了蓝姐的安排。

75

蓝洁英

第二件事，是蓝洁英准备彻底将自己融入北京人的圈子中去，她不能再像以前那样，觉得自己是外地人，甚至是乡下人，将自己划到北京人的圈子外面。

她现在住的这个小区，偏是偏了一点，但也并不因为偏了一点就住的都是外地人，相反，北京人出于各种原因，从内环往外环搬。蓝洁英带睿睿在小区里玩的时候，耳边尽是纯正的北京话。只不过以前蓝洁英有点不愿意和北京人打交道，不喜欢他们操着一口京片子说你们外地人如何如何。她经常在一起聊天的是同样从外地过来帮忙带孙子孙女的爷爷奶奶，和他们有共同语言。

想融入北京人的圈子，像现在这样随便穿一件绵绸连衣裙肯定是不行的，北京人一看就知道你是从乡下来的，懒得理你。管你是奶奶，还是保姆，一律不待见。

蓝洁英在镜子前面照了老半天，得出一个结论：老了，再漂亮的女人老了也不好看。这是一个真理，想当年青河镇上有名的蓝家姐妹花，美人迟暮，美人迟暮了。这几个月带孩子，经常半夜起来冲奶，确实够折腾人的，脸上多了好几条皱纹。

蓝洁英点着睿睿的鼻子说："都是你，带大了你，奶奶就老了！"小睿睿似懂非懂地看着蓝洁英，她以为奶奶在逗自己笑呢，就跟着笑起来。

脸是老了点，不可能不老，除非在脸上动刀动枪。蓝洁英没有这个兴趣，没必要花这个钱，她又不准备重新找男人。

蓝洁英的身材还是有突出的优势，高挑苗条，不管走到哪里都让人羡慕，就连儿媳妇陈瑶也说："我要有妈这样的身材就好了！"

找到了自己的优势，就要发挥优势。要发挥优势，靠从动物园批发来的绵绸连衣裙可不行，那种地摊货是儿子媳妇糊弄老年人的，觉得她当了奶奶，每天在家带孩子做家务，用不着穿得那么讲究。

以前蓝洁英也这样认为，现在她的战略变了，想法也变了。

蓝洁英这段时间吃完饭就出去溜达半小时，让许骏和陈瑶给睿睿洗澡，美其名曰培养他们的亲子关系。一段时间下来，效果就出来了，毕竟是自己的娃，天然的血缘关系在那里。孩子小的时候，和大人的互动少，他们就只感受到了麻烦，再加上蓝洁英能干，看不惯他们笨手笨脚地换尿布，一会儿就将他们赶出去了："不够添乱的！"他们也就乐得当甩手掌柜，反正有老妈呢。现在他们一回家，睿睿的眼睛就追着他们了，还会伸着胳膊要抱抱，蓝洁英正好顺水推舟地将孩子送过去，自己稍微休整一下。

今天许骏抱着孩子玩玩具的时候，蓝洁英将陈瑶叫到一边："瑶瑶，你的衣服都是在哪里买的啊？"

陈瑶一愣，不知道婆婆怎么突然想起来问这个，她没有太多心机，实话实说："在网店上买的商店同款，比商店买便宜多了，档次也还行。"

"能不能帮我买两套合身的衣服？我微信转钱给你。"

　　蓝洁英来北京后也没有提过什么要求，上一次是说天气热了，她带来的衣服不合适，结果被许骏糊弄着在网上买了两套中老年服装，蓝洁英穿着又肥又大，后来许骏就让陈瑶带她去动物园批发市场买了现在穿在身上的绵绸连衣裙。蓝洁英一直也没有表示过不喜欢，陈瑶就以为这次买得还挺合适，没想到今天婆婆提起来了。

　　陈瑶上下打量一下婆婆，还真是一个衣服架子，那些商城里好看的衣服婆婆说不定都穿得出来呢。于是打开自己的衣柜，让婆婆看喜欢哪个品牌的衣服。

　　蓝洁英看了看陈瑶琳琅满目的衣服，说不妒忌是假的。她年轻的时候，虽然也爱漂亮，但是没有这么好的条件，买一件衣服要思来想去好久，还常常因为多买了一件衣服被罚少吃几顿饭。

　　蓝洁英从里面挑出来两件连衣裙，一件深蓝色的，一件浅米色有小碎花的，说："这两件的样子我喜欢，你帮我照着这个样子买就可以了。"

　　陈瑶一看，婆婆还真有眼光，这两件也是她最喜欢的。

　　"多少钱？我一会儿就转给你。"

　　"等买回来再说，钱不钱的，我和骏骏孝敬妈妈也是应该的。"

　　陈瑶这么说，蓝洁英也就不坚持了。她过来后，每天给他们买菜做饭，垫进去的钱也不少。

　　现在在网上购物很方便，只要两天裙子就到了。是稍微成熟一点的款式，正好适合蓝洁英的气质。陈瑶让蓝洁英试穿一下："看看合不合适，不合适可以退换。"

　　蓝洁英换上新裙子后，连睿睿看她时都睁大了眼睛，真是人靠衣装马靠鞍，老话没错的。

陈瑶又一次表示："妈的身材真好，又高挑又苗条，您要是晚生几十年，可以去当模特了。"这马屁拍的，蓝洁英的心里热乎乎的，下定决心，明天一定给他们多加几个好菜。

"在网上买东西很简单的，要不我教您一下，以后您就可以自己买衣服了。"

说实在的，这个蓝洁英还真想过，不过她是一个实际的人，她可不想将多的钱花在这些不实用的地方，衣服买两套够穿就行了，她的钱还是要花在刀刃上。

"穿上这件裙子，等会儿去擦一点我的粉底，一下子就年轻了 10 岁。"陈瑶继续恭维。

有没有年轻 10 岁蓝洁英没有那么在意，打扮以后，她敢往北京人的圈子里靠了倒是真的。虽然她的普通话听起来有点别扭，老有地道的北京人给她指正，换了以前，她会觉得受了轻贱，现在她不这样想了，有免费的老师，学起来更快。

蓝洁英学习普通话的劲头越来越大，和许骏聊天也不说安南话了。这一点让陈瑶感到惊喜，以前她最烦他们母子俩叽叽咕咕地说安南话，搞得她像一个外人似的，现在好了，敞亮了，都没有秘密了。

倒是许骏不习惯了："妈，你那个别扭的普通话，实在听不惯！"

蓝洁英振振有词："让睿睿从小听普通话，省得到时候上幼儿园了被人嘲笑。"

76

蓝洁英

　　融入北京人的圈子并不是为了留在北京，相反，蓝洁英更好地融入是为了更方便地离开。

　　蓝洁英早起做好早餐以后，给睿睿喂完奶，将睿睿放在推车里，打开上面挂着的旋转玩具。有了这个小玩意儿，睿睿可以一个人玩好一会儿都不闹腾。

　　蓝洁英开始换衣服，梳妆打扮，这认真劲儿几十年都没有了，上一次这么折腾还是结婚前。小镇女人秉承结了婚就用不着打扮了的传统，那些结了婚还捯饬的女人会被人认为别有用心，一副狐媚子样想招惹汉子！

　　换上陈瑶给她买的新裙子，仔细地梳了头发，又擦了陈瑶淘汰给她的粉底。这样一捯饬，镜子中的蓝洁英仿佛换了一个人似的，焕然一新。

　　蓝洁英推着睿睿出门，在小区广场碰到楼下恬恬的奶奶。恬恬奶奶也是从外地来的，是以前蓝洁英经常在一起聊天的对象，虽然各自操着各自的方言，有点鸡同鸭讲，但是两个人的情况差不多，还算比较合拍。恬恬奶奶端详了蓝洁英好一会儿，才敢搭话："睿睿奶奶？要不是你推着睿睿的推车，我都认不出你来了。还以为睿睿换了一个人带呢。"

　　蓝洁英心里有点小得意，看来我蓝洁英稍微收拾收拾就还是一朵花！嘴上却谦虚地说道："哎呀，媳妇淘汰下来的裙子，非要我穿着试试。"这话说得有点虚，陈瑶的骨架子比蓝洁英小很多，穿的都是加小号的衣服，这裙子怎么看也不像是陈瑶淘汰下来的，不过恬恬奶奶对陈瑶也不熟，随便说说也没有关系。

和恬恬奶奶聊了一会儿，其他的爷爷奶奶也纷纷带着孩子出来了，和往常一样，北京人和外地人自觉地分成了不同的圈子。

蓝洁英看了看这个架势，自己硬往那个圈子凑，不仅不一定被他们接受，甚至还可能被原来圈子里的人看笑话，只能慢慢再等机会了。

过了一会儿，小家伙们跑的跑，跳的跳，像睿睿这样只能在推车里活动的小朋友也被推来推去，有的奶奶拿出自己家的零食开始给其他孩子分，这是每天的日常活动，今天你买一点，明天我就买一点别的，互相都不吃亏。

机会很快就来了。

蓝洁英今天家里没有零食了，推着睿睿到家附近的小超市去转转。一进去，她就瞅见了10号楼的粒粒奶奶，粒粒已经快两岁了，喜欢在广场上跑来跑去，有一次在广场上摔了一跤，是蓝洁英将她扶起来的，粒粒奶奶当时表示了感谢，但是后来因为圈子不同，也就没打过什么交道了。

蓝洁英看见粒粒奶奶正站在零食柜前挑选，就凑过去问道："粒粒奶奶，给粒粒买零食？现在的孩子喜欢吃什么零食啊？"

粒粒奶奶一回头，愣了一下，又看看推车里的睿睿，反应过来："是睿睿奶奶啊，都没有认出来！她要吃旺仔小馒头，医生说孩子小，吃零食的话，这个可以，入口就化了，不容易卡住。"

蓝洁英作恍然大悟状："哦，还是您知道得多，那我也买两包回去。"

粒粒抱着两包小馒头，歪着头看着睿睿，甜甜地说："妹妹也喜欢吃小馒头？"

蓝洁英笑着对粒粒说："小姐姐还记得我们睿睿吗？你们在广场上一起玩过的。我们睿睿才 5 个多月，只能吃一点点零食。"

粒粒奶奶说："还没有出牙吧？等出牙的时候就可以给她买磨牙棒了。"

蓝洁英连忙点头："唉，我这是第一次当奶奶，啥也不知道，粒粒奶奶以后多指导指导我啊。"

粒粒奶奶说："没问题，我也是跟别的奶奶学，大家都住一个小区，互相帮助！"

两人分别付了账，粒粒奶奶将粒粒放回推车，跟蓝洁英一起推着推车回小区。

蓝洁英问："粒粒奶奶是住 10 号楼吧？"

粒粒奶奶说："是的，你们住几号楼？"

"我们住 8 号楼 1 单元，以后有空带粒粒来家里玩。"蓝洁英盛情邀请。

回到小区广场，粒粒奶奶给奶奶们介绍："这是睿睿奶奶，你们以前没有见过吧？"

"好年轻的奶奶啊！"奶奶群里有人夸奖道。

"不年轻了，不年轻了。"蓝洁英连忙谦虚，将推车停下，顺手拿出刚买的小馒头，分给在场的小朋友。奶奶们一边教育着孩子们说谢谢，一边对着蓝洁英客气："谢谢睿睿奶奶，少拿一点，他们东家吃一点，西家吃一点，等会儿回去饭都吃不下了。"

孩子们拿了零食撒着欢跑了，剩下几个坐推车的小宝宝。奶奶们在长椅上坐下，拉起了家常。有人问："睿睿奶奶原来住哪里啊？"

"我是江麟省安南市的人。"蓝洁英老老实实地回答。

"江麟省啊？你们那儿离江城市远吗？"

蓝洁英心里清楚她们对江麟省可能也就知道江城市，还是在新闻上看的，不过就算是省会江城市在她们眼里也是外地，现在她们是碍于粒粒奶奶的面子，不好发表"外地都是乡下"的论调。蓝洁英不动声色，淡定地答道："离江城市两小时车程。"粒粒奶奶解围道："那就是离江城市不远啰，我们北京啊，从城这头到那头都不止两小时。""那可不，那还是不堵车的情况，要是一堵车，就完蛋了，所以我出门都愿意坐地铁。"另外一个奶奶附和。

蓝洁英笑着说："北京是大都市啊，我们那里是小地方，如果不是儿子争气，我这辈子是做梦都不会住到北京来的。"

"儿子在哪儿上班啊？"

蓝洁英谦虚地说："单位是好单位，中央直属机关，儿子嘛，小职员一个，硕士毕业考公进去的，刚进去没两年。"

所有人的目光唰地投向了蓝洁英。哇，中央机关，硕士，公务员，全是高光词汇，蓝洁英感到了当年许骏考上大学时给她带来的荣耀。在家的时候，蓝洁英总觉得儿子没用，单位上一小职员，不知道猴年马月能升一级，赚的钱又不多，买房靠啃老，在家也做不了主，凡事要看陈瑶的脸色。没想到她这么随便一说，老太太们都露出了羡慕的神色。"单位好，学历高，说不定哪天就上去了，这可是北京城啊！"虽说是夸奖许骏，但还是洋溢着老北京人骨子里惯有的骄傲。

77

林月华

　　蓝怡和林月华坐在放射科的大厅里等拍片结果，蓝怡条件反射地拿出电脑准备做点工作。林月华不满地说："才这么一会儿，就又要看电脑，我不知道你们年轻人是怎么了，离了电脑、手机就不能生活了？"

　　话是这么说，蓝怡心想，我是没有教你在手机上看短视频，不然以你看韩剧那个不眠不休的劲头，还不一天到晚抱着手机不放呀！

　　蓝怡没有教林月华用手机，一方面是因为林月华的手机比较低端，用个微信，手机就卡得不能动，不能再给她下别的 App；另一方面，也是因为米瑞私底下和蓝怡抱怨过："爷爷奶奶在家电视就一直开着，之之回来说他们，他们就说没有看，声音还开得老大，影响之之学习，真不知道怎么办。"蓝怡怕他们看手机上瘾，在手机上追剧，那就更糟糕，连眼睛都要坏掉了。

　　蓝怡悻悻地将电脑收起来，算了，这个文案也没有多少要修改的，回家再说吧。

　　蓝怡托着林月华受伤的胳膊，给她讲了几件琮琮最近的趣事，林月华听得呵呵直乐："这孩子，这孩子。"暂时忘记了她的伤痛。只要一聊到琮琮，林月华是一天的愁云都散了。

　　过了大约一个小时，蓝怡去拿了片子和报告。报告上写：右前臂桡骨小头骨折。蓝怡跺了一下脚："还真骨折了。"心中暗叫不妙，难怪刚才林月华喊疼喊得那么厉害。

蓝怡将 X 光片拍照发给蓝亮，也不知道他现在下手术台了没有。不管了，先发过去再说，家里有医生，心里还是有底了许多。

过一会儿蓝怡就看看手机，蓝亮还是没有回复。不禁有点心慌，和林月华说："要不，我们先去刚才的医生那里看看？"

这会儿林月华倒镇定下来了，说："先等一等，看你哥怎么说。"

林月华心里合计了一下，她的医保没有转过来，在这家医院看病都是自费，本来只是打算看一下尿酸的情况，估摸着做一个检查也花不了太多钱，现在骨折了，要是做手术的话，林月华就打算还是回安南市去做，有儿子在医院，放心。

林月华执意要等蓝亮的回复，蓝怡说："那我给世唯打个电话。"

"说什么？"

"说你骨折了，下午让他去接琮琮。"

"下午你不就回去了？"

"现在都快中午了。"

"先别打，影响了他的工作回去又要说你。"

蓝怡叹一口气，她这个妈，真是处处替别人着想，想了一下，说："我打给我爸。"

这回林月华没有拦着，都骨折了，要被看笑话也只好让他看了，儿子姑娘又不可能请假过来天天照顾她。

电话一接通，那头传来蓝子风兴奋的声音："怡怡，有好消息。"

蓝怡一脸蒙："啥好消息？"

"我被省一附中聘为美术老师了。"蓝子风说，声音掩不住骄傲。

"啊？什么？"蓝怡不敢相信自己的耳朵。

"我被省一附中聘为美术老师了！"

"啥时候的事？他们学校还要在外面招美术老师吗？"简直是匪夷所思。

"是这样的，我给他们校长发了一份简历毛遂自荐，附了我的画册和最近的画作照片，学校同意我今天去试课，我今天上午去试教了一节课，下课就被告知录用了。"

蓝子风这波操作，牛啊！

"学校给我发了教工卡和出入通行证，我以后去接之之就可以直接进学校了。"蓝子风说得云淡风轻，仿佛他去教课的目的是方便接送之之一样。

"厉害呀，老爸！"蓝怡由衷地赞叹。据她所知，现在师范院校毕业的研究生想分配到省一附中都挤破了头。

"咳，我也就是发挥一下余热，发挥余热。"蓝子风开始谦虚起来。过了一会儿，他大概想起来林月华今天去看病的事，问道："你妈妈看病的结果怎么样？"

"唉，怪我不小心，妈妈在医院一下车就摔了一跤，刚拍了片子，结果是右边胳膊骨折了。"

"啊？"蓝子风本就认为林月华去医院是多此一举，没想到还搞了一个骨折，"那怎么办？"

"我把片子发给蓝亮了，在等他的回复。"

"要不要我来医院？"

"等会儿我再给你打电话吧，要是住院的话，你肯定要过来。"

蓝子风刚才的喜悦被这个意外的消息冲淡了，这个林月华，怎么这么不小心！

蓝怡挂了电话，过了没几分钟，电话铃响了，林月华说："肯定是你爸爸。"

蓝怡拿起来一看，是蓝亮，救星来了。

"哥，你看了片子吗？"

"刚下手术台，我看了一下，那个诊断应该是对的，右前臂桡骨小头骨折，应该是妈妈摔下去的时候用右胳膊撑地造成的。"

"嗯，她不用胳膊撑，摔到别的地方只怕更糟糕。"蓝怡知道一点常识。

"那是，幸亏没有摔到头部和髋关节，老人最怕这个。所以是万幸。"

蓝怡转向林月华："我哥说没有摔着头部和髋关节是万幸。"

林月华松了一口气，她现在最怕的就是她摔了跤，还被大家说不小心。

"你们现在在哪里？"

"在省附属医院放射科大厅，等你的意见，看需不需要去找刚才开单的医生。"

"你把电话给妈妈一下。"

"妈，是这样的，我看了你的片子，是有骨折，这也在所难免，老年人骨质疏松，一摔跤就容易骨折，我刚才也和蓝怡说了，幸亏没有摔到头部和髋关节，那可不是闹着玩的，妈，你以后走路可千万要小心。"

林月华嗫嚅着:"小心,小心,谁不想小心啊。"

蓝亮不和她纠缠,说:"现在是这样,你们回去找那个医生看当然可以,我估计他要么让你住院做手术,要么会给你复位上夹板。"

林月华点头:"你觉得哪样合适?"

蓝亮说:"手术的话,创伤有点大,你年纪也大了,我不知道你扛不扛得住。"

"要做手术,还是回去做吧?我的医保没有转过来。"林月华关心钱的问题。蓝怡连忙表示:"听医生的,实在该花的钱还是要花。"

"我的意思是暂时不考虑手术。"蓝亮尽量说简单点,太复杂了,她们又不能正确判断了。

78

林月华

"如果不做手术的话，现在有两个选择，一个就是在医院做手法复位，然后上小夹板固定，优点是复位后位置准确，功能好，缺点是复位前后会很痛，还要定期去拍 X 光片。另外一个处理方法就是戴支具固定，优点是没有那么疼，平时可以稍微活动，缺点是稍微有一点错位生长，以后精细运动可能差一点。"

林月华听了，对会很痛的第一种方法很排斥，她最怕的就是痛，那个痛风病简直要折磨死人了，她不想再加一个"痛"。第二种方法她一听会错位生长，又有点担心："精细运动，我切菜炒菜算不算精细运动？"林月华现在自觉地将炒菜做饭看成了她的本职工作，如果她不做，一家人吃什么？

"切菜炒菜不算精细运动，精细运动是指专业运动员打球、绣花、做手工这些。"

林月华说："我又不打球，我只炒菜。"

蓝亮在那边笑出声来，妈妈也挺可爱的，平时唠唠叨叨地总是说给大家做了一辈子饭菜，烦都烦死了，现在给她一个机会不做菜了她还不愿意了："做菜不算精细运动，就算骨头错位了也可以炒菜。"

林月华犹豫着说："你说真的？骨头错位了，还能切菜炒菜？"她觉得儿子没有说实话，这就不可能！

"不是错很多，稍稍错一点点。你要是去复位的话，要使劲儿地牵拉，将骨折的地方复位，回去这个手是一点也不能动，一动就白复位了，还是会长错位。每隔一个月要拍一次片看复位的情况。"蓝亮尽量说得通俗一点。

"那我就选第二种吧，你说要怎么办？"

"把电话给蓝怡。"

"哥，你说咋弄？"

"我和妈刚才商量了一下，妈年纪也大了，去医院做手术也犯不着，到时候愈合也是一个问题，以我个人的观点，给妈买一个支具佩戴起来，让骨折的地方自然愈合。"

"什么支具？哪两个字？"

"支是支持的支，具是工具的具，药店和网上应该都有卖的，你等会儿开车去药店看一看有没有卖的，没有的话我在网上下单也可以，对了，今天星期几？"

"星期四。"

"明天周五，米瑞要过去看之之，我让她带过去吧，我教她一下怎么用。"

"那今天怎么办？"

"今天回去先冰敷，拿一个冰袋包上毛巾放在伤处，不冰了，就换一个冰袋，这个一定要做，不然摔的地方明天就会肿起来。"

"那好，我等会儿问一下妈妈家里有没有冰袋。"

林月华插嘴道："有，有冰袋，前天米瑞给之之买牛排，送来的时候有两个冰袋，我放冰箱里了。"

"妈妈说有冰袋，冰敷没问题，"蓝怡转头再次向林月华确认，"那我们就不回医生那里了，免得去了他叫住院我们又不好拒绝。"

林月华点头："听你哥的。"

蓝怡扶着林月华往停车处走，一路提醒她，看着脚下的路。林月华有点不知所措："我总不能一直盯着地下走吧？"

蓝怡又觉得好笑，平日里总有很多道理的林老师，摔了一跤以后像个做了错事的孩子一样。蓝怡将妈妈扶紧一点，说："再不会摔了，我扶着你呢。"

上了车，林月华想起来刚才蓝怡给蓝子风打过电话，她还不知道老头子的态度呢，问道："刚才和你爸爸打电话，他怎么说？"

蓝怡还没有开口，林月华就自己补充道："是不是又说我不该没事找事地来医院？"

蓝怡摇头："没有啊，他就问了要不要来医院看你。"

林月华不相信，这么好的贬损她林月华的机会，蓝子风怎么会放过："怎么会？他肯定在偷偷看笑话呢，你是不告诉我吧，刚才你们在电话里说那么久。"

"哦，刚开始我们没有说你的事，爸今天去省一附中面试了，他被录用了，当美术老师。可把他高兴坏了。"

"啊？还有这样的事？省一附中美术老师不够？"

"我刚才没有问，不是急着说你的事嘛，等回去你自己问他。"

林月华坐在后排叹一口气："老蓝这个人，不达目的不罢休，在这一点上，你和你哥哥都比不上你爸爸！"

蓝怡开玩笑："你看，你还是挺佩服我爸的不是？每次两个人非要搞得剑拔弩张的样子。"

林月华嘴硬："谁说我佩服他了，要是一直留在一中，我还不是高级教师了。"

"是是是，我就说你不应该为了家庭放弃工作，所以现在后悔了吧？"

"后悔啥，我要是像你爸那样一心扑在工作上，你和蓝亮可就惨了，回来饭都没得吃，还谈什么好好学习？你们两个都考不上大学，我和你爸就算是两个高级教师，又有什么用？"林月华的逻辑也不知道是不是有道理。

"谁说我们没饭吃就考不上大学了？"蓝怡狡辩。

"我调到群华初中去之前，你们放学回家家里总是没人，蓝亮在外面和街上的野孩子们玩到了一起，我一看，这可不行，照这样下去，这孩子可就毁了，我才打报告要求调到初中去。"林月华回忆着往事。

蓝怡吃了一惊，她记得林月华调到群华初中去的时候，她说初中比高中轻松一点，她有时间回来给他们做饭，没想到还有这样的原因。

林月华调到群华初中的时候，蓝亮在读初一，林月华每天一放学就盯着蓝亮和她一起回家，总算是将那些街上的孩子摆脱了。

"蓝亮后来能考上大学，真该感谢你。"蓝怡说。

"感谢啥，哪个妈妈为孩子做这些不是应该的。"林月华淡淡地说。

79

林瑜

　　程功不同意离婚。不同意就不同意，林瑜也没有那么着急，和思思说清楚以后，林瑜就想开了，她有的是时间耗着，不是有离婚冷静期嘛，就当多冷静几个月也没有关系，她耗得起，反正她又不打算再婚。她现在有些愤世嫉俗的想法：结婚这件事，对于女人来说，除了让她有一个合法的孩子以外，似乎也没有多大用途。孩子她已经有了，也没有必要再要一个。

　　相反，耗不起的应该是程功，不管小雯肚子里的孩子是否拿掉了，男人总归是需要一个女人来照顾他的生活的，他们这样的人，离了女人就不能活。想到这里，林瑜的脸上竟然露出了久违的笑容。

　　星期六早上，林瑜早起做好了早餐，她轻敲思思的房门，说："思思，早餐我做好了，你起来自己吃，一会儿我出去一下。"

　　门哗地一下打开了，思思站在门口："去哪里？"一脸紧张。

　　林瑜这才意识到她以为长大了的思思其实还是一个孩子，虽然她一脸镇定地默认了爸爸妈妈的离婚，并且明确了自己要跟着爸爸的意愿，但是从她现在的表情来看，她在时刻关注着家里的动态，生怕哪一天家里的格局就发生了变化。

　　林瑜拍拍她的头："厂里周末休息，我在外面找了一个兼职，今天我先去看看。"

思思问:"兼职？什么兼职？"

"在美容院做助理技师，你米瑞舅妈介绍的。"

上次唐雨晴带着小芳找米瑞看病的时候，和米瑞说了劝林瑜的事，米瑞没有多想就答应下来了，过后虽然她有点后悔自己大包大揽，但是答应了的事，不打一个电话也说不过去。

结果林瑜说:"是我妈让你来劝我的吧？她觉得我离婚了让她面子上不好看。我妈的面子可真有分量。程功说他是看我妈的面子才和我结婚的，如果不是师母和他谈话，暗示他如果不和我结婚就不能留在厂里，他是不会和我结婚的。我现在才知道，我一直以为的完美婚姻，原来是用我妈的威胁换来的。他从来没有爱过我，和这个事实比起来，那个叫小雯的和她肚子里的孩子，都不是那么重要了。"

"思思知道了吗？"

"她说她要跟着她爸爸。"

"啊？为什么？女儿不都是跟着妈妈吗？"米瑞想当然地说。

"因为她爸爸比较有钱吧。"林瑜说。

说到钱的事，米瑞说:"重机厂是不是最近在转型，好多工人下岗啊？"

"可不是，我说不定也快了，思思这孩子心里清楚得很。"

"真的？小瑜，如果不离婚的话，你下岗了准备干啥？"

"还能干啥，本来还想着去程功的公司找个事做，大事我做不了，做做清洁这些我还是可以的。"

米瑞扑哧一笑:"堂堂老板娘，做什么清洁，那些活自然有人干。"

林瑜垂头丧气，现在不要说当老板娘，只怕是连做清洁的工作都不好找。

"我楼下的郑婶说她儿媳妇在工人路夜市上摆了一个摊，每个月也勉强能维持生活，我就在想……"在护士长表嫂面前说这个，林瑜有点不好意思。

"夜市摆摊啊，是国家给下岗工人再就业的福利，好像还可以去申请免摊位费。"米瑞知道的还真多。

"哦，我去打听一下在哪里申请。"

"夜市摆摊，你接思思怎么办？"

林瑜也是想到这个，所以下不了决心，思思晚上8点半下晚自习，正是夜市人多的时候，她不可能这么早就收摊去接思思。可不去接思思，让思思一个人回家，林瑜又放心不下。程功是偶尔可以帮忙接几次，但是他出差了怎么办？

"小瑜，你有什么特长？"

这话问的，林瑜脸红了，她似乎没有什么特长，小时候读书不怎么聪明，也不能歌善舞，连说话也没有别人能言善辩。

她想了好一会儿，嗫嚅着说："要说特长，就是我工作做得还不错，我能做事，我做的零件，每次都被厂长带到广交会去当样品。"

米瑞打断她："那就是手巧！那可是大大的特长，是好多人想求都求不来的。"

林瑜更不好意思了，要是从厂里一下岗，她不知道这特长还有何用？

米瑞说："昨天我陪我朋友到美容院做眉毛，正好看见他们在招聘兼职技师，你要不要去试试？"

林瑜有些忸怩："美容院？我从来不去那种地方，我喜欢做零件，在人脸上做按摩我可不擅长。"

米瑞笑了，这个林瑜还真是朴实得可爱："做技师是拿提成的，要向顾客推销产品，估计不适合你。我是觉得你可以先去感受一下这个氛围，到时候看有没有机会学一个手艺。我朋友做的眉毛，好像叫纹绣吧，还说是熟人打折，花了4000多块。我当时就想，我要是不在医院做了，就去学纹绣。你手巧，学这个正好。"

林瑜前天下班后去那个美容院看了一下，和老板约好了今天去试工。

思思眨巴着眼睛："兼职技师？是做什么事？"

"今天去了才知道，可能是接待顾客，也学着做一做按摩之类的吧。"

思思一听，来了劲儿："那我去做美容，是不是可以免费？"

"去去去，小姑娘家家，做什么美容，你现在这个样子，清水出芙蓉，就是最美的。"

"才不是呢，你是情人眼里出西施。"思思嬉皮笑脸。

"那可不，在我眼里，谁都没有我思思美！"

"你下岗了？"思思正色道。

"没有啊，你听谁说的？"林瑜开始紧张。

"没有下岗，你去做什么技师？"

"这不是未雨绸缪嘛，妈妈早一点做准备。"

"真下岗了，也别去做什么技师，找我爸要钱啊！你不好意思要，我去帮你要！"

80

唐雨晴

小芳妈妈走后，唐雨晴和老段的生活恢复了正常，不，应该说恢复了原来的样子，也不能说和原来一模一样，因为他们两人的生活中平白无故地多出来一个孙媳妇小芳。

大兵应岳母的要求，没有每天过来蹭饭，他来看望小芳的时间多半安排在晚饭后。医生说胎位还可以，激素水平也基本正常，所以现在也不要求她严格卧床保胎，大兵每次过来就陪她下楼走两圈，算是尽丈夫的义务。

最近两周，小芳注意到大兵来的次数越来越少，打电话给他，就说在单位加班，今天晚了，就不过来了。

中午唐雨晴看电视的时候，小芳蹑手蹑脚地坐在了她的旁边。

"奶奶，我妈让我叫您奶奶合适不？"

"合适，怎么不合适？"

"我是说您太年轻了，看上去比我妈还年轻，叫奶奶不好吧？"

这丫头会说话，唐雨晴心里美滋滋的。

"你妈妈才多大一点年纪，怎么能和我比！"

"所以说嘛，不能长太胖，胖了显老，我妈还不信，成天喜欢做吃的。"

这话唐雨晴更爱听了。

小芳妈妈过来展示了她的厨艺之后，将段家的老少爷们迷得神魂颠倒，让唐雨晴不由得对自己拙劣的手艺有一点自惭形秽。为了面子，她每次都极力表现出不是很爱吃的样子，吃几口就说："我减肥，不能多吃。"

现在小芳这么说，不就表明她是站自己这边的。对的，女人就要对自己要求高一点，不能只为满足一时的口腹之欲，唐雨晴可不想自己变成一个大胖子。

"你现在怀着孕呢，你妈妈想让你多吃一点也正常。老话说，你现在是一个人吃两个人的饭呢。"唐雨晴很维护小芳妈妈。

"就是这种老思想，一怀孕就恨不得吃成一个大胖子，结果孩子没多大，肉都长自己身上了。"小芳在床上躺了一个月，看了不少关于怀孕的科普文章。

"也是啊，科学的观念是孕妇增重要适当，胎儿也不要长得太胖，一出生就肥胖的孩子长大了也容易成为肥胖儿童。"唐雨晴当了几十年厂医，还是有一点科学观念的，"奶奶也确实是没有什么手艺，只会下面条，面条也没有你妈妈下得好吃。"这一句说得倒是有点自知之明。

"没关系，我喜欢吃面条。"小芳安慰唐雨晴。

"唉，我主要是不想把时间花在做饭上面，简单做一点，早点吃完，我要出去锻炼，所以每次就赶紧下一个面条了事。"唐雨晴倒有点反省了。

"营养还是要保证的，尤其是孕妇，每天一定要吃两个鸡蛋，我给你买的都是好鸡蛋，那种超市打折我不会买给你吃，水果也是，我买的都是时令水果，这些吃了对孩子好。"唐雨晴补充道。

"谢谢奶奶，赶明儿我让大兵付钱给您。"小芳乖巧地说。

"咳，付啥钱啊，你怎么和你妈妈一样见外，都叫我奶奶了，就是我孙女，吃我一点不应该？"唐雨晴现在一点也不小气了。她自己都没有注意到不知从什么时候，她管小芳不叫孙媳妇了，而是变成了孙女，那感情可就不一样了。

小芳顺势靠在唐雨晴的肩膀上，感觉两人之间的关系又进了一步。

"奶奶，有一个问题，不知道当问不当问？"

唐雨晴拍拍她的手背："问啊，有啥不当问的。"

"最近大兵不怎么过来了。"

唐雨晴赶紧检讨："是不是你妈不让他过来吃饭，他就来得少了？"

"也不是，我妈刚走的那两周，他还不是每天来。"

唐雨晴不知道该怎么说，就觉得他不过来肯定是和吃有关，男人都是实际的，要是小芳妈妈还在这里每天做饭给他们吃，他保证天天过来。

"别的我倒也不是特别担心，我就怕他孕期出轨。书上说，老婆怀孕的时候是男人最容易出轨的时候。"小芳是真的把唐雨晴当成亲人，这么私人的问题都和她讨论。

"唉，不只是孕期出轨，男人一生都喜欢出轨。"唐雨晴想起她女儿和女婿的事，这是她现在最大的痛点。

小芳支支吾吾地说："我一怀孕就保胎，医生交代我们不能同房，这都好久了，我怕他熬不住。"

"你孕吐反应那么严重，每天吐成那样，他不心疼，还要出轨，男人真不是人！"唐雨晴义愤填膺地说。

"我也没有证据，只是看他最近不怎么过来，我是不是在胡思乱想？"

"嗯，怀孕了是喜欢东想西想的，尤其是你这样，又不上班，就更容易乱想。要不我和你爷爷说一下，让他说一说大兵，自己老婆自己疼，哪能往爷爷奶奶这里一丢就不管了的道理。"

"唉，爷爷一去说他，他肯定又说我和你们说了什么。"小芳跺跺脚。

"说了就说了，怕什么，我给你撑腰！"唐雨晴满腔的豪气被激发出来，她女儿林瑜不听她的话，这个孙女小芳的腰她撑定了。

"小芳啊，我当你是亲孙女，不拿你当外人才这么说，上次医生说你胎位还好，激素水平也正常，我要是你的话，就回去上班了。"唐雨晴想了一下，这话是她早就想说的，一直没找到机会说。

"但是，我吐呀，我一天到晚地吐，怎么上班？"小芳愁眉苦脸地说。

"在家里你没事干，就老是想吐，真上班忙起来了，说不定就想不起来吐了。"这方面唐雨晴有经验，她生两个孩子都没有请过一天假，开始也吐，哪个孕妇不吐？多吐几次就习惯了，也不觉得有什么。

"唉，怀孕好不容易可以休息一下，我就不想拼着命去上班了。"小芳倒是老老实实地说心里话。上班不仅身体累，心也累，不如在家休息，看看电视，刷刷手机，反正是病休，基本工资是有的。

　　"钱是小事，我担心的是，你看你和大兵是大学同学，你是不是学习比他还好？但是你生一个孩子，停止进步好几年，你看看，他一下子就将你甩在后头了。男人啊，不能让他比你强，比你强了他就看不起你，这就是现实。"这是唐雨晴掏心窝子的话。

　　小芳诧异地看着唐雨晴，这理论也太新鲜了，别人都是说一家人争什么高低，男人在外打拼事业，女人照顾好家庭就可以了。要不就是说女人搞什么事业？女人最大的事业就是带孩子！

81

林月华

蓝怡将林月华扶进门，蓝子风迎上来，一看见林月华的冷面孔，又退了回去。

蓝怡喊住蓝子风："爸，你真的被省一附中录用为美术老师了？"

蓝子风回答："是啊。"

蓝怡一边将林月华往沙发上扶，一边对蓝子风说："祝贺你啊！刚才路上妈妈还和我说，你想做的事情总是能做成，让我向你学习呢。"

林月华愣了一下，她没有想到蓝怡会将她们俩的体己话这样大大咧咧地说出来，脸上红一阵白一阵的，这个死丫头，一点也不顾她老妈的面子。

蓝子风抱着双手，站在一旁。他也是一愣，没想到林月华会在背后表扬他，他光是觉得他们两个越老越互相看不惯，仿佛一辈子的感情全都转化成了仇恨。

林月华的膝盖疼痛并没有缓解多少，现在又加了摔伤的胳膊痛，站在沙发旁边，蓝怡扶着她让她靠着坐下来，硬是坐了好一会儿都坐不下来。蓝子风见状，上前帮忙，和蓝怡一起用力，将林月华抬了起来，总算是将她抬到沙发上躺下了。

蓝怡说："爸，赶快到冰箱里找一下冰袋，妈妈的胳膊要冰敷。"

蓝子风这才讪讪地说:"骨折了,怎么不住院就回家?"

蓝怡解释说:"我哥说,妈妈现在的身体状况不适合做手术,还是保守治疗。"

"保守治疗?这也没给治啊?"

蓝怡说:"妈,你给我爸解释,我先去药店给你买支具。对了,冰袋拿来了?拿一条毛巾包着,放在最痛的地方敷着,一会儿不冰了就换一个。老爸,我妈就交给你了。"

蓝子风一反常态,没有说风凉话,大概是刚才进门时蓝怡说的林月华表扬他的话起了作用。老伴儿都在女儿面前示好了,他一个大男人,没必要这么小心眼。蓝子风小心翼翼地用毛巾将冰袋包好,放在林月华的伤处:"是这里吗,这里看上去有点肿。"

蓝怡瞟了一眼:"对的,就是这里,我先走了,一会儿回来。"

林月华在后面喊:"你还没有吃中饭呢。"

蓝怡应承着:"我在手机上点餐,从药店回来和你们一起吃。"

半小时后,送餐员与蓝怡前后脚到了。

蓝怡手上拿着一个袋子,将里面的东西拿出来。

林月华看了一眼,狐疑地说:"就这玩意儿?叫支具?"

蓝怡说:"跑了几家,药店就只有这种简易的,好在明天米瑞过来,看她带来的是不是好用一点。"

微信上有蓝亮发的示意图,蓝怡照着操作,也不是很复杂。

她笑着说:"你看,有我哥指导,我也可以做医生了。"

林月华忍着痛,笑话她:"还医生呢,护士还差不多!"

帮林月华佩戴好支具后，蓝子风提醒："饭来了。"

蓝怡问："爸，你吃了没有？"

林月华插嘴："我不在家，他肯定没吃。"

蓝子风摇头，这个林月华，都这个样子了，还不忘损他，女儿在，他不好怼回去，说："我吃的早上剩下的面条。"

林月华又说："剩下的面条？那不成一团浆糊了，还能吃？"

蓝子风说："能饱肚子不就行了，管它成不成浆糊，反正到了肚子里都得成浆糊。"

林月华又看向蓝怡："你说说，你爸就是这样，什么都不讲究。"

蓝怡打圆场："你呀，就是喜欢唠叨，我爸爱怎么吃，让他怎么吃就是了，你本来是好心，但是总用这种数落的语气，谁听了都不舒服。"

林月华嘟着嘴："又是我的错！就知道向着你爸。"这是林月华的一贯态度，总觉得儿女没有向着她多一点，毕竟任劳任怨的那个人是她！

蓝怡将饭盒端给林月华："先吃饭。"

林月华抬着被吊起来的胳膊："我怎么吃？"

蓝怡说："我喂你？"

"喂啥喂，又不是三岁小孩，给我拿一个勺子，我用左手慢慢吃。"

蓝子风闻言，赶紧进厨房去拿了不锈钢的小勺子出来。

"洗一下，你每次洗碗，我用之前都要洗一下才敢用。"林月华又是一顿数落。

蓝怡接过勺子，拿到厨房冲了一下，甩干水，拿出来递给林月华："洗过了。"

吃过饭，林月华催着蓝怡快点回去："等会儿琼琼放学没人接要哭了。"

"哭啥哭，都多大了。"

"多大？不才 10 岁吗？"

"我们 10 岁的时候不早就自己上学了，也没见你心疼过。"蓝怡犟嘴。

林月华用左手笨手笨脚地扒拉着饭菜，将里面的肉都挑出来："以后别点外卖，又贵又不好吃，还不知道能不能吃，别吃一次让我的痛风又发了。"

"你们那个时候，家长都不兴接送，现在不一样了，哪个学校门口不是一堆家长？"林月华说的也是事实。"快走，别搞晚了。"林月华继续催。

蓝怡将蓝子风喊到一边："伤筋动骨一百天，妈妈这段时间不能做饭了，你们吃饭怎么办？"

蓝子风大义凛然地说："我来做。"

林月华平时耳朵不怎么好，这话倒是被她听了去，心想：他来做？他能做什么？

蓝怡说："要不要帮你们请一个人做饭？"

蓝子风连忙说："不用了，不用了，我慢点做。"

林月华在沙发上继续插嘴："请人做饭？谁做的饭我都不放心吃。"

蓝怡摇摇头："爸，你可别和我妈一般见识，她现在摔骨折了，估计脾气更不好，你顺着她一点。"

蓝子风压低嗓门说："今天不去医院折腾，不就没有这回事了。"

　　蓝怡拍着父亲的手背，说："快别说了，已经发生了的事，多说也没有用。我抽时间再过来。"

　　"你别担心，不要老过来，你要专心搞事业，还要把孩子带好。"蓝子风的领导作风不变。

　　"等会儿之之回来吃饭咋搞？"

　　"今天我给他煎一个牛排，让你妈站旁边指导我做。我来跟之之说，奶奶受伤了，他以后能在学校吃，就在学校吃吧。"

82

林瑜

林瑜对新工作适应得挺快，这是她没有想到的。去美容院的时候，她是抱着干不了就走人的态度，毕竟这种与人打交道的工作她自认不擅长。

作为助理技师，她一开始负责打水洗脸盆做清洁这些粗活，技师们操作的时候就在旁边打下手，一来二去就将一套程序看熟了。美容院平时有操作技术培训班，别的美容技师能不参加就不参加，她们的兴趣在怎么使用话术让顾客买产品上面。林瑜不一样，她喜欢做有技术含量的工作，爱琢磨这些，她随身携带的小本子上画满了人体的经络穴位图。闲暇的时候，别的姐妹忙着看手机聊天，她央求她们让她练一下手："你就躺着休息一下，又没有什么损失。"给老技师做按摩，哪里做得不好，她们随时会指出来，无形中林瑜上手更快。

林瑜从小没有受过穷，是一个对钱没有特别的执念的人，所以她在给顾客服务的时候很少用那些话术要求顾客充值和买产品。出人意料的是，她的"傻气"抓住了一些早就被其他要求充值的技师们搞得心烦意乱的顾客的心。几个月下来，林瑜居然成了店里点单次数最多的明星助理技师。

从美容院出来，在门口正好碰到了林峰。

"姐，你怎么在这里？"

林瑜不好意思地说："我做兼职。"

林峰听唐雨晴说过一嘴姐姐在美容院做兼职的事，所以今天其实是特地过来碰碰运气，没想到还真碰到了。

"姐，不是我说，以你那个条件，就算厂子倒了，你也用不着出来做事。到这个年龄了还服侍人，不如好好在家做全职太太。"

林瑜白他一眼，还全职太太，你又不是不知道我和程功的事情。

林峰抓抓头皮："那个人从公司辞职了，说是准备去考研究生。"

林瑜瞪大了眼睛："哪个人？你怎么知道的？"

林峰不好意思地说："我现在在我姐夫公司上班。"

看，男人就是这样，都这种情况了，他还可以化敌为友，化干戈为玉帛。不不不，他们之间哪有什么干戈。

"你到他的公司做什么？"

"姐，你别老往坏处想，我到我姐夫公司可不是吃闲饭的。"林峰知道林瑜心里在想什么。

"你不是失眠又不能出差吗？那你还能干什么？"林瑜戳穿他。

"你呀，就是看不到你亲弟弟的优点，我最近睡眠已经好多了，不信你问蓝亮哥去，我都两个月没有找他开药了。"

"不是吃闲饭，那你做什么工作？"林瑜了解他这个弟弟肯定不是那种肯上工地做小工的人，要是他愿意放下这个身段，早就找到事情做了，也不至于因为下岗被老婆看不起。

"你问我姐夫去，我是不是在吃闲饭？你别说，他现在交给我的这个工作，还只有我做得好。"林峰卖关子。

"什么你姐夫，我都要和他离婚了，以后别叫姐夫了。你非要在他公司工作我也拦不住你，你就正儿八经地和其他员工一样叫'程总'。"

"你看你，就知道怄气，怄气对我们有什么好处？以前爸爸在的时候，他还有点人脉，可以帮我们一下，现在爸爸不在了，什么都要靠我们自己。有时候，我们就要忍一时之气，睁一只眼闭一只眼。你倒是说说，谁的婚姻中没有一点摩擦呢，一有摩擦就离婚，那不就乱套了。"林峰从小就能说会道，再加上他那张酷似唐雨晴的俊脸，一直被父母偏爱。

"我和程功，不是一点摩擦的事。"林瑜打断他。

"我姐夫说他已经改了。"看来程功是给林峰洗脑成功了。

"妈走的时候，不是把她的工资存折放我这里了嘛，她说我们俩一人一半，你一直没找我要，我也没有时间给你，你看要不要我转 5000 块钱给你？"林峰换了一个思路。

林瑜没有将唐雨晴的话当真，觉得她就是说说而已，存折在林峰手上，其实就是给他了。钱给林峰，林瑜没啥意见，她不是一个喜欢计较的人，说到底她还是没有到缺钱的时候，最多就是生活水平再降一点，不过她对生活水平也没啥要求。

"不用了，我暂时也不等钱用，等缺钱的时候再和你说。"

"那好吧。我现在在我姐夫那里，做的是全屋定制的业务。"

林峰说得好像很高大上似的，林瑜心说全屋定制不是早就有了吗？

"以前是姐夫公司自己做，成本高，款式少，不符合很多客户的要求，我去他那里以后，发现很多客户投诉定制柜用一年就出各种问题，脱轨、掉漆、零件缺失，等等。我这个人，干力气活不行，交际能力还是有的，各行各业的朋友也多，姐夫说我是复合型人才，当今社会的稀缺品种。我通过朋友介绍，联系了一家本地全屋定制公司，和他们谈好了合作，以后我们公司要做定制衣柜、橱柜、整理柜，他们负责生产和上门安装，售后也由他们负责。你看，人家是大品牌，我们合作以后，降低了成本，还提高了质量，你说我是不是有功劳。"林峰的语气里有说不出的骄傲，林瑜为他这个"稀缺人才"高兴，不管怎么说，弟弟总算找到了用武之地。

林瑜笑着说："有功劳，有功劳，你把这份心思放在你自己的事情上就更好了。"

林峰说："我姐夫的事还不就是我的事。"又来了，和他说不通。

"姐，不看僧面看佛面，你看我的事业刚有点起色，你总不能再让我失业吧？"

这都哪儿跟哪儿？

"你的事业是你的事业，你能在程功的公司站稳脚跟，靠的是你自己的本事，可不是因为他是你姐夫，"林瑜正色道，"靠别人施舍一碗饭吃，是吃不久的，如果他是因为我的关系雇的你，我看你还是趁早别干了。"

"姐，你这个人就是一根筋，不说我，离了对你有什么好处？思思没有爸爸了对你有什么好处？"

"谁说思思没有爸爸了，我们是离婚，她爸爸又没有去世，呸呸呸，说啥呢。我离了，对我的好处多着呢，我再也不用担心他又和哪个女人在一起了，我这一辈子，净在瞎操这些心，把时间精力都浪费在这些事上了。我现在终于想通了，我要好好地为自己，自由自在地活一回。"

83

唐雨晴

　　蓝亮和米瑞买了一个小两居，他们自从结婚后一直和蓝子风、林月华老两口住在一起。米瑞早有分开住的意思，蓝亮说她："身在福中不知福，每天一回家就有饭吃不知道多好！"

　　和公婆住在一起，蓝亮凡事都有指望，一回家当甩手掌柜已经当习惯了，反正有他父母干，他正好躺平。

　　这次决定买房子，主要也是因为林月华的痛风病发作得越来越频繁，他们住的是学校分的老房子，没有电梯，林月华已经越来越爬不动四层楼了。蓝亮和米瑞琢磨着买个小居室，趁他们去江城市陪读时装修，等他们回来的时候正好可以入住，不用担心装修污染。

　　他们买房子的事不知怎么被程功知道了。就像当初林月华和蓝子风的房子被程功装修成公司的样板房一样，程功对拿下蓝亮房子的装修合同是志在必得。

　　他早就打听好了，蓝亮这次买房是和医院一批同事一起在阳光天地小区拿的团购价，如果蓝亮选择了在他的公司装修，他的同事很有可能会跟风选同一家装修公司。现在公司扩大了规模，又和本地一家全屋定制公司签订了合作协议，多家同时装修对程功公司来说是最有利的，既节省了人力和成本，又能一次性拿到多个客户的佣金。

　　程功亲自联系了蓝亮和米瑞，承诺以最优惠的价格和最优的质量保证他们的新房装修。

　　对于蓝亮和米瑞来说，无论由谁装修，只要质量有保证，价格合理就行。但是在林瑜和程功闹离婚的这个节骨眼上，米瑞觉得无论如何还是要征求一下林瑜的意见。

　　直接打电话和林瑜说的话，如果她一口拒绝，米瑞这边倒有点骑虎难下，因为程功的报价确实让她心动。再说以前的老房子是程功装的，因为是亲戚，材料用得比较讲究，这是米瑞看重的，她最怕别的公司以次充好，她一个外行又看不出来。

　　思来想去，还是先给唐雨晴打个电话探探口风。

　　"小舅妈，上次您孙媳妇，来医院检查的那个，现在怎么样了？"这样开场比较自然。

　　"哦，你说小芳啊，米瑞，谢谢你啊，还惦记着。我正要说呢，她这也快3个月了，我正准备带她再找你复查一下，要是没啥事，我就打算让她回去上班了，年纪轻轻的，每天窝在家里看电视可不行，电视又不是好胎教，还不如让她多去接触一下社会，孩子在肚子里还能多感受到一些活力。"

　　米瑞一听，小舅妈这是又给那个女孩安排上了。老一辈的人就是有这个本事，拉着你改变你的人生轨迹。对此，米瑞不打算说什么，她又不清楚这个小芳会不会听唐雨晴的。

　　米瑞说："好啊，来之前给我打电话，我要看黄婷方不方便。"

　　"那是当然，不能让外甥媳妇为难。"唐雨晴这方面拎得清。

　　米瑞这才开始说正事："我和蓝亮前不久在阳光天地小区买了一个小户型，主要是因为之之奶奶，她不是痛风嘛，现在已经不能爬楼了，等他们陪读完回来，估计更加爬不动了，就想给她买一个电梯房。我们手头也没有多少钱，就买了一个小户型。"

唐雨晴一愣，不知道米瑞说这个干什么，难道她以为林家保去世的时候给家里留了不少钱吗？

"哦，好事，好事！你们也该买一个房子了，虽然你婆婆的房子还可以，但是一直住在一起也不是一个事。"

米瑞有点尴尬："我婆婆人还蛮好，帮我带之之也费了心，我买房不是说要和她分开住。"其实还是想分开住，年轻人和老年人的观念不一样，一起住了这么久，也难为她这个做媳妇的了。

"分开是对的，牙齿和舌头还打架呢，你看我就不愿意和峰峰两口子一起住。"不住在一起是眼不见心不烦，住在一起，天天看媳妇给儿子脸色，唐雨晴心里难受得慌。

想想还是把话挑明："你们买房是贷款买的吧？医院有公积金吗？是不是还差钱？差钱的话，亲戚们一起凑凑也是应该的。我要是手头活泛我也想帮衬你们一下，蓝亮我是当半个儿子看的，他可是和我家林瑜一起长大的。就是你看，我这边，峰峰不争气，我手头也没什么积蓄，有一点也都贴补他们用了，你看……"

她本来打算说你看看要不要想想别的办法，被米瑞打断了："小舅妈，我不是要找你借钱，我们只出个首付，我和蓝亮凑凑，爷爷奶奶再贴补一点，不需要借外债。我给您说这个事，是这样的，房子买了，我们在张罗装修的事，毕竟要趁爷爷奶奶在江城的时候装好，等他们回来就可以住进去了。"

唐雨晴松了一口气，她真不是不想借钱，主要是她现在没有什么钱。蓝亮、蓝怡小时候，那时重机厂效益好，每年她给的压岁钱算是亲戚里最多的。

"是这样的，林瑜老公不知道从哪里知道我们买了房子要装修，昨天他来医院找我谈装修的事。"

唐雨晴心里咯噔一下，这个程功，消息很灵通啊，她都不知道蓝亮买了房，程功就知道了。不过转念一想，他是做这个生意的，肯定在房地产公司有内线，新楼盘一发售，说不定信息就到他手上了。现在这个世道，没有手段怎么能赚到钱？

又一想，程功如今突然反悔不肯离婚，除了他说的一家人不想搞散了，说不定也是因为生意。当初林月华的房子被他装修成样板房后，一下子吸引了不少优质客户，算是让他稳稳当当地赚到了第一桶金。如果林月华出面敲打了他，他和林瑜离婚的事只能暂时放一放。

84

唐雨晴

林瑜这孩子，要相貌没相貌，要身段没身段，要学历没学历，以前仗着工作好，家庭条件还不错，在婚恋市场上勉强有一席之地。现在年纪上来了，身材相貌更是没了优势不说，以前的好工作到现在也成了鸡肋，重机厂经常拖欠工资，还动不动就有下岗的危机，家庭地位也随着一家之主林家保的去世而轰然倒塌，一切来得那么迅速，连唐雨晴这样高傲的女人也不得不选择再嫁来寻找出路。

到这个份上了，哪个女人不想要一个完整的家庭呢？真要离了，她到哪里去找程功这么体面的老公？一表人才不说，现在还事业有成，只有林瑜这样脑子进水的女人才会将自己的老公往外推。那不正好，遂了那个小雯的心了，你前脚一走，她后脚就进门。真要离了，你以为程功还会那么好？房子他不收回去？就算不收回去，贷款什么的算算清楚，看你每个月付不付得起？

这些都是唐雨晴反复考虑过，但是不足对外人道的，就算是米瑞这个外甥媳妇也不行。

她只能轻描淡写地回复米瑞："这事吧，我觉得主要还是看小瑜，你们房子装修找谁不找谁本来也没啥，只要小瑜不介意就成。"

皮球还是给踢回去了。

末了，唐雨晴还惦记着小芳复诊的事："米瑞呀，你和你同事约一下，看看下周哪天我带小芳去复诊。"

小芳复诊结果良好，被唐雨晴撺掇着回去上班，自然不好意思再住在爷爷奶奶这里，顺势就搬回去了。唐雨晴觉得这样也好，免得真让大兵搞出一个孕期出轨来。

小芳走后，唐雨晴的生活又恢复到以前的样子，每天出去跳跳舞，散散步，下午买菜，准备简单的晚餐，清闲是清闲了不少，但是每天在家看不到小芳的笑脸，听不到她的叽叽喳喳，唐雨晴又有一种说不出来的失落。这种感觉也是奇怪，以前抚养林瑜、林峰姐弟俩的时候，她自认为不是那种黏黏糊糊的妈妈，拿得起也放得下，自己该干吗就干吗。也许是年纪大了，人也变得柔软，乖巧的小芳竟然让唐雨晴有了一种说不出来的怜爱。

小芳说："奶奶你放心，以后每个周末我都过来看你，陪你说说话，看电视。"

小芳妈妈也给唐雨晴打电话，以前的"亲家奶奶"不知不觉就变成了"大嫂子"。唐雨晴说："小芳妈妈，你这么乱叫一气，辈分乱了。"

小芳妈妈说："叫大嫂比较好，小芳也说叫你奶奶把你给叫老了，我们小芳也是有福气，在安南市也有了娘家人。"

唐雨晴义不容辞："小芳妈妈你放心，我就是小芳的娘家人，在安南这地方，小芳有啥烦心事来找我，我保证给她撑腰。"

如果不是因为老段突如其来的一场感冒，唐雨晴的生活应该就这样过下去了。

一段时间下来，老段也适应了唐雨晴的生活节奏，对于唐雨晴饮食从简的理念也基本上接受了，实在想打牙祭的话，小芳教他在手机上点外卖，价格不贵，饱一饱口福没有问题，老段也就不再为吃什么和唐雨晴过不去了。

小芳搬走的第二周，老段出去打军体拳，出了一身汗。回来唐雨晴喊他换衣服，他懒得理睬，也是因为唐雨晴这女人自从进门第一天将洗衣服这个活派给老段以后就没有收回去，这个女人，就没有一点女人的贤淑，每天让一个大老爷们洗衣服！小芳住在这里的时候，老段不想与唐雨晴发生口角，毕竟爷爷奶奶的威严在那里，小吵小闹有损形象。现在小芳不住这里了，老段就没了顾忌，不能你让我干吗我就干吗，男人嘛，还得有个男人的样子！

就这么一赌气，把自己搞感冒了，还是重感冒。

别人感冒，吃一吃药，多睡两觉也就好了，老段不一样，快80岁的人了，扛不住。一下子咳嗽发烧、心肌炎都来了。

唐雨晴这次吸取了教训，没有自己在家整那些针灸按摩、心肺复苏什么的，直接联系了蓝亮。蓝亮帮她叫了救护车，将老段接到了市医院的老干科。

一到医院，又是检查，又是输液，没几天下了病危通知，把唐雨晴给吓哭了，她刚死了一个老公，可不想这么快死第二个老公，在那儿哭哭啼啼的："就是一个感冒，你们可别吓唬我呀，我也是学医的。"

医生说："学医的就更应该知道了，感冒也是会有生命危险的，我们下病危通知，是为了更好地治疗。"

病危通知一下，老段的儿女们都到齐了，没想到第二天老段的情况就开始好转，也不知道是因为药物的作用，还是回光返照。

唐雨晴从医生办公室出来，听见老段的儿女们在病房里叽叽喳喳。她听到了自己的名字，就留了一个心眼，躲在门外听他们怎么说。

听来听去，中心意思就是一个，要老段将房子的产权交出来，可不能便宜了"那个女人"！

唐雨晴满以为一日夫妻百日恩，不说别的，就说这几天住院，不是她唐雨晴衣不解带地悉心照料，老段怎么可能这么快就恢复了？老段至少也应该为她说一句话吧。

她等了半晌，等来的却是老段长叹一声，说的一个"好"字，"等我出院就去办。"

唐雨晴愣住了，她嫁给老段的时候，并没有觊觎过老段的房子。虽然她将自己的房子给林峰住了，急需一个栖身之地，但是天地良心，她不是贪图老段的房子才和他结婚的。

这个时候，她仿佛突然明白了林瑜为什么死活要离婚了，与其戴着一个婚姻美满的假面具，不如坦然承认自己并不适合这段婚姻。

她径直走进病房，在众人的惊讶声中，拿了自己的睡衣和牙刷，转身就走。

老段躺在病床上喊："雨晴，你听我解释。"

唐雨晴知道，她不需要再听他的解释，一切都结束了，像极了一个闹剧。

她回家收拾了自己的东西，将房门钥匙和老段的存折放在餐桌上，回望这个也算给了她片刻欢乐的家，再见了！

85

蓝洁英

第二天，蓝洁英推着睿睿的小推车径直扎进了北京老太太的堆里，她听到那边一群外地奶奶里恬恬奶奶喊了她一声，但是她假装没有听见直接走过去了。蓝洁英知道她们免不了要在背后说她的闲话，无非是说她不自量力，硬往北京人的圈子里凑，北京人的圈子是那么好凑的？

蓝洁英不是没想过这些，但是她的人生就没有"害怕"这两个字，有什么好瞻前顾后的，往前走就是了。

先给粒粒奶奶打了一个招呼。粒粒奶奶是这伙人中的核心人物，她带着粒粒住在这个小区已经快三年了，算是奶奶圈里的老同志。粒粒奶奶退休前是大学老师，有文化，有见识，不少新手奶奶向她打听孩子的辅食怎么做、保姆在哪儿请、哪家家政做清洁比较干净、孩子什么时候体检打疫苗、孩子学什么特长等诸如此类的事情。

蓝洁英今天换了一条米色的连衣裙，将头发绾成了发髻，脸上薄擦粉底。她现在对打扮也有点感觉了，知道如何显得端庄大气又不失分寸，过于追求时髦和显嫩是不行的，奶奶们管那叫"老黄瓜刷绿漆"。

蓝洁英将睿睿的推车放在"花太阳"的地方，陈瑶在书上看的，说这种太阳对小孩子最好，可以补钙又不会晒伤，自己也在长椅上坐下。睿睿现在还坐不起来，只能躺在车里东看看西看看。过一会儿蓝洁英就将她抱出来，在广场上走来走去，嘴里不停地和她说话："睿睿看，那是白云，那是蓝天，还有太阳公公，这是粒粒姐姐，这个是小哥哥，小哥哥叫什么名字？粒粒姐姐在玩滑板车，滑板车是不是很好玩？等我们睿睿长大了，奶奶也给你买滑板车，可以滑得飞快……"

蓝洁英话还没有说完，粒粒的滑板车冲向了内环的人行道，遇到下坡直往下冲。一辆电动车躲闪不及，对着粒粒冲了过来。蓝洁英眼疾手快地将睿睿放进推车，冲了过去将粒粒拉开，自己却一下子摔倒在地。那个骑电动车的快递员赶紧停了下来，脸色煞白，嘴里说着："谁家的小孩，又在这里冲下坡，很危险啊！"粒粒奶奶闻声过来，一看这架势，吓得腿都软了，旁边的奶奶们七嘴八舌地告诉她刚才是睿睿奶奶冲过去拉住了粒粒，要不然她可就被电动车撞了。几个奶奶七手八脚地将蓝洁英扶起来，关切地问："还好吧？"

蓝洁英拍拍身上的土，幸亏今天没有为了搭配裙子穿高跟鞋，脚上的运动鞋帮了大忙了。虽然滑了一下，膝盖摔破了一点皮，但还好没有伤筋动骨，最主要是拉住了粒粒，没让她被电动车撞上。这个小姑娘，真是皮得很，比一般小男孩都调皮，真要是被电动车撞上了可不得了。

粒粒奶奶有点手足无措，她刚才和别的奶奶聊天聊得太投入了，一下子没有盯住粒粒，这丫头就闯祸了。她心急火燎地冲过去，一把拉住粒粒："叫你不要冲下坡呢，怎么又去了！你看看被车子撞了可咋办？腿撞断了就跳不成芭蕾舞了。"劈头盖脸一顿骂，蓝洁英见状连忙拉住粒粒奶奶："孩子已经吓着了，别再说她了。"其他的奶奶帮蓝洁英向粒粒奶奶邀功:"得亏是睿睿奶奶跑得快,她把孩子往推车里一放就冲下去了。"

一说到睿睿,蓝洁英才想起来刚才一着急,几乎是将孩子扔进推车里去的,现在想起来有点后怕,连忙回广场去找孩子。有一个不熟识的奶奶正推着睿睿呢,看见蓝洁英在找孩子,对着她做了一个"嘘"的手势,蓝洁英一看睿睿这小家伙正津津有味地吮着自己的手指,大眼睛骨碌碌地到处乱看呢。

粒粒奶奶拉了粒粒过来,让粒粒对着蓝洁英鞠躬,说:"谢谢奶奶!"

蓝洁英抚摸着粒粒汗津津的头发,说:"谢啥,都是看孩子的,互相瞅着点不是应该的?粒粒,玩去吧,下次别冲那么快,要刹车哟!"

到底是小孩子,一转眼就忘了刚才发生的一切,开开心心地踩着她的滑板车到一边去了,嘴里还嚷嚷着:"滑慢一点,就知道说滑慢一点,一点也不好玩。"

几个奶奶互相看一眼,其中一个奶奶还扯着快递员不让他走,说:"睿睿奶奶要是摔伤了,你可要负责任,你是哪家公司的快递员?"

那个快递员面红耳赤地说:"不是说没有摔伤吗?我又不是有意的。"

那个奶奶听着不高兴了:"不是有意的?撞伤人了不是有意的也不行。"

快递员推着满筐的货物,向奶奶们求情:"我这么多货,今天不送完可是要扣工资的。大婶子们,行行好,我上有老下有小,一家子都指望着我送快递养活呢,要不然,谁愿意干这活呀，每天累死累活的。"

"累死累活的？你以为我儿子工资就是好赚的？不都是为资本家服务。"有人插话，蓝洁英一看这没完没了了，就说："算了，让他走吧。等会儿送不完货真怪上我们了。"又转身对快递员说："小伙子，你留一个联系方式吧，今天回去我要是动不了了，还是得找你。"她是开玩笑说的，那个小伙子被一群人围着，只求快点脱身，勉为其难地留了一个电话号码给蓝洁英。

粒粒奶奶关切地询问蓝洁英："真不需要去医院拍个片？去拍一个吧，回头我让我儿子出这个钱。"

蓝洁英走了两步，说："真没事，我这骨头还不算脆。"

大家又感叹："到底是年轻，像我们这么一大把年纪的，摔一次可就够受的了，不是这里骨折，就是那里骨折。"

粒粒奶奶看见粒粒的车滑过来，作势要打粒粒的屁股："都是你这个小丫头闹的！"

蓝洁英连忙拉住她，说："小孩不淘，长大没用。"这是小镇上人的口头禅，这样一说，粒粒奶奶的心情好了许多，巴掌也打不下去了。

86

蓝洁英

　　奶奶们将蓝洁英扶到长椅上坐下，说："先坐着休息休息，等会儿再看看腿疼不疼，有时候刚摔的时候不疼，过一会儿才疼。"

　　蓝洁英坐下了，眼睛却还是瞅着内环的小路，一会儿，就又看见一辆电动车远远地朝广场这边过来了，车后面是满满的一大箱货物，蓝洁英心里又开始紧张。果然，一个小男孩骑着自行车又要冲过去，蓝洁英连忙跑过去拦住他，小男孩扭着身子不乐意："干吗拦我呀？"

　　蓝洁英说："看那边有车要过来了。"

　　小男孩抬眼看了看远处，这才转了弯往回骑。

　　蓝洁英说："每天这么多车在这里进进出出，像睿睿这样坐在推车里的小小孩还好一点，就怕他们这些半大不大的，又是自行车又是滑板车，还有溜溜车，撞上了可就麻烦了。"

　　刚才那个小男孩的奶奶说："可不是，我们家这个骑自行车不管不顾，我眼睛都不敢挪一下，生怕出事了不好向他爸爸妈妈交代。"

　　蓝洁英不解："我们小区怎么这么多快递员？"

　　粒粒奶奶说："咳，我们小区附近没有大的超市，现在家家户户都是在网上买东西，便宜方便，你别看都是快递员，分好多家公司的，买得多了你就认识他们了，不过他们也不是完全固定的，过几个月就会换一批人。"

蓝洁英"哦"了一声，又提出来："我们能不能去跟物业说一下，让快递员的电动车别进小区了，有快递的人到小区门口去取？"

粒粒奶奶摇头："那可不成，小区里什么人都有，好多人是一步路都不肯走的，你让他们去门口取快递，那不是要了他们的命？以前小区楼下有快递柜，快递员也乐得不用一个个上楼去送，就放快递柜里。结果好多业主去快递公司投诉，说什么快递员不经允许就将生鲜放快递柜了，东西坏了要向快递公司索赔什么的。搞到后来，小区的快递柜就成了摆设，前两个月干脆就拆掉了。"

另一个奶奶补充："你看刚才那个快递员，每天跑我们小区两趟，他的货物又多又重。有一次他和我聊天，有人光买矿泉水一次就买8箱，这还不是因为有人送上门方便，你让他去门口取试试。"

蓝洁英一听，要是买矿泉水这么重的东西，还真是没有办法。

粒粒奶奶是小区的老住户，对小区的发展过程门儿清，她又说："现在已经比以前好多了，以前啊，不仅是快递员，还有外卖员，全都骑着电动车在小区里横冲直撞。快递员还好一点，他们没有那么赶时间，送外卖的那真是分秒必争。有一次就将那个叫牛牛的孩子撞伤了，还住了院，牛牛现在已经上小学了，他现在不怎么来广场玩，你们可能不太知道。"

有认识的奶奶说："那个6号楼的牛牛啊？是他姥姥带

的吧？”

粒粒奶奶回说：“是的，就是那个男孩子，那次撞得可不轻，医生说差点就骨折了。家长找外卖平台扯了好久的皮，后来好像是给了1000块的医药费，根本就不够。物业后来就不让送外卖的骑电动车进来了，一律让电动车停大门外面。”

蓝洁英恍然大悟地说：“难怪我老是看见外卖员在小区里跑得气喘吁吁的。”

粒粒奶奶说：“他们也不容易，平台时间卡得死，一单送晚了就扣钱，搞得他们不跑都不行。”

蓝洁英脑子一转：“外卖员可以提着盒饭在小区跑，送快递的可不行，他们的一车货物重得很，扛着跑不动不说，放门口被偷了也没人负得了责。我看我们可以这样去和物业说，让快递员走外环，反正小区前后都有门，快递员都走前门就可以了。孩子们呢，就在内环玩，奶奶们多嘱咐一下，虽然麻烦是麻烦一点，但是安全最重要，你们说是不是？”

她这样一说，刚才觉得没有头绪的奶奶们都觉得有道理，纷纷点头说：“真能这样分开就好了，以后外环是车道，内环是人行道，孩子们可以骑儿童车在内环玩。”

现在的问题是谁领头去说。他们虽然是小区业主，但却不是房子的户主，去和物业交涉这样的事，只怕物业不肯拿他们当一回事，等儿女下班后再去说吧，又怕他们嫌麻烦不肯去领头。

蓝洁英说：“趁热打铁，今天正好是粒粒差点被撞了，还有我这个腿摔破了皮，这就是证据，别看今天只是摔破了一点皮，万一下次摔骨折了可不是闹着玩的。不急着回去做饭的奶奶现在就跟我一起去一趟物业，这件事能定下来最好，定不下来再让他们年轻人去交涉，毕竟他们工作忙，等他们下班回来，物业就只剩值班的人了。"蓝洁英一边说，一边撩起她的裙子，刚才没有被她当成一回事的摔破的地方，现在看起来还真有点吓人，青一块儿紫一块儿的，膝盖旁边破了皮，还有一些已经干了的血迹，以这个样子去找物业是有点说服力。

奶奶们一听，有人肯领头，那当然是好，尤其是那几个孩子大一点的奶奶，毕竟她们的孩子在广场上疯跑，拉都拉不住，真要被车子撞出个三长两短，首先挨批评的就是她们。于是一个个赶紧喊了孩子："过来过来，别跑了，我们和睿睿奶奶一起到物业去办事。"

孩子们一脸兴奋："去物业办事？办什么事？"

"小孩子家家，管那么多，跟着去就行了。"

蓝洁英推着睿睿的推车走在最前面，后面是浩浩荡荡的队伍，有推车小分队、滑板车小分队、自行车小分队，奶奶们和小朋友们簇拥着蓝洁英向物业办公室走去。她昂首挺胸，每一步都铿锵有力，仿佛一个即将去进行重要谈判的女王一样。

87

林月华

一个月后，蓝怡带着琮琮来看望林月华。

"琮琮，快去看看外婆的胳膊好点没有？"转头对林月华说，"琮琮听说外婆摔伤了胳膊，一直和我说我不该让你一个人下车的。"

林月华心里高兴，这个外孙真没白疼。

"不怪你妈，怪就怪外婆老了，走路都走不稳了。"

琮琮乖巧地倚在林月华身边："外婆好点了没？"

林月华将挂在脖子上的支具往旁边挪挪："好多了。"看了看蓝怡，又说："哪能好那么快，里面每天都疼，胳膊还是肿的。"

蓝怡坐到林月华身旁，碰了碰支具的边："是手腕肿吧？是不是绑紧了？"

"你哥上周来检查过，说绑得正好。上周末他们两个一起来的，米瑞还帮我洗了澡。"

"看，你儿子媳妇都好吧？"

"好，谁说他们不好了？"

蓝怡狡黠地笑笑："有时候也说不好吧？"

"我是就事论事，对事不对人。"林老师拿出气势来。

蓝子风从房间出来，对着琮琮招手："琮琮来了，来看看外公最近画的画。"琮琮正坐着无聊，闻言屁颠屁颠地跑过去了。

蓝怡小声说："最近没和我爸拌嘴吧？"

林月华不高兴，怎么又说这个。

"没！"

林月华用左手拿起杯子，半天打不开盖子。

蓝怡扭开盖子递给她："平时这个盖子怎么开？"

"喊你爸帮忙，不然怎么办？"

"我就说吧，你还是不能少了我爸的，你看你这手摔伤了，没有我爸看你怎么办？"蓝怡说这个是因为林月华在摔伤前赌气让蓝子风回安南去，她一个人在这里陪读。

林月华眼睛往房里扫了扫："是蓝亮给你打电话了吧？"

蓝怡不置可否。

"昨天吃饭前，我让你爸去洗手，叫了几遍，他都不去洗，我就大声说了几句，你爸也不高兴，回嘴说他洗了我没有看见，说我就知道叨叨叨，结果就惹着之之了，他把筷子一丢，说我们再吵吵吵，就都回去，他要去住校！"林月华说这些的时候，脸上有一种奇怪的表情，是她一时不知道是之之不对，还是自己不对，甚至有点惶恐的表情。

蓝怡倒有点心疼父母了，现在的大人对孩子也太宠着了。

昨天蓝亮和米瑞给蓝怡打了电话，说小孩子不懂事，怎么能这样说爷爷奶奶，他们已经批评之之了。

不过蓝亮又说："老两口吵了一辈子，到老了也不消停。"

米瑞不好直接说公公婆婆的不是，她征求蓝怡的意见："他们如果老是吵架，也确实影响之之的学习，之之学校的宿舍是六人间，住在学校也互相影响，我想把医院的工作辞了，来江城陪读，你看怎么样？"

蓝怡吓了一跳，现在的父母为了孩子真是什么都做得到。米瑞当上这个护士长，是在全院竞选中好不容易才竞选上的，为了提升业务能力，又出来学习过几次，现在为了孩子高考，她居然打算放弃自己的工作？

蓝怡问林月华："你们真准备回去了？"

这一次之之是伤着爷爷奶奶的心了。林月华气鼓鼓地说："我们哪里吵了，他一回来就不敢看电视，说话也是轻言轻语的，就昨天为了爷爷洗手的事争了几句，他就这么闹。说白了，就是自己考试没考好想找替罪羊！"

蓝怡看着林月华发红的脸，有点难过，我们总是习惯于说父母不对，而对孩子格外包容。

"之之要你们回去，你们就回去休息几天吧。他在学校的宿舍也没有退，让他去学校感受一下也好，等他吃了苦就知道爷爷奶奶陪读的好了。"

"这次你爸也没有和我唱反调。"林月华的语气听上去还有点高兴。

"米瑞说，你们回去的话，她打算辞职来这里陪读。她和你们说了吗？"

"没有啊，她这样想的？"

"她昨天给我打电话说的，说是听听我的意见。"

"你的意见是什么？"

"我当然要她不要冲动辞职。她才四十几岁，过两年孩子上大学了，她再想回去工作就难了。再说，之之在这里上学，花销这么大，靠蓝亮一个人的收入肯定不够啊！"

林月华闻言，皱了皱眉头，本来她这次是下定决心不管孙子了，没想到儿媳又来这么一道。米瑞真要辞职了，家里的收入少了近一半，孙子每个月的补课费都要花上一大笔，林月华又心疼儿子，说："那蓝亮的压力太大了。"

"我也是这么说的，再说，她正在职业上升期，因为孩子停下来，以后后悔就来不及了，医院的工作本来就是出来容易，再进去不知道有多难。"

"我和你爸再商量一下。"林月华又软了下来。

"你们回去一两周吓唬一下那小子也是可以的。"蓝怡笑着说。

"算了，算了，是自己的孙子，又不是仇人。"林月华闭着眼睛，坐直了身体，用左手捶着膝盖，右手腕刚感觉好一点，膝盖又开始疼了。

蓝怡站起来看桌上他们中午吃剩的菜："我爸煎的鱼还挺像模像样的呢，比我煎得好，我一煎，就弄得皮是皮，肉是肉，琼琼都不吃。"

蓝子风听到女儿在表扬他，乐颠颠地从房间里出来："煎鱼就和画画一样，要有耐心，一面煎焦了才能翻动。"

林月华撇一下嘴："还不是我教的。"又对蓝怡说："你煎不好鱼，还有一个原因是锅没洗干净，没擦干，鱼皮就容易粘锅。"

蓝怡耸耸肩："反正我是懒得煎鱼，都是油烟，熏死人了。"

林月华说："之之最喜欢吃煎鱼了，红烧鲑鱼，他能吃一整条。"

听他们说吃的，琼琼从屋里探头探脑地出来。

林月华说："琼琼爱不爱吃鱼？你妈妈不给你做红烧鱼吧？一会儿外婆给你做。"

　　蓝怡说："你这个胳膊，还做什么做？还是我来点餐吧。"

　　"我指导你爸做。"转头看向蓝子风，"去市场买一条鲑鱼吧，下午做给琮琮和之之两个吃。"

　　琮琮插嘴说："我不吃鲑鱼，妈妈点餐，我要吃麦当劳！"

88
林瑜

林瑜在美容院兼职干了三个月，渐渐上了手，和重机厂比起来，美容院干净整洁、温馨，每天上班的时候，还有轻柔的音乐相伴，林瑜越来越喜欢在这里工作了。美容院的周经理说："瑜姐，好几个顾客在问除了周末，你还有什么时候可以来？"

林瑜不好意思地说："我现在还在厂里上班，只有周末能过来。"

"那个常来的常姐，她女儿马上要上小学了，周末要陪孩子，只能平时来，她说习惯了你的手法，所以问问你能不能和她约一个其他的时间，"顿了一下，周经理又说，"其实，你在我这里做得也有人气了，说句不该说的，重机厂半死不活也有两三年了，以前是好单位，挤破头都挤不进去，现在不一样了，我听说工资都快发不出来了。"

林瑜听周经理这样说重机厂，心里还是有点不舒服，毕竟她对重机厂是有感情的，淡淡地说："厂里在改革，也不知道能改成什么样子。"

"所以我说，你不如干脆在我这里做。你现在有不少回头客，底薪加提成，不比在厂里差。而且你看，我们这个工作环境，比工厂里，只好不差。"

林瑜说："工厂里我也做惯了，他们真要让我下岗，那是没办法，无缘无故地不去了，还真有点下不了决心。"

周经理说："我们现在缺人手，老板娘让我去招人，我就想到你了，先和你知会一声，就怕到时候招到了正式员工，说不定就不要兼职的助理技师了。"

周经理这样一说，林瑜的心思就有点动摇，现在做兼职吧，主要是练手，说赚钱倒也没赚多少。如果做全职的话，常姐上次就说了，以后专门找她做，常姐的老公在外地做生意，赚得不少，常姐平时就以美容院为家，院里开展的新业务她都会第一个尝试，算下来，林瑜的提成不会少。

林瑜拿不定主意，想找唐雨晴商量，约好第二天下班后去鸭粥馆吃晚餐。

等了好一会儿，唐女士才姗姗来迟，坐下来的第一句话又是："出租车不好打。"

林瑜也不戳穿她，看她那个打扮，肯定又花了不少工夫。

唐雨晴上下打量一下林瑜，吐出一句话："瘦了啊。"

林瑜讪讪地说："周末去美容院兼职，没时间在家做饭。"这话不假，但主要原因是在美容院那个环境，一个比一个爱美，林瑜不好意思再不减一点肥。

唐雨晴点点头："少吃点好，瘦点精精神神的，好。"又加上一句："你去上班，思思吃饭还好吧？不行的话到我那里去吃。"

林瑜知道她也就是客气客气，自己都不做饭的人，还能给外孙女做吃的？

"还好还好，我会提前给她做好放冰箱，她回来自己放微波炉热热就可以吃。"

唐雨晴的眼光落在林瑜的毛衣上："这件毛衣挺好看，在哪儿买的？春风市场吗？"

春风市场是安南市的老市场了，林瑜上小学的时候就在那里买衣服。

"春风市场的衣服死贵死贵的，我不从那里买衣服。"林瑜说得也是，春风市场现在走高端路线，个个都号称精品店，一件毛衣不花上1000块都买不到手。

"网上买的？"唐雨晴不相信网上能买到好东西，买衣服不试怎么行？

"店里的小姑娘推荐的，她们都在网上买衣服。"

"难怪看上去年轻了。"唐雨晴打着哈哈，其实是因为精神状态好了。

"我们先点吃的吧。"林瑜提议，服务员已经过来几趟了，看她们聊得热火朝天，就没有说什么。

唐雨晴拿起菜单："今天你请客，你赚外快了，老段的工资存折我退回去了。"

林瑜连忙称好。唐雨晴从老段家回来后，给林瑜打过一次电话，林瑜听到老段的几个子女算计唐雨晴的事情，气得要死，什么垃圾玩意儿，离了好！她早就不看好老妈再婚，现在离了她是拍手称快："你回去住，季红有没有意见？要不你住到我这儿来吧？"

"我回自己家，轮得到她有意见？"唐雨晴还是有底气，"季红她妈妈趁机回去了，说是家里丢不开，轩轩的接送就交给我了。一个男孩子，都上初中了，接什么接？我一说，轩轩也说，早都不要外婆去学校接，每次去碰到同学都被他们笑话，正好！吃的方面稍微麻烦一点，我现在也学着做几个菜，我不是不会做，以前也看你爸做了一辈子啦，我是懒得做。轩轩不爱天天吃面条，我也要就着他一点，孩子长身体嘛。"

唐雨晴点的还是那几样：花生米、小菜、鸭粥。"别吃多了，发胖。"

这一回林瑜同意她，吃胖了难减下来，她是有体会的。

"你们离婚手续办好了？"林瑜担心老妈犯糊涂。

"办好了，你老妈做事雷厉风行。老段不肯离，跟我这儿说了一堆好话，又说当时是一时糊涂听了子女们的撺掇。我说不离可以，房本加名呀，他又恼了，说我怎么和那个保姆朱腊梅一样俗气！"

说到这里，唐雨晴模仿老段气急败坏的样子，林瑜和她一起笑了起来。

说到离婚的事，唐雨晴想起来女儿这边也不知道怎么样了："你和程功还在冷战？"

"冷什么战？我都没有时间管这些了，又是厂里上班，又是兼职，还要管思思，累都累死了。"

看来人就是不能闲着。

"程功呢，他也没有找你？"

"他应该也忙吧，我听峰峰说他们接了医院十几户人家在阳光天地小区的装修，是一个大单，当医生的要求高，他们每天都往工地上跑。"

"也是啊，这段时间峰峰早出晚归，我每天都见不到他的影子。"

"有事情做就好，你可别又心疼他不让他做了。"

"你怎么这样说我？我又不重男轻女，从来都是一碗水端平。

峰峰以前不出去做事，又不是我惯的，是你爸心疼他身体不好。"
唐雨晴振振有词。

"对了，我前几天去滨江公园跳舞碰到你婆婆了。"

"我婆婆？程功的妈吧？"

"对对对，你们不是还没有离婚嘛，说是你婆婆也没错。她
说她搬到安南市来了，她孙子来这里上学，说的是程功哥哥的孩
子吧？"

林瑜一愣，上次婆婆来没有说这些，不过上次主要是说小雯
的事嘛，没工夫说这个也正常。

唐雨晴坐直了身体，看着林瑜说："他们来，是住都市花园
吧？那边装修好了，你也不搬，你看看，他的父母侄儿都搬进去
了，以后可就赶不走了。"

林瑜没有想过这个，但是以程功的性格，他是不愿意让那个
房子空着，再去租房住的。现金为王，他们做生意的都这样。

"我不知道，他们要住进去我也没有办法。"林瑜扒拉着自己
面前的粥。

"算了，反正你这个婚也离不了，房子总是你们的共同财
产。"唐雨晴吃了一块鸭肉，总结道。

"怎么说我离不了？"

"你这个优柔寡断的劲儿，我还不知道。再说了，以前是他
们家想离婚，你也没法子只能离，现在他们找人算了命，说你旺
夫，程功因为和你结了婚才会有今天，所以他们横竖是不肯离
了。"唐雨晴不知道从哪里打听来的小道消息。

"无所谓了，我又不是非要再婚，他愿意拖着就拖着，看谁
熬得过谁。我有思思就够了，看来看去，女人还是要搞事业，自

己赚钱比什么都重要。"

"瑜儿，和程功结婚这个事，我们也是有点没处理好，妈当时去和他谈，还不是因为你喜欢他，非他不嫁，哪知道他后来说是我和你爸逼他和你结婚。"

林瑜转了一下眼珠，唐雨晴知道的事情真不少。她已经40岁往上走了，过去这么多年，她一直生活在对幸福婚姻的憧憬和虚假的幻觉中，等她知道真相后，犹如挨了当头一棒，一下子被打蒙了。这段时间在重机厂和美容院两头跑，还要管思思的生活，她忙得一点多余的时间都没有，这些曾经让她纠结万分的种种似乎就这么被放下了。

"走一步看一步吧。妈，我今天找你，是想和你商量，美容院那边的周经理想让我做全职，你怎么看？"

"全职？去美容院做？这样好吗？你一个堂堂的八级钳工，去做这种服务人的事情。"

"我说妈，我一直觉得你蛮前卫的，没想到你还抱着老思想，工作还分三六九等，赚不到钱，屁都不是。重机厂现在就剩一个名头了，只发基本工资好几个月了，奖金一分没有，如果不是在美容院做兼职，思思真的要去找程功讨生活费了。"

"程功没有付思思的生活费？不是说不想和你离婚吗？"

"他可能是想逼着我找他求和吧，上次他就说厂里的形势都那样了，我竟然还要离婚。"

"他说得也没错，现在这种情况，应该见好就收。眼睛里揉不得沙子，还不是你和孩子吃苦？你这次抓住了他的把柄，他以后还不都得顺着你？"唐雨晴也不知道该怎么劝自己的女儿。

"那你怎么就和老段离了？"林瑜这次倒是会抓要害。

"那不一样，老段这个人算我看错了，程功不一样，到底是思思的爸爸。"

"算了，妈，咱们别谈这个了。他和别的女人好的时候，难道不是思思的爸爸？我现在纠结的是到底要不要从重机厂辞职去做全职的美容技师？"

"你现在辞职了以后就没有退休工资吧？还有医疗保险怎么办？"

"我也是想到这些才拿不定主意，但是我离退休还有十几年呢，重机厂能不能撑到那一天？厂子都垮了，还指望得上医保？"

唐雨晴的心头一震，她从来没有考虑过这个："你如果做全职美容技师，能赚多少钱？"

"具体我也不知道，我们是做得多，拿得多，只要有顾客，我反正不在乎多做，另外如果能推销产品和项目出去，还可以有提成。"

唐雨晴不觉得林瑜能做推销："你那个嘴笨的，能推销什么？"

"那倒也是，她们培训话术的时候，我都是躲得远远的，不想骗人。我以后还想去学纹绣，学一个手艺，有人来找我做我就做，不需要推销。"

"你们美容院还绣眉毛？多少钱？"唐雨晴来了兴致。

"做眉毛好贵的，你要做还是等我学会了帮你做。"

唐雨晴犹犹豫豫地说："你一个新手，给我做坏了可咋办？"她可不想因为省钱毁了这张引以为傲的脸。

"我在想的是，辞职了在美容院做也只是一个过渡，我以后要去江城找个美容学校专门学纹绣，我们经理就是在江城学的，学费不便宜，所以我要先攒钱，以后我想开一个纹绣馆，自己当老板。"林瑜扬着脸，望着窗外的天空，说出她心底的愿望，程功能行，她，也能行的！

唐雨晴吃了一惊，这丫头，还想自己做老板？！

"真要做起来了，我去给你当服务员。"

"当什么服务员？我请美丽的唐雨晴女士来给我们做前台。"

"哈哈哈，哈哈哈。"母女俩笑得前仰后合。这笑声里有太多含义，正所谓别人笑我太疯癫，我笑他人看不穿。

89

蓝洁英

经过几番交涉，物业总算是同意将小区的内外环路分区管理，按照蓝洁英她们业主代表的要求，以后电动车只能走外环。物业为此还采购了一些大石墩放在内环的入口处。

意见还是有的，首先就是部分业主不理解，觉得他们回家骑自行车、电动车还要绕到外环，不方便，在业主群里发牢骚。这个倒好办，粒粒奶奶晒出那天蓝洁英摔伤的腿部照片，还有其他奶奶七嘴八舌地渲染孩子们差点被电动车撞倒的情况，毕竟大多数业主都是有孩子的人，关系到孩子的事都是大事，以后麻烦就麻烦一点吧。

快递员也不乐意，本来送货就够累的，现在这个小区还搞出新规则，不能直接进楼栋，要绕上一圈，真是多事！而且这个小区的居民还特别矫情，楼下明明有快递柜，下楼取个快递就几分钟的事，一个个的老大不乐意，多放几次就投诉，三天两头被投诉，谁受得了？要不是工作难找，谁愿意受这个气？对他们的一股子怨气，保安最有体会，他们每次进小区大门的时候就骂骂咧咧一番。保安说："我们也没有办法，上面通知下来，我们就这样传达。那里放了很多大石墩，你们不走外环，内环也进不去啊！你们要嫌麻烦，干脆就送到大门口，打电话让业主们出来领。"

说得也不是没有道理，隔壁小区就是这样，快递都不进小区门，把包裹往门口一堆，就开始打电话，业主们自己出来取件。

快递员说："你以为你们小区的人这么好说话？"

打了电话说在上班，没人出来拿，快递柜又不让放。包裹堆在门口没人领，怕被人偷了，又得运回公司去，哪个快递员耗得起？算了，还是照样送吧！外环就外环，也就是电动车绕一脚的事。

一段时间过去，大家也就习惯了，仿佛那些石墩子本来就在那里一样。业主群里不仅不再有怨气，而是对蓝洁英等业主代表的行为给予高度赞扬："人车分流，早该想到这样。"不仅有小孩的家长有了安全感，就连一些喜欢在楼下散步的老人也交口称赞："这样好，这样好，以前在小区里走走路都战战兢兢的，生怕被那些电动车撞到。"

经此一事，蓝洁英在小区的奶奶群里成了英雄一般的存在，奶奶们表示："以后我们就跟着睿睿奶奶混了，下次业委会改选，我们投你一票。"

蓝洁英表面上客气："那不太好吧，我一个外地人。"心里却美滋滋的，果然，是金子到哪里都闪光。

没过几个月，粒粒奶奶又来找蓝洁英商量事情："是这样的，粒粒这不是上了幼儿园嘛，我们小区和她一个幼儿园的小朋友有三个，另外两个小朋友的妈妈都是上班族。我平时是能搭把手就搭把手，她们下班晚，我就帮忙一起接一下，天气好还好说，回来后在广场上玩，下雨天就只能将孩子们带到我家去。我家是这么个情况，老头子身体不好，怕吵，孩子一多就闹得慌。这不，已经接习惯了，让我去和那两个妈妈说不帮她们了，我又不好意思，但是经常这样，我家老伴儿就受不了了。我打听到物业的楼上有一个小活动室，平时都不开放。睿睿奶奶，你上次为那个人车分流的事和物业也交涉了几次，我就在想，我们能不能去和物业说一下，将这个活动室对外开放，孩子们放学后可以在那儿玩一会儿，等家长们下班了再接孩子回去。"

蓝洁英一听，这倒是一件对业主有利的事，既然有活动室，不就是让业主们活动的嘛，干吗要锁着，便一口答应："可以啊，你和那两个妈妈联系一下，我们商量商量，一起去找物业的杨经理。上次的事上，她很通情达理，只要我们说得出正当理由，她会考虑的。"

杨经理听了她们的诉求，说："这个活动室以前是开放的，里面有一张麻将桌，有业主每天过来打麻将，后来楼上的业主投诉，说他们抽烟，影响生活，就关了。"

粒粒奶奶说："打麻将就非得抽烟？这些人也真是。"

杨经理说："可不是，门口还写了'公共场合请勿吸烟'，他们就是控制不住。楼上业主家里有小婴儿，也是受不了了才投诉的，我去她家看过，一进家门就有很大的烟味，二手烟确实是对孩子不好。两边也是扯皮拉筋了好一阵，后来我们也考虑过将活动室换一个地方再开放，但是也没有找到别的合适的房间，就这么拖下来了。"

蓝洁英说："我们都是几个奶奶，不抽烟，就带孩子玩。"

为了避免有人打麻将，杨经理让保安将麻将桌搬走了，有人来问就说不知道，现在这里是儿童活动室，打什么麻将。

开始就只有粒粒他们幼儿园的几个孩子在这里玩，但是这种事，就是一传十十传百，传来传去就传成了小区物业造福业主，在社区办起了儿童托管中心，每天都有家长给物业打电话询问这件事。杨经理说："我们物业人手本来就不够，哪来的精力搞这个，是几个奶奶说孩子放学后没地方玩，听说这里的活动室空着，来找我说了几回，就把房间借给她们用一下，你们要是有需要就自己去和她们联系。"

几位奶奶一合计，都是街坊邻居，接受谁的孩子、不接受谁的孩子都不好，本来是想做点好事，又没有收一分钱，现在这样一来，谁也不能拒绝，就都来吧，反正也是物业的地方，她们也就是带眼睛看着点，孩子们自己玩耍，多几个孩子玩得还更热闹。

这倒好，不光是上幼儿园的孩子来了，小学生也来了，他们放学比幼儿园还早，家长们以前是交给校外的托管班，每个月好几百块钱不说，那里都是几个大学生兼职，说是辅导孩子们写作业，结果一群孩子在那儿闹腾，回来还要写作业写到好晚。既然小区有这个方便，干脆回小区玩也是一样。

两三个月下来，孩子们就由原来的三四个变成了几十个，浩浩荡荡一大群，活动室一下子就显得拥挤不堪，而且大大小小的孩子挤在一起玩，奶奶们根本照顾不过来，不是大的推了小的一把，惹得小的哇哇大哭，就是小的调皮，将大孩子的作业画得乱七八糟，又是一阵大吼大叫。

粒粒奶奶和蓝洁英商量："睿睿奶奶，我看呀，我们好心没准会办成坏事，现在没出事还好，哪天真出个什么事，我们几个都得被埋怨。"

这话蓝洁英当然理解，现在谁家不是孩子第一位！

但是蓝洁英想的不是退一步，而是进一步："粒粒奶奶，我正要和你商量这事。我昨天上午买菜的时候经过小区前门的商铺，有好几个在出租的，这个商铺的主人也是我们小区的业主，我就在想我们说不定可以在那儿租一个地方，以后就分不同年龄段的孩子来活动。我家睿睿跟学走路的孩子一块儿玩比较好一点，不然大孩子一推一搡的，我也揪着心，万一摔伤了，我可不好和她妈妈交代。对大孩子们，我打算弄几张桌子，让他们写作业，等他们父母来接的时候，作业做得差不多了，晚上回去他们也省点心。"

粒粒奶奶一愣："这是要办托管班啊？"

"什么托管班不托管班的，咱们不就是发挥余热嘛，给年轻人减点负担，给孩子们添点欢乐。"

"那租房还是要费用的吧？"

"就大家分摊，你看行不行？"

"这个，我们回头拉一个群，大家在群里好好商量商量。"

"那敢情好。"

说做就做，粒粒奶奶第二天和家长们一说，大家反应都很踊跃："房租分摊，当然是应该的，奶奶们牺牲了休息时间帮我们看孩子，我们愿意付费，不能让你们白辛苦。"

蓝洁英自己是出租过门面的，这方面驾轻就熟，三下两下就签好了合同，拿到了门面房的钥匙。粒粒奶奶文化水平高，给活动室取了个文雅的名字：博雅苑。

做起来以后，才发现托管的需求还真挺大，不仅是本小区，附近小区的家长也闻风而来。蓝洁英解释："我们不对外招学生，是给本小区业主服务，也不收费，就是分摊房租，买桌椅的钱也是大家分摊。孩子们吃的零食，是家长们买来一起吃，玩具是各家自己带来的。"

家长们说："我们不是你们小区的，看你们这里办得好，听说这里还有老师辅导作业，真是太好了！"负责辅导作业的主要是粒粒奶奶。

"听说你们这里还帮忙买晚饭？"

"大孩子自己用手机点餐，小的如果有要求，我们可以帮忙点，回头和家长结账。"

"要是你们能供应晚饭就好了，每天吃外卖还是有点不放心。"

说者无心，听者有意。蓝洁英最近也在琢磨，租的这个门面房原来开过餐馆，厨房是现成的，奶奶们在家都是烹饪高手，如果做一点简单的饭菜供应，肯定更受欢迎。

但是如果按这种形式搞下去，博雅苑就变成一个正规的托管机构了。蓝洁英也有点犹豫，别看现在热闹，真要按托管班收费，说不定会挨骂。

孩子们走了以后，几个奶奶打扫卫生，蓝洁英忐忑不安地说了自己对未来的展望。粒粒奶奶说："如果你们愿意把托管班搞起来，我加入。"有了粒粒奶奶的支持，蓝洁英感觉有了底气："我们不搞天价收费那一套，根本原则还是互惠互利，你们说对不对？我们搞卫生收拾垃圾，一直到现在才能回家，以后如果规模大了，免不了要请工人，合理收费还是要的，再说如果真供应晚餐，就更不可能无偿供应了。"

蓝洁英敏锐地发现了商机，不仅为小区的家长们提供了便利，也为自己的北漂生活找到了新的出路。

90
三年后

蓝怡接到林月华的电话："怡儿，之之的录取通知书来了。"

"哟，挺快的啊，哪个学校？"

"一般，北京理工大学。"

"北京理工，还一般啊！挺好的了，祝贺之之！"

"嗯，他自己选的专业，汽车设计，他喜欢就好。"林月华欣喜却又假装淡然地说。

"他喜欢当然最好！我和蓝亮上大学时啥也不懂，连志愿都是爸爸填的，现在的孩子比我们那时候有主意多了！"

"之之的升学宴，你能回来吗？"

"那肯定要回来呀！不过琮琮马上初三了，学校要提前开学，琮琮恐怕来不了了。"

林月华听了很失望，从江城市回到安南市，林月华最失落的就是现在想看琮琮没有以前方便了。"琮琮不能来呀，那他吃饭咋办？"

"他爸爸在家给他弄呗。"

"世唯现在肯做饭了？"

"不做吃什么？可不能什么都指望我一个人，我又不是全职太太。"这是要说清楚的。

"他们男人嘛，不喜欢进厨房。"

"就是以前你惯的，你骨折那几个月，还不是把我爸给训练出来了。虽然他做的没有你做的好吃，但是也很不错了，只要肯把心思放在这上面就不会差。你别说，现在世唯做的菜比我做的菜好吃，不过仅限于他儿子喜欢吃的菜。反正我无所谓了，我又不爱吃，把他儿子喂好我就烧高香了。"

说实话，蓝子风的改变，除了因为林月华摔伤了，他不做就没有饭吃和之之说他们再吵架就要他们回去以外，还有一个间接原因，是唐雨晴和老段离婚了。

老段再婚又离婚的消息在安南市老干部活动中心传开了。老段是说不出的懊悔："娶妻娶贤，唐雨晴这样的女人娶不得，别看她长得好看，心思狠着呢，不做饭不洗衣不说，还想在房本上加名！"

楼下的老张松了一口气，看自己的糟糠老婆也顺眼了许多："老婆到底还是原配的好。"

蓝子风也跟着反思了一下，除了林月华，还有谁能给他做这么合口味的饭菜？老林这个人，犟是犟了一点，但是绝对没有歪心，都这个年纪了，还想怎么样。从此以后，蓝子风顺着林月华的时候就越来越多了。

"对了，过两周是你爸生日，你难得回来一趟，就一起热闹一下，算是双喜临门。"

蓝怡的眼珠转了一下，这老两口，以前只要说蓝子风过生日，林月华就没有好语气："过什么生日，只有他有生日，别人就没有生日？"

"又这么说，你哪年过生日我不记得？"

"你是记得，也就只有你记得，别的人都只记得你爸的生日！"不知道她在生谁的气。

这次林月华主动提出来给蓝子风过生日，看来两人的关系是明显缓和了。

"好呀！你问问我爸，他想要什么生日礼物？"

"买什么礼物，不用了，一起热闹热闹是他最高兴的事，和他孙子的升学宴一起办，他高兴得嘴都合不拢了，还要啥子礼物！"林月华替老头拍了板。

蓝洁英要回来的消息经过老沈的宣传已经在租户中传开了。

做衣服的李姐的租期8月份到期，她和老沈说："我女儿初中去城东的中学读，住这里不方便，我准备换一个地方做。"

老沈将这个消息传给蓝洁英的时候，蓝洁英答应了一声："行。"就让老沈帮忙去打印了一个旺铺招租的广告，贴在了"翠翠制衣"的门面上。

后来蓝洁英想了想，当初那件事也怪不到李姐头上，是自家的男人不争气，但是她现在不想撕破脸，毕竟许骏两口子在北京也要脸。至于说许时运和李姐之间到底有没有关系，老沈打着包票说："自从你拿回管理权以后，我有一次瞟眼看见许科长从李姐门前过，李姐喊他去她屋里吃饭，他红着脸没进去。"蓝洁英翻一个白眼，说是瞟眼，平时不知怎么盯着这两个人呢。老沈这个人就这样，喜欢打小报告，用好了是一个人才，用不好，指不定哪天屎盆子一样往你头上扣。

睿睿已经上了幼儿园，是粒粒奶奶帮忙介绍进去的，一般人可进不去，粒粒就是在那儿上的，提前两年就报了名，蓝洁英不得不感慨在首都要上一个幼儿园是那么难，不像我们安南市，巴掌大的地方，方便！粒粒奶奶说："可不能和你们那儿比，睿睿在北京有了户口上了学，就赢在起跑线上了。"

奶奶们听说蓝洁英要回去都舍不得："三年没有回去了，回去看看也是应该的。博雅苑这边别担心，有事咱们微信联系。你事情办好了早点回来，我们要跟着你做大事呢。"

自从博雅苑正式招收学生以来，三年来规模扩大了一倍，他们不得不多租了两间门面，另外请了员工才忙得过来，附近小区的居民听说孩子在这里可以吃饭写作业，还有科普讲座，不用担心孩子一回家就看电视玩手机，争先恐后地把小孩往这里送，现在甚至都要预约才有席位了。

奶奶们也从刚开始的志愿者变成了正式员工，蓝洁英被推举为"校长"。蓝洁英推辞："你们又是大学教授，又是医生的，我哪做得了校长，你们太抬举我了，我给你们打下手还差不多。"

粒粒奶奶说："小蓝，这些奶奶中，你最年轻有活力，当校长你最合适，别推辞了！"

万菊花身体不好。蓝洁英两年前每个月从门面租金里拿2000元给洁丽，让她搬回去照顾老娘。洁丽虽然没说什么，那个朱文武倒是一肚子意见，觉得岳母重男轻女，年轻时候光顾着儿子，现在老了，做不动了，就打起了女儿的主意。蓝洁丽搬回去住，朱文武不想跟着，嫌万菊花屋里有老人气，但不跟着就没有现成的饭吃，他那个老娘每天以牌场为家。朱文武只好天天跑牌场混饭吃，免不了要下场打几圈。被蓝洁丽知道了又是一顿臭骂，说他就算不为老婆着想，也该为茜茜考虑，等茜茜上了大学，手里没几个钱，孩子的学费怎么办？

蓝洁英这次回去看老娘，给一点钱让她存在手里，以备不时之需，她还想趁万菊花还能动，把她带到北京来看看。万菊花在电话里不知念叨过多少次，她这一辈子最想去的地方就是天安门，不知道还看不看得到。蓝洁英更想让妈妈看看自己的"学校"，看看她和蓝启顺觉得没有用的女儿现在做出了多么大的成绩！

至于许时运，蓝洁英早都想和他说了："你那个工作，赚那么少的钱，还不如早点退休来北京给我打工呢！"

唐雨晴下午去蓝天幼儿园帮小芳接了女儿段子琪，小子琪一见唐雨晴就扑了过来喊老外婆。孙老师说："小家伙挺乖的，今天一点也没有哭闹。"

唐雨晴心里得意，我带的外孙，当然了。

自从唐雨晴从老段家搬出来以后，老段发现唐雨晴在的时候，虽然也就是下个面条，但是好歹回家就有饭吃，现在好了，家里冷锅冷灶的。不得已，老段只好再次去儿女家轮流蹭饭吃："都怪你们，非要我分家产，害得唐雨晴和我离了婚。我没饭吃了，当然来你们家吃。"

吃一顿两顿还好，吃的次数多了，就免不了又有矛盾，在哪家多吃了几天，在哪家少吃了几天，光吃饭不给钱，都这么大年纪了，退休工资不花存着干吗，最后又闹得不可开交。老段又觉得每天去儿女家看媳妇和女婿的脸色，还不如找一个保姆，于是开始又一轮循环。

小芳说："上次爷爷就为菜里的肉少了和我婆婆大吵了一架，拍桌子让她还钱，说宁可请保姆也不到我婆婆那里吃饭了。这么看，奶奶自己过只怕还清净些。"

唐雨晴听了觉得又好气又好笑，不由得庆幸自己跑得快。

林瑜上个月刚从江城市的美容学校的纹绣班毕业，这次上的是高级纹绣师培训班。回到安南市后，她就在选地方，打算开一家自己的纹绣店。看来看去，她觉得"翠翠制衣"这家在招租的旺铺地址就很不错，闹中取静，周围都是居民生活区，客源稳定，很容易打开局面。

按照招租广告上留的电话打过去，老板叫"蓝姐"，说是本来去北京给儿子带孩子的，现在留在北京做起生意来了。

从现在店铺的生意来看，人来人往，确实是旺铺，问起现在的门店老板李姐："怎么不做了呢？"

李姐说："不是不做了，是女儿转学了，在这里住不方便，要搬到城东去，以后做衣服到城东来找我。"一边说，一边从抽屉里掏出刚制好的名片。

林瑜回去和唐雨晴说准备租市场一路的门面开纹绣店，那个"翠翠制衣"的门面正在出租。去看了一下，地理位置不错，李姐的租期正好还有一个星期到期，和老板谈好了，李姐一搬走她就可以接手。做纹绣的店，相当于美容院，装修要讲究一点。

唐雨晴一听："市场一路的门面？"

"最左边那一家。"

"哦，那是蓝家侄女家的。"唐雨晴在安南市多年，各方面都门儿清。

"哪个蓝家侄女？"

"就是你蓝姑父家的侄女，他侄女婿在机关工作，侄女会做生意，早些年建了几套门面房出租，赚得不少。"

"哦，回头我跟姑妈说一声，开纹绣店也是迟早要告诉她的。"

"都是亲戚，说不定可以要一个折扣。"唐雨晴想得远。

"不必了，她那个位置好出租，我不租多的是人租，按市场价就行了。听说她准备留在北京做生意，等我以后赚了钱，说不定可以把她这个门面盘下来。"

"之之的升学宴你去吗？定在下个周六，说是方便蓝怡回来，你姑妈说顺便还要给你姑父过生日。"

"去，当然去。"

"思思上大学真的不请客？"

"不请，这丫头早都跑出去旅游了，现在连影子都看不到。"

"一个大姑娘出去你也放心？"

"有什么不放心的，她们三个同学一起去的，还说以后都在江城市上大学，现在先去江城市找兼职做呢。"

唐雨晴又问："装修请谁做？"

"还没想好，让峰峰来做行不行？"

"你觉得行就行，给峰峰增加业务量，我当然没什么意见。"

林瑜没想到林峰在程功的公司会一直干到现在，不仅没有撂挑子，反而还升了职，现在他的收入上去了，也不用再住在唐雨晴的家里了。

林瑜对是不是程功的公司接她的活也无所谓，只要质优价廉，她就没什么意见。她现在也是一个生意人了，不会去计较这些小事。

唐雨晴眨巴一下眼睛，有点羞涩地说："瑜儿，你那个纹绣馆开起来，还要不要我去做前台呀？"唐雨晴本来是不看好林瑜真能将纹绣馆开起来的，但是现在人家都租下房子打算装修了，所以啊，她也要趁自己还能发挥余热赶紧发挥一下，顺便赚点零花钱，她那点退休工资，紧紧巴巴省着用的感觉简直太糟糕了。

林瑜看了唐雨晴一眼，嘿，她还惦记着这个！不过她对于唐雨晴现在隔三岔五地出没在滨江公园还是有点不满："听说你又去滨江公园了？"

"去跳舞！"

"我看你是去相亲吧？"

"怎么会呢，打死我也不再婚了。"

"那你还去滨江公园？"

"只恋爱，不结婚！保证不影响工作！"唐雨晴响亮地回答。